体育古文

赵逵夫◎编

华东师范大学出版社

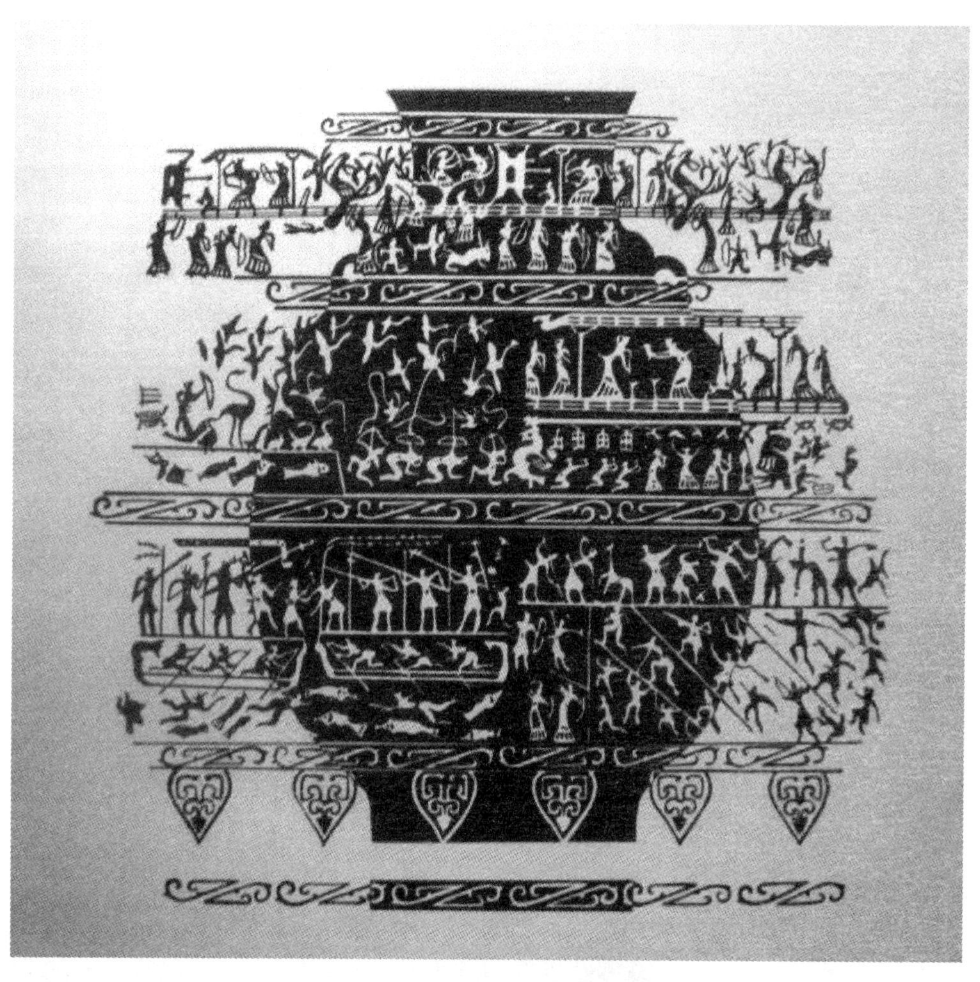

战国宴乐渔猎攻占纹铜壶(北京故宫博物院藏)

战国青铜壶纹饰《礼射图》局部(四川成都百花潭出土)

东汉拳勇像石拓本(河南省南阳汉画馆藏)

东汉绿釉六博棋俑(河南省灵宝出土)

魏晋射猎图壁画(吉林省集安县“舞俑冢”出土)

魏晋角抵图壁画局部(吉林省集安县洞沟“舞俑冢”出土)

北朝西魏步、骑武艺作战壁画(敦煌莫高窟第 285 窟壁画)

唐代白描相扑图(敦煌莫高窟藏经洞出土)

唐代击球图壁画(陕西西安李贤墓出土)

辽代持马球杆备骑图壁画(河北省宣化市辽代 1 号墓出土)

金代相扑陶俑(1986 年陕西省渭南县出土)

元代《龙舟夺标图》“水秋千”表演局部(台北故宫博物院藏)

明代游泳图壁画(西藏自治区日喀则市扎布伦寺壁画)

明代杜堇《仕女图》局部(蹴鞠)(上海博物馆藏)

明代杜堇《仕女图》局部(捶丸)(上海博物馆藏)

明代王圻《三才图会·蹴鞠图》

明代王圻《三才图会·击壤图》

明刊本《水浒传》第八十一回插图

清刊本《隋唐演义》第十七回插图(蹴鞠)

清代《投壶图》(中国美术馆藏)

清代拳术演练图壁画(河南登封少林寺白衣殿壁画)

清代金昆、程至道、福隆安《冰戏图》局部(故宫博物院藏)

清代陈枚《月曼清游图册·秋千图》(故宫博物院藏)

清代郎世宁《塞宴四事图》(故宫博物院藏)

清末吴友如《吴友如画宝·古今人物图》(蹴鞠)

清末吴友如《吴友如画宝·古今人物图》(踢毽子)

丰子恺《儿童散学归来早 忙趁东风放纸鸢》

目录

春秋

战国

秦汉

魏晋南北朝

唐五代

宋金

元

明

清

近代

阅读文章

前言

一

古代的体育活动，作为人锻炼身体的行为，不像生产活动和科技活动，会留下产品、成果，也必然会用到各种工具，我们可以结合文献记载，借以推知当时进行的状况。有关体育的美术作品也不是很多。体育活动过去之后，除了一些器械之外，不留下什么，而且古代很多体育器械同作战武器、劳动工具相兼相混，难以界定。所以，虽然有些文献也论及体育活动，但由之很难了解其具体的活动状况。只有古代的一些文学作品，可以使我们看到几百年、几千年前的人们在各种体育活动中的掠影。描写体育活动的文学作品同有关体育文献结合起来，为我们逼真地再现了中华民族几千年的体育活动状况。体育是关于人自身的一种活动，关系到人的生命与健康。几千年中我们的古人进行了各方面的试验，也形成了很好的观念，产生了很多体育锻炼的方式与项目。我们应该对我们的祖先进行体育活动的情况有所了解。

世界上文明发达最早的几个民族，都是很早就产生了各种体育活动方式。胡锦涛总书记在国际奥委会第120次全会开幕式上的讲话中说："中国是有着绵延五千多年文明的历史古国。……中华民族历来热爱体育运动，通过体育锻炼实现强身健体是中国人民的优良传统。"在距今15000年左右的山西襄汾丁村旧石器时代遗址中先后出土了100多件石球[①]。年代与丁村遗址相近的山西阳高许家窑遗址两次出土石球1059枚。大者184克，小者112克[②]。根据其大小轻重，可以判定这些石球首先是用作狩猎工具的，但也可能用为体育竞技中抛、踢、弹的器具。即使属于前者，也具有体育活动的性质。这个时代大体相当于传说中的神农时代。再后，带有机械性质的弓矢大约就产生了。《周

---

① 见裴文中《山西襄汾丁村旧石器时代发掘报告》，科学出版社，1958年；宋兆麟等《中国原始社会史》，文物出版社，1982年，第9页。

② 见贾兰坡《阳高许家窑旧石器时代文化遗址》，《考古学报》1976年第2期。

易·系辞下》:"神农氏没,黄帝、尧、舜氏作,……弦木为弧,剡木为矢,弧矢之利,以威天下。"《山海经·海内经》说:"少皞生般,般是始为弓矢。"《荀子·解蔽》中说:"倕作弓,浮游作矢。"《说文解字》中说:"古者挥作弓。""古者夷牟初作矢。"传说不一,其实,这些后来演变为体育器材的劳动工具都是广大劳动人民创造的。也可能先有一个杰出人物造出了最原始的弓矢,后来又有人不断加以改进。

传为黄帝时的《弹歌》中说:

断竹,续竹。飞土,逐肉①。

这首歌虽然载于《吴越春秋》,但从形式上看,每句二言,按先秦古韵,句句押韵,同《周易》中产生于商末以前的二言诗一样,则其产生时代应该是很早的。诗中说的"断竹,续竹",是制造抛石器(古代的弹弓),目的虽然是为了打猎,但其飞抛石头土块的行为也具有体育锻炼的性质。

又东汉时王充的《论衡·艺增篇》载,尧之时"有年五十击壤于路者",并在该篇和《须颂篇》中都载有当时传下来的《击壤歌》。自然这首歌未必就是尧时所传,但从其押韵的情况看,属先秦古韵,总是战国以前的作品。击壤实际上是一种体育活动。传为汉代邯郸淳的《艺经》载:"壤,以木为之,前广后锐,长尺四,阔三寸,其形如履。将戏,先侧一壤于地,遥于三、四十步投手中壤以击之,中者为上。"晋周处《风土记》所载略同②。由这个活动的名称看,最早乃是以投掷土块或石块为戏,后来成为一种固定的体育和游艺活动,形成有定制的专门体育活动器具。它的产生应该是很早的。而且,它同军事训练与表演无关,是纯粹的体育健身活动。所以说,认为先秦时代没有独立的体育活动,也是不正确的。

---

① 见《吴越春秋·勾践阴谋外传》。

② 晋周处《风土记》:"击壤者,以木作之,前广后锐,长可尺四、阔三寸,其形如履。腊节,童少以为戏,分部如摴博也。"

产生很早，而一直延续至今日，且被确定为世界体育比赛项目的有射箭。在中国石器时代后期的细石器文化中已发现了石镞[①]，大约在距今一万年左右之时。射箭在当时虽然主要是生产工具，后来又成为武器，但它也一直是一种体育活动，因为在射箭练习过程中一方面致力于技能的掌握，一方面致力于增强体质的训练。

这样看来，体育作为一种人类的活动萌芽很早。

体育活动虽然萌芽很早，但独立成为一种有意识的健身活动，却是经过了很长时间的。它开始同生产活动连在一起，后来又主要依附于军事训练，虽然在这两个阶段也都会有些独立的体育活动，但总体上说，所占比例小。随着生产工具的改进，物质财富的增加，人类的各种活动中，为生存而进行的活动所占比例渐渐趋于缩小，而剩余的精力和空闲的时间慢慢增多，于是，在生产和战争之外，有了体力训练和单纯的娱乐活动，体育活动便产生了。

人类在进入阶级社会之后，体育活动首先在统治阶级中发展起来，在用具、场地、竞技规则等方面逐步趋于完善。劳动人民中，有一些体育活动则同季节性民俗活动结合，形成了一些约定俗成的规则。由此可以说，体育作为一种文化，一开始就同人的生存活动联系在一起，是随着人类社会的发展而逐步同生产劳动、军事训练、娱乐活动分道发展的。随着科学的进步、工农业生产的发展和交通运输的机械化、电气化，以及通讯设备的不断改进，人的体力活动越来越少，越来越轻，与此同时，从事脑力劳动和管理业务的人越来越多，因而人们对体育越来越

---

① 新石器文化是在旧石器文化的基础上发展起来的。在几十万年的漫长岁月里，人类不断改进用石头和石头打击制造的粗糙工具，逐渐知道使用凿磨过的较精制的石器。这个过程是相当长的。为了反映出这个过程，有学者在旧石器时代向新石器时代之间划出一段，称为中石器时代。细石器文化是以细小的打制石器为主要特征，各地早晚年代不同，有的早到旧石器晚期的末叶，而盛行于中石器时代和新石器时代。陕西沙苑遗址为典型的中石器时代文化，其中就有石镞。旧石器时代晚期的山西峙峪村遗址也发现了一件原料为燧石的锋利尖状石器，贾兰坡认为即石镞（见贾兰坡、盖培、尤玉柱《山西峙峪旧石器时代遗址发掘报告》，《考古学报》1972 年第 1 期）。

重视。

二十多年前，很多研究历史和文学艺术的学者都谈“人的觉醒”。李泽厚先生的《美的历程》一书有《魏晋风度》一节，谈了三个问题，第一个是“人的问题”，第二个是“文的自觉”，认为魏晋时代是“人的觉醒”时期。他说：“如果说，人的主题是封建前期的文艺新内容，那么，文的自觉则是它的新形式。”[①]其实，战国末期的屈原已说：“惜诵以致愍兮，发愤以抒情。”已自觉将诗歌看作抒发情感的东西，而且创造出包括长篇抒情诗《离骚》在内的二十多首作品。屈原之后，又有宋玉、唐勒、景差（瑳）、庄辛等作家出现，形成楚地作家群。我们不能说到战国时代中国文学尚未达于自觉。关于人的觉醒，李泽厚先生引述了《古诗十九首》和苏李诗中一些诗句、篇章，说：“在这种感叹抒发中，突出的是一种性命短促、人生无常的悲伤。”说：“它实质上标志着一种人的觉醒，即在怀疑和否定旧有传统标准和信仰价值的条件下，人对自己生命、意义、命运的重新发现、思索、把握和追求。”“人在这里不再如两汉那样以外在的功业、节操、学问，而主要以其内在的思辨风神和精神状态，受到了尊敬和顶礼。”[②]李泽厚先生的观点，实质上是除了将因为汉末长期战乱使得一些人形成“人生无常”的感慨看作人的觉醒之外，也将魏晋时代由于在统治阶级内部斗争中造成很多人被杀害，造成上层社会中一些人不问政治、究心于药酒和空谈的情形，亦看作“人的觉醒”。这既是一个很大的误解，也是一个严重的误导。

首先，以上所说一些文人思想情绪的出现，都是社会现实造成的，是特定历史时期的一种思想反映，并不是社会本身发展到一定阶段之后引起人对生命含义及自身价值的认识，而只是在无奈情况下的一种悲叹，或对现实的消极抵抗——或者说是对现实的适应方式。

其次，无论汉末对人生短促的悲伤或魏晋的纵情享乐、任达不拘、

---

① 参李泽厚《美的历程》，中国社会科学出版社，1984年，第108、118页。

② 同上书，第108、111、113页。

不问世事，都不是一种积极的人生态度，[①]而是对社会无责任心的做法，不是体现着人性的提升，而是反映了人性的下滑，不值得提倡。

再次，上面所说这种思想情绪在春秋时代的诗歌中已有反映，《诗经·王风·兔爰》、《桧风·隰有苌楚》即是。[②] 当然，并不能因此说，春秋时代是人的觉醒的时期，这些都是相似的社会环境所造成的。

我以为人对生命价值的深刻理解以及为了有价值生活而追求生命较长的延续，才是人的觉醒。从春秋以前一些思想家对人与社会关系、个人品德修养的论述中，可以看出古人对人生的正确理解。我以为只有意识到生命的价值后自觉地进行追求健康长寿的活动，才是人的觉醒。因此，自觉的体育活动，是人觉醒的标志，至少是标志之一。当然，体育活动不是在某一个时期突然产生的，它有一个漫长的过程，可以分为几个阶段来认识，每个阶段都是一个由量变到质变的过程。

因此说，体育作为一种文化，既反映着人类社会发展的进程，也反映着人类对自身、对生命的思考，在它的深层，包含着对人生终极问题的追索思考。它有时也同宗教联系在一起(如道教倡导的吐纳导引、胎息行气等)，便是这个原因。

二

如上所说，中国古代各种体育活动形成很早。值得注意的是，中国古代的一些体育活动在今天成了风靡世界的体育项目。

球类是世界上最重要、最风靡的体育活动。篮球、排球都是西方发明的，但足球、高尔夫球却是中国发明的。

---

① 《美的历程》中对这种人生态度的描述是“畏惧早死，追求长生，服药炼丹、饮酒任气，高谈老庄、双修玄礼，既纵情享乐，又满怀哲意”。见李泽厚《美的历程》，第115页。

② 《诗经·王风·兔爰》首章说：“我生之初，尚无为。我生之后，逢此百罹。尚寐无吪！”后两章略同。《桧风·隰有苌楚》首章说：“隰有苌楚，猗傩其枝。夭之沃沃，乐子之无知。”后两章略同。

前言

《汉书·艺文志·兵书略》著录："《蹴鞠》二十五篇。"颜师古注："鞠以革为之，实以物，蹴蹋之以为戏也。"(蹋：踢。)西汉末年的刘向在《别录》中说：

> 《蹴鞠》者，传言黄帝所作，或曰起战国之时。蹋鞠，兵势也，所以讲武知有材也。今军无事，得便蹴鞠，有书二十五篇。[①]

"鞠"字从革，则汉代以前踢的球是用皮革缝制成的。此言黄帝时著《蹴鞠》之书，自是后人托名，但可以看出蹴鞠起于黄帝之时的传说产生很早。1973 年长沙马王堆汉墓出土《十大经》中就曾叙及黄帝擒蚩尤事，言黄帝杀蚩尤后"剥其革以为干侯，使人射之，多中者赏。……充其胃以为鞠，使人执(踢)之，多中者赏"。由之也可以看出早期的"鞠"(足球)是用动物的胃充以干草等缝制而成。

但这还不是鞠的最早的形式。在距今 5000 年左右的西安半坡遗址和临潼、姜寨遗址中，发现了一些陶器和石器，"石球是石器里面比较突出的一种，不但数量多，而且磨制得光滑又规则，直径约 1.5—6 厘米"。[②] 直径六厘米的石球，不会是装饰物。如上一部分所说，其小者可能是用于弹弓的弹丸，其大者可能是游戏器具。尤其在半坡一座十几岁女孩的墓葬中，其陪葬品除陶瓶、陶钵之外，在其脚下还有三个石球。由其放置位置看，应是用脚踢滚玩耍之物。当时已至文明社会的前夜，已有贫富差别和社会地位的高低之分。看来，大体在传说中的黄帝前后，确实已经有了用来踢滚游戏的石球。它应是可以踢起在空中移动的"鞠"的前身。清人富察敦崇的《燕京岁时记·踢球》中说："十月之后，寒贱之子琢石为球，以足蹴之，前后交击为胜。"看来这种最原始的足球在北方一些地方民间仍存在。

---

① 《后汉书·梁冀传》李贤注引。

② 《新石器时代村落遗址的发现——西安半坡》，《考古通讯》1955 年第 3 期。

《史记·苏秦列传》苏秦对齐宣王说，齐国都城临淄人民富足，有各种文体活动，其中就说到“蹋鞠”。可见，这个活动在战国时代就已十分流行，则蹴鞠应产生于战国以前。

《西京杂记》卷二说刘邦的父亲喜好看民间“蹴鞠”之类的活动，《汉书·霍去病传》中说霍去病当军中乏粮之时，“尚穿域蹋鞠”，《盐铁论·刺权》说当时贵族好“蹴鞠”。《西京杂记》卷二说汉成帝“好蹴鞠”。则这项活动在西汉时已很兴盛。《汉书·东方朔传》说到“郡国狗马、蹴鞠、剑客，辐辏董氏”（按指馆陶公主的亲近董贤），则当时有以蹴鞠为职业者。

“鞠”后来写作“毬”或“球”。宋代程大昌《演繁露·鞠》说：

> 《扬子》曰：“梡革为鞠亦各有法。”革，皮也。梡革为鞠，即后世之皮毬，斜作片瓣而缝合之。……今世皮毬中不置毛，而皆砌合皮革，待其缝砌已周，则遂吹气满之。气既充满，鞠遂圆实。

这同今日的篮球、排球已完全一样。《水浒传》第二回说高俅：“最是踢得好脚气毬。京师人口顺，不叫‘高二’，却都叫他做‘高毬’。后来发迹，便将气毬那字去了毛傍，添作立人，便改作姓高名俅。”（下面还写到高俅在端王府踢球的事。）因为是充的气，所以也叫气球。而此前则是其中塞满毛，所以字为“毛”旁。

南朝梁宗懔《荆楚岁时记》中说：“打毬，鞦韆、施钩之戏（按：施钩即今拔河）。”似乎到南北朝时已分化出用手击打的游戏形式。之后球类中又兴起击鞠（马球）和步打球（略似今日之曲棍球），又由步打球发展到捶丸（类似今之高尔夫球）。当然，如前所述，中国在父系氏族社会已有用于娱乐的石球，它其实就是最早的高尔夫球，只是仅在民间有所流传，未成风气而已。

中国从唐代开始，还有一种类似今天的地滚球的活动项目，叫“木射”，是在球场的一端立十五个笋形平底的木柱，其中十个各分别用红色写上"仁、义、礼、智、信、温、良、恭、俭、让"十个字,另五个各分别写"慢、傲、佞、贪、滥"五个字,击球人在场上的另一端滚球击柱,以中红柱者为胜。

球类运动中,古代还有抛彩球和水球。前者似今日女孩子的扔沙包,后者则以掷的远近比输赢。

起于武艺训练而以娱乐和健身为主要目的的舞剑、角抵(格斗)、相扑及其他各种武术项目也很早就形成。大量汉代画像石、画像砖为我们展示了两千年前后的汉代体育活动的繁盛。如河南唐河县出土的画像石《击刺图》、《搏击图》,南阳出土画像石《手搏图》,郑州出土画像砖《格斗图》,成都出土画像砖《舞钺》,郑州和南阳、安徽宿县、江苏铜山县、陕西绥德县、山东济宁等地都出土画像石《比武图》。其中有徒手比者,也有一方用武器而一方为徒手者,五花八门,应有尽有。汉代画像石中,还有集中表现扛鼎、拔树、背兽场面的。徐州还出土《观比武图》画像石,山东嘉祥县武梁祠也有《观比武图》画像石,则至汉代,比武已成为一种带有表演性的体育活动。当然,古代同武术、格斗相联系的体育活动产生远在西汉以前。1955 年在陕西长安县客省庄出土战国角抵纹透雕铜饰所表现两人骑马在郊外较量的场面,说明这些竞技活动产生在先秦时期。

属于今天所说的田径运动的体育项目,如长跑、短跑、跳高、跳远、投掷等,在中国古代也形成很早。《史记·王翦列传》中曾说到秦代军中的"投石、超距"锻炼,"投石"有似于今日的掷铅球,"超距"即今之跳远。《宋书·孝义列传》讲述了卜天生跳远的故事。文中省略了卜天生刻苦练习的过程,但读之可以想见。先秦时兵书《六韬·练士篇》中说到召集具有"逾高绝远、轻足善走"特长的士兵以为特殊之用。"逾高"即跳高,"绝远"即快速长途行走,"轻足善走"即跑得很快的能力。《西京杂记》卷四说:

江都王劲捷,能超七尺屏风。

这类似今日的跨栏。没有平时的跳高训练，不可能达到这种跳高的水平。《晋书·唐彬传》中说：唐彬“身长八尺，走及奔鹿。”(跑起来可追上奔跑的鹿。走：跑。)《晋书·苻生载记》中说苻生“走及奔马”，《魏书·杨大眼传》说杨大眼“跳走如飞”，乃是说跨步很大。其中写到杨大眼显示跑步速度的一技是：“长绳三尺许，系髻走，绳直如矢，马驰不及。”是说在头髻上系一条三尺长的绳子，跑起来时绳子平直飘于其后，其速度连马跑起来都追不上。史书中言观者莫不惊叹。

近于举重运动者，在古代有举鼎(也称“扛鼎”)、举国门之关等项目。鼎为青铜所铸，极重，有两耳，便于手抓，故贵族子弟常以举鼎练习体力。《史记·秦本纪》说：“(秦)武王有力，好戏，力士任鄙、乌获、孟说皆至大官。”一次“与孟说举鼎，绝膑”。看来因为所举太重又不得法，结果膝盖膑骨崩断了。《史记·项羽本纪》说项羽“力能扛鼎”，《汉书·淮南王传》说淮南厉王“有材力，力扛鼎”，《汉书·武五子传》中说广陵王胥“壮大，力扛鼎”，都说明举鼎在战国及西汉时代已成为锻炼身体、力量的一项重要活动。近代民间有举锁子石者(笔者小时在家乡西和县见到过)，凿青石如锁子形，一手抓锁梁举上，石锁重二三十斤、四五十斤不等，其情形与古代的举鼎相似。

其他如击剑、射箭这些同军事行为紧密联系的活动，游泳、划船等同日常生活联系的项目，导引、行气等纯粹健身却病的活动，拔河、荡秋千、跳绳、踢毽子等民俗活动，也都产生较早，在这里不一一叙说。

中国古代在唐宋时代已产生了体育组织。宋代出现了民间专练足球的“齐云社”，因球为圆形，又名“圆社”，社友则称为“圆友”。相扑艺人则成立“角抵社”。

中国古代有关体育项目的专著也不少。《汉书·艺文志》著录《剑道》三十八篇，《手搏》六篇，《蹴鞠》二十五篇，名《射法》之书五种共二十七篇，《望远连弩射法具》十五篇，《射书》五篇，《弋法》四篇，多以作者之名冠首，有个别是托名古代善射者。《隋书·经籍志》有《马槊谱》一卷，《投壶经》一卷，《棋势》五种共四十三卷，又有《棋图势》、《围棋品》、《棋法》、《弹棋谱》等，和《杂博戏》、《双博法》、《博塞经》之类，又有《引气图》、《道引图》、《养身经》及《养生术》之类。唐代陆秉撰《木射图》一书，可谓世界上最早的地滚球专著。元代宁志老人撰《丸经》，可谓世界上最早的高尔夫球专著。明代安徽新安人汪云程在前人基础上撰《蹴鞠图谱》。明末清初吴殳撰武术书《刀臂录》四卷，内容包括枪、刀、棒法。体育史方面的著作，如宋代调露子撰《角力记》，明王稚登的《弈史》，清丁晏的《投壶考源》，皆反映了中国古代对体育活动及其发展状况的重视。

三

古代中国作为一个内陆的农业国家，中华民族作为一个讲究伦理道德和礼仪的民族，在体育文化方面也具有自己的特色。

一、中国古代体育活动同礼仪联系密切，其中有竞技的意思，但更讲究参与者的品格与风仪。《礼记》中有《乡射礼》，记述先秦时春秋两季州学中，在举行乡饮酒礼时穿插的射箭比赛。从比赛前的主宾礼仪到三番比赛(第一番比赛是习射，不计成绩。第二、三番计成绩，其中第三番比赛中有音乐伴奏)，到比赛结束后的仪程，都记述得十分详细。《仪礼》中有《大射》一篇，记述诸侯举行大的祭祀活动时与群臣举行射礼比赛的状况，也同样记述详细。因为要通过射箭来选拔参加祭祀活动的人，所以其中具有竞技的因素，自不待言。但比赛并不纯粹看射箭的成绩，更重要是进退揖让的礼仪风度。《礼记·射义》中说：

> 故射者，进退周还必中礼，内志正，外体直，然后持弓矢审固；持弓矢审固，然后可以言中。此可以观德行矣。

“内志正”，指意识端正。“审固”，指细心瞄准，稳固持弓。

又说：

> 射者，仁之道也。射求正诸己，己正而后发，发而不中，则不怨

胜己者，反求诸己而已矣。孔子曰："君子无所争。必也，射乎！揖让而升，下而饮，其争也君子。"

"诸"是"之于"的合音，"求正诸己"，就是指要求端正自身。这其中所体现的比赛精神和对参赛者的品格上的要求，在今天来说，仍具有启发借鉴意义。因为重视体育比赛中参赛者的心态与品格，所以可避免体育活动走向自己的反面。

二、早期的体育活动同季节性军事演习和民俗活动联系密切。《诗经·豳风·七月》写周先民十二月中的生产与生活，其中说：

八月其获，十月陨萚。一之日于貉，取彼狐狸，为公子裘。二之日其同，载缵武功。

这是说夏历八月开始收割庄稼，到十月间草木开始零落。周历一月（夏历十一月）组织打猎，猎取狐狸，为君王的公子作裘。周历二月（夏历十二月）继续集中练习武功（指进行狩猎）。可见从商周时代，习武在农闲之时，而狩猎则必在冬季。古代通过讲武选拔人才，大规模的体育训练和比赛也常是讲武的主要内容。先秦之时除宫廷侍卫、关口守职之外，兵民不分，有战事则临时征集，所以习兵讲武，在农闲之时。而民间的一些竞技游艺活动如游泳、划船、拔河（唐以前叫"施钩"）、击壤（宋代以后演变为掷砖、打瓦，民国之时演变为砸钱儿）、习武及某些地方一年一次有一定规模的摔跤比赛等，莫不在农闲与节庆活动之时。至于放风筝、荡秋千，虽为个体活动，也有季节性。放风筝多在春季，因为春季天高气清，阳气上升，风力稳定，而且人们一冬闷在室内，天暖之后也急于看看大自然的风光，放风筝又要到空旷处或登高，仰首看天，正好可以舒展胸襟。荡秋千似乎同季节无关，但因春季既不是太冷，也不是太热，穿着轻便不臃肿，又不至过于轻薄简单而在飘起之时有失雅观，故也多在春季。当然，春季在耕种之前和之后的间歇时间中没有农事，也是原因之一。民间的活动也自然影响着整个民俗风气的形成。从上面的事实也可以看出，开展全民健身体育活动是中华民族的传统之一。

由于这个原因，中华民族从上古歌谣、寓言到历代诗人、作家的作品反映体育活动的很多。也正由于体育是一种文化，并且同人对生命价值的理解与追求，对自身生命延续的追求有关，体现着人的一种觉醒，所以中国古代描写体育活动、展现体育场面和抒发参加或观看某一体育活动后的感受、情感的作品，也往往充满了哲理性。当然，认识古代体育活动，我们首先要凭借有关史料和关于这些体育活动的总结性专书，后者应该说反映着中国古代对体育活动的科学思考，包括对人健康的作用、社会效益、经济活动和比赛规范等，反映出体育发展的水平。但是，从古代的一些文学作品中更能看到古代各个时期各种体育活动的真实画面，感受到人们在各种体育活动中倾注的情感，感受到古人在进行体育活动或观赏有关表演时的心理活动，更能体会到体育同人生、同社会的关系；从中感受到人对生命的珍惜，对那些有很高技术水平同时又有很高道德修养的杰出人物的赞美，以及对美好生活的憧憬。同时，它们也生动地反映了中国古代一些体育活动开展的场景和具体过程，而不是概括论述；反映了作者真切的心理感受，而不仅仅是客观地介绍。这些对于我们从文化的层面上认识传统体育是有意义的。

四

为了使体育专业的研究生、本科生和一般读者对中国古代的体育活动与体育文化有更深入的了解，我们编了这本《体育古文》，作为体育院校和综合大学、师范院校体育系学生“大学语文”课或“体育古文”选修课的教材，作为“中国体育史”课的参考读物，体育专业本科生、研究生研读中国古代体育文献的入门书或辅助教材，也可供对体育文化及养身健体感兴趣的老、中、青各年龄段读者阅读欣赏。

古代文学作品中反映体育活动的作品从春秋时代至近代有数千

篇，诗、词、曲、赋及各类文章都有，可谓体裁完备。我们这里所说的“古文”同中医院校教材《医古文》的“古文”一样，是一个广义的概念，实为“古代文言作品”的代称，不限于古代散文，只是不包括古代白话小说与戏剧作品。不收白话小说，因为本来按照“古文”的一般含义只收文言作品；不收戏剧，因为戏剧本是综合艺术，剧本是表演底本，与“古文”的概念不合。同《医古文》比较起来，本书不收该学科专业书中的东西（如各种棋谱，各种武术著作、气功之书等），而只限于文学作品。所以，它不是枯燥的说明、说教，而是生动的描述。因为前一类书容易觅得，而有关体育活动描写的文学作品分散在浩如烟海的文献中，一般人难以找到。就本书所收而言，有散文、小说、史传、寓言、笔记小品，有诗、词、曲、赋。诗的一类，有古体诗，也有律诗、绝句等近体诗。

这些反映体育活动的作品，在表现角度上可以说是各不相同，表现方式上也各有特色。

描写体育活动的场面的作品，使人了解当时体育活动的状况，想象其情景，如亲临其境。如唐代蔡孚的诗《打球篇》描写马球比赛，先写了球场的地理环境，再写了球场的豪华装饰，然后点出与之相关的两个重要东西：杖与球，即“宝杖雕文七宝球”。因为场上一切都以球场为背景，而一切又以球与球杖为转移，一切变化因球与杖而生。最后写打球场面：

红鬣锦鬃风騄骥，黄络青丝电紫骝。奔星乱下花场里，初月飞来画杖头。

把双方驰马争球的场面展现于读者面前。唐代阎宽的《温汤御毬赋》是先写了打球的起因，场地的状况，参加者的身份、装束等，然后主要写击球过程：

珠毬忽掷，月杖争击，并驱分镳，交臂叠迹。或目留而形往，或出群而受敌。禀王命以周旋，去天威兮咫尺。有骋趫材，专工接来，未拂地而还起，乍从空而倒回。

下面又说："密阴林而自却，坚石壁而迎开。"言对方防守严密，只好退却，同时又加强自己一方的防卫，准备对方的攻打。但用了比喻的手法，很有诗意。再如选自《宋史·礼志》的《打毬》，是写宋太宗参加马毬比赛的场面，对球场的格局、样式、周围的环境及守护情况、皇帝与其他运动员入场的过程、开始比赛的情形及比赛过程都有细致的描写。选自《金史·礼志》的《射柳击毬》写了另一种形式的马毬赛，而且与另一个体育活动"射柳"结合在一起。行文简洁、清楚，甚能引人想象。

宋代潘阆的词《酒泉子》(长忆观潮)写记忆中钱塘江观潮的情境。其上阕写满城的人都争着在江边看，潮头到来之时如同沧海的水全倾泻而来，发出巨响。下阕写道："弄潮儿向潮头立，手把红旗旗不湿。"为什么说"向潮头立"？因为弄潮儿看一丈来高的潮水迅猛冲来，迎潮头而上，且手中执着红旗，冲上潮头，而旗不见湿。这恐怕是世界上最惊险而壮观的冲浪比赛。词中一个"向"字用得十分恰切。周密的《观潮》则以散文的形式描写了这个壮阔而惊心动魄的场面。

赋这种体裁由于其善于铺排的特征，更是着重场面的描写与活动过程的展现，如曹魏时应玚的《驰射赋》、曹丕的《校猎赋》，唐代薛胜的《拔河赋》、元稹的《观兵部马射赋》等。西汉时著名赋作家司马相如总结赋的特征说："合綦组以成文，列锦绣而为质。一经一纬、一宫一商，此作赋之机也。"又说："赋家之心，苞括宇宙，总览人物。"可见，其特长就是铺排，表现宏大的场面。我们从所选几篇赋的题材上即可看出这一点。由此也可以知道，各种文学形式在表现上都有自己的特点，因而在选材方面显出一些共同性。赋之长于描写场面，同小说之长于表现情节，诗歌之长于抒情，散文之长于记叙一样，是由其特质所决定。

有些作品是将写体育活动同描写活动的环境结合起来，通过写环境之美，表现出一种愉悦、闲适的心情或顺应自然、因时因地制宜的思想观念，以表现作者（即健身者）开朗、清爽、愉快的心境及开阔的思想境界。这当中包含着中国古代卓越的体育理论与思想，即因地、适时、量力，心行与自然相合。如晋代张华的《游猎篇》开头说：

> 岁暮凝霜结，坚冰沍幽泉。厉风荡原隰，浮云蔽昊天。玄云晻黮合，素雪纷连翩。

下面才说："鹰隼始击鸷，虞人献时鲜。"进入狩猎的话题。开头这六句写严冬冰天雪地的景象，十分壮观。作者为什么要以此为开头呢？《礼记·王制》中说："草木零落，然后入山林。昆虫未蛰，不以火田；不麛（mí，幼鹿），不卵，不杀胎，不覆巢。"意思是说：待天寒草木零落之后，才开始狩猎。因为古代大规模的围猎常要点火驱兽。在各种昆虫未藏入地底冬眠之时，是不点火烧肥的，同样也不能在草原上放火驱兽。同时，打猎时不猎幼小的野兽，不杀怀胎的野兽，不覆鸟巢。因此，古人在开春之后，当鸟兽繁殖季节是不狩猎的。所以，张华这篇赋开头这几句反映着古人与大自然和谐共处，使社会经济得以持续发展的观念。古代很多写体育活动的作品中，都体现着一种天人合一、顺时而动、因天时地利而养身健体的观念。古代诗文中写景的内容较多，也源于此。如元代张可久曲子《南吕·金字经·观九副使小打二首》第一首说："搬，柳边田地宽，湖山畔，翠窝藏玉丸。"写球，写到田地、湖山，写球窝也作"翠窝"。这同上面所举例子一样，反映了古代人民热爱大自然，希望在美丽的大自然中获得好的心情，在无形中获得健身健体的作用这种观念有关。

有的散文作品则侧重于对球场格局、打球规则等的描述，读之使人历历在目，具有较强的史料性。如录自《金史·礼志》的《射柳击毬》等。

还有不少文学作品是将写体育活动与写人相结合，通过人来表现体育活动之精彩，通过写体育活动中的一些细节来表现人的健康体魄与体育技能。如三国时曹植的《白马篇》一诗，先说了驰射手的身世、经历，然后说他：

控弦破左的，右发摧月支。仰手接飞猱，俯身散马蹄。狡捷过猴猿，勇剽若豹螭。

于是，一个少年英雄的形象跃然纸上，而作者又是通过其射箭与骑马来表现的。再如唐代乔潭的《裴将军舞剑赋》写裴旻舞剑时的装束和神态，然后写其舞剑的动作：

合《桑林》之容以尽其意，照莲花之彩以宣其利。翕然鹰扬，翼尔龙骧，锋随指顾，锷应回翔。取诸身而耸擢，上其手以激昂，纵横耀颖，左右交光。观乎此剑之跃也，乍雄飞，俄虎吼，摇辘轳，射牛斗。空中悍慓，不下将久，飙风落而雨来，果惬心而应手。

以下还有一大段描写，真令人心惊目眩，如睹神灵之舞，雷电之变。杜甫的《观公孙大娘弟子舞剑器行》更是历代传诵的名篇。明代谭元春《刘季龙简讨庭上看舞刀歌》是写三童子同舞刀，又是一番景象，但同样是围绕写人来写舞刀，十分生动。关汉卿的《越调·斗鹌鹑》曲子《女校尉》二首，都是写蹴鞠女校尉（女足球队员）的，用了很多当时的踢球术语，写运动员在球场上的各种动作，倍加称赞。如第一首开头说：

换步那踪，趋前退后，侧脚傍行，垂肩亸袖。若说过论搽头，膁、答、扳搂，入来的掩，出去的兜。子要论道儿着人，不要无拽样顺纽。

又说：

演习得踢打温柔，演习得踢打温柔，施逞得解数滑熟。引脚蹑、龙斩眼，担枪拐、凤摇头，一左一右。折叠拐鹘胜游。

其中提到的“引脚蹑”等四种名目和后面的“折叠拐”、“鹘胜游”都是当时花样踢的名称。由此可以看出当时足球发展的水平，也可以看出这些女运动员的高超技艺。明代詹同的《衮弄行》则是写明代初年著名女蹴鞠（足球）运动员彭云秀的精湛技艺的，同样给人留下深刻的印象。

其中也有些作品是同议论相结合，由所经所见体育活动，引起作者对某些问题的看法。如阎宽的《温汤御毬赋》在末尾一段通过京尹的一段话，说借马球以练武震慑周边部族是有道理的，但作为君王热衷于此，恐有不虞。这实际上是从君王安全方面入手，劝谏其勿热衷于娱乐，以免玩物丧志。作为国君，自然应考虑更多国家大事，需要正常的体育活动，但不能沉溺于此。古代散体赋（相对于文赋中的骈赋、律赋而言）往往“卒章显其志”，所以在末段发议论几成固定格局。诗歌之中，唐代韩愈的《汴泗交流赠张仆射》与此情形相似，但韩愈中正刚直，其末二句甚至说：“当今忠臣不可得，公马莫走须杀贼。”不绕弯子，同古赋中“劝百讽一”的情形完全不同。

有些作品借写体育而言哲理，也往往发人深省，益人神智，体现出体育活动中蕴含的文化精神。这在游记散文中较为多见。如宋代王安石《游褒禅山记》，后半部分由“于是余有叹焉”引起，发了一些感慨。其中说：

夫夷以近，则游者众；险以远，则至者少。而世之奇伟瑰怪非常之观，常在于险远，而人之所罕至焉。故非有志者，不能至也。有志矣，不随以止也，然力不足者，亦不能至也。有志与力而又不随以怠，至于幽暗昏惑，而无物以相之，亦不能至也。然力足以至焉，于人为可讥，而在己为有悔。尽吾志也而不能至者，可以无悔矣，其孰能讥之乎？

读这段话的前几句。人们自然会想到马克思在《〈资本论〉法文本的序和跋》中说的一段话:

在科学上面是没有平坦的大道可走的,只有那些在崎岖小路上勇于攀登、不畏劳苦的人,才有希望到达光辉的顶点。

也会想起毛泽东同志在《为李进同志题所摄庐山仙人洞照》中的一句诗:

无限风光在险峰。

但王安石这段文字中还谈到人在追求理想道路上的其他因素及可能出现的其他种种情况,会引起人更多的思考。

蒲松龄的《鼓笛慢》曲《风筝》第一首后半:

得意骄鸣不了,似青冥无穷佳况。我从人寰凭空翘首,将心情质问:不识青云路,去尘寰几多寻丈?得何时化作风鸢去呵,看天边怎样。

真是引人无穷遐想。由此可知,各种体育健身活动,并非简单地锻炼肢体,也常常能引人思索,给人以多方面的启迪,并开阔人的胸襟。

还有些文学作品中,用双关语表现体育活动,又叫人联想到另外的事情。这在以弈棋为题材的作品中最常见,写的是下棋,却全用军事术语,似乎在写打仗,有时也涉及人生哲理。如汉代班固的《弈旨》、马融的《围棋赋》、蔡邕的《弹棋赋》、应玚的《奕势》,宋代李清照的《打马赋》等。诗、词、曲中,由于这些体裁长于抒情和表现哲理的特点,也往往借某一体育活动以写心。如宋代寇准的《纸鸢》:

碧落秋文静，腾空力尚微。清风如可托，终共白云飞。

如看作是抒发诗人对前途的感慨与期望，也无不可。金代完颜允恭的《风筝》亦是如此。元代张可久的《双调·沉醉东风·气毬》，则直是借气球以抒发自己的牢骚，表现对当时社会的不满。如其末三句说："圆满也不必烦人，一脚腾空上紫云，强似向红尘乱滚。"

总的来说，这些以体育为题材的文学作品大多或展现一种令人愉悦的画面，或刻画一个、一群健美的人物形象，或描述一个活动的过程、场面，都生动、形象、感人，又准确凝练，真正地显示了一种语言的艺术。有的地方作者几笔传神，给人留下深刻的印象。作者既善于剪裁，避免平铺直叙，行文又千变万化，灵动酣畅，不但使人爱读，又可以琅琅上口。文学作品作为社会生活的反映，作为人的心灵的纪录，其题材是十分广泛的，而以体育为题材的作品则在展示人们健康的体魄、愉悦的心情、美好的环境和积极的人生态度上显示出了它的艺术魅力。

五

古代以体育为题材的文学作品，也并非只是单纯地写体育活动。读这些作品，在改善生活方式、开阔胸襟、完善人格、提高思想境界方面也很有好处。因为好体育者，尤其有武术等特长者都身强体健，比较体力则一般人不是对手，论角斗之术则更可以随便放倒几个人，甚至一时间断送几个人的性命，故如何持身自守而以道德自律，这一点比其他人更为重要。又因为长于体育技能者同从事种种文字工作或脑力劳动的人比起来，往往被一些浅薄之人所轻视，因而也有一个心理的自我完善问题。所以，这些反映各种体育活动、写各类体育健儿的作品在这方面对人有更大的教育和启迪作用。

首先，人的一生会遇到夷、险、顺、逆各种情况。人要在世上成就一种事业，就得准备面对各种的阻力，承受各种的压力，经受各种的打击，从而能不间断地努力干下去；在其成功之时，又要经得住喝彩赞扬以至于奉承，从而清醒地处理好各方面的关系。至于平时的能克制、言行有所持守，更不用说。“制怒”是自古以来很多政治家、军事家、思想家所重视的一个问题。宋代钱易的《弈棋忘怒》以极简短的文字记录了一件很有意思的事：唐代官至仆射（相当于宰相）的李讷，性急易怒，凡逢其要发怒时，家人就暗将棋具放到面前，他就会琢磨棋路，从而暂时忘记眼前令他恼怒的事。而人的情绪在平缓一下之后再冷静思考问题，往往会心平气和，处理得更妥帖一些。

体育古文中还有很多是讲改善心情、排除抑郁的。如唐代白居易的《渭上偶钓》说“渭水如镜色”，自己钓于其旁，“微风吹钓丝，袅袅十尺长。谁知对鱼坐，心在无何乡。”所谓“心在无何乡”，即言心中没有任何尘寰杂想，得失祸福全置之度外。诗中说当年姜太公也曾钓于渭水之上，是“钓人不钓鱼”，而自己则“人鱼又兼忘”。所以诗的末尾说：“兴尽钓亦罢，归来饮我觞。”白居易主张“穷则独善其身，达则兼济天下”的人生信条，他认识到面对当时的社会状况，即使自己献出命来也无济于事，所以哪怕遭受打击、排挤也要坚强地生存下去，这样，说不定还会有为社会出力、为自己洗刷罪名的机会。这首诗通过写垂钓突出地表现了这种思想。王昌龄的《独游》说“神超物无违，岂系名与宦”，吕从庆的《钓鱼》说：“我志不在鱼，毋问寡与多”，都表现了同样的意思。宋代张先的《木兰花·乙卯吴兴寒食》，苏轼的《江城子·密州出猎》、《祭常山回小猎》，以及明代王兆云的《王世懋性嗜佳山水》都反映了同样的快乐心态。古人云：“养身先养心。”人首先要追求一个好心情。体育运动不只是为活动身体，同时也是为了追求这样的好心情。至于明代刘基《郁离子》中的寓言《郑有躁人》，乃是从反面写不能以射箭、弈棋改善自我的人，人们给他讲让他自省，他仍然不能明白，“卒病躁而死”。这就不仅是讳疾忌医，直是以善医良药为仇，是没有任何办法可治了。

也有作品表现了作者对体育活动在保持强健体魄方面的认识，如唐代张祜的《观宋州田大夫打毬》等。

其次，体育运动既是一种健体的方式，其中一些技能性活动又往往同搏击有关，有些体育特长者不仅身体健壮、力大，而且通常有较强的搏击、砍杀的技能。所以，从古以来练习武功及刀术、剑术、棍术等武艺者，都特别重视道德教育。不少文学作品中也对道德高尚、有严格操守者予以称扬，而对心地不良、借武艺欺人或炫耀博名声者以鄙视。清代纪昀《阅微草堂笔记》中的《唐打猎》记录了祖孙二人打虎的事。安徽旌德县有虎患，暴伤猎户数人，当地人闻名去请徽州的唐氏打虎家族，请到了一看，"则一老翁，须发皓然，时咯咯作嗽；一童子，十六七耳"。县上主事者大失所望。但最后还是这祖孙二人杀死了猛虎。可见他们虽艺高一等，但只做利人之事，并未以此博虚名。选自《清史稿》的《甘凤池》，写甘凤池武艺绝伦，天下无敌，"又善导引术"，在静室中以四十九日的时间与一个各种医药治之无效的病人"夜与合背坐"，直至其痊愈，"接人和易，见者不知为贲、育"。选自《清史稿》的《王来咸》写王来咸曾抱打不平而为人报仇，但有人献金于他让他去损伤其弟，王来咸拒绝，说："此以禽兽待我也！"因为兄弟不和，多为争家财等事，无论责任在谁，其兄让人伤害弟弟，是禽兽之行。

一些身怀长技的人，常喜出大言，复好恃强逞能，而真正武艺精深、功夫老到者多深藏不露，不至不得已，不会轻易使绝招治人。明代宋懋澄的小说《刘东山》写刘东山久任捕捉盗贼之事，箭无虚发。因口出大言，遇一少年专门跟了他来戏弄他。二人同行，刘又大吹大擂，结果他用的弓被少年轻轻拉开，而少年的弓他却拉不开，随身所带的银钱也全部被少年拿去。自此以后，刘东山亲手将弓箭折断，不敢向人言弓矢之事。三年以后又遇到少年，被问候了一声，竟吓得失声而跪下来。少年才说："昔年诸兄弟于顺城门闻卿自誉，令某途间轻薄，今当十倍酬卿。"刘东山算是受了教育，但一生也基本上完结。《甘凤池》写力士张大义闻甘凤池之名，特由济南至京师欲与之一比高低，甘凤池推辞，而张大义执意要比，他在脚拇指上带了铁套，以为可以借此置甘凤池于死地，至少造成重伤，不料却被甘凤池用手接住其脚，反使他的拇指尽嵌于铁套中，血流满靴。甘凤池在扬州之时，遇到长躯大腹而有轻功的马玉麟，只因甘凤池坐了上席而心中不平，同甘凤池比武，最后仆地羞惭而逃。清代小说名著蒲松龄《聊斋志异》中《武技》写李超性豪爽好施，因而遇一老僧为之教少林寺功夫。艺成，“遨游南北，罔有其对”。一次，遇一女尼卖艺，李超“不觉技痒，意气而进”。比赛中女尼知其师法名后说：“若尔，不必交手足，愿拜下风。”李超再三要求一比。比的过程中女尼又一次停止，“李以为怯，固请再角”。结果他腾一脚踢去时被“骈五指下削其股”，顿觉“膝下如中刀斧”，后月余始愈。他向师父讲了此事后，他师父说：“幸先以我名告之，不然，股已断矣！”可以说，也是女尼给他上了深刻的一课。最有意思的是清代吴炽昌的《淮阳难子》写一伙脚夫和一个力可以掌劈柳木、十分自负的镖客竟敌不过难民中一个乞讨的女子。令人感佩的是女子将此事告诉其父后，其父训斥她不该用泰山压顶势伤人，言这样做“败人衣食”。而“女侍其侧”，“俯首垂泪”。可以看出其父怎样地重视道德修养。即其女，也是在他人戏弄再三的情况下才施展了能力，也未见有多出格。以上这些故事，都以生动的情节、逼真的描写说明了道德、修养在武功方面有一技之长者身上是如何重要。选自《清史稿》的《曹竹斋》讲著名拳师曹竹斋，“少年以重币请其术”，他不答应。有人觉得奇怪，问他，他说：“此皆无赖子，岂当授艺以助虐哉！”他还说：“拳棒，古先舞蹈之遗也，君子习之，所以调血脉，养寿命；其粗乃以御侮。”这便是他对武术作用的认识。

学骑射、武艺而讲求道德，自古如此。节选自《礼记·射义》的一段中说：败军之将，亡国之大夫，不能守其家族者不能参加射箭活动，而特别礼遇“幼壮孝弟，耄耋好礼，不从流俗，修身以俟死”者，及“好学不倦，好礼不变”者。这真正体现出，体育活动是一种文化，它的总体状况体现着一个民族社会与文化的发展水平，具体在个人身上，则体现着每一个运动员的文化素养。

本书中所选作品中，还有些表现了一些人物其他方面的品质。如选自《宋书》的《卜天生渡坑》，写卜天生用跳坑的方法锻炼意志；选自《陈书》的《周文育》，写周文育的知恩图报等。这些都对人有深刻的教育意义。

再次，本书所选一些作品在学习态度、学习方法方面给人以启发。选自《庄子・达生》的《蹈水之道》写在吕梁三十仞飞瀑之下，“流沫四十里，鼋鼍鱼鳖之所不能游也”，而一丈夫游于其下。孔子以为必死无疑，使弟子沿河去搭救，结果“数百步而出，被发行歌而游于塘下”。孔子问他蹈水之道，他说自己随水漩涡而动，与上涌之水同出，完全依水之性，原因是“长于水而安于水”，从小练习的结果。说明纯熟的技能，是长时间练出来的。选自《列子・汤问》的《纪昌学箭》表现的是下功夫练基本功的事。还有些作品讲了学习、训练，进行活动都应遵从规律，不然没有效果，甚至有害无益。选自《孟子・告子上》的寓言《二子学弈》讲学习中专心致志的重要性；选自《吕氏春秋・审己》的《列子问射》说明学习中“悟”其要领与规律的重要性；选自《庄子・达生》的《东野稷败马》讲了考虑体力承受情况的重要性（人的训练同马的训练道理一样）；选自《孟子・滕文公》的《王良与嬖奚》说明要将一门技艺学得很好必须重视规律，遵从公众的规则；选自《韩非子・喻老》的《赵襄主学御》和前秦时期苻朗的寓言《羿射不中》都是说了无论御、无论射，其进行中先不要将得失成败记于心中，应全心好好发挥技能。而选自《吕氏春秋・壅塞》的《齐宣王好射》则说明自满和只喜欢听夸赞之语，是自己骗自己，永远学不好技能。《列子・汤问》的《造父学御》中造父之师泰豆氏的一大段话，专讲学习御术的规律。这些例子对我们学习任何一门技能或科学文化知识都是有教育意义的。这实际上是借着体育技能的学习讲了学习中的一般规律。

总之，这些以体育为题材的古代文学作品，可以从各个方面给我们教育和启迪，在学习上，在完善人格、提高思想修养方面，留下一些深刻的具象性影响，以指导我们的人生。

六

我们编选的这部《体育古文》总体上希望做到文学性、专业性、思想性的完美结合，成为体育专业素质教育和传统文化教育的好教材。今就编选体例说明如下：

（一）选录从先秦至近代（1911年以前）各个阶段中反映古代体育活动、体育思想的各类文学作品，时间下限至1911年。为便于学生了解作品背景及各种体育思想之间的因果关系与体育项目的发展历史，全书以时为序，同时代作家以生卒年为序排列。朝代为古代历史的时间框架，为便于学生记忆作品及作品时代，目录上依朝代划分为几个历史阶段。

（二）尽量选取同体育联系密切之作，一般写游览、登临、养生的作品不收。

（三）本教材的目的也在于提高学生的文学和古代文化素养，故散文作品中着重选内容精彩、文学性强的文章，纯粹讲体育活动的技法规则者如《丸经》、《蹴鞠谱》、《八段锦》、《易筋经》等不收，因这些材料编排集中，易于寻找。读者在提高了古文阅读能力，对中国古代体育史与体育文献产生兴趣后，可以自己去寻找研读。

（四）注重作品的认知价值，力图将反映各种体育活动的作品都选到，希望读者通过本书对中国古代体育的各个方面有一个较全面的了解。同题材的作品尽量选取叙述生动或文字简洁隽永、耐人回味之作。本书也从史书和古代笔记中选了一些合于上述标准的片断。另外，在同题材、同体裁的作品中也尽量选取名家名作。

（五）为便于阅读，所选作品篇幅都不太长。个别过长者节选其中一部分，并加说明。

（六）全书加以注释，对作者作简要介绍，对作品有简单评析，以便学生自己阅读。

（七）为锻炼学生的阅读能力及了解现代体育思想的产生与形成，选录蔡元培、毛泽东、孙中山的文言论文各一篇，以发表时间为序，作为阅读文章，列于书末。论文篇幅较长，同样加注。

《体育古文》教材从2005年开始收集资料、筛选篇目，2006年开始编纂,2007 年初稿成,即列为西北师范大学体育学院民族传统体育专业学生的必修课“体育古文”课教材。开课以来,一直受到学生们的喜爱。因为它既可以提高学生的传统文化素养,也拓展了有关体育史的知识,同时还增加一些古代文学的知识,故比一般“大学语文”受欢迎。我们还不断在教学实践基础上调整篇目,进行修改。

据了解,全国各体育院校尚无此类教材,以前也没有人编过。现在公开出版,以备选用。我们欢迎全国体育院校传统体育专业能以此为教材开设“体育古文”课程,以增加学生对古代体育活动的具象了解,提高学生传统文化的素质,也希望得到全国体育院校传统体育专业师生和研究中国体育文化、中国体育史的先生们的批评指正。

赵逵夫于西北师范大学文学院

2012 年 1 月 5 日

简兮（节选）《诗经》

简兮简兮，方将万舞[1]。日之方中[2]，在前上处[3]。
硕人俣俣[4]，公庭万舞[5]。有力如虎，执辔如组[6]。
左手执籥[7]，右手秉翟[8]。赫如渥赭[9]，公言锡爵[10]。

题解

选自《诗经·邶风》。原诗共四章，今节录前三章。《诗经》是中国第一部诗歌总集，原名《诗》，或称“诗三百”。收集周初（前11世纪）至春秋中叶（前6世纪）五百多年间的作品305篇，根据应用场合和乐调的不同分为风、雅、颂三类。《风》中所收为民歌或带有民间色彩的作品，按诸侯国与地区分为十五部分，即所谓“十五《国风》”。本书所选四篇皆出于《国风》，反映了当时上层社会的武舞表现、射、御等与体育有关的活动和民间狩猎者风貌。原始舞蹈是一种满足身心需要的“本能”活动，即《诗序》所谓“歌咏之不足，不知手之舞之，足之蹈之也”，这种舞蹈多含有体育活动的性质。至后来发展而成的武舞，其体育活动的性质更加明显，已初步具备了后世武术的雏形。

注释

[1] 简：鼓声。兮（xī）：助词，相当于“啊”。舞开始前，先击鼓表示开场。方将：即将。万舞：古代的大型舞蹈，由武舞、文舞两部分组成。先是武舞，执干、戈（即戈、盾），后是文舞，执羽、籥（即雉羽、乐器）舞蹈。场面十分壮观。多用于宗庙、山川的祭祀仪式中。

[2] 日之方中：日在中天，指正午时分。

[3] 在前上处：指领舞的舞师，站在最前列的上首位置。

[4] 硕人：身材高大丰满的人，此指舞师。先秦之时，无论男女，都以高大健壮为美。俣（yǔ）俣：魁梧的样子。

[5] 公庭万舞：在宗庙宫庭表演万舞。这是当时祭祀祖先时的一种仪式。公庭，宗庙。

[6] 执辔（pèi）如组：一排缰绳握在手中显得很整齐。辔，马缰绳。组，编织的丝线，丝带。万舞表演中，有舞师模拟驾驭马车的动作，为武舞的特征之一。古时战车有四匹马，两边的叫“骖”，根据其位置可分别称左骖、右骖，中间的叫“服”。一马配两条缰绳，两服马靠内的缰绳

缚在车辕上(上古多用一根辕),御者手中执六辔。

[7] 籥(yuè):古乐器,如笛,六孔。舞时边吹边舞,用以伴奏,并协调舞蹈动作,统一节奏。

[8] 秉:执,拿。翟(dí):野雉的尾羽。

[9] 赫如渥(wò)赭(zhě):指舞师面容红润,如同湿润的红土一样。赫,赤红色而有光彩。渥,湿润。赭,红色土。

[10] 公言锡爵:指硕人舞后受到公侯的赏识而被赐给美酒。公,公侯。锡,赐。爵,古代酒器。

简评

这是一首女子赞美所爱慕宫廷舞师的歌。诗共三章。前二章赞美舞师身高力大,舞艺超群。诗中生动地描写了古代万舞的场面,同时也透露出女诗人对舞师的爱恋之意。从“硕人俣俣”和“有力如虎”二句看,诗人赞扬舞者健康的体魄和舞蹈中强有力的动作,也显示出这种舞蹈体育活动的性质。第二章“公言锡爵”,同后代运动员比赛后的颁奖情况相近。

大叔于田《诗经》

叔于田，乘乘马[1]。执辔如组[2]，两骖如舞[3]。叔在薮[4]，火烈具举[5]。袒裼暴虎[6]，献于公所[7]。“将叔无狃[8]，戒其伤女[9]！”

叔于田，乘乘黄[10]。两服上襄[11]，两骖雁行[12]。叔在薮，火烈具扬[13]。叔善射忌[14]，又良御忌[15]。抑磬控忌[16]，抑纵送忌[17]。

叔于田，乘乘鸨[18]。两服齐首[19]，两骖如手[20]。叔在薮，火烈具阜[21]。叔马慢忌[22]，叔发罕忌，抑释掤忌[23]，抑鬯弓忌[24]。

题解

选自《诗经·郑风》。原《诗经》中这首诗的前一首是《叔于田》，这里加“大”字以与上篇区别。叔：对猎者的尊称。于田：去打猎。于，先秦时意义较宽泛的一个动词，它的确切含义由后面所带的词决定，如“于田”即打猎，“于役”即服役，“于耜”即锸地等。田，通“畋”，猎取。

注释

[1] 乘（chéng）乘（shèng）马：乘着四匹马驾的车子。第一个“乘”字作动词用，即乘坐。第二个“乘”字作数词用。乘马，即四匹马。

[2] 执辔（pèi）如组：缰绳握在手中如同握着一把丝线一样轻松自如。详参《简兮》注[7]。

[3] 两骖（cān）如舞：两旁驾车的马像舞队的行列一样整齐。骖，参《简兮》注[7]。

[4] 薮（sǒu）：低湿而多草木之处，为禽兽聚散地。“在薮”言已到田猎的所在。

[5] 火烈具举：是说几方面同时举火。烈，通“迾”（liè），与“遮”同义，即阻断的意思。猎时放火烧草，遮断群兽逃散的路叫做“火烈”。具举，俱举，同时起火。

[6] 袒（tǎn）裼（xī）：肉袒，脱衣露出肉体。暴虎：不乘车，徒步同虎搏斗。“暴”与“搏”相通。

[7] 公所：指收藏猎物的处所。

[8] 将（qiāng）：请。狃（niǔ）：熟练，经常如此，不当一回事。此就肉袒搏虎而言。

[9] 戒：警惕。其：指老虎。女：汝，你。以上两句是劝猎者不要再徒步斗虎了，要警惕被老虎伤害。这是对猎者的关怀。

[10] 黄：黄马。按：诗三章分别说乘马、

乘黄、乘鸨，是互文足义，意思是说，驾车的四匹马毛色有黄的，也有黑白相间的。

[11] 上襄(xiāng)：犹言前驾。指上等好马。上，前。襄，驾。

[12] 雁行：雁群飞行的行列。此兼指服马。以上两句大意是：服马与骖马一前一后，像雁群飞行一样。

[13] 扬：上扬，此指火光腾起。

[14] 忌：同“已”，语助词。

[15] 良御：善于驾御车马。

[16] 抑磬(qìng)控忌：或止马张弓。抑，或者。磬，止住马不让前进。控，引，开弓射箭。

[17] 抑纵送忌：或追赶射击。纵，放纵，此指射出箭。送，追赶。以上两句是写猎者高超的骑射技术。

[18] 鸨(bǎo)：指毛色黑白相间的马。

[19] 齐首：齐头，指两匹服马齐头并进。

[20] 两骖如手：这是说御者指挥两匹骖马，像使用自己的手一样自如。

[21] 阜：旺盛，此指火焰炽烈。

[22] 发：射箭。罕：少，这里是说发箭准，一发即中。

[23] 释掤(bīng)：言解开箭筒的盖，准备将箭收起。释，解下。掤，箭筒的盖子。

[24] 鬯(chàng)弓：就是把弓装进弓囊里。鬯，通“韔”，弓囊。此作动词用。

简评

这首诗赞美一个猎人勇猛与高超的本领。古代君王常常通过狩猎选拔人才，因而当时的狩猎活动具有今人体育比赛的功能。诗共三章。第一章以徒步搏虎，显出他的勇武；第二章写他驾车、射箭的技艺高超；第三章写他以高超的射御技能，从容结束。全诗基调夸美、喜悦，生动地表现了初猎、猎中、猎毕的过程，次序井然。诗人以敏锐的观察力，捕捉了猎者富有特征的动作，加以铺叙渲染，把他的形象描绘得活灵活现，其中浸透着歌者的爱慕和关注之意。清代学者姚际恒说此篇“描摹工艳，铺张亦复扬厉，淋漓尽致，为《长杨》、《羽猎》(按：汉代扬雄的作品)之祖”，可谓的评。

猗嗟《诗经》

猗嗟昌兮[1]，颀而长兮[2]。抑若扬兮[3]，美目扬兮[4]。巧趋跄兮[5]，射则臧兮[6]。

猗嗟名兮[7]，美目清兮[8]。仪既成兮[9]，终日射侯[10]，不出正兮[11]，展我甥兮[12]。

猗嗟娈兮[13]，清扬婉兮[14]。舞则选兮[15]，射则贯兮[16]，四矢反兮[17]，以御乱兮[18]。

题解

选自《诗经·齐风》。猗(yī)嗟：犹吁嗟，赞叹语气词。这是一首对体强貌美、能射善舞的男子的赞美诗，称他是抗敌保国的栋梁之才。诗中称这个男子为“甥”，《诗序》和陈奂《诗毛氏传疏》、王先谦《诗三家义集疏》都认为所写为鲁庄公(前693—前662在位)，因为鲁庄公的母亲为齐女，而诗为齐人所作。

注释

[1] 昌：盛壮，指健壮而言，古以高大为美。

[2] 颀(qí)：长，指身材高大。

[3] 抑(yì)若：即抑然，壮美的样子。抑，同“懿”，美。这里指威仪壮美。扬：额角丰满。

[4] 美目扬：指好看的两眼眼珠转动，炯炯有神。

[5] 趋：小步快走。跄(qiàng)：步履有节奏的样子。

[6] 臧(zāng)：善，好。此处指射箭的技巧好。

[7] 名：通“明”，昌盛。

[8] 清：明。形容目光清澈有神。

[9] 仪：指射箭的仪式。成：完毕。古代有大射礼，属于五礼中的嘉礼，在诸侯群臣相会时举行。又有宾射礼，在亲朋相聚时举行。古代射礼前先行饮酒礼，宾主献酬完毕后，便开始射礼，由主人指定一人为司马主持。射礼完毕后，又行旅酬礼(年小者为年长者敬酒，众人劝酒之礼)。

[10] 终日射侯：是说整天射箭靶操练武艺。侯，箭靶子。古代箭靶称为“侯”或“射侯”。侯分为两种：大射(为祭祀择士而举行的射礼)以皮为侯，靶心叫鹄；宾射(诸侯来朝或诸侯相朝而射)以布为侯，靶心叫正(zhēng)。

[11] 不出正：射箭以中正为上，言其射箭技艺之高。

[12] 展：诚然，确实。甥：姐妹的儿子为甥，古代亦称女婿为甥。

[13] 娈(luán)：美好，英俊。

[14] 清扬：目清眉扬，有神采。婉：姿态美。

[15] 舞则选兮：是说射者的舞蹈动作与乐曲完全合拍。舞，手持弓矢舞蹈，为周代射箭仪式的一部分，射者手持弓矢随着乐师所奏之乐而起舞。选，齐。此指合拍。

[16] 贯：箭穿透靶心。

[17] 四矢：四支箭。反：复。指连续射中靶心的同一个地方。

[18] 以御乱兮：是说射者的才能可以抵抗外侮。御，抵抗。

简评

此诗全用赋法，细致地描写了贵族青年男子的身材、面容、眼神、风度、射技。诗人善于把概括描写与细节描写、静态描写与动态描写结合起来，不仅勾画出射者的外部形象，而且写出了其神采、气度。诗虽然没有按顺序来写整个射箭活动的各个环节，但因为有铺垫、呼应，并不会使读者产生理解的偏差。而且通过重复，既对内容进行了强调，增加了诗的韵味，又体现了一种繁复之美。诗人非常喜欢这位射者，欣赏他的容貌、风度，更佩服他的射技，故在对射者进行描摹时，赞叹不绝。这些赞叹的句子穿插在描写的句子之中，不仅增加了行文的变化，对读者也有感染的作用。

还《诗经》

子之还兮[1]，遭我乎猺之间兮[2]。并驱从两肩兮[3]，揖我谓我儇兮[4]。
子之茂兮[5]，遭我乎猺之道兮。并驱从两牡兮[6]，揖我谓我好兮[7]。
子之昌兮[8]，遭我乎猺之阳兮[9]。并驱从两狼兮，揖我谓我臧兮[10]。

题解

选自《诗经·齐风》。人类从很早便开始狩猎活动，以求生存，后来逐渐演变为一种娱乐体育活动。进入阶级社会以后，狩猎也并非帝王贵族之专利，从事狩猎活动者历代不绝。从事这项充满刺激和乐趣的活动，既需要技巧，也要有一定的胆量，同时它还是一种体力和心理的锻炼。

注释

[1] 子：古代对男子的尊称或美称，你。还（xuán）：通“旋”，敏捷的样子。
[2] 遭：相逢，遇见。猺（náo）：齐国山名，在今山东临淄县南。
[3] 并驱：并驾齐驱。从：追逐。肩：《毛传》：“兽三岁曰肩。”泛指大兽。
[4] 揖（yī）我谓我儇（xuān）兮：（对方）向我拱手行礼夸称我轻捷灵便。揖，拱手行礼。谓，对……说。儇，轻捷利落。
[5] 茂：健美。
[6] 牡（mǔ）：雄兽。
[7] 好：美好。指技艺好。
[8] 昌：佼好的样子。
[9] 阳：山的南面叫阳。
[10] 臧：善。这里指尽善尽美。

简评

这是一个猎手赞美狩猎同伴技艺的诗歌。勇武矫健的猎手相遇在山间，他们纵马驰骋，一起追捕野兽，在捕获猎物之后，相揖而别，并互赞身手不凡。他们的相遇与合作不仅猎获了大的猎物，而且互相学习了骑马、射箭和狩猎中的其他技能，并且留下了难忘的记忆。此诗共三章，节奏迅捷明快，采用重章叠句的形式反复咏唱，很好地表现了打猎生活的愉快和猎人间的深长情谊。字句间充满对勇武精神的赞美，表达了对英武、矫健、豪壮和力量的崇尚。无怪旧评说：“飞扬豪骏，有控弦鸣镝之气。”（吴闿生《诗义会通》）。

射不主皮《论语》

子曰[1]:“射不主皮[2],为力不同科[3],古之道也。”

题解

选自《论语·八佾》,篇名为编者所拟。《论语》二十篇为孔子弟子及再传弟子所记孔子及其弟子平时所讲,在孔子去世后汇集而成。

孔子(前551—前479),春秋时期思想家、教育家。名丘,字仲尼,鲁国人。儒家学派的创始人。少贫贱,曾在鲁国任委吏(掌管仓库)之职,年五十为鲁司空、司寇,行摄相事。后因齐国的离间遭鲁定公的冷遇而率弟子周游列国,希望得到重用以推行仁政,未能遂愿。晚年返回鲁国致力于教育和古代文化典籍的整理。后世被尊为圣人。

注释

[1] 子:上古对男子的尊称。《论语》中“子曰”的“子”都是指孔子,意同于“老师”。

[2] 射不主皮:射箭不以中不中为主。这是就一般人修习礼乐和锻炼体魄而言,不是指军中的武射。皮代表靶子。古代的箭靶叫“侯”,多用皮做成。

[3] 为(wèi)力不同科:因为各人的力气大小不一样。同科,同等。

简评

孔子这段话是说给学生,由学生记下来的。《论语》中所记孔子的话,一般都是有针对性的。据其语气,当是有学生因为射箭瞄准技术不好而对射箭活动的兴趣降低,或者恐人笑话而常常不愿参加射箭练习,所以才这样说。因此,孔子这句话实具有排除心理障碍、端正一般人对射箭的认识的作用。对于武士之外的人,射箭具有正仪节、增修养、练体质的作用。这一点在今天对体育活动的认识上,也是很重要的。有的人因为球打得不好,干脆不打球;游泳技术不高,干脆不游泳,心中总有一个竞赛的意识,这是不对的。对职业运动员来说,打球、游泳的水平关系到名次，而对一般人来说，就是为了养心健体。健体，这是体育运动的本质目的。一个民族如只重视体育比赛而忽视了全民族出于健身目的的各种体育运动，那就背离了体育的根本宗旨。所以，孔子这句话是很具启发性意义的。

养由基一箭中吕锜《左传》

潘尪之党与养由基蹲甲而射之[1]，彻七札焉[2]。以示王[3]，曰："君有二臣如此，何忧于战[5]？"王怒曰："大辱国[6]！诘朝尔射，死艺[7]！"吕锜梦射月[8]，中之[9]。……及战[10]，射共王，中目[11]。王召养由基，与之两矢，使射吕锜。中项[12]，伏弢[13]。以一矢复命。

题解

选自《左传·成公十六年》，时当楚共王十六年（前575），篇名为编者所拟。所写为晋楚鄢陵之战中的一段插曲。

《左传》，本名《左氏春秋》，春秋时鲁瞽史左丘明据鲁史《春秋》所记春秋时一些历史事件的梗概及《春秋》绝笔之后二十七年事，丰富其情节，编成具有文学性的讲史，作为对国君、卿大夫等贵族讲述的底稿。汉代经学家将其割裂，按年代附于鲁史《春秋》各年之后，作为《春秋》一书的"传"（即解释《春秋》之书），后遂称之为《左传》。它既是一部历史著作，也是一部文学作品。

注释

[1] 潘尪（wāng）之党：潘尪之子潘党。父子皆为楚臣。清周亮工《书影》卷八说："意必当时有同名者，故特举其父以别之。"养由基：楚臣，春秋时著名的善射者。蹲甲：将作战时穿的甲堆于物上。

[3] 彻：穿透。七札：七层革甲。当时革甲一般皆七层。革甲为护身，其所护之处一般射手无法穿透。这里写养由基与潘党之弓强、力大。

[4] 以示王：拿给或指给君王（楚共王）看。

[5] 何忧于战：对战斗没有什么担心的。意为作战必胜。

[6] 大辱国：相当于说："丢人！"应为当时楚国习用语。楚国因长期独立发展，与中原各国为周王朝同姓诸侯及受周王朝封赠的异姓诸侯情形不同，国家观念较强。这句话也体现出这种意识。

[7] 诘（jié）朝尔射，死艺：明天早上你射时，会吃亏在说大话上（言将死于你蹩脚的射技）。这里表现了楚共王对说大话的人的反感。

[8] 吕锜（qí）：晋臣魏锜，封于吕，故又称吕锜。《左传·宣公十二年》载晋楚之战中魏锜因求公族未得，而欲使晋军败，要求去向楚军挑战，主帅

未许，又要求使于楚军，许之，至楚军则要求开战。楚潘党追逐之，魏锜见路旁有六麋鹿，射死一匹献于潘党，潘党于是放之不追。可见吕锜箭法也好，但为人轻狂欠稳重。

[9] 中(zhòng)之：射中了月亮。这是日有所思，夜有所梦。写吕锜心高，想着以其不凡的射技立功。以下删去有关解梦的文字数句。

[10] 及战：开战以后。这应是第二天的事。

[11] 中目：射中楚共王的眼睛。

[12] 中项：射中脖颈。

[13] 弢(tāo)：弓袋。此句言吕锜中箭后立即死亡，身子歪在箭袋上。

这段小故事给人以多方面启示：一、好的箭术是平时练出来的。养由基箭法很好，无事时仍同潘党将革甲堆起来练射。二、不能随便说大话。楚共王就特别讨厌这一点。由其中箭之后只给养由基两支箭让去射吕锜以报仇来看，他对养由基的箭法是有信心的，但他不喜欢有人夸口。养由基和潘党对共王说："君有二臣如此，何忧于战?"是向君王说，带有表忠心的意思在内，不是在下面向别的人夸，楚共王也不喜欢。三、养由基拿两支箭去报仇，而只用了一支箭即射中吕锜最要害之处脖颈，置其于死地，可见其箭法之高超。本篇文笔凝练，而叙事生动。作者善于剪裁，语言传神。

王良与嬖奚《孟子》

昔者赵简子使王良与嬖奚乘[1]，终日而不获一禽。嬖奚反命曰[2]："天下之贱工也。"或以告王良[3]。良曰："请复之[4]。"强而后可[5]，一朝而获十禽。嬖奚反命曰："天下之良工也。"

简子曰："我使掌与女乘[6]。"谓王良。良不可，曰："吾为之范我驰驱[7]，终日不获一；为之诡遇[8]，一朝而获十。《诗》云：'不失其驰，舍矢如破[9]。'我不贯与小人乘[10]，请辞。"

题解

选自《孟子·滕文公下》，篇名为编者所拟。王良，春秋时晋国的善御者。嬖(bì)奚，国君所宠幸、侍国君娱乐的嬖人，名奚，此指赵简子的幸臣。

孟子(前372? —前289?)，战国时期思想家、教育家、散文家。名轲，字子舆，邹(今山东邹县)人。孔子之后儒家学派的主要代表，后世尊为亚圣。在政治上主张法先王、行仁政；在学说上推崇孔子，攻击杨朱、墨翟。曾周游列国，希望有国君能推行其主张，但不为诸侯所用。退而与弟子万章等发挥孔子的学说，作《孟子》七篇。《孟子》是儒家的主要学术著作，由于其文章巧于辩论，语言流畅，富有文采和感染力，对后代的散文有很大的影响。

注释

[1] 赵简子：春秋时晋国执政大夫赵鞅。谥名简，故世称赵简子。与嬖奚乘：为嬖奚驾车。

[2] 反命：回来(向赵简子)汇报。

[3] 或以告王良：有人将嬖奚的话告诉王良。或，有人。

[4] 请：请允许我……，我请求……。复之：再去一趟。

[5] 强(qiǎng)而后可：再三要求才被允许。强，勉力。这里是再三要求的意思。

[6] 使掌与女乘：派他负责为你驾车。女，通"汝"，第二人称代词，你。

[7] 吾为之范我驰驱：我按他的意思改变我驾车的规矩。范，纳入轨范，使规矩行事。

[8] 诡遇：不按他的意思驾御。

[9] 如：作用同"而"。上引诗句见于《诗经·小雅》的《车攻》。意思是说，不违反规矩驾车，箭一射出便射中靶

心。言外之意是驾车得按规矩，不能胡来。

[10] 贯：同“惯”。小人：这里指没有规矩乱来的人。

上古之时，驾车既是贵族日常生活中交通之需要，也是战争之需要，又是体育活动之一。孔子教学生的礼、乐、射、御、书、数“六艺”中，即有“御”。御常常同猎结合起来，成为一种主要的体育活动。本篇既谈了驾车的技巧和规则问题，也谈了驾车狩猎中相关人的合作问题。最好的是配合默契，按规则充分发挥其技能；其次是互相迁就，放弃一些规则；最下是完全不按规则来，随便干预。王良为嬖奚两次赶车打猎，第一次王良牵就嬖奚的瞎指挥，结果一无所获；第二次不再迁就嬖奚的行动，一个早晨猎获十只鸟。它的寓意有两层：群体性的活动有一个配合问题。再高超的技能，如果跟没有水平的人一起合作，也难以发挥其能力，而且越按其规则越糟。这对于我们做好群体性活动的合作及使技能最好的成员充分发挥其能力，都是有启发性的。

二子学弈《孟子》

弈秋[1]，通国之善弈者也。使弈秋诲二人弈[2]，其一人专心致志，惟弈秋之为听[3]。一人虽听之，一心以为有鸿鹄将至[4]，思援弓缴而射之[5]，虽与之俱学，弗若之矣[6]。为是其智弗若与[7]？曰："非然也。"

题解

选自《孟子·告子上》，篇名为编者所拟。这是一篇寓言。弈，围棋，先秦时代称之为"弈"，至汉时才有围棋之称（扬雄《方言》）。至于围棋之由来，人们说法不一：一说围棋为尧造（《世本》），另一说为夏人乌曹所造（明陈仁锡《潜确类书》）。均为后人所言，不足据。但至迟在春秋时代，已有围棋存在（见《左传·襄公二十五年》"今宁子视君不如弈棋"）。

注释

[1] 弈秋："弈"这里作棋手解。"秋"是棋手的名字。

[2] 诲：教导，训诲。

[3] 惟弈秋之为听：指集中精力，只是听从弈秋的教诲。惟，通"唯"，只是，唯独。

[4] 鸿鹄(hú)：即天鹅。

[5] 援：引，拉。弓缴(zhuó)：弓和箭。缴，尾端系有生丝绳的箭。古人用这种箭射鸟，射中后便于捕获或寻找猎物，也可循环利用箭。

[6] 弗若：比不上，差距大。弗，不。若，如，像。

[7] 为：谓，说。与：同"欤"，表示疑问语气。

简评

本篇通过两名学生学弈的故事告诉我们：老师的教导对于学生的才能成长是重要的，但老师再好，学生心不在焉，也是学不好的。因此，即使是学习棋弈之类体育、技艺活动也应投入精神，专心致志，这样才能掌握知识技能，提高水平。

导引《庄子》

吹呴呼吸[1]，吐故纳新[2]，熊经鸟申[3]，为寿而已矣[4]；此导引之士，养形之人，彭祖寿考者之所好也[5]。

题解

选自《庄子·外篇·刻意》，篇名为编者所拟。《庄子》旧题庄周著，今存三十三篇。近人多认为《内篇》七篇为庄周所自著；《外篇》、《杂篇》为其弟子后学的著作。导引，导气令和，引体令柔，实为呼吸和躯体运动相结合的体育疗法。

庄子（前369？—前295?），战国思想家、散文家。名周，宋国蒙（今河南商丘东北）人。老子之后道家学派的主要代表，唐玄宗时被尊为南华真人。曾为漆园吏，学博识高，终身不仕。《庄子》一书非特为道家经典，亦为散文杰作，鲁迅认为："其文则汪洋辟阖，仪态万方，晚周诸子之作，莫能先也。"后世大家，如陶渊明、李白、苏轼以至曹雪芹，莫不受其影响。

注释

[1] 吹：合口用力呼气。呴（xū）：张口慢慢出气。中国古代尚不知人呼入氧气转化为二氧化碳，但已知道要吸入新鲜空气，才对身体有益，因而先秦时已形成几种利于呼吸及可以扩大肺活量的活动。吹呴即是。南朝齐梁时道教学者陶弘景的养生学著作《养性延命录》中最早记载了"吹、呴、嘻、呵、嘘、呬"六种吐纳之法，后人称作"六字诀"，说"一曰嘘，嘘主肝，肝若嘘时须睁目。主名目。二曰呵，呵主心，心呵顶上连叉手。主治心火。三曰呼，呼主脾，脾若呼时须撮口。主腹胀泻痢。四曰呬，呬主肺，肺知呬气手双擎。主治寒热病。五曰吹，吹主肾，肾吹抱取膝头平。主治腰腹膝痛。六曰嘻，嘻主三焦，三焦不热，嘻以理之"（见题明代罗洪先秘传、清曹若水增辑《万寿仙书》卷二）。陶弘景言其法"出自仙书"，可见其源远流长，同《庄子》中所说不无关系。"吹呴"只言吐气之法，而吸气不待言。文中"呼吸"则是就"吹呴"之法的实际状况言之。

[2] 吐故纳新：吐出腹腔中的故气，吸入新鲜空气。《万寿仙书》卷二说："吐从口出，纳从鼻入。"

[3] 熊经：这是一种健身操，动作像熊吊在树上而两臂上举，脚尖也踮起，

经，吊着。鸟申：似鸟飞一样平展两臂，舒展四肢，申，同“伸”，伸展。

［4］为寿而已：为了延长寿命而已。

［5］彭祖：古代传说中的长寿之人，寿至八百岁。寿考者：即长寿者。考，老。

简评

这段文字讲如何利用深呼吸等法及各种运动四肢、舒展身体的方法健体长寿，是对先秦时导引体操运动最概括的反映。1973 年长沙马王堆三号墓出土了西汉初年导引图，其上有四十多个动作，使我们对《庄子》中所写到的导引动作有了更具体的认识。东汉时华佗所创五禽戏即由之发展而来（详见《华佗五禽戏》一文）。

蹈水之道《庄子》

孔子观于吕梁[1]，县水三十仞[2]，流沫四十里[3]，鼋鼍鱼鳖之所不能游也[4]。见一丈夫游之[5]，以为有苦而欲死也，使弟子并流而拯之[6]。数百步而出，被发行歌而游于塘下[7]。

孔子从而问焉[8]，曰："吾以子为鬼，察子则人也[9]。请问蹈水有道乎?"曰："亡[10]，吾无道。吾始乎故[11]，长乎性[12]，成乎命[13]。与齐俱入[14]，与汩偕出[15]，从水之道而不为私焉[16]。此吾所以蹈之也。"孔子曰："何谓始乎故，长乎性，成乎命?"曰："吾生于陵而安于陵[17]，故也；长于水而安于水，性也；不知吾所以然而然，命也。"

题解

选自《庄子・外篇・达生》，篇名为编者所拟。另《列子・黄帝》、《说苑・杂言》也载有这则寓言。蹈水，踩水，即游泳。游泳是人类生存的一种手段，是人在适应自然的过程中形成的一种本领。先民们很早就掌握了游泳这门技能。《诗经》中就有以游泳取兴之句，可见时人对游泳的熟悉程度，其他文献中也有关于游泳技巧的记载，此处所选就是其中一篇。

注释

[1] 吕梁：水名，也称吕梁洪。《水经・泗水注》："泗水自彭城，又东南过吕县南，水上有石梁焉，故曰吕梁。"故道在今江苏省徐州市东南五十里。

[2] 县(xuán)：同"悬"。仞：八尺为一仞。战国时一尺为今天的 23.1 厘米。

[3] 流沫：指大瀑布之下翻滚的浪花。

[4] 鼋(yuán)：大鳖。鼍(tuó)：爬行动物，穴居江河岸边，即扬子鳄，俗称猪婆龙。

[5] 丈夫：成年男子之通称。

[6] 并(bàng)流：沿着河流。并，同"傍"，顺着，沿着。拯：救。

[7] 被(pī)发：披散头发。被，同"披"。行歌：边走边唱。塘：堤岸。

[8] 从：动词，跟上去的意思。

[9] 察：细看，仔细观察。

[10] 亡(wú)：同"无"。

[11] 始：起初，指初生幼小之时。乎：于。故：本能。指人类的固有习惯，即在陆地上生活。这句也就是下文"生于陵而安于陵"的意思。

[12] 长(zhǎng)：成长。性：人类后天的

适应性，这里指适应生活环境的能力，在水边生长自然学会游泳，即下文“长于水而安于水”的意思。

[13] 成：成功，指在激流飞湍中游泳的一身好水性。命：自然之理，即下文“不知所以然而然”的意思。实际上这里讲的是通过反复实践所养成的近于本能的一种技能。

[14] 齐：中。这里指水里旋涡的中心。

[15] 汩(gǔ)，向上涌起的水流。漩涡中心，水流下旋直达河底，由于河床的反作用，又反过来向上涌出。以上两句是说：遇到漩涡时，能随旋流潜入水底，然后再乘涌流浮出水面。

[16] 从水之道而不为私焉：按照水流的规律而不以自己的主观意志行事。从，顺从，按照。道，规律，这里指水流的情况。为私，按照自己的主观意志从事。私，指自己。

[17] 陵：指陆地。

这则寓言的本意说明，干任何事情主观意志和行动都要合乎规律，顺乎自然，使本能与自然浑为一体，才能无往不通。从这则寓言中，我们看到，游泳者通过长期的实践和锻炼，了解了水的自然规律，掌握了游泳的技巧，从而能够畅游于急流之中。这就是说，只有在长期的实践活动中熟悉客观事物，掌握它的规律，按照规律行事，才能够很好地驾驭它。

东野稷败马《庄子》

东野稷以御见庄公[1]，进退中绳[2]，左右旋中规[3]。庄公以为文弗过也[4]。使之钩百而反[5]。颜阖遇之[6]，入见曰："稷之马将败。"公密而不应[7]。少焉，果败而反。公曰："子何以知之[8]？"曰："其马力竭矣，而犹求焉[9]，故曰败。"

题解

选自《庄子·达生》，篇名为编者所拟。东野稷（jì），人名，复姓东野，名稷，古代驾车的能手。败，摧毁，败坏。

注释

[1] 御：驾驭车马。庄公：指鲁庄公，春秋时鲁国国君。

[2] 中绳：符合基线。中：符合。绳：绳墨，木工打直线的工具，比喻规矩或法度。

[3] 旋：旋转，绕圆圈。中规：像圆规画的一样圆。

[4] 庄公以为文弗过也：庄公认为没有人驾车比他驾驭得更好的。文，美，这里指驾车的技术高超完美，简直使驾车成了一种艺术。弗过，没有超过的。

[5] 钩：本为木匠用来取曲线的工具，这里引申为转圈。钩百即驾车绕一百圈。反：通"返"。

[6] 颜阖：战国时鲁国人。《荀子·哀公》引用此故事时，将颜阖作颜渊。

[7] 密：静默。

[8] 何以：即"以何"，用来询问原因，译为"凭什么"、"根据什么"。

[9] 犹：还，仍。

简评

东野稷的驾车技能的确高超，他的马自然也是匹良马，但是超负荷的、连续不断地拉车奔跑，仍不免于败。事物都有一个极限，要适可而止。鲁庄公以国君的身份违反客观规律，提出客观条件所不允许的要求让下面人去做，下面的人不敢违命，则事情必败。体育运动也好，生产建设也好，都是如此。这里写出了一位敢于直言的人，是应该称赞的。鲁庄公能问其必败之由，能自省，也还算明智。

列子为射 《庄子》

列御寇为伯昏无人射[1]，引之盈贯[2]，措杯水其肘上[3]，发之，适矢复沓[4]，方矢复寓[5]。当是时，犹象人也[6]。伯昏无人曰："是射之射[7]，非不射之射也。尝与汝登高山，履危石，临百仞之渊，若能射乎[8]？"于是无人遂登高山，履危石，临百仞之渊，背逡巡[9]，足二分垂在外，揖御寇而进之[10]。御寇伏地，汗流至踵[11]。伯昏无人曰："夫至人者[12]，上窥青天[13]，下潜黄泉[14]，挥斥八极[15]，神气不变。今汝怵然有恂目之志[16]，尔于中也殆矣夫[17]！"

题解

选自《庄子·外篇·田子方》，篇名为作者所拟。列子，即列御寇，战国时郑人，道家思想家。关于弓箭的发明，文献中有几种说法：一为少皞之子般始作弓箭（《山海经·海内经》），一为黄帝的臣子挥作弓（《世本》），又有"弩生于弓，弓生于弹"之说（《吴越春秋·勾践阴谋外传》）。早在原始社会，人类就开始使用弓箭，用以狩猎。春秋战国时期，由于尚武强兵之需要，人们对射箭十分重视。

注释

[1] 伯昏无人：人名寓托，以"无人"为名即可知。"昏"是道家所崇尚的一种人生境界，即无为。

[2] 引之盈贯：拉弓达到箭头与弓背相齐的程度。引，拉弓。盈，满。贯，箭头。

[3] 措：置。

[4] 适(dí)矢复沓(tà)：意为射向准心的箭接连命中。适，通"的"，目标。复沓，重叠。

[5] 方矢：并行的箭。此指发射得快，两矢几乎并行。方，并。寓：在，指插在靶上。

[6] 犹象人也：是说列御寇就像木偶一样，一动不动，极言其镇定。象人，木偶。

[7] 射之射：为射而射，指有心之射。

[8] 若：你。

[9] 逡(qūn)巡：小心行走的样子。此句指背贴着悬崖、面对深渊向后退步。

[10] 揖：拱手作礼，请。

[11] 踵：脚后跟。

[12] 至人：修养极高的人。

[13] 窥：观察。

[14] 潜：测。黄泉：地下的泉水，指很深的地方。

[15] 挥斥：放纵奔驰。八极：八方。

[16] 怵(chù)然：恐惧的样子。恂(xún)

目:眼睛昏眩。志:意态。

[17] 尔于中也殆矣夫:你在这种情况下射中的可能性也太小了。尔,你。中,射中,命中。矣夫,句末语气助词的连用形式,表示感叹语气和判断作用。

简评

列御寇的射技是相当高明的,伯昏无人却认为那不过是在正常情况下的功夫。伯昏无人引他到特殊的环境中,“御寇伏地,汗流至踵”,他的射技就根本无法发挥了。我们从中可以得到一点启示:要有高超的技艺,还要有在任何危险情况下都心神安定、泰然自若的修养。否则,即使有高明的技术,也难以发挥。另外,就是要知道,在技能方面即使已经水平很高,也不能自满,可能会有比自己更高的人。

纪昌学射《列子》

甘蝇，古之善射者，彀弓而兽伏鸟下[1]。弟子名飞卫，学射于甘蝇，而巧过其师。纪昌者，又学射于飞卫。飞卫曰："尔先学不瞬[2]，而后可言射矣。"

纪昌归，偃卧其妻之机下[3]，以目承牵挺[4]。二年之后，虽锥末倒眥而不瞬也[5]。以告飞卫[6]。飞卫曰："未也。必学视而后可。视小如大，视微如著[7]，而后告我。"

昌以牦悬虱于牖[8]，南面而望之[9]，旬日之间[10]，浸大也[11]；三年之后，如车轮焉。以睹馀物[12]，皆丘山也。乃以燕角之弧、朔蓬之簳射之[13]，贯虱之心，而悬不绝[14]。以告飞卫。飞卫高蹈拊膺曰[15]："汝得之矣[16]！"

题解

选自《列子·汤问》，篇名为作者所拟。《列子》八卷，原题战国列御寇著。然据学者研究，其中各篇的创作年代不一，当为后人辑录而成。西汉末刘向是本书的第一位整理者，整理工作完成后，他写了一篇叙录。晋张湛是本书的第二位整理者，今本即张湛所整理。张湛在辑录的过程中，有所修润，也掺杂进了一些后代之作，致使今天所见《列子》材料内容驳杂，真伪难分。但是，据考证，《汤问》中除第十七段外，其他十六段应该都是战国末、西汉初年的作品。

注释

[1] 彀(gòu)弓：把弓拉满。伏：指倒在地上。下：指跌落。

[2] 瞬：眨眼。

[3] 偃卧：仰面躺着。

[4] 承：承接，这里指两眼盯着。牵挺：织布机上牵经线的器具。由机上的两个脚踏板带动，经线相间上下移动，每移动一次，穿一次梭。因牵挺活动快，经线上下交错的活动也快，容易使人眼花。纪昌就在这种情况下训练不眨眼的功夫。旧说牵挺指脚踏板，误。脚板接近地面，人目不可能处其下。

[5] 锥末：锥子的尖头。倒：一作"到"，当作"到"。指刺到。眥(zì)：眼眶。

[6] 以告飞卫："以"字后面省去了"之"字，意为"把这种情况"告诉飞卫。

[7] 微：细微，引申为模糊不清。著：显著。

[8] 牦(máo)：指牦牛身上的长毛。牖

(yǒu):窗。

[9] 南面:面向南。

[10] 旬日:十日。

[11] 浸(jìn):逐渐。

[12] 馀物:指其他比虱子大的东西。

[13] 燕(yān)角之弧:燕地的牛角上削下一条硬的角质作弓。燕,西周春秋时代的燕国之地,大体相当于今河北省和辽宁省西端,当时这一带多牧牛。弧:弓。朔蓬:北方的蓬草,细而硬。朔,北方。簳(gǎn):箭杆,也指箭。

[14] 悬:指悬挂虱子的牛毛。绝:断。

[15] 蹈:顿足踏地。拊:轻击。膺:胸膛。

[16] 得之:指掌握了射箭的门道。

简评

纪昌掌握了射箭的技巧,但他实际并没有练习射箭,只是练习不眨眼睛,视小如大的功夫。这则寓言启示我们,学习任何一种技艺,关键是打好相关的基础。有了坚实的基础,练好过硬的基本功,才可能有长足的进步和发展,才能达到一般人达不到的水平,从而在技能上达到高、精、尖的程度。

造父学御《列子》

造父之师曰泰豆氏[1]。造父之始从习御也，执礼甚卑[2]，泰豆三年不告。造父执礼愈谨[3]，乃告之曰[4]：“古诗言：‘良弓之子[5]，必先为箕[6]；良冶之子[7]，必先为裘[8]。’汝先观吾趣[9]。趣如吾，然后六辔可持[10]，六马可御[11]。”造父曰：“唯命所从[12]。”

泰豆乃立木为涂[13]，仅可容足[14]；计步而置[15]。履之而行。趣走往还，无跌失也。造父学之，三日尽其巧[16]。

泰豆叹曰：“子何其敏也？得之捷乎！凡所御者，亦如此也。曩汝之行[17]，得之于足，应之于心。推于御也，齐辑乎辔衔之际[18]，而急缓乎唇吻之和[19]，正度乎胸臆之中[20]，而执节乎掌握之间[21]。内得于中心，而外合于马志[22]。是故能进退履绳而旋曲中规矩[23]，取道致远而气力有馀[24]，诚得其术也。得之于衔，应之于辔；得之于辔，应之于手；得之于手，应之于心。则不以目视，不以策驱[25]；心闲体正[26]，六辔不乱，而二十四蹄所投无差；回旋进退，莫不中节[27]。然后舆轮之外可使无馀辙[28]，马蹄之外可使无馀地；未尝觉山谷之崄[29]，原隰之夷[30]，视之一也。吾术穷矣[31]。汝其识之[32]！”

题解

选自《列子·汤问》，篇名为作者所拟。造父，秦人的祖先，善御，以献八骏幸于周穆王，穆王使之御，西巡狩，见西王母，乐而忘归。时徐偃王反，穆王日驰千里，大破之。穆王因赐造父以赵城，由此为赵代。御，即驾车。古代驾车不仅是一种技能，也是一项重要的体育活动。

注释

[1] 泰豆氏：古代传说中擅长御马者。上古称呼君王、首领常用“氏”，后来称呼同姓中的分支用氏，汉代以后，姓和氏混而为一。

[2] 执礼甚卑：卑恭执礼，也就是对老师很尊敬的意思。执礼，实行对上的礼节。甚卑，非常卑恭。

[3] 愈谨：越加勤谨小心。

[4] “乃”字前省略主语“泰豆”。乃：便。

[5] 良弓之子：擅长造弓者的子弟。

[6] 箕(jī):簸箕。制箕和弓都需柔曲竹木,编箕用的枝条细而制弓用的木条粗得多,但要使之圆而不折的手法是一样的,所以先由简易练起。

[7] 良冶之子:擅长冶炼者的子弟。

[8] 裘(qiú):皮袄。冶铁者为避免火星迸溅烧伤身体,身前护着皮制的护裙。学习冶金者先学为裘,是从做基本的工作开始。以上四句语见《礼记·学记》。

[9] 趣:动作,行动。

[10] 六辔可持:可以单独驾四匹马拉的车,参前《简兮》注[6]。辔,马缰绳。持,掌握。

[11] 六马:古时天子的车驾六匹马,要求掌握高度的御术。

[12] 唯命所从:按照你的命令办。命,这里当教导、指点讲。从,照办。

[13] 涂:通"途",道路。

[14] 容足:容得下一只脚。这句是说:所立之木顶端仅能踩上一只脚。

[15] 计步而置:按脚步的间隔竖立起一根根木头。

[16] 尽:指全部掌握。

[17] 曩(nǎng):从前,以往。

[18] 齐辑乎辔衔之际:通过掌握辔衔使车马走得和谐有节拍。齐辑,和谐,协调,合拍。齐,同。辑,和。衔,马勒口,或称嚼口。辔衔之际,指辔和衔两者之间。

[19] 急缓乎唇吻之和:通过控制马的唇吻使车走得急缓相宜。唇吻,指马的嘴唇。之和,意思与"之际"相同。

[20] 正度乎胸臆之中:端正御马的度数要靠心中掌握。度,指御马的法度,度数。胸臆,心中。

[21] 执节乎掌握之间:使马车走得合乎度数还要靠手来控制。执节,掌握御马的法度。节,度。掌握,指手掌。

[22] 马志:指马的脾性。

[23] 进退履绳:进退能踩在绳墨直线上,即走得笔直。旋曲中规矩:旋转拐弯的角度合乎圆规的曲度。参前《东野稷败马》注[3]、[4]。

[24] 取道:奔跑在道路上。取:同"趣"。致远:能到达远方。

[25] 策:马鞭。驱:驱赶。

[26] 心闲体正:内心从容,没有慌乱的样子。

[27] 中(zhòng)节:合乎节拍。

[28] 舆轮之外可使无馀辙:车轮之外可以没有多馀道路。意思是说车道的宽度仅能容纳车轮就足够了。舆,车。辙,道路。

[29] 崄(xiǎn):同"险"。

[30] 隰(xí):低湿的地方。夷:平坦。

[31] 穷:尽,指技术已全部传授完。

[32] 其:句中语助词,表委婉语气。识(zhì):记住。

简评

古代无论是用于战争的马车,还是用于交通工具的马车,都需要驾御者有较高的技术。因此,中国古代历史上出现了不少御车技术高超之士,造父便是其中之一。这则寓言总结了学习驾车的经验,说明学习各种技术必须严格训练基本功。要掌握驾车的技术,得先在仅可容足的木桩上练习快跑,做到趋走往返不跌失。那是因为它们之间有共同的规律性。只有掌握了要领,练好了有关的基本功,才有可能达于极致。

詹何钓鱼《列子》

詹何以独茧丝为纶[1]，芒针为钩[2]，荆篠为竿[3]，剖粒为饵[4]，引盈车之鱼于百仞之渊、汩流之中[5]；纶不绝，钩不伸，竿不桡[6]。

楚王闻而异之，召问其故。詹何曰："臣闻先大夫之言[7]：蒲且子之弋也[8]，弱弓纤缴[9]，乘风振之[10]，连双鸧于青云之际[11]。用心专，动手均也[12]。臣因其事[13]，放而学钓[14]，五年始尽其道[15]。当臣之临河持竿，心无杂虑，唯鱼之念[16]；投纶沉钩，手无轻重[17]，物莫能乱[18]。鱼见臣之钩饵，犹沉埃聚沫[19]，吞之不疑。所以能以弱制强，以轻致重也[20]。……"

题解

选自《列子·汤问》。钓鱼早在原始社会就已出现，是一项最古老、最广泛、最普及的生产活动。据《尸子》载，因天下洪水泛滥，燧人氏"教民以渔"（宋高承《事物纪原》卷九引）。几千年来，钓鱼活动从未间断。随着人类生产的发展、社会生活的丰富，垂钓也成为人们休闲、娱乐、健身的方式，发展至今日，已成为一项国际性的体育比赛活动。实际上它对于训练人的精神专一、注意力集中、消除疲劳和锻炼臂力等都有好处。

注释

[1] 詹何：战国时楚人，以善钓闻于国。独茧丝为纶：以单股的蚕丝作为钓鱼的线。独，指单股。纶，钓鱼用的线。

[2] 芒针：很细的针。言针身纤细而长，形如麦芒。

[3] 荆篠(xiǎo)：楚地所产的细竹。

[4] 剖粒：剖开的米粒，指半粒米。

[5] 引：牵引，这里指钓上。盈车之鱼：指能装满一辆车子那样大的鱼。汩(yù)流：急流。

[6] 桡(náo)：弯曲。

[7] 先大夫：古称去世的尊长为先。这里指去世的父亲，曾任过大夫之职。

[8] 蒲且(jū)子：传说楚国善于弋射的人。弋(yì)：用带丝绳的箭来射。

[9] 弱弓：指拉力小的弓。纤缴(zhuó)：指系着丝绳的箭比较纤细。

[10] 乘风：借助风力。振之：把箭射出去。振，发放。

[11] 连：连贯。指射穿。鸧(cāng)：指鸧鹒(gēng)，也写作"仓庚"。即黄莺，也称黄鹂。

[12] 动手均：指用力平均不偏。

[13] 因其事：依照他的做法。
[14] 放：同“仿”，仿效，模拟。
[15] 尽：指完全领会精通。
[16] 唯鱼之念：“唯念鱼”的倒装，只想着鱼。
[17] 手无轻重：指用力均匀，不会时轻时重。
[18] 物莫能乱：外物不能干扰。
[19] 沉埃：落下的尘埃。此指水中的污泥。聚沫：水中汇聚的泡沫。
[20] 致：获得，招致。

简评

这则寓言说明做事只要通过精心苦练，掌握规律，顺物之性，乘事之势，不强为用力挣扎，方可得心应手，达到出神入化的境地。本文体现了道家的思想，“用心专，动手均”，“心无杂虑，唯鱼之念”。从顺应自然规律来看，射箭是“乘风振之”，钓鱼“手无轻重”是因波而运之，心意集中，在不断实践中摸索出规律，就可以掌握看上去很难的事物。

劝学(节选)《荀子》

君子之学也[1],入乎耳,箸乎心[2],布乎四体[3],形乎动静[4];端而言[5],蠕而动[6],一可以为法则[7]。小人之学也[8],入乎耳,出乎口;口耳之间则四寸耳,曷足以美七尺之躯哉[9]!古之学者为己[10],今之学者为人[11]。君子之学也,以美其身[12];小人之学也,以为禽犊[13]。故不问而告谓之傲[14],问一而告二谓之囋[15]。傲,非也[16];囋,非也;君子如向矣[17]。

题解

节选自《荀子·劝学》。本文主旨在于阐述学习方法的重要性,是中国教育史上的一篇著名作品。

荀子(约前325?—前238?),战国中晚期思想家。名况,赵国人。他是儒家学派的重要代表人物,曾到齐国稷下学宫讲学,三为祭酒,两度作楚国兰陵(山东绎县)令。曾西游入秦,议兵于赵。晚年罢官居兰陵,从事著述。西汉刘向校定《孙卿新书》三十三篇。今本《荀子》共三十二篇,除少数篇章外,大部分是其自著。

注释

[1] 君子:懂礼仪,有才智,德高望重的人。
[2] 箸:通“著”,显明。乎:于。
[3] 布:分布,此为体现之意。四体:指整个身体。
[4] 形乎动静:指表现在一举一动。
[5] 端而言:端庄地说话。
[6] 蠕而动:缓慢地行动。
[7] 一:都。法则:榜样,表率。
[8] 小人:道德低下的人。
[9] 曷:怎么。足:足够。美:美化。
[10] 古之学者为己:古人学习,是为了自身的提高。
[11] 今之学者为人:今人学习,是为了炫耀于他人。
[12] 以美其身:指为了完美自己的身心。
[13] 禽犊:禽和犊。古代用作馈赠的礼品,因以喻求仕进之物。
[14] 故:因此。谓之:称为。傲:急躁。
[15] 囋(zàn):多言,唠叨。
[16] 非也:不对。
[17] 君子如向:指君子的回答应像回声一样。向,通“响”,回声。

简评

《劝学》比较系统地论述了荀子的教育思想，指出任何知识才能都是通过后天的教育而得，同时指出要善于学习，才能使自己的知识与才能不断丰富。所选这段文字，讲了君子与小人学习的不同方法与目的，对人们平时的学习、实践和自我修养都有一定教育意义。其中"君子之学也，入乎耳，箸乎心，布乎四体，形乎动静，端而言，蠕而动，一可以为法则"数语，对从事各项体育活动与体育教育工作的人来说，指导意义更大。

赵襄主学御《韩非子》

赵襄主学御于王子期[1]，俄而与子期逐[2]，三易马而三后。襄主曰："子之教我御术未尽也。"对曰："术已尽，用之则过也。凡御之所贵[3]，马体安于车，人心调于马[4]，而后可以进速致远[5]。今君后则欲逮臣[6]，先则恐逮于臣。夫诱道争远[7]，非先则后也。而先后心皆在于臣[8]，上何以调于马[9]？此君之所以后也。"

题解

选自《韩非子·喻老》，篇名为编者所拟。赵襄主，即赵襄子，战国时赵国君主。

韩非（前280？—前233），战国思想家、散文家。后人习称韩非子。韩国贵族。与李斯同为荀子的学生。韩非见韩国削弱，屡次上书，不被用，后奉使入秦。因李斯向秦王政进谗言，入狱而死。他主张因时制宜，强调法术和君主集权，为先秦法家的集大成者。今存《韩非子》五十五篇，大部分为韩非自著，也混入他人作品与后学之作。他的文章气势雄壮，以说理精密、笔锋犀利见长，又善于用浅近寓言说明抽象的道理。

注释

[1] 王子期：即王良，赵国著名御手。
[2] 俄而：不久。逐：指竞赛。
[3] 所贵：相当于说关键所在。
[4] 人心调（tiáo）于马：人的心意与马的行动协调一致。调，协调。
[5] 进速：加快速度。
[6] 逮：及，追上。
[7] 诱道：引导马匹沿道路走，即驭马。
[8] 先后心皆在于臣：无论跑在前跑在后，都把注意力放在臣身上。
[9] 上何以调于马：还有什么心思用在与马谐调上？上，同"尚"，更。

简评

在竞赛中让胜负得失的杂念束缚着自己，就不可能充分发挥自己的技术。驾车竞赛，必须把马调遣好，使人意与马的行动相协调，才能跑得快，跑得远。

赵襄主又要调遣马，心里又在考虑对方的得失，他的失败就在于一心二用。本段虽取材于驾车，但其寓意对于学习其他技艺也有教育意义。做任何事，如果不专心致志，而时时考虑一时的得失，往往会事与愿违。

百发百中《战国策》

楚有养由基者[1]，善射，去柳叶者百步而射之[2]，百发百中，左右皆曰善。有一人过曰："善射，可教射也矣。"养由基曰："人皆曰善，子乃曰可教射，子何不代我射之也?"客曰："我不能教子支左屈右[3]。夫射柳叶者，百发百中，而不已善息[4]，少焉气力倦[5]，弓拨矢钩[6]，一发不中，前功尽矣。"

题解

选自《战国策·西周策》，篇名为编者所拟。《战国策》共三十三卷，主要记载战国纵横家的说(shuì)词，杂记战国时东周国、西周国、秦、齐、楚、赵、魏、韩、宋、卫、中山国军政大事。非一人一时所作，个别成于秦汉间人之手。西汉刘向(前77—前6)编辑整理，定名为《战国策》。

注释

[1] 养由基：姓养，名由基，春秋时楚国善射者。

[2] 去：距离。射柳叶：古代一种练习射箭的方法。另有源于古代鲜卑、匈奴等北方少数民族祭天仪式的"射柳"，至辽、金、宋、元时已发展为兼具娱乐、体育、军事意义的制度化、程式化活动。往往于清明、端午日举行，折柳枝插于场地，参赛者驰马射之，中者为胜。

[3] 支左屈右：左手直臂支弓，右手曲臂引弦。指射箭之法。

[4] 已：同"以"。息：停止，停息。

[5] 少焉：少刻，一会儿。

[6] 弓拨矢钩：弓不正，箭弯曲。拨，不正。钩，弯曲。

简评

百发百中的确可嘉，然而"不已善息"，一则过度劳累，气力不支；二则弓矢变形，影响准确度，所以会导致"前功尽矣"。因此，做事应该注意调整适度的节奏，以保证持久而良好的精神状态和工具的均衡如一，而不宜前后失度。

尽数《吕氏春秋》

流水不腐，户枢不蝼[1]，动也[2]。形气亦然[3]。形不动则精不流[4]，精不流则气郁[5]。郁处头则为肿、为风[6]，处耳则为挶、为聋[7]，处目则为䁾、为盲[8]，处鼻则为鼽、为窒[9]，处腹则为张、为疛[10]，处足则为痿、为蹷[11]。

轻水所[12]，多秃与瘿人[13]；重水所[14]，多尰与躄人[15]；甘水所[16]，多好与美人[17]；辛水所[18]，多疽与痤人[19]；苦水所，多尪与伛人[20]。

凡食，无强厚味[21]，无以烈味重酒，是以谓之疾首[22]。食能以时，身必无灾。凡食之道，无饥无饱，是之谓五藏之葆[23]。口必甘味[24]，和精端容[25]，将之以神气[26]，百节虞欢[27]，咸进受气[28]。饮必小咽[29]，端直无戾[30]。

今世上卜筮祷祠[31]，故疾病愈来[32]。譬之若射者，射而不中，反修于招[33]，何益于中[34]？夫以汤止沸[35]，沸愈不止，去其火则止矣。故巫医毒药[36]，逐除治之[37]，故古之人贱之也[38]，为其末也[39]。

题解

节选自《吕氏春秋·季春纪》，篇名为编者所拟。《吕氏春秋》是吕不韦召集门客编撰的一部书，成书于秦始皇八年(前239)，分为八览、六论、十二纪。此书兼采众家之长，喜用丰富多彩的神话传说、寓言故事阐明事理，文字朴实简劲。尽数，尽享天年。数，年数、岁数。指人本来具有的自然寿命。本文论养生之道，主张饮食适宜，心情畅快平和，多运动，提出"流水不腐，户枢不蝼"的科学论断。

吕不韦(？—前235)，战国末年政治家。阳翟(今河南禹县)人，一说濮阳(今河南濮阳)人。曾任秦国丞相，权势显赫。门下有食客三千人，吕不韦使他们各抒己见，著成《吕氏春秋》一书，悬于咸阳城门，称能增损一字者赏以千金。因此书"兼儒墨，合名法"，史称"杂家"。秦王政十年(前237)，以嫪毐事免官，后喝毒药而死，年约六十。

注释

[1] 户枢(shū)：门上的转轴。不蝼：不被虫蛀蚀。蝼，蝼蛄。这里用为

动词。

[2] 动也:这是由于不断运动的缘故。

[3] 形:形体。气:精气。中国古医家把人体生理上的新陈代谢、内部机能活动的原动力称作"气"。

[4] 精:精气。流:运行。

[5] 郁:郁结,滞积。

[6] 处:在。肿、风:都为头部疾病。肿,头肿。风,面肿,五官歪斜,所谓"中风"。

[7] 挶(jū):戟持,即不灵便。

[8] 瞡(miè):眼眶红肿。

[9] 鼽(qiú)、窒:皆指鼻塞不通。

[10] 张:通"胀",腹部胀满。疛(zhǒu):小腹疼痛。

[11] 痿、蹶(jué):都是脚病。痿,足不能行走。蹶,所谓"蹶逆",足提不起。《说文》:"蹶,僵也。"

[12] 轻水:含盐分及其他矿物质过少的水。所:处所,地方。

[13] 秃:头无发。瘿(yǐng):颈部生囊状肿瘤。

[14] 重水:含盐分及其他矿物质过多的水。

[15] 尰(zhǒng):足部水肿。躄(bì):不能行走。

[16] 甘水:质味美好的水。

[17] 好、美:指身体健美。

[18] 辛水:味辛辣的水。

[19] 疽(jū):结成块状的毒疮。痤(cuó):即痈(yōng)。一种皮肤和皮下组织化脓性的炎症。

[20] 尪(wāng):指胸、胫、背等处骨骼的弯曲症。伛(yǔ):曲背,弯腰。

[21] 无:不要。强厚味:一再追求浓烈厚味的食物,即下文的"烈味"、"重酒"。

[22] 是:此。以:可以。疾首:导致疾病的开端。

[23] 五藏:即五脏。指心、肝、脾、肺、肾。中医谓"五脏"有藏精气而不泻的功能,故名。葆(bǎo):安。

[24] 口必甘味:指一定要吃可口的食物。必,一定。

[25] 和精端容:使精神和谐,仪容端。

[26] 将:养。神气:精气。

[27] 百节:周身关节。虞欢:欢娱。

[28] 咸:都。受气:受到精气的滋养。

[29] 小咽:一点一点咽,不要大口喝。

[30] 端直无戾:指坐要端正,不要歪斜。戾,乖戾,这里是扭转的意思。

[31] 今世:当今世道。上:通"尚"。崇尚,看重。卜筮:古时预测吉凶,用龟甲称卜,用蓍草称筮,合称卜筮。祷祠:泛指祭祀。

[32] 故疾病愈来:所以疾病越来越多。愈,更加,越。

[33] 反:反而。修:修理。招:箭靶。

[34] 何益于中:对于射中有什么作用呢?

[35] 夫:句首语气词。汤:热水,开水。沸:沸腾。

[36] 巫医:古代以祝祷为主或兼用一些药物来为人消灾治病的人。毒药:指巫医给人开的药物。

[37] 逐除:驱赶扫除。治:治疗。

[38] 贱之:以之为贱。贱,形容词意动用法。这句是说古人看不起这种做法。

[39] 为其末也:因为这是舍本逐末。为,因为。

简评

本文指出人需要运动,世上万物都是在动的过程中消除了妨害自己的因素,保持不朽坏。水在运动中有自洁作用,户枢在不时转动中防止了虫害的侵入,人也通过锻炼达到身体健康,增强了免疫力,可以不得疾病,不过早地结束自己的生命。文章还批评了当时崇尚占卜、祭祀的风俗,和完全依赖于医药的思想观念。想通过祭祀、敬神、占卜达到健康无病是骗人骗己，医药只能是有病之后消除或缓解病痛，而养生与体育活动则可以使人不得病。这些思想在今日看来也是很有意义的，它从根本上说明了体育活动的价值，其中有些话说得十分精辟。

列子问射《吕氏春秋》

子列子常射中矣[1]，请之于关尹子[2]。关尹子曰："知子之所以中乎[3]？"答曰："弗知也。"关尹子曰："未可。"

退而习之三年，又请。关尹子曰："子知子之所以中乎？"子列子曰："知之矣。"关尹子曰："可矣，守而勿失。"

题解

选自《吕氏春秋·季秋纪·审己》，篇名为编者所拟。《列子·说符》也载有这则寓言。

注释

[1] 子列子：前一个子为尊称，大体同子"老师"之意。列子，人名，参《列子为射》说明。常射中矣：曾有一次射箭击中了目标。意为偶然射中。常，借作"尝"，曾经。

[2] 关尹子：即关尹喜，曾拜道家始祖老子为师。

[3] 知子之所以中乎：你知道你能够射中的原因吗？

简评

当人们做成功了某件事情的时候，既要知其然，又要知其所以然，才能把握其必然性，真正获得知识，真正地掌握技能。列子开始射箭时，偶尔射中，还没有掌握射箭的规律性，不知道怎样才能射中。通过反复实践练习，他的认识从感性阶段上升到理性阶段，从技能上说也掌握了射箭的规律性，这才算真正学会了射箭的本领。

齐宣王好射《吕氏春秋》

齐宣王好射，说人之谓己能用强弓也[1]。其尝所用不过三石[2]。以示左右[3]，左右皆试引之[4]，中关而止[5]。皆曰："此不下九石，非王其孰能用是[6]！"宣王之情[7]，所用不过三石，而终身自以为用九石，岂不悲哉！

题解

选自《吕氏春秋·贵直论·壅塞》，篇名为编者所拟。齐宣王，名辟疆，齐国国君，公元前319—前301在位。好，喜好。这则寓言讲了齐宣王听信谗言，无自知之明的故事。

注释

［1］说：同"悦"，喜欢。强弓：拉力很强的弓。

［2］石：重量单位。一百二十斤为一石。此指弓弩的强度。

［3］以示左右：拿弓给左右的人看。示，给人看。

［4］引：拉。

［5］中关而止：指拉弓拉了一半就不拉了。这是为了恭维齐宣王假装拉不开了。关(wān)，通"弯"，拉满弓。

［6］孰：谁。是：指示代词，此处指弓。

［7］情：实情，情况。

简评

这则寓言讲齐宣王因盲目自大，认身边人恭维他的话为真，遂自以为其所使用弓弩不下九石，终留一生用弓不过三石之笑柄。齐宣王的悲剧，一则由于他的盲目自大，二则由于周围人的奉承，从而使他再无机会尝试更强的弓弩，也失去上进之心。

体育古文

射义（节选）《礼记》

孔子射于矍相之圃[1]，盖观者如堵墙[2]。射至于司马[3]，使子路执弓矢出延射[4]，曰："贲军之将[5]，亡国之大夫[6]，与为人后者[7]，不入[8]。其余皆入。"盖去者半[9]，入者半。又使公罔之裘、序点扬觯而语[10]。公罔之裘扬觯而语曰："幼壮孝弟[11]，耆耋好礼[12]，不从流俗[13]，修身以俟死[14]，者不[15]？在此位也[16]。"盖去者半，处者半[17]。序点又扬觯而语曰："好学不倦，好礼不变，旄期称道不乱[18]，者不？在此位也。"盖廑有存者[19]。

射之为言者，绎也[20]，或曰舍也[21]。绎者，各绎己之志也，故心平体正，持弓矢审固[22]；持弓矢审固，则射中矣。故曰："为人父者，以为父鹄[23]。为人子者，以为子鹄。为人君者，以为君鹄。为人臣者，以为臣鹄。"故射者各射己之鹄[24]。

射者，仁之道也[25]。射求正诸己[26]。己正而后发，发而不中则不怨胜己者，反求诸己而已矣。孔子曰："君子无所争，必也射乎[27]！揖让而升下而饮，其争也君子。"

孔子曰："射者何以射[27]？何以听？循声而发[28]，发而不失正鹄者[29]，其唯贤者乎[30]。若夫不肖之人[31]，则彼将安能以中[32]？"

题解

节选自《礼记·射义》。《礼记》，亦称《小戴礼记》或《小戴记》（与戴德纂辑的《大戴礼记》相区别），共四十九篇，是一部先秦至秦汉时期的礼学文献选编。该书最初为西汉时期的戴圣所纂辑。其中《射义》一篇，泛论射礼的意义，据学者考证，当成篇于战国中晚期。

注释

［1］孔子：人名，参《射不主皮》篇作者介绍。矍（jué）相：地名。圃：菜园，此处指射圃，即射箭的场所。

［2］盖：语气词，多用于句首表大略或推测语气。观者如堵墙：观看的人多，周围如墙一样围起来。

［3］射至于司马：射礼到了确定司马的时候。射，射礼。司马，主人从属吏中挑选出来主持射礼的人。参《猗嗟》注［10］。

[4] 子路(前542—前480):孔子弟子,姓仲名由,字子路,春秋时鲁国人。为人耿直,有勇力才艺。延射:延请想参加射礼的人。

[5] 贲(fèn)军:败军。贲,通"偾",覆败。

[6] 大夫:古官职名。周代在国君之下有卿、大夫、士三等;各等中又分上、中、下三级。后因以大夫为任官职者之称。

[7] 与为人后者:指本非人之后嗣而求做别人后嗣的人。与,预,求。

[8] 不人:指不能进入射圃参加射礼。

[9] 去者半:排除在外的人有一半。

[10] 公罔之裘:相当于说"公罔氏之名裘者"。公罔,复姓。之,语助词。裘,人名。序点:姓序,名点。扬觯(zhì):举起酒杯。扬,举起。觯,古代饮酒器。语:告诫。这句是说:在射礼完毕后,子路让公罔之裘与序点举起酒杯告诫众人。

[11] 幼壮:青少年时期。孝弟(tì):孝顺父母,敬爱兄长。弟,通"悌"。顺从和敬爱兄长。

[12] 耆(qí)耋(dié):老年。古称六十岁为耆,七十为耋。好礼:崇尚礼仪。

[13] 流俗:指社会上流行的一些不好的习俗。

[14] 修身:陶冶身心,涵养德性。俟死:一直到死。俟,等待。

[15] 者不(fǒu):即有这样的人吗?者,这里用为指示代词,相当于"这"。不:语末助词。表询问。

[16] 在此位也:指如果有前面提到的那些德行,就可以坐在宾位上。

[17] 处者半:有一半的人留下来。处,留下。

[18] 旄(mào)期:老年。旄,与"耄"通。八十、九十曰耄。称:犹言,行。道:符合道义。

[19] 盖廑(jǐn)有存者:意思是说够资格的,已经没有多少位了。盖,句首语气词。廑,也作"仅",指数量少。

[20] 射之为言者:射的意思是……。绎:抽绎,寻思。

[21] 舍:发,发射。

[22] 持:拿。审:慎重,稳定。固:牢固。

[23] 为人父者,以为父鹄:做父亲的,以为所射的靶心是考验自己是否够资格做父亲的靶心。鹄,靶心。参《猗嗟》注[12]。以下"以为子鹄"、"以为君鹄"、"以为臣鹄"同此。

[24] 仁之道:关于仁厚的道理。

[25] 求正诸己:要求端正自己。诸,"之于"的合音。这句说射箭时的姿势,但语意双关,谓做任何事都要自身端正。

[26] 必也射乎:一定要说也有所争的话,那就是射箭。

[27] 何以射?何以听:怎么能够一边聆听音乐的节奏一边射箭呢?

[28] 循声而发:依照音乐的节奏发射。循,依照。声,音乐。

[29] 发而不失正鹄者:发射而不离靶心的。

[30] 其唯贤者乎:大概只有贤者吧。其,副词,表推测。大概,或许。

[31] 若夫:至于。用于句首或段落的开始,表示另提一事。不肖:无德无才。

[32] 则彼将安能以中:那么,他怎么能够射中呢?则,那么。安,副词,表示疑问,相当于"怎么"、"岂"。

简评

古代的乡射有两种:一种为三年一次,用以选荐德才兼备的人。另一种为春秋二时的乡射,聚集乡民在州里的学校中举行,用以观人之德行,讲习武事。

定期举行射箭比赛活动，也大大推动了社会体育活动。显然，孔子在矍相之圃参加乡射活动，为乡射活动赋予了更多关于德的内容。事实上，所有的竞技活动都有大家必须遵守的规则，同时也反映着竞技人员的道德修养。

田忌赛马《史记》

忌数与齐诸公子驰逐重射[1]。孙子见其马足不甚相远[2]，马有上中下辈[3]。于是孙子谓田忌曰："君弟重射[4]，臣能令君胜。"田忌信然之，与王及诸公子逐射千金。及临质[5]，孙子曰："今以君之下驷与彼上驷[6]，取君上驷与彼中驷，取君中驷与彼下驷。"既驰三辈毕[7]，而田忌一不胜而再胜[8]，卒得王千金[9]。

题解

选自西汉司马迁《史记·孙子吴起列传》，篇名为编者所拟。田忌，战国时齐国大将。

司马迁（前145—约前87），字子长，夏阳（今陕西省韩城县）人。他的先祖，世为周朝史官。父亲司马谈，汉武帝时任太史令，学问渊博。司马迁自幼刻苦学习，二十岁起，曾多次出游，足迹踏遍全国各地，后继任太史令。天汉二年（前99），因替李陵辩护，触怒了武帝，竟遭宫刑，肉体和精神上受到了极大的打击。出狱后任中书令，深以为耻，他将满腔的悲愤和不平，倾注在《史记》中，最终在征和初年（前92）左右，基本完成了这部巨著，不久即去世。

注释

[1] 数(shuò)：屡次。驰逐：驱马竞逐，即赛马。这种赛马也称为"竞御"，即马拉着车进行比赛。重射：以重金下赌注。

[2] 孙子：这里指孙膑，战国时杰出的军事家，齐国人，孙武的后代。马足：马的足力。不甚相远：相差不远。

[3] 上中下辈：上中下三等。辈，等。

[4] 君弟重射：你只管下大赌注。君，对人的尊称。弟：一般写作"第"，但，只管。

[5] 临质：临场比赛。

[6] 以君之下驷与彼上驷：用您的下等马对他们的上等马。驷，古代一车套四马，因以称驾一车之四马或四马所驾之车为"驷"。又用作计数马匹的单位，此处指马。与，对，抵挡。彼，他，指对方。下驷，下等马。

[7] 既驰三辈毕：三等马已经比赛完毕。驰，奔驰比赛。

[8] 再胜：两次得胜。再，两次。

[9] 卒：最终。

简评

本文写了一种竞技策略，反映了战国时在体育竞赛等竞技活动中已关注到竞技策略的事实。孙膑教田忌赛马，在三场比赛中，以一场失败为代价，赢得后两场的胜利，也就是以牺牲局部为代价，获得总体上的成功。体育本来是为了锻炼身体而开展的一项活动，但当它发展为一种竞技活动之后，参赛各方也都开始注重策略，不然即使体力、技能很好，也不能获得好成绩。可见体育竞技中也包含着智力竞赛的成分。

汉成帝好蹴鞠《西京杂记》

成帝好蹴鞠，群臣以蹴鞠为劳体[1]，非至尊所宜[2]。帝曰："朕好之[3]，可择似而不劳者奏之。"家君作弹棋以献[4]，帝大悦，赐青羔裘[5]、紫丝履[6]，服以朝觐[7]。

题解

选自汉刘歆《西京杂记》卷二，篇名为编者所拟。《西京杂记》，《隋书·经籍志》史部"旧事类"著录，二卷，未题撰人。新旧《唐书》始题葛洪撰。书末有葛洪跋称："洪家世有刘子骏《汉书》一百卷，……先公传之，歆欲撰《汉书》，编录汉事，未得缔构而亡，……试以此记考校班固所作，殆是全取刘氏，有小异同耳，并固所不取，不过二万许言。今抄出为二卷，名曰《西京杂记》，以裨《汉书》之阙。"据考，《西京杂记》所录确为西汉事，与近年出土材料相合，非葛洪撰，而是由葛洪据旧稿编定，应看作刘歆的文字。下文《李广射虎》中"余尝以问扬子云"一句也证明这一点。今改题为刘歆。西京，指西汉京都长安（今陕西西安市）。汉成帝（前33—前7）：名骜，汉元帝长子。蹴（cù）鞠（jū），古代的一种体育运动，类似今天的踢足球。"蹴鞠"一词，最早见于《战国策·齐策一》："临淄甚富而实，其民无不吹竽鼓瑟、击筑弹琴、斗鸡走马、六博蹋鞠者。"可以看出战国之时在齐地蹴鞠活动已十分普及。蹴，用脚踢物。《史记·扁鹊仓公列传》中说："处（项处）后蹴鞠，要蹶寒。汗出多，即呕血。"《汉书·枚乘传》："鞠，以韦为之，中实以物，蹴鞠为戏乐也。"（"韦"即皮革。）蹴鞠后来在鞠本身与踢法上不断得以完善。

刘歆（？—23），西汉学者。字子骏，汉高祖刘邦之弟楚元王刘交的后裔，大学者刘向的小儿子。他少通诗书，能属文，与父领校皇家图书，对六艺、诸子、诗赋、传记、方技、数术之学皆有探究。后继父业，类列皇家图书，作《七略》。王莽篡汉后，为国师，封嘉兴公。地皇四年（23），欲谋杀王莽，事泄而自杀。明人辑有《刘歆集》。

注释

［1］劳体：即使身体疲劳。

［2］至尊：用为皇帝的代称。

[3] 朕：古为第一人称代词我，秦始皇二十六年起定为帝王自称之词，沿用至清。

[4] 家君：家父，这里指刘向。晋傅玄《弹棋赋》序曰："汉成帝好蹴鞠，刘向以为蹴鞠劳人体……。"弹棋：古代一种棋类游戏。有人说与现代台球有些渊源，但尚无有力证据证明。刘向作弹棋，并不能说明弹棋是刘向所发明，只能说明西汉时代已有弹棋。

[5] 裘：用皮制成的御寒衣服。

[6] 履：鞋。

[7] 服以朝觐（jìn）：朝见君主时穿着它。这是汉成帝对为他制作了弹棋的刘向的褒奖。

简评

蹴鞠在战国时就已流行，到了汉代，帝王贵族尤为喜好，汉成帝也热衷于这种活动。朝中大臣认为蹴鞠消耗体力，不适宜皇帝参与。于是，刘向制作了弹棋献给汉成帝。蹴鞠与弹棋都是娱乐休闲的活动，也都具有竞技性，只是一个运动比较激烈，一个运动比较缓和而显得文雅。无论怎样，看来蹴鞠早在汉代就对一些成年男性有很大的吸引力。

李广射虎《西京杂记》

李广与兄弟共猎于冥山之北[1]，见卧虎焉，射之，一矢即毙。断其髑髅以为枕[2]，示服猛也[3]；铸铜象其形为溲器[4]，示厌辱之也[5]。

他日复猎于冥山之阳[6]，又见卧虎，射之，没矢饮羽[7]。进而视之，乃石也，其形类虎。退而更射，镞破簳折[8]，而石不伤。余尝以问扬子云[9]，子云曰："至诚则金石为开[10]。"余应之曰："昔人有游东海者，既而风恶船漂，不能制，船随风浪莫知所之。一日一夜，得至一孤洲，其侣欢然，下石植缆[11]，登洲煮食。食未熟而洲没。在船者斫断其缆[12]，船复漂荡。向者孤洲[13]，乃大鱼。怒掉扬鬣[14]，吸波吐浪而去，疾如风云。在洲死者十余人。又余所知陈缟[15]，质木人也[16]。入终南山采薪，还晚，趋舍未至[17]，见张丞相墓前石马[18]，谓为鹿也，即以斧挝之[19]，斧缺柯折[20]，石马不伤。此二者亦至诚也，卒有沉溺、缺斧之事。何金石之所感偏乎[21]？"子云无以应余。

题解

选自《西京杂记》卷五，篇名为编者所拟。李广（？—前119），西汉名将，陇西成纪（今甘肃静宁县西南）人。善骑射。曾多次参加抗击匈奴的战争。后任右北平太守，匈奴数年不敢攻扰，称之为"飞将军"。公元前119年，随大将军卫青攻匈奴，因迷路失期，愧愤自杀。

注释

[1] 冥山：即今石城山，在河南信阳县。

[2] 髑（dú）髅（lóu）：死人的头骨，此指老虎的头骨。

[3] 示：展示。服猛：指降服凶猛之物。

[4] 溲（sōu）器：溺器。

[5] 厌：指使人心服。

[6] 复：再次。冥山之阳：即冥山的南面。山之南面称为阳。

[7] 没矢饮羽：指箭深入所射物体。羽，箭尾上的羽毛。

[8] 镞：箭头。簳（gǎn）：箭杆。

[9] 扬子云：即扬雄（前53—18），西汉哲学家、文学家、语言学家。字子云。蜀郡成都（今属四川）人。

[10] 至诚则金石为开：心志至为专一则金石都会为之开裂。

[11] 植缆：立木桩拴系缆绳。

[12] 斫（zhuó）：用刀斧等砍或削。

[13] 向者：此前。
[14] 掉：摆动，摇动。鬣(liè)：鱼龙之类颔旁的鳍(qí)。
[15] 陈缟：人名。
[16] 质木：质朴。
[17] 趋舍：快步回家。舍，房屋，居室。
[18] 张丞相：指汉文帝时的丞相张苍。
[19] 挝(zhuā)：击，敲打。
[20] 柯：斧柄。
[21] 何金石之所感偏乎：难道是金石的感应出现偏差了吗？

秦汉时期，射箭技术在军事方面一直受到重视，故而留下了不少关于射箭的故事，李广射虎就是其中之一。李广误石为虎，进入战斗状态，力量瞬时迸发，箭锋入石三分。当知道“射击对象”是“石”后，虽然自己感到用力不小，但由于精神上“松弛”了，箭锋的力量也就不能同前次相比。这涉及人的心态问题。李广射石时，是一种“不经意”的“天然的”状态，是一种心中只有目标——“虎”——的“无我”状态，因而使矢力达到了“射石没羽”的程度。这正是所谓的“精诚所至，金石为开”。但主观终究又受客观的制约，精神的力量也不是万能的，技能的高低才起决定作用，李广毕竟是古今少有的武将。唐代诗人卢纶的《塞下曲》其二即咏李广射虎：“林暗草惊风，将军夜引弓。平明寻白羽，没在石棱中。”

奕旨 班 固

大冠言博既终[1]，或进而问之曰："孔子称有博奕，今博行于世，而奕独绝；博义既弘[2]，奕义不述[3]，问之论家，师不能说。其声可闻乎？"

曰："学不广博，无以应客。北方之人，谓棋为奕，弘而说之，举其大略[4]，厥义深矣[5]。局必方正，象地则也[6]；道必正直，神明德也[7]；棋有白黑，阴阳分也；骈罗列布[8]，效天文也[9]。四象既陈[10]，行之在人，盖王政也；成败臧否[11]，为仁由己，道之正也[12]。夫博悬于投，不专在行，优者有不遇，劣者有侥幸。踦挐相凌[13]，气势力争，虽有雄雌，未足以为平也。至于奕则不然，高下相推，人有等级；若孔氏之门[14]，回赐相服[15]。循名责实，谋以计策，若唐虞之朝[16]，考功黜陟[17]。器用有常[18]，施设无析[19]，因敌为资[20]，应时屈伸。续之不复，变化日新。或虚设豫置[21]，以自护卫，盖象庖羲罔罟之制[22]；堤防周起[23]，障塞漏决[24]，有似夏后治水之势[25]。一孔有阙，坏颓不振，有似瓠子泛滥之败[26]。一棋破窒[27]，亡地复还，曹子之威[28]；作伏设诈，突围横行，田单之奇[29]；要厄相劫[30]，割地取偿，苏张之姿[31]。固本自广，敌人恐惧。三分有二[32]，释而不诛[33]，周文之德[34]，知者之虑也[35]！

"既有过失，能量弱强，逡巡需行[36]，保角依旁[37]，却自补续，虽败不亡。缪公之智[38]，中庸之方。上有天地之象，次有帝王之治，中有五霸之权，下有战国之事[39]。览其得失，古今略备[40]。及其晏也[41]，至于发愤忘食，乐以忘忧，推而高之，仲尼概也[42]；乐而不淫，哀而不伤，质之《诗》、《书》，《关雎》类也[43]；纰专知柔[44]，阴阳代至[45]，施之养性，彭祖气也[46]。外若无为默而识，净泊自守以道意[47]，隐居放言远咎悔[48]，行象虞仲信可喜[49]。感乎大冠论未备[50]，故因问者喻其事[51]。"

题解

选自清严可均辑《全后汉文》卷二十六。奕，通"弈"，下围棋。奕旨，下棋的要旨、要领。《奕旨》是中国现存关于围棋理论最早的一篇系统性著作。

班固(32—92)，东汉史学家、文学家。字孟坚，扶风安陵(今陕西咸阳)人。史学家班彪的长子。汉明帝永平初年东平王苍辅政，在其幕府，时年二十。二十三岁时其父卒，归于乡里。后被召为兰台令史，随即迁为郎，典校秘书，受诏续修其父未完成之汉史，积二十余年，完成《汉书》百卷。后迁至玄武司马。和帝永元初，大将军窦宪出征匈奴，班固为中护军。后窦宪获罪，受牵连死于狱中。明张溥辑有《汉班固集》。

注释

[1] 大冠：有学识有地位的人。博：通"簙"，又称"六博"，是一种掷采行棋的古老博戏。用六箸（大博用六箸，小博改为二茕）十二棋，先掷采（即今天的投骰子）后行棋，棋子六白六黑，每人六枚。

[2] 弘：大，广。

[3] 不述：未见记载。述，记述。

[4] 大略：大概，大要。

[5] 厥：代词，其。

[6] 象地则：象征大地的法则。

[7] 道：这里指棋盘上的路。神明德：神圣其明德。明德，至德，这里指正直。

[8] 骈罗：横按格陈列。列布：纵按行列分布。

[9] 效：仿效。

[10] 四象：少阳、太阳、少阴、太阴四种爻象。此处指上文列举的棋局、棋道、棋子和布局行棋。

[11] 臧否（pǐ）：好坏、得失。

[12] "夫博悬于投"以下四句：言博的结果常决定于掷采，存在偶然性。

[13] 踦（yǐ）：用膝抵住。拏（ná）：以手牵引。相凌：相加。

[14] 孔氏：孔子。

[15] 回：颜回，即颜渊。赐：端木赐，即子贡。相服：互相推许佩服。

[16] 唐虞之朝：指尧与舜的时代，古人以为太平盛世。

[17] 考功：按一定标准考核官吏的政绩。黜：罢免、降职。陟：升，登。

[18] 器：器具。常：常度，不变的规格。

[19] 施设无析：各棋子位置功用的设置并无区分。

[20] 因敌为资：以对方的棋子为凭借。

[21] 虚设豫置：为以后的各招预先虚下数子。豫，通"预"，事先。置，设置。

[22] 庖羲：即伏羲，中国传说中人伦的始祖。传说他发明了罔罟。罔（wǎng）罟（gǔ）：捕鱼或鸟兽的网。

[23] 防：义同"堤"。周起：四周筑起。

[24] 障塞漏决：有障碍不能行棋处也加以堵塞，使对方不能乘其虚；对方有漏洞处指造成突破口，完全冲破围堵的障碍。

[25] 夏后：指禹。禹受舜禅而建立夏王朝，故称其为"夏后"。后，上古之时君主、帝王之称。

[26] 瓠子泛滥之败：指汉武帝时黄河于瓠子决口泛滥之事。

[27] 破窐（wā）：攻下敌方破绽之处。

[28] 亡地复还，曹子之威：指曹沫为鲁劫齐桓公，使齐归还侵鲁遂邑之地。

[29] 田单之奇：燕军包围即墨，田单以计激怒齐人，又以五千火牛长驱燕军，壮士随后冲杀，大破燕军，尽收失地。司马迁以"奇"赞田单的用兵。

[30] 要厄（è）：要隘。劫：围棋术语。吃对方棋子称"劫"。

[31] 苏张：苏秦、张仪。

[32] 三分有二：三分天下有其二。

[33] 释而不诛：释放不杀，比喻先不吃掉对方的某一棋子。

[34] 周文：周文王。

[35] 知：通"智"。虑：思考，谋划。

[36] 逡（qūn）巡：徘徊不进。需：等待。这句写下棋中犹豫不决，执棋欲停欲进之状。

[37] 保角依旁：保住犄角，依靠邻近棋子以成攻守之势。

[38] 缪公：秦穆公。殽之战中秦败于晋，

穆公不杀三帅，保住实力，总结教训，以图再起。

[39] 以上四句是说：下棋时上可以体现大地之象，次可体现帝王治国之道，中可体现五霸之权术，下可体现战国争战之事。

[40] “览其得失”二句：观察它的得失，古今一切成败的情形大略见于其中。

[41] 晏：晏岁，晚年。此指下棋经历既久之后。

[42] 仲尼概也：大有孔子的气概。孔子字仲尼。

[43]《论语·八佾》：“子曰：《关雎》乐而不淫，哀而不伤。” 以上四句是说：下棋可以快乐而不过分，哀痛而不伤心，与《诗》、《书》相比，和《诗经·关雎》篇的宗旨一致。

[44] 纰(pī)专：以收丝的工具组合单丝。这里指综合各方面情况。纰，把单丝合并到一起。知柔：懂得以柔缓之术取胜。

[45] 阴阳：这里指春夏和秋冬。代至：循环而来。

[46] 彭祖：古代传说中一个长寿的人。传说他善养生，有导引之术，活到八百岁。

[47] 净泊自守以道意：这是个倒装句，即“以道意净泊自守”。净泊，清净淡泊。道意，道家无为的主旨。

[48] 放言：指不谈世事。咎悔：灾祸，灾患。

[49] 虞仲：虞仲氏，这里指其祖仲雍。《史记·吴太伯世家》记载：太伯与仲雍，皆为季历之兄，季历及其子昌有贤德，太王欲立季历以传昌，于是太伯、仲雍二人乃奔荆蛮，文身断发，以避季历。仲雍曾孙虞仲封于夏虚，列为诸侯，都虞城，故称虞仲氏，后人也用以指其祖仲雍。

[50] 备：周遍，周至。

[51] 因：顺，顺应。

简评

在琴棋书画中，围棋是古代文人士大夫借以修身养性的一项角智类体育活动，历代不绝。正因为文人的亲自参与，故而创作了大量有关围棋的作品，它们既是上乘文学佳作，也是棋道妙论，棋文结合，益人神智。史学家班固首次提出了围棋包含治国安邦之道这一以儒家思想为支撑点的论述。它大大提高了围棋的社会地位，使人们对围棋有了比较全面的了解和崭新的认识。从中亦可见古代体育活动所蕴含的丰富的政治功用及人文内涵。

围棋赋 马　融

略观围棋兮，法于用兵[1]。三尺之局兮[2]，为战斗场。陈聚士卒兮[3]，两敌相当[4]。拙者无功兮，贪者先亡[5]。自有中和兮[6]，请说其方[7]：

先据四道兮，保角依旁[8]。缘边遮列兮[9]，往往相望[10]。离离马首兮[11]，连连雁行[12]。踔度闲置兮[13]，徘徊中央。违阁奋翼兮[14]，左右翱翔。道狭敌众兮，情无远行[15]。棋多无策兮，如聚群羊。骆驿自保兮[16]，先后来迎[17]。攻宽击虚兮[18]，跄降内房[19]。利则为时兮[20]，便则为强[21]。猒于食子兮[22]，坏决垣墙[23]。堤溃不塞兮，泛滥远长。横行阵乱兮[24]，敌心骇惶。迫兼棋雅兮[25]，颇弃其装[26]。已下险口兮，凿置清坑[27]。穷其中罫兮[28]，如鼠入囊。收取死卒兮[29]，无使相迎[30]。当食不食兮，反受其殃。胜负之策兮，于言如发[31]。乍缓乍急兮[32]，上且未别[33]。白黑纷乱兮，於约如葛[34]。杂乱交错兮，更相度越[35]。守视不固兮，为所唐突[36]。深入贪地兮，杀亡士卒[37]，狂攘相救兮[38]，先后并没[39]。上下离遮兮[40]，四面隔闭[41]。围合罕散兮[42]，所对哽咽[43]。韩信将兵兮，难通易绝[44]。自陷死地兮[45]，设见权谲[46]。诱敌先行兮，往往一室[47]。捐棋委食兮[48]，遗三将七[49]。迟逐爽问兮[50]，转相伺密[51]。商度道地兮[52]，棋相连结。蔓延连阁兮[53]，如火不灭。扶疏布散兮[54]，左右流溢。浸淫不振兮[55]，敌人惧栗[56]。迫促踧踖兮[57]，惆怅自失。计功相除兮[58]，以时早讫[59]。事留变生兮[60]，拾棋欲疾[61]。营惑窘乏兮[62]，无令诈出[63]。深念远虑兮[64]，胜乃可必[65]。

题解

选自《四部丛刊》本《古文苑》卷五。汉代是围棋的大发展时期，上至帝王，下至一般士人，皆喜好之，因而产生了不少有关围棋的文学作品。刘向有《围棋赋》，班固有《奕旨》，建安时应场有《奕势》。

马融(79—166)，东汉经学家、辞赋家。字季长，扶风茂陵(今陕西兴平)人。安帝时，曾为校书郎中，在东观典校秘书。顺帝时拜为议郎，又先后转武都太守、南郡太守，因事免官，卒于家。是历史上著名的经学大师。明张溥辑有《汉马融集》。

注释

[1] 法:取法,模仿。用兵:行军布阵。

[2] 尺:东汉时一尺略等于今七寸。三尺相当于今二尺多(市尺)。局:棋盘。邯郸淳《艺经》云:"棋局纵横各十七道,合二百八十九点。黑白各百五十枚。"河北望都县出土汉代石棋盘证明此说不误。但《孙子算经》中说:"今有棋局方十九道,问用棋几何?答曰三百六十一。"盖当时围棋正在变化之中,各地并不一致。

[3] 陈:设置。聚:集中。

[4] 相当:相对。

[5] 贪者:指不考虑大局而只知吃对方子者。贪,原作"弱",《古文苑》各本注:"一本作贪。"《艺文类聚》卷七四录作"贪"。今据改。

[6] 中和:中正平和。这里指公正协调的围棋规则。

[7] 请:请允许。这是一种谦虚客气的语气。方:方法,规程。

[8] 先据四道兮,保角依旁:据,占据。四道,指四边的线。这两句是古代棋手对围棋角、边、腹易活率的一种基本认识,后世所说的"金角银边草肚皮"即渊源于此。

[9] 缘:沿着。遮列:拦挡其行列。

[10] 相望:谓棋子互相连属照应。

[11] 离离:排列的样子。马首:指按阵势排列的马首,有齐头并进之势。此指横行。首,原作"目",据守山阁本与《汉魏六朝百三名家集》改。

[12] 连连雁行:皆喻棋势如雁行之相连。此指竖行。

[13] 踔(chuō)度:超越。度,越过。闲置:不起作用的搁在一处。与前"踔度"一词并列,指两种情况。

[14] 违:离开。阁:房,此谓棋子所守的格子。奋翼:飞翔,此谓棋子行走。

[15] 情无远行:言对方存棋多,己方活动空间少,应集中棋子守住一方,不应分散。情:实际情况。无:不能。

[16] 骆驿:相连属。此句谓应连成一线以便防卫。

[17] 先后来迎:谓前后相接应。

[18] 宽:松弛。

[19] 跄(qiāng)降(xiáng):或行或止。降,止,立。内房:棋盘内部的格子。

[20] 利:有利。时:时机。

[21] 便:便利。

[22] 猒(yàn):饱,满足。食子:吃对方棋子。"食"下原无"子"字,据上下句的句式及文意补。

[23] 决:裂开。垣:矮墙。以上两句是说:如果只满足于吃对方的棋子,最后必然阵线崩溃而大败。

[24] 横行阵乱兮:不按常规行棋,阵势使人迷乱。

[25] 迫兼:迫近及并吞。雅(yuè):围棋术语,其心之子或四面各据中之子。

[26] 弃其装:不顾其他惊惶逃遁的样子。

[27] 凿置:精心设置。坑:陷坑。以上两句是说:自己示以入险口之势,设陷阱以待敌。

[28] 穷:尽。中罫(huà):棋盘中央的方格。此句是说使对方棋子入于中罫,无处可逃。

[29] 死卒:谓对方的已无方可救的棋子。

[30] 无使相迎:言当尽快收斩必死之卒,消除其互相接应的可能。

[31] 于:在。言:通"焉",此。如发:如头发,喻其细微。言丝毫之差,决定胜败。

[32] 乍缓乍急:言棋势忽缓忽急。乍,忽然。

[33] 上且:尚且。未别:胜负难分。

[34] 於约如葛:交缠如葛藤。於,句首语助词。

[35] 度越:超越。

[36] 唐突:冲犯。

[37] "深入"二句:孤军深入敌方而贪其

地，则会造成士卒惨重伤亡。
[38] 狂攘：慌乱的样子。
[39] 没：覆没。
[40] 离遮：相隔，阻断。
[41] 四面隔闭：犹言四面围困。
[42] 围合罕散：包围之势难以散开。
[43] 哽咽：不通。此谓前敌当道，难以进兵。
[44] 难通易绝：谓路狭易被塞断后路。
[45] 陷：入。死地：绝境。
[46] 设：安排，谋划。权谲(jué)：权变。谲，变化。以上四句是说，棋势危急，则当出奇以取胜。楚汉战争中，韩信以兵东下井陉，道狭，敌以兵断其后，信为背水阵，士卒力战，故大获全胜。
[47] 往往：常常。一室：指如一室之包围圈。
[48] 捐：抛弃。委：送致，喂。
[49] 遗：弃。将：率。以上两句是说：当弃棋委敌以诱之，十则遗其三而自将其七。
[50] 迟逐爽问兮：此句是说假装自己驱逐的行为缓慢和消息有误而误导对方。逐：追赶。爽，差错。向：借作“闻”(古有此例)。
[51] 转：转身。伺密：暗中探视。
[52] 商度：估量。道地：道路地形。
[53] 蔓延：四面延伸。连阁：相连通的阁道。这里比喻棋势如火势蔓延一样迅速扩展，转危为安。
[54] 扶疏：杂乱而散散落落的样子，谓棋势向四面散开。
[55] 浸淫：渐次接近。振：大的动作。
[56] 惧栗：害怕。
[57] 迫促：窘迫局促。踧(cù)踖(jí)：局促不安的样子。
[58] 计功相除：言计算胜负之数，要得失相抵，看其短长。
[59] 讫：终止。此句言应抓紧时机乘早收兵。
[60] 事留变生：言凡事如果到了已经胜利的时候仍滞留不收，往往会发生意外。
[61] 拾：收。疾：快。
[62] 营惑：迷惑。
[63] 无令：无使。诈：欺骗。以上两句是说：对方表现出陷于窘乏的样子，则当警惕之，勿受其诈。
[64] 念：思。
[65] 必：一定。

简评

春秋战国时弈已成为开发智力、测试智力的手段。西汉末年刘向有《围棋赋》，为今所见最早的一篇描写围棋的文学作品。马融此赋与刘向赋一样，以用兵作战为喻，常用双关语，论的是下围棋，给读者的心理暗示却是实际的作战打仗，步步见智、勇、权、慎，缺一不可。其中讲到的一些道理，不仅在下棋上，在做人处世方面，也颇具启示作用。全文描写生动，将下棋同论难处事结合起来，遣词造句简洁而形象，又充满哲理，可反复玩味。

塞赋 边 韶

余离群索居[1]，无讲诵之事[2]。欲学无友[3]，欲农无耒[4]，欲弈无塞[5]，欲博无楮[6]。问："可以代博、弈者乎？"曰："塞其次也[7]。"试习其术，以惊睡救寐[8]，免昼寝之讥而已[9]。然而徐核其因通之极[10]，乃亦精妙而足美也。故书其较略[11]，举其指归[12]，以明博弈无以尚焉[13]。曰：

始作塞者，其明哲乎[14]！故其用物也约[15]，其为乐也大。犹土鼓块枹[16]，空桑之瑟[17]。质朴之化[18]，上古所耽也[19]。然本其规模[20]，制作有式[21]。四道交正[22]，时之则也[23]。棋有十二[24]，律吕极也[25]。人操厥半[26]，六爻列也[27]。赤白色者[28]，分阴阳也。乍亡乍存[29]，像日月也[30]。行必正直，合道中也[31]。趋隅方折[32]，礼之容也[33]。迭往迭来[34]，刚柔通也[35]。周则复始[36]，乾行健也[37]。局平以正[38]，坤德顺也[39]。然则塞之为义，盛矣，大矣，广矣，博矣。质象于天[40]，阴阳在焉。取则于地[41]，刚柔分焉。施之于人[42]，仁义载焉[43]。考之古今，王霸备焉[44]。览其成败，为法式焉[45]。

题解

选自唐欧阳询编《艺文类聚》卷七四。塞，通"簺"，古代的一种博戏，用棋子十二枚，两人同玩。《说文》："簺，行棋相塞谓之塞。"又名格五。

边韶(约 100—约 165)，东汉人，字孝先，陈留浚义(今河南开封)人。善文章，有口辩。汉桓帝时，为临颍侯相，征拜太中大夫，著作东观。入拜尚书令，后为陈相，卒于官。曾著诗、颂、碑、铭、书、策凡十五篇。

注释

[1] 离群索居：离开朋友而孤独地生活。

[2] 讲诵：讲学诵读。

[3] 友：《说文》："同志为友。"指知音、同道。

[4] 耒(lěi)：古代一种可以用脚踏的木质翻土农具。

[5] 弈：围棋。此处用为动词，指下棋。塞：通"簺"，棋子。"塞"为充实之意，下围棋时要用棋子布满棋盘，故用以指棋子，而加"竹"字头以与其他意义别之。

[6] 博：古代博戏。楮：通作"箸"，六博中掷采用具。详参《奕旨》注[2]。

[7] 其次：谓次于博、弈。

[8] 惊睡救寐：谓驱除睡意，使不致常想睡。

[9] 昼寝之讥：《论语·公冶长》："宰予昼寝，子曰：'朽木不可雕也，粪土之墙不可圬也。'"

[10] 徐：缓慢。核：对照，考察。因通之极：联系、贯通、运行变化的准则。即博弈的规则和所以畅通无阻的办法。极，准则。

[11] 较略：大概。

[12] 指归：主旨。

[13] 无以尚：(玩的游戏中，其理趣)没有能超过它的。尚，通"上"，超越。

[14] 明哲：聪明智慧。"其……乎"，表推测语气。

[15] 约：简约，少。

[16] 土鼓：古乐器名。鼓的一种。以瓦作框，以皮革蒙其两面，用来击打。块桴(fú)：用草和土抟成的鼓槌。桴，鼓槌。

[17] 空桑之瑟：用空桑之地出产的木材做成的瑟。《周礼·春官·大宗伯》有"空桑之琴瑟"。

[18] 质朴之化：质直朴素的教化。

[19] 耽：好也。

[20] 本：作动词用，追溯本源。规模：结构组织。

[21] 式：法式。

[22] 四道交正：谓塞局上纵横各有四条直线相交。

[23] 时：指四时。则：法则。

[24] 棋有十二：言塞戏用棋子十二枚。

[25] 律吕：古代音律共十二律，分为六律六吕。极：标准。

[26] 操：持也。厥：其。

[27] 六爻：《周易》中组成卦的符号，分阳爻(—)和阴爻(--)。《周易》六十四卦，每卦都由六爻组成。此处指塞戏双方各执的六枚棋子。

[28] 赤白色者：言十二枚棋子分赤色和白色各六。

[29] 乍亡乍存：等于说双方交替落子，有亡有存。乍，忽然。

[30] 像日月：像日月有起有落，相继而行。

[31] 道中：即中道，中正之道。

[32] 趋隅方折：言棋子行至角落处后只能直角转弯。

[33] 礼之容：行礼仪式的法度、规范。

[34] 迭往迭来：指己方棋子相继前往，对方棋子不断过来。相当于说有进有退。迭，更迭，轮流。

[35] 刚柔通：与刚强、柔和相辅为用的道理相通。

[36] 周则复始：指塞戏一局结束后再重新开始。

[37] 乾行健也：言天道运行不息。《周易·乾·象传》之辞："天行健，君子以自强不息。"乾，指天。

[38] 局平以正：谓塞戏之局平整端正。

[39] 坤德顺也：古人以为天圆地方。坤，指地。德，犹性质。

[40] 质象于天：将其形象与天象验证。质，对质，验证。象，形象。

[41] 取则：借取法则。则，法则。

[42] 施：用。此句原无"之"字，据上下文句式补之。

[43] 以上两句是说：塞的法则用在治理人民方面就包含了仁义的道理。

[44] 王霸：指王道与霸道。王道指以仁德统一天下，霸道指以武力征服天下。

[45] 法式：榜样。

简评

本篇介绍塞这种游戏，因为它的规则和自然现象、礼俗文化、生活道理有关联，故虽逐一介绍其格局、规则，却显得趣味盎然。体现出作者渊博的学识和丰富的艺术想象力。赋前序文,讲作赋原由。正文先说明“塞”戏虽质朴无华,却能给人带来如欣赏音乐那样的愉悦。其次揭示棋盘、棋子制式中的蕴涵;再次揭示游戏法则中的蕴涵;最后归纳“塞”戏蕴涵着阴阳相配、刚柔相济、王霸相辅的人生哲理和治国之道。这就是说,塞这种游戏不仅可以锻炼思维,如果善于领悟,而且也有益于提高人的思想素质。

弹棋赋 蔡 邕

荣华灼烁[1]，萼不韡韡[2]。于是列象棋[3]，雕华逞丽[4]。丰腹敛边[5]，中隐四企[6]。轻利调博[7]，易使骋驰。然后抵掣[8]，兵棋夸惊[9]。或风飘波动，若飞若浮；不迟不疾[10]，如行如留。放一敝六[11]，功无与俦[12]。

夫张局陈棋，取法武备[13]，因嬉戏以肄业[14]，托欢娱以讲事[15]。设此矢石[16]，其夷如砥[17]。采若锦绘[18]，平若停水[19]。肌理光泽[20]，滑不可屡[21]。乘色行巧[22]，据险用智[23]。

题解

选自《四部备要》本《蔡中郎集》。此篇内容不完整，为残篇。弹棋是古代宫廷中博戏之一，今已失传。弹棋历史悠久，西汉时，在宫廷和士大夫中就已盛行，为棋盘上进行的一种游戏。棋盘采用华美的玉料精工做成，正方形，二尺见方，局中心高隆，四角微翘起。至于所用棋子，一般用上等木料精制而成。此游戏系二人对弈，白黑棋子各六枚（魏晋以后渐多）。先列棋相当，以指弹之以击敌子。击中即取之，以棋子先被取尽者为负。《世说新语・巧艺》载：魏文帝"于此戏特妙，用手巾角拂之，无不中。"但具体规则，由于文献失载，不太清楚。看来也是用拨动或打动一子去撞击另一子的方式进行。

蔡邕（132—192），东汉学者、文学家、书法家和音乐家。字伯喈，陈留圉（今河南杞县）人。官议郎，校书东观。熹平四年（175）参与校正五经文字，并亲自书于碑，立于太学门外，一时轰动士林，后世称为"熹平石经"。因事获罪入狱，遇赦。献帝时，董卓专政，官至待中，又拜左中郎将。后董卓被诛，以附卓罪死于狱中。一生著述甚多。明人辑有《蔡中郎集》。

注释

[1] 荣华：开放的花朵。　灼烁：光彩鲜艳的样子。

[2] 萼不：即"鄂柎"，花萼和花托。韡（wěi）韡：形容花色鲜艳、美盛。这里指棋盘。

[3] 列象棋：陈设棋子。棋象征军阵作战，故曰"象棋"。

[4] 雕华逞丽：雕刻着花纹，表现出美丽

的图案。这是说棋子经过雕刻美化。

[5] 丰腹:中部鼓起。敛边:四边收敛,以免棋子出外。弹棋的棋盘二尺见方,中心高如覆盂,顶端放一小壶,棋盘四边微微翘起,所以说“丰腹敛边”。

[6] 中隐:指顶部中空,似有所隐。四企:四边向下为四足,如踮足而立。企,踮起脚跟。

[7] 轻利:轻便快捷。调博:投子以博。

[8] 抵掣:(双方)抵抗、牵制。抵,原作“我”,《艺文类聚》卷七四作“栰”,《汉魏六朝百三名家集》作“杙”,当为“抵”字之误。今正。

[9] 兵棋夸惊:指双方棋子如兵厮杀,盛气凌人。夸惊,气盛的样子。晋葛洪《抱朴子·疾谬》:“或因变故,佻窃荣贵;或赖高援,翻飞拔萃。于是便骄矜夸惊,气凌云物,步高视远,眇然自足。”

[10] 近,疾:同上二句中的“飞”、“浮”分别形容弹棋的远、近、快、慢。迟:缓慢。疾:快速。

[11] 放一敝六:弹棋之法,即抹角斜弹,一发而过半局,直袭对方棋子。

[12] 俦(chóu):并比,同列。

[13] 取法:效仿。武备:军事。此句说下弹棋就像打仗。

[14] 因:借助。嬉戏:游戏。 肄(yì)业:修习学业。肄,学习,练习。

[15] 托:借着,依靠。讲事:讲习武事。

[16] 矢石:利箭与礌石,这里比喻弹棋中的白黑两种棋子。

[17] 夷:平,平定。引申为挫败对方。砥:磨刀石。比喻棋盘平滑。

[18] 采:光彩。指棋盘、棋子色彩鲜艳。锦绘:色彩艳丽的织锦。这句指棋盘彩绘。

[19] 平:平稳。

[20] 肌理:棋盘的纹路。

[21] 屡:《太平御览》卷七五五和《古文苑》钱熙祚校作“履”。履,践踏。以上两句是说:棋盘制作精良,光滑得让棋子毫无障碍,无法停留。

[22] 乘色:指表情上迷惑对方。因对方要察言观色,故有意使对方在这上面作出错误判断。行巧:实施巧妙手段。

[23] 据险:占据有利形势。

简评

这篇赋作记载了东汉时弹棋的形制及当时人对它的价值的认识,具有很高的史料价值。蔡邕之后,历代作家吟咏弹棋技艺者不断。曹丕和梁简文帝写过《弹棋论》,唐代柳宗元写过《弹棋序》。至于有关弹棋的诗歌就更多了。唐代王维、杜甫、白居易、李商隐,宋代的苏东坡等都有吟咏。而本篇对棋盘外形及玩弹棋的情形作了生动的描述,文中也多用行兵作战为喻,其“乘色行巧,据险用智”八字高度概括了弹棋游戏的特征,耐人寻味。

击壤 应劭

击壤为木戏。壤，木为之，前广后锐[1]，长尺四寸，阔三寸。未戏，先侧一壤于地[2]，远三四十步，以手中壤击之，故曰击壤。

题解

本篇为《罗氏拾遗》卷九《击壤》条引《风俗通义》遗文，录自吴树平《风俗通义校释·风俗通义佚文》，天津人民出版社1980年版，篇名为编者所拟。《风俗通义》，东汉应劭撰。《艺经》中关于击壤的文字大体据此，而增两句：在"长尺四寸，阔三寸"之后有"其形如履"一句；"以手中壤击之"之后有"中者为上"一句。以其有助于理解，故录之。

应劭，东汉学者。生卒年不详。字仲瑗（一作仲远），东汉汝南郡南顿（今河南项城）人。曾为泰山太守。据《三国志·武帝纪》裴松之注引《世语》"后太祖定冀州，劭时已死"之语，其卒于建安九年（204）以前。陆侃如《中古文学系年》以为生于140年前后。

击壤，作为一种体育和游艺活动，产生很早。东汉王充《论衡·艺增篇》言尧之时"有年五十击壤于路者"，并录击壤者所唱歌词。又见同书《感虚篇》、《须颂篇》等。则古代击壤之时并伴之以自唱。晋张协《七命》中说："玄龆巷歌，黄发击壤。"唐代李峤《喜雨歌》中说："野洽如坻咏，途喧击壤讴。"可见这项体育活动流行的状况。

注释

［1］前广后锐：壤的前面宽，后部尖。这一是后部窄手执起来方便，二是投起来避免因太轻而难以投准目标。

［2］侧一壤于地：指头尾的侧面均着地，侧立于地。因完全立起则受风的影响等易倒，也较易击中。横侧则较稳，投击的难度也稍大。

《击壤歌》传为尧时之作，未必可信，但击壤活动应产生很早。由其名称看，最早应是以土块投掷，大约是劳动间歇之时活动身体和调整情绪的一种方式，后来发展演变为专门的体育和游艺运动。它同射箭、舞剑、舞刀、舞棒等的不同在于：它是最早的单纯的体育活动，同军事训练及娱乐表演无关。所以说，上古时代并不是没有纯粹的体育活动。这项活动延续的时间很久，至20世纪四五十年代，在甘肃陇南一带，小孩子滚铜圆，然后投掷手中的铜圆滚到远处停下来，以打中为赢。这实是由击壤活动演变而来。

驰射赋 应　玚

于是阳春嘉日，讲肆馀暇[1]，将逍遥于郊野，聊娱游于骋射。延宾鞠旅[2]，星言夙驾[3]。树应鞞于路左[4]，建丹旗于表路[5]。群骏笼茸于衡首[6]，咸皆騕褭与飞兔[7]。拢修勒而容与[8]，并轩翥而厉怒[9]。尔乃结翻阼[10]，齐伦匹[11]。良、乐授马[12]，孙膑调驷[13]。筹算克明[14]，班次均壹[15]。左揽繁弱[16]，右接湛卫[17]。控满流睇[18]，应弦飞碎[19]。旝动鼓震[20]，噪声雷溃[21]。重破累碟[22]，流景倏忽[23]。纷纭络驿[24]，次授二八[25]。骅骝激骋[26]，神足奔越，终节三驱[27]，矢不虚发。进截飞鸟，顾摧月支[28]。须纡六钧[29]，口弯七规[30]。观者并气息而倾竦[31]，咸侧企而腾移[32]。尔乃萦回盘厉[33]，按节和旋。翩翩神厉[34]，体若飞仙。弈弈骍牡[35]，既佶且闲[36]。扬骊沛艾[37]，蠖略相连[38]。

题解

选自《艺文类聚》卷六六，文不全，另《北堂书钞》收有"百两弥途，方轨连衡。朱骑风驰，雕落层城"等句。

应玚(？—217)，东汉末文学家。字德琏。汝南南顿(今河南项城)人。祖父应奉、伯父应劭、叔父应昭，均为东汉文士、学者。早年流离南北，约于建安初入曹操幕为掾属，曾参与建安五年(200)官渡之战。后又几次随曹操出征。建安二十二年冬死于瘟疫，年约五十。为建安七子之一。

注释

[1] 讲肆(yì)：讲论肄习。肆，通"肄"。

[2] 延：延请。鞠旅：对军队训话。鞠：告诫。

[3] 星言夙驾：语见《诗经・鄘风・定之方中》，谓清晨尚能见到星星时驾车驰行。言，语助词。

[4] 应鞞(pí)：即应鼙，军中之鼓。

[5] 表路：路表，路右。

[6] 笼茸：聚集。"茸"字据《太平御览》卷三五八补。衡：车辕前端的横木。

[7] 咸：都。騕(yǎo)褭(niǎo)：良马名。飞兔：骏马名。"兔"原作"菟"，据《太平御览》改。

[8] 修勒：长的缰绳。修，长。勒，马络头。缰绳是系在马络头上，故以"修勒"代指缰绳。容与：安逸自得的样子。此二句据《太平御览》卷三五八补入。

[9] 轩翥(zhǔ)：飞举。这里喻飞腾。厉怒：振奋。怒，通“努”。《庄子·逍遥游》写大鹏“怒而飞，其翼若垂天之云。”汉代扬雄《方言》：“南楚之外，谓勉曰‘薄努’。”“怒”“努”义相通。

[10] 结翻仵：结下竞赛的对手。翻仵，指竞赛的对手。仵，通“伍”。队伍。

[11] 齐伦匹：配齐己方的同伴。伦匹，同类。

[12] 良：王良，古代善于驾驭良马的人。乐：伯乐，春秋时期与秦穆公同时人，以善相马闻名于世。授：教。

[13] 孙膑：战国齐人，孙武的后代，著名军事家。调：搭配。参《田忌赛马》。驷：古代一车套四马，因以称四马之车或车之四马。

[14] 筹算：谋划。克明：能明。克，能。

[15] 班次：班列的次序。以上四句是说：让伯乐、孙膑那样的人选马配驷，精明筹划，所以使马能跑得协调一致。

[16] 繁弱：良弓名。

[17] 湛卫：利箭名。

[18] 控：引弓。满：达到限度。流睇(dì)：这里指用目光瞄准。睇，斜视。

[19] 应弦飞碎：随着弓弦一响，被射之物即中箭粉碎飞起。

[20] 旝(kuài)：旌旗的一种。通帛为之，为发号施令所用，这里是挥动以示射中了目标。

[21] 噪(zào)：喧闹。雷溃：形容欢呼声像惊雷震响。

[22] 重破累礴(bó)：接连不断地射中目标。累和重都是叠加的意思。礴，击中。

[23] 流景：流动的影子。这里形容飞出的箭。景，通“影”。倏忽：迅疾，飞快。

[24] 纷纭：多而乱的样子。络驿：同“络绎”，往来不绝。

[25] 次授：按次序授予。二八：八元、八恺的合称。八元，古代传说中高辛氏的八个才子。八恺，相传古代高阳氏的八个才子。这句是说按射手的次序授予八元、八恺的荣誉。

[26] 骅(huá)骝(liú)：周穆王八骏之一。泛指骏马。激骋：飞快地奔驰。

[27] 终节：指某项事情的最后程序。三驱：狩猎时三面驱禽，让开一条路，以示好生之德。

[28] 顾：回过头。月(ròu)支：箭靶的一种。又名秦支。曹植《白马篇》：“控弦破左的，右发摧月支。”李善注引邯郸淳儿《艺经》：“马射，左边为月支三枚，马蹄二枚。”

[29] 须纡：同“须臾”，从容。六钧：指用力六钧张满弓。钧，古代重量单位之一，三十斤为一钧。

[30] 口弯：以口拽弯。七规：一种强弓。《周礼·考工记·弓人》：“为诸侯之功，合七百成规。”规指弓的弧度。

[31] 倾：偏侧。竦：伸颈踮脚地竦长身子。

[32] 咸：都。企：踮脚。腾移：指因看到骑射者的运动，看者不觉也腾跃移动身体。

[33] 盘厉：回绕。

[34] 神厉：神采飞扬。

[35] 弈弈：通“奕奕”，神采焕发的样子。骍(xīng)牡：赤色公马。

[36] 佶(jí)：壮而健的样子。闲：大。

[37] 扬骊：放开马奔驰。骊，深黑色的马，代指名马。沛艾：马疾行时马首上下低昂的样子。《汉书·司马相如传下》颜师古注引张揖曰：“沛艾，駊騀也。”王先谦《补注》：“《文选·东京赋》‘齐腾骧而沛艾’，李善注：‘沛艾，作姿容貌也。’张解为‘駊騀’。《玉篇》：‘駊騀，马摇头。’”马奔腾不当左右摇头，应为上下低昂。则沛艾为随着奔腾马头有节奏低昂之意。“駊騀”与“沛艾”一音之转。

[38] 蠖(huò)略：前进停步有规矩尺度。

简评

汉代以后，以娱乐为目的的驰射活动十分盛行，与今日的群众体育活动一样，带有健体的性质。这篇赋记叙了一场愉快而热烈的驰车竞射活动。作者通过对英武射手、周围观众的鼓噪助威和飞驰的骏马的描写，展现了驰射场面的激烈。层次鲜明、生动传神，使得整个驰射场面充实而热烈，有力地映衬了驰射者的喜悦与自豪。文中既有对主人的颂扬赞誉，又有亲身参加驰射的兴奋激情。文思流畅，节奏明快。

奕势 应 玚

盖棋奕之制[1]，所由来尚矣[2]。有像军戎战阵之纪[3]：旌旗既列，权虑蜂起[4]，骆驿雨集[5]，鱼鳞雁峙[6]，奋维阐翼[7]，固卫边鄙[8]。或饰遁伪旋[9]，卓轹骈列[10]，羸师延敌[11]，一乘虚绝[12]，归不得合，两见擒灭，淮阴之谟[13]，拔旗之势也[14]。或匡设无常[15]，寻变应危[16]，寇动北垒[17]，备在南麾[18]，中棋既捷，四表自亏[19]，亚夫之智[20]，耿弇之奇也[21]。或假道四布[22]，周爰繁昌[23]，云合星罗[24]，侵逼郊场[25]，师弱众寡，临据孤亡，披扫强御[26]，广略土疆，昆阳之威[27]，官渡之方也[28]。挑诱既战，见欺敌对[29]，纷拏相救[30]，不量进退，群聚俱陨，力行唐突，瞋目恚愤[31]，覆局崩溃，项将之咎[32]，楚怀之悖也[33]。时或失谬[34]，收奔摄北[35]，还自保固，完聚补塞[36]，见可而进，先负后克[37]，燕昭之贤[38]，齐顷之德也[39]。长驱驰逐，见利忘害，轻敌寡备[40]，所丧弥大，临疑犹豫，算虑不详，苟贪少获，不知所亡，当断不断，还为所谋，项羽之失[41]，吴王之尤也[42]。持棋相守，莫敢先动，由楚、汉之兵，相拒索、巩也[43]。

题解

选自俞绍初辑校《建安七子集》。奕，通作“弈”，围棋。势，文体名，主要用以描述某一事物的特征和态势。

注释

[1] 盖：句首语气词。制：式样，法式。

[2] 所由来：其历史。尚：这里是久远的意思。

[3] 纪：法度准则。

[4] 权虑：计谋与思考。权：权衡。蜂起：比喻众多。

[5] 雨集：如雨一样密集。

[6] 雁峙：成行的棋子对峙。

[7] 维：指棋盘上的竖格。阐：扩充，发展。

[8] 固卫：牢固守卫。

[9] 饰遁：假装逃跑。旋：回还。

[10] 卓轹：卓砾，高超，绝异。骈(píng)列：并列。

[11] 羸(léi)师：疲病的军队。延敌：引诱敌人。

[12] 虚：空腹。绝：进退无路。

[13] 淮阴：楚汉相争时刘邦的大将韩信，后被封为淮阴侯。谟(mó)：谋划。

[14] 拔旗：楚汉之争时，韩信奉刘邦之命

攻赵，先佯攻，引赵军全部出营追击，暗中派精兵两千人进入赵营，拔掉赵旗，插上汉旗。赵军追击不胜，回营又见全是汉旗，士兵大乱，于是大败。

[15] 匡：方形圈。指棋盘。设：设子。无常：没有一定规律。

[16] 寻变：寻求变化。应危：应对危局。

[17] 寇动北垒：袭击其北边营垒。

[18] 备：防备。麾：指挥军队行动的旗帜。

[19] 亏：损失。以上两句是说：中心取胜，对方四周的棋子就没有作用了。

[20] 亚夫：西汉名将周亚夫，善出奇兵。

[21] 耿弇(yǎn)：东汉初人，跟随刘秀，为建立和巩固东汉政权做出过很大贡献。被任命为建威大将军。

[22] 道：棋盘上的线格。

[23] 周：四边。爰：于是。繁昌：繁盛。

[24] 云合星罗：比喻对方兵力强盛。

[25] 逼：侵迫，逼迫。

[26] 强御：强敌。

[27] 昆阳：地名，在今河南叶县。王莽军四十三万围昆阳，刘秀以三千人突袭莽中军大营，打败王莽军。

[28] 官渡：地名，在今河南中牟县东北。东汉建安五年，曹操兵少，突袭烧敌辎重后，在这里大破袁绍军。

[29] 见欺：被欺。

[30] 纷拏(ná)：牵扯杂乱，忙乱。

[31] 瞋目：怒目。恚(huì)愤：愤怒。

[32] 项将：当指战国末年楚将项燕。秦始皇二十三年被秦将王翦、蒙武击破杀死。

[33] 楚怀：楚怀王。楚怀王十六年因受秦与张仪之骗，一怒之下，发兵攻秦，被秦斩甲士八万，虏大将屈匄等七十人，取汉中之郡。“怀王大怒，乃悉国兵复袭秦，战于蓝田”(《史记·楚世家》)，又被大败之。悖：谬误。

[34] 失谬：失误。

[35] 收奔：停止前进。摄北：聚集败兵。北，败北。

[36] 完聚：修缮城郭，聚集粮食。塞：要塞。

[37] 负：败。克：战胜对方。

[38] 燕昭：燕昭王，战国时燕国国君。早年流亡在韩。前315年齐攻破燕国，后昭王回国即位，于前284年联合五国攻齐，占齐七十余城。

[39] 齐顷：齐顷公，春秋时齐国国君。晋齐鞌之战，齐大败，顷公几乎被俘。后顷公发奋图强，诸侯不敢侵犯。

[40] 寡备：缺乏准备。

[41] 项羽之失：鸿门宴可杀刘邦而未杀，结果反被刘邦所败。

[42] 吴王：指春秋时吴国国君夫差。先是吴击败越国，越王勾践投降，有人劝谏杀勾践，夫差不肯。后越击败吴，夫差请降，勾践不允，遂自杀。尤：过失。

[43] 索：地名，故址在今河南荥阳。巩：地名，今河南巩县。

围棋的产生与古代军事密切相关。在古代，常以围棋的战略与用兵联系。围棋中的一些基本用语，如攻、杀、围、冲等，也保留着由军事用语演变而来的痕迹。秦统一中国后，关于围棋的记载很少，围棋一度处于低谷。到了汉魏时期，围棋活动有了新的发展。应玚《奕势》强调从军事、战争的角度，考虑围棋的布阵与战术的运用。全篇引述春秋战国至东汉时期的一些重大战争和军事战例，如背水一战、声东击西、昆阳之战、官渡之战等，来评论其成败盛衰的原因，以比喻围棋对局的战略战术，阐释了古代棋法与兵法相通的观念。最后告诫棋手要谨慎而行。这些都丰富了围棋的文化内涵，使体育活动在养身、健体、娱心之外又有了健脑与丰富文化生活的功用。

校猎赋 曹 丕

高宗征于鬼方兮[1]，黄帝有事于阪泉[2]；愠贼备之作戾兮[3]，忿吴夷之不藩[4]。将训兵于讲武兮[5]，因大蒐乎田隙[6]；披高门而方轨[7]，迈夷途而直驾[8]。

长铩纠峙[9]，飞旗拂天。部曲按列[10]，什伍相连。峙如丛林[11]，动若崩山。抗冲天之素旄兮[12]，靡格泽之修旃[13]。雄戟趪而跃厉兮[14]，黄钺扈而扬鲜[15]。超崇岸之层崖[16]，厉障澨之双川[17]。

千乘乱扰[18]，万骑奔走。经营原隰[19]，腾越峻岨[20]。彤弓斯彀[21]，戈鋋具举[22]。列翠星陈[23]，戎车方毂[24]。风回云转[25]，埃连飙属[26]。雷响震天地，噪声荡川岳。遂躏封狶[27]，籍麈鹿[28]，捎飞鸢[29]，接鹫鸶[30]。聚者成丘陵[31]，散者阗溪谷[32]。流血赫其丹野[33]，羽毛纷其翳目[34]。

考功效绩[35]，班赐有叙[36]。授受甘炰[37]，飞酌清酤[38]。割鲜野烹，举爵鸣鼓[39]。銮舆促节[40]，骋辔回翔[41]。望爵台而增举[42]，涉幽堑之花梁[43]。登路寝而听政[44]，总群司之纪纲[45]。消摇后庭，休息闲房。步辇西园[46]，闲坐玉堂。

题解

选自清严可均辑《全三国文》卷四。校猎，遮拦禽兽以猎取，也泛指打猎。古代帝王贵族常举行规模盛大的校猎活动，除讲习武事、训练士卒之外，更重要的则是借以娱乐，实为一种群体性的贵族体育活动。在驰射追逐中，不仅可以训练射箭技术，还能锻炼身体，提高身体素质。

曹丕(187—226)，即魏文帝。三国魏文学家。字子桓，沛国谯(今安徽亳州)人。曹操的次子，曹植的同母兄。因四方扰乱，曹操令其自幼兼习文武，八岁能属文，知骑射，稍长，遂博贯经史诸子百家，又善击剑、弹棋。后立为魏王太子。曹操去世后，继位为魏王。后又迫使汉献帝禅位，建立魏朝。在位七年，病卒。有《魏文帝集》。

注释

[1] 高宗：指殷高宗武丁。鬼方：古族名，亦称鬼方氏、鬼方蛮等。殷周时

在今陕西西北境侵扰。殷武丁时曾和鬼方有三年的战争。西周时仍经常侵扰周边境，周以后不见记载。

[2] 阪(bǎn)泉：古地名。相传黄帝与炎帝战于阪泉之野。其地方位有数说，一说在今河北涿鹿东南。《晋太康地志》："涿鹿城东一里有阪泉，上有黄帝祠。"一说在今山西运城盐池附近。

[3] 愠(yùn)：怒恨。贼备：指蜀国。贼，此处为蔑称。备，蜀国君主刘备。作戾(lì)：作恶，作罪恶之事。戾：罪。

[4] 忿(fèn)：愤恨。吴夷：指吴国。夷，对吴的鄙称。不藩：不甘称臣。藩，封建王朝分封之地为藩。

[5] 训兵：练兵。讲武：讲习武事的活动。

[6] 蒐(sōu)：打猎；阅兵。田隙：田野间空旷之地。

[7] 披：打开。高门：指城门。方轨：两车并行。

[8] 迈：行进。夷途：平坦大道。夷，平。直驾：直驱，前进。

[9] 铩(shā)：古代兵器，又称"铍(pī)"，大矛。纠：乱。峙，耸立。原作"霓"，据《汉魏六朝百三名家集》改。

[10] 部曲：军队。按列：队列。

[11] 峙：屹立，耸立。

[12] 抗：树立，耸立。素旄：白色牦牛尾装饰的旗杆。

[13] 靡：横倾，这里指斜打着。格(hè)泽：星名，如炎火之状。此指旃上所绘图案。修旃(zhān)：长长的赤色旗。修，长。

[14] 戟(jǐ)：古代兵器，将矛和戈合为一体，既可直刺，又可横击。趪(huáng)：用力的样子。跃厉：跃进。

[15] 黄钺(yuè)：饰以黄金的长柄斧子。天子仪仗，也用为征伐的标志。钺，古代兵器，方刃或圆刃，长柄，可砍斫。扈：随从。扬鲜：闪耀。

[16] 超崇岸：越过高坎、高岗。层崖：重叠的山崖。

[17] 厉：连衣徒步涉水。《诗经·邶风·匏有苦叶》："匏有苦叶，济有深涉。深则厉，浅则揭。"《毛传》："以衣涉水为厉。"障澨(shì)：堵水的堤障，这里指渡口。

[18] 千乘(shèng)：与下句"万骑"相对为文，形容骑士之多。

[19] 经营：往来。南北为经，东西为营。原隰(xí)：原野。隰，低洼之地。

[20] 岨(jū)：有土有石的山。

[21] 彤弓：朱红色的弓。诸侯有功，天子多赏以彤弓。彀(gòu)：拉满弓弦。

[22] 铤(chán)：小矛。

[23] 列：排列、陈列。翠：用羽毛做的饰物，装于旗幡、车盖之上。星陈：如星一样多地陈列着。这里是指旗帜、战车。

[24] 戎车：战车。方毂(gǔ)：并驾，两车并行。方，并。毂，车轮中心的圆木，又代称为车轮。

[25] 风回云转：言车速度很快，如风云回转。

[26] 埃连飙属(zhǔ)：言车疾飞，带起一路风尘。属，连接。

[27] 蹸(lìn)：践踏。封豨(xī)：古代传说中一个以大猪为图腾的部族。《淮南子·本经》中说尧之时十月并出，猰貐等皆为民害。尧乃使羿除害，"擒封豨于桑林"。

[28] 籍(jí)：同"藉"，践踏。麈(zhǔ)：一种动物，似鹿而大。其尾巴可以用来挥蚊蝇。

[29] 捎：惊扰；除灭。鸢(yuān)：俗称"老鹰"。

[30] 接：通"揭"，掀动，惊扰。鹫(yuè)鷟(zhuó)：一种水鸟。

[31] 聚者：指聚在一处的所获猎物。

[32] 散者：击获失散的猎物。阗：填塞。

[33] 赫：红色。此处用为动词，染红。

[34] 纷其：纷纷。此形容羽毛飘浮的样子。翳(yì)：遮蔽。

[35] 考功效绩：即论功行赏。效，献。

[36] 班赐有叙：赏赐按成绩分为几个等

级。叙:次序。

[37] 甘:美。炰(páo):烧烤的肉食。

[38] 飞酌:传酒而饮。清酤:美酒。《诗·商颂·烈祖》:"既载清酤。"

[39] 爵:盛酒的器具,三支脚,多为青铜所制。

[40] 銮舆:君王的车驾。促节:起驾。促,促发,发动;节,旌节。竹竿上插有羽毛。《周礼·地官》:"道路用旌节。"

[41] 骋辔(pèi):纵马驰骋。辔,马缰绳。

[42] 爵台:即铜爵台,又称铜雀台。在邺城(今河北临漳县西南)西北角,台高十丈,周围殿屋一百二十间,楼顶置大铜雀,舒翼若飞,故名铜雀台。增举:高飞。

[43] 花梁:有纹饰的堑桥,即雕饰的桥。

[44] 路寝:古代君王处理政事的宫室。

[45] 总:总理,操管。群司:各方面的司辖之官。

[46] 步辇(niǎn):乘辇而行。辇,秦汉后专指帝王后妃所乘的车。西园:指铜雀园。

简评

这篇赋作言约意丰,通过几个场面形象具体地概述了校猎的全过程。作者运用夸张的手法,将围猎中的人数之众、战车之多、兵戈之利、场面之广阔、气氛之紧张,描写得犹如一场激烈壮观的战争。其中说"千乘乱扰,万骑奔走,经营原隰,腾越峻岨。彤弓斯彀,戈铤具举。"也可以说是一场多种项目的大型运动会。作者的目的在于借此奋扬曹军的军威,但它同时也是当时贵族生活的一种缩影。作者当有亲身的经历,才写出如此规模宏大、气势不凡的校猎场面。

剑技 曹 丕

余又学击剑，阅师多矣[1]，四方之法各异，唯京师为善[2]。桓、灵之间[3]，有虎贲王越善斯术[4]，称于京师。河南史阿[5]，言昔与越游[6]，具得其法[7]，余从阿学之精熟。尝与平虏将军刘勋、奋威将军邓展等共饮，宿闻展善有手臂[8]，晓五兵[9]，又称其能空手入白刃[10]。余与论剑良久，谓言将军法非也[11]。余顾尝好之[12]，又得善术，因求与余对[13]。时酒酣耳热，方食竿蔗[14]，便以为杖，下殿数交[15]，三中其臂，左右大笑。展意不平[16]，求更为之[17]。余言吾法急属[18]，难相中面[19]，故齐臂耳[20]。展言愿复一交，余知其欲突以取交中也[21]，因伪深进[22]，展果寻前[23]，余却脚鄛[24]，正截其颡[25]，坐中惊视。余还坐，笑曰："昔阳庆使淳于意去其故方[26]，更授以秘术[27]，今余亦愿邓将军捐弃故伎[28]，更受要道也[29]。"一坐尽欢。

题解

选自曹丕《典论·自叙》，篇名为编者所拟。《典论》一书写成于曹丕作太子之时，自叙其前半生的经历，主要侧重于武术方面的经历及其学习的方法和精神。击剑之术由来已久，先秦时期，击剑之风盛行，及至汉代，文人学击剑者不乏其人，司马相如、东方朔等都曾练习击剑。东汉末年，剑术有了进一步发展，出现了不少技艺高超的击剑家。这些人游走四方，教徒授艺，著名剑术家王越教人甚多，曹丕就是其中一位。

注释

[1] 阅：经历。
[2] 京师：京城，这里指洛阳。
[3] 桓、灵之间：指东汉桓帝（公元147—167年在位）、灵帝（公元167—189年在位）时期。
[4] 虎贲(bēn)：侍卫国君及保卫王宫、宫门之官。
[5] 河南：县名，故治在今河南洛阳。
[6] 游：交游，来往。这里指从师求学。
[7] 具：同"俱"，完全，都。
[8] 宿闻：早已知闻。善有手臂：手臂功夫高，指精通武艺。
[9] 晓：通晓，熟知。五兵：泛指各种兵器。兵，兵器。
[10] 空手入白刃：赤手空拳进入刀丛。这里指空手夺刀。
[11] 谓言：向他说。
[12] 顾：犹"乃"，只。尝：曾经。

[13] 因求与余对：因而他要求与我比试。

[14] 竿蔗：即甘蔗。

[15] 数(shuò)交：多次交手。数，屡次。

[16] 展意不平：邓展心里不服。

[17] 求更为之：要求再比试一次。

[18] 余言吾法急属(zhǔ)：我说我的剑法急促而连续。属，连续。

[19] 难相中面：难以正面相对。

[20] 故齐臂耳：所以都击中了手臂。

[21] 余知其欲突以取交中也：我料到他想突进以正面击中我。交中：中交，正面对打。

[22] 因伪深进：因而假装着深入前进。

[23] 展果寻前：邓展果然接连向前。寻，连续。

[24] 却脚：退步。鄛(cháo)：借作"剿"，袭击。

[25] 截：拦截，此为击中之意。颡(sǎng)：额头。

[26] 阳庆：即公乘阳庆，西汉初人，精于医术，淳于意在他的传授下，成为名医。

[27] 更：再，又。

[28] 捐弃：抛弃。故伎：原来的剑术。

[29] 要道：精妙的道理。此指精妙的剑术。

简评

曹丕不但是当时文坛的领袖人物，还善于骑射、击剑。这与时代需要、家庭教育以及个人的刻苦努力是分不开的。他"生于中平之季，长于戎旅之间，是以少好弓马"(《三国志·魏书二》裴松之注)，正因"世方扰乱"，曹操才教他从小学骑射、击剑，并且每次出征时都让他随从。文中除交待比试剑技之外，从末尾来看，曹丕又欲传给邓展。中国古代技艺的传授，尤其剑术、枪法等各种武艺，都很注重选择基础好、能下苦功、个人品质优良者传授，反映出古人对资质的重视及在武艺传授中的道德要求。

白马篇 曹 植

白马饰金羁[1]，连翩西北驰[2]。
借问谁家子，幽并游侠儿[3]。
少小去乡邑，扬声沙漠垂[4]。
宿昔秉良弓[5]，楛矢何参差[6]？
控弦破左的[7]，右发摧月支[8]。
仰手接飞猱[9]，俯身散马蹄[10]。
狡捷过猴猿，勇剽若豹螭[11]。
边城多警急，虏骑数迁移[12]。
羽檄从北来[13]，厉马登高堤[14]。
长驱蹈匈奴[15]，左顾陵鲜卑[16]。
弃身锋刃端，性命安可怀[17]？
父母且不顾，何言子与妻！
名编壮士籍，不得中顾私[18]。
捐躯赴国难，视死忽如归[19]！

题解

选自赵幼文《曹植集校注》卷三。白马篇，乐府诗题，属《杂曲歌词·齐瑟行》。

曹植(192—232)，三国魏文学家。字子建，曹丕同母弟。长于军旅之中，自幼聪敏，兼习文武，富于才学，曾为曹操所钟爱，几次欲立为太子。终因“任性而行，不自雕励，饮酒不节”(《三国志·魏书十九》)而失宠。一生以曹丕称帝为界，分为前后期。前期受曹操宠爱，尝随征伐，诗文多写其安逸生活和建功立业的抱负；后期备受曹丕父子的限制与迫害，心情郁闷，诗文多表现其愤抑不平之情及要求个人自由解脱的心境。封陈王，年四十一卒，谥曰“思”，后人习称“陈思王”。现存诗八十余首，赋四十余篇，其诗注重对偶、炼字和色彩，富于音乐性，被钟嵘称为“骨气奇高，词采华茂”。有《曹子建集》。

注释

［1］金羁：金饰的马络头。羁，马络头。

［2］连翩：轻捷矫健的样子。西北驰：驰向西北。魏初西北方为匈奴、鲜卑等少数民族居住区，驰向西北即驰向边疆战场。

［3］幽并（bīng）：幽州和并州。幽州在今河北省东北部和辽宁省西南部。并州在今山西省北部。游侠儿：周游各地行侠仗义的男子。

［4］扬声：即扬名。垂：同“陲”，边远地带。

［5］宿昔：昔时，往日。秉：持。

［6］楛（hù）矢：用楛木作箭杆的箭。何：多么。参差：指箭在弓袋里参差不齐。连上句是说昔日良弓不离手，箭出尽楛矢。

［7］控弦：拉开弓。控，引，拉开。左的（dì）：左方的射击目标。的，靶心。引申为目标，准的。

［8］摧：摧毁，有穿透之意。月（ròu）支：箭靶名。

［9］接：迎接飞驰而来的东西。飞猱（náo）：与下句的“马蹄”均为飞动的箭靶名称。猱，猿类，善攀缘，上下如飞。

［10］散：射碎，使动用法。

［11］剽：行动轻捷。螭（chī）：传说中的猛兽，如龙而黄。

［12］虏骑：指匈奴、鲜卑的骑兵。数（shuò）：多次。迁移：这里是入侵的意思。

［13］羽檄（xí）：檄是军事方面用于征召的文书，插上羽毛表示军情紧急，所以叫羽檄。

［14］厉马：催马，用鞭子打马。厉，奋起。这里是使动用法。

［15］蹈：践踏。

［16］左顾陵鲜卑：转回的路上又向鲜卑出击。陵，践踏。《礼记·檀弓》郑玄注：“陵，躐也。”左顾，左向。当时匈奴主要聚居在今甘肃省、内蒙古自治区西部；鲜卑在今内蒙古自治区以北，位于匈奴东边。战胜匈奴，回师再东讨鲜卑，位置在左边，所以称“左顾”。鲜卑：中国古代少数民族名，游牧部落东胡族的一支。东汉末为北方强族。因汉代匈奴、鲜卑常常侵扰中原，故有此语。

［17］怀：顾惜。

［18］中：心中。顾：念。

［19］忽：不在意，不经心。

简评

本诗描写和歌颂了边疆地区一位武艺高强又富有爱国精神的青年英雄形象，抒发了作者的报国之志。当中几句集中写其骑射的英姿，十分生动。此为曹植前期的重要代表作品，洋溢着积极向上的青春气息。此诗艺术构思完整，层次清楚，中间“宿昔”等八句写游侠儿的高超武艺，描写细致，笔力劲健。从这首诗可以看出曹植诗在人物形象塑造方面的较高成就。

名都篇 曹 植

名都多妖女[1],京洛出少年[2]。
宝剑直千金[3],被服丽且鲜[4]。
斗鸡东郊道[5],走马长楸间[6]。
驰骋未能半,双兔过我前。
揽弓捷鸣镝[7],长驱上南山[8]。
左挽因右发[9],一纵两禽连[10]。
馀巧未及展,仰手接飞鸢[11]。
观者咸称善,众工归我妍[12]。
归来宴平乐[13],美酒斗十千[14]。
脍鲤臇胎鰕[15],寒鳖炙熊蹯[16]。
鸣俦啸匹侣[17],列坐竟长筵[18]。
连翩击鞠壤[19],巧捷惟万端[20]。
白日西南驰,光景不可攀[21]。
云散还城邑[22],清晨复来还。

题解

选自宋郭茂倩编《乐府诗集》卷六十三。原诗被收入《杂曲歌·齐瑟行》,是曹植自制的新题乐府,以篇首二字为题目。作者以第一人称、为京洛少年立言的形式,描写了一群贵族子弟但以弄剑斗鸡、驱马游猎、击鞠击壤为业的生活。诗篇反映了当时上层社会的一些体育活动,具有一些认识价值。

注释

[1] 名都:著名的都会,如当时的洛阳、临淄、邯郸等。妖女:艳丽的女子。

[2] 京洛:指东京洛阳。洛阳是东汉的都城,贵族麇集之地,东汉的乐府和文人诗中常有写洛阳贵族子弟生活的作品。本篇中心是写少年,上句写“妖女”是为本句作陪衬。

[3] 直:同值。

[4] 被服:指衣着。被,同披。服,穿。

[5] 斗鸡:看两鸡相斗以为博戏,这是汉

魏以来直到唐代盛行的一种习俗。

[6] 长楸间：大路上。古代都邑之大道两旁种着楸树。古都则楸树高大。楸，落叶乔木，也叫大樟。

[7] 捷：抽取。《淮南子·兵略训》高诱注："取也。"《太平御览》七四六引作"挟"，义通。鸣镝：响箭。

[8] 南山：指洛阳之南山。

[9] 左挽因右发：左手拉弓向右射去。一般都用右手拉弓。这里说用左手拉弓，因要向右发箭之故。写射技之灵活多变。

[10] 一纵：一发。两禽连：两禽同时被射中。

[11] 仰手：向上举起手。接：迎射对面飞来的东西。鸢(yuān)：鹞子。

[12] 众工：许多善射者。工，巧。归我妍：称道我的射艺高。妍，美善。

[13] 平乐：宫观名，东汉时明帝所建，在洛阳西门外。

[14] 斗(dǒu)十千：一斗酒价值万钱，极言其宴饮之豪奢。斗，古代酒器名，贵重者以玉作成。

[15] 脍(kuài)鲤：把鲤鱼做成肉丝。脍，切肉成丝。臇(juàn)胎鰕(xiā)：把胎鰕做成肉羹。臇，动词，做成肉羹。胎为鲐的误字。鲐是一种海鱼。鰕，鲂鱼，即斑鱼。

[16] 寒鳖：酱腌甲鱼。炙熊蹯(fán)：烤熊掌。

[17] 鸣、啸：都指招呼。俦、匹、侣：都是同类、同伴的意思。这句是说，这些贵族少年呼朋唤友。

[18] 竟长筵：排列着坐满了大筵席的座位。筵：竹席。《周礼·春官·司几筵》贾公彦《疏》："初在地者一重即谓之筵，重在上者即谓之席。"古人席地而坐，筵长席短。竟，终，尽。

[19] 连翩：动作轻捷的样子。击鞠壤：打球和击壤。击鞠由秦汉以前的蹴鞠发展而来，不过是乘马持杖而击，非以足蹴之，同于后代的马球。击壤参秦汉部分《击壤》篇。

[20] 惟：语词，无义。巧捷万端：灵巧变化层出不穷。

[21] 光景：日光。攀：挽留。

[22] 云散：如云之散。

简评

本篇通过写当时贵族子弟的生活，较全面地反映出当时的一些体育活动：舞剑、走马(跑马)、射猎、击鞠、击壤。诗中说："连翩击鞠壤，巧捷惟万端。"可见当时的马球、击壤极讲究技艺，有的青年具有很高的水平。诗中写其射猎的情形也十分生动。

游猎篇 张 华

岁暮凝霜结[1]，坚冰沍幽泉[2]。
厉风荡原隰[3]，浮云蔽昊天[4]。
玄云晻䨴合[5]，素雪纷连翩[6]。
鹰隼始击鸷[7]，虞人献时鲜[8]。
严驾鸣俦侣[9]，揽辔过中田[10]。
戎车方四牡[11]，文轩驭紫燕[12]。
舆徒既整饬[13]，容服丽且妍[14]。
武骑列重围[15]，前驱抗修旃[16]。
倏忽似回飙[17]，络绎若浮烟。
鼓噪山渊动[18]，冲尘云雾连[19]。
轻缯拂素霓[20]，纤网荫长川[21]。
游鱼未暇窜[22]，归雁不得旋[23]。
由基控繁弱[24]，公差操黄间[25]。
机发应弦倒[26]，一纵连双肩[27]。
僵禽正狼藉[28]，落羽何翩翻[29]。
积获被山阜[30]，流血丹中原[31]。
驰骋未及倦，曜灵俄移晷[32]。
结罝弥薮泽[33]，嚣声振四鄙[34]。
鸟惊触白刃，兽骇挂流矢。
仰手接游鸿[35]，举足蹴犀兕[36]。
如黄批狡兔[37]，青骹撮飞雉[38]。
鹄鹭不尽收[39]，凫鹥安足视[40]。
日冥徒御劳[41]，赏勤课能否[42]。
野飨会众宾[43]，玄酒甘且旨[44]。
燔炙播遗芳[45]，金觞浮素蚁[46]。
珍羞坠归云[47]，纤肴出渌水[48]。
四气运不停[49]，年时何亹亹[50]。
人生忽如寄[51]，居世遽能几[52]？

魏晋南北朝

至人同祸福[53]，达士等生死[54]。
荣辱浑一门[55]，安知恶与美？
游放使心狂[56]，覆车难再履[57]。
伯阳为我诫[58]，检迹投清轨[59]。

题解

选自《乐府诗集》卷六十七。游猎，驰逐打猎。

张华(232—300)，晋学者、文学家。字茂先，范阳方城(今河北固安)人。著《博物志》十卷。明张溥辑有《张茂先集》。

注释

[1] 岁暮：岁末，指寒冬时节。
[2] 沍(hù)：冻结、闭塞。幽泉：幽深隐僻的泉水。
[3] 厉风：烈风。荡：吹荡，横扫。原隰：平原和低下的地方。
[4] 蔽：遮蔽。昊(hào)天：指天空。
[5] 玄云：黑云。晻䨴：同"晻曃"，云彩很厚的样子。
[6] 素雪：白雪。连翩：飘浮的样子。
[7] 隼(sǔn)：一种猛禽，翅膀窄而尖，上嘴呈钩曲状，背青黑色，尾尖白色，腹部黄色。饲养驯熟后，可以帮助打猎。亦称"鹘"。鸷：凶猛的鸟。
[8] 虞人：掌管山泽苑囿的官吏。时鲜：应时新鲜的美味。
[9] 严驾：整备车马。鸣俦(chóu)侣：约伴侣，使伴侣听到车铃声即驾车同行。
[10] 揽辔：挽住马缰。这里指驾马。辔，驾驭马的嚼子和缰绳。中田：田中。
[11] 戎车：兵车。四牡：指驾车的四匹马。牡，指公马。
[12] 文轩：华美的车子。紫燕：良马名。
[13] 舆徒：车马徒众。整饬(chì)：整齐有条理。
[14] 容服：容貌服饰。妍(yán)：美丽。
[15] 武骑(jì)：勇武的骑卒。
[16] 前驱：先头部队。抗：高举。修旃(zhān)：又长又大的旌旗。
[17] 倏(shū)忽：很快的样子。回飙(biāo)：旋转的狂风。
[18] 鼓噪：众声呼喊。
[19] 冲尘：飞起来的尘土。
[20] 缯：同"矰"，即矰缴，古代射鸟用的拴着丝绳的箭。拂：掠过。素霓：亦作"素蜺"，白虹。这句是说箭射得很高。
[21] 纤网：细眼的网。荫：林木遮住日光所成的阴影。这里指细眼的网把河流遮盖住了。
[22] 未暇：未来得及。窜：逃窜。
[23] 归雁：大雁春天北飞，秋天南飞，候时去来，故称"归雁"。不得旋：言看到飞箭来不及回避。
[24] 由基，即养由基，春秋时楚国善射者。参《百发百中》。控：引弓，开弓。繁弱：良弓名。
[25] 公差：官府执行公务的差役。操：持。黄间：弩名。
[26] 机发应弦倒：弩机发射之后野兽应弦而倒毙。
[27] 一纵连双肩：指一箭射了两个野兽。先秦时称三岁的兽为"肩"。参《诗经·还》注[4]。

[28] 僵禽：指飞鸟被射死不动了。狼藉：散乱、零散。

[29] 落羽：飘落的羽毛。翩翻：上下飘动，飘忽摇曳的样子。

[30] 被：同“披”，覆盖。

[31] 丹，红色，这里用为动词，染红。中原：原中。这里指草原。

[32] 曜（yào）灵：太阳。俄：一会儿。移晷（guǐ）：日影移动。犹言经过了一段时间。晷，日影。

[33] 结罝（jū）：设置捕兔网。弥：满。薮（sǒu）泽：水草茂密的沼泽湖泊地带。薮，水少草多的地方。

[34] 嚣声：喧闹声。四鄙：四野。

[35] 接游鸿：指把飞翔的大雁射下来。接，射下来。

[36] 蹴：踏。犀：犀牛。兕：古代兽名，皮厚可以制甲。一说即雌犀牛。

[37] 如黄：良犬名。批：击打。

[38] 青骹（xiāo）：一种青腿的猎鹰。撮（cuō）：抓取。雉：野鸡。

[39] 鹄（hú）、鹭（lù）：均为体大羽白的水鸟。

[40] 凫鹥（yī）：凫和鸥。泛指水鸟。

[41] 日冥：指天色暗了下来。徒御：挽车御马的人。这里泛指参加狩猎的人。劳：劳累。

[42] 课：考核。能否：有能力还是没有能力。

[43] 野飨（xiǎng）：在野外设食款待。会：聚会。这里指招待。

[44] 玄酒：指淡薄的酒。旨：味美。

[45] 燔（fán）炙：指用火烤肉。播遗芳：指烤肉的香味四处散开。

[46] 金觞（shāng）：精美珍贵的酒杯。素蚁：比喻酒面上的白色泡沫。

[47] 珍羞：亦作“珍馐”，珍稀的美食。归云：喻高空中的飞禽。这句说：珍美的佳肴是天上射下来的飞禽。

[48] 纤肴：即佳肴。出渌（lù）水：出于清澈的水。指刚捕上来的鱼。

[49] 四气：指春、夏、秋、冬四时的温、热、冷、寒之气。

[50] 年时：年岁，岁月。亹（wěi）亹：滔滔不绝的样子。

[51] 忽：忽忽，形容过得很快。寄：寓居，暂住。指人的生命短促，就像暂时寄居在人世间一样。《古诗十九首》：“人生忽如寄，寿无金石固。”

[52] 遽（jù）：迅速。

[53] 至人：道家指超凡脱俗、达到无我境界的人。同祸福：等同地看待祸与福。《老子·五十八章》：“祸兮，福之所倚；福兮，祸之所伏。”

[54] 达士：明智达理之士。《吕氏春秋·知分》：“达士者，达乎死生之分。”

[55] 浑：全，都。一门：等于说“一类”。

[56] 游放使心狂：游玩过度会让心神狂躁。

[57] 覆车：翻车。比喻失败的教训。

[58] 伯阳：即老子。张守节《史记正义》引《朱韬玉札》及《神仙列传》中说：“老子，楚国苦县濑乡曲仁里人。姓李，名耳，字伯阳。”诫：告诫。

[59] 检迹：自持而不放纵。清轨：清道。古代帝王或大官出巡，要清扫道路，禁止行人，称为清轨。

简评

张华《游猎篇》写了在寒冬时候上层贵族打猎的场面。开头八句交代了射猎时的节令与天气状况，古代打猎都在秋冬之季，这次也是。中间三十六句正面描写射猎场面，铺张扬厉，颇为壮观宏大。运用了比较夸张的词语，渲染了扣人心弦的紧张射猎气氛，描摹了飞禽走兽惊慌失措的状态，颇为传神。表现了射猎者潇洒自如的高超射技，天上飞的，地上跑的，水里游的，全被射猎者所控制，举手投足之间猎物便轻松得手，同时也写出了贵族射猎者的放荡骄奢与不可一世的一面。在最后十二句抒发自己的感慨。感叹人生短暂，时光易逝，劝诫人们不要放纵游戏，对统治者的游猎活动提出了告诫。适当的狩猎活动是健体习武所必需，如过分则不利于健康和修德。本诗展示出了作者驾驭宏大场面的高超笔力，同时也可以看出诗歌继承了汉大赋铺张扬厉的风格，在写法上模仿张衡《西京赋》，多套用其中的话语。

鞠歌行序 陆 机

按汉宫阁有含章鞠室、灵芝鞠室[1]，后汉马防第宅卜临道[2]，连阁通池，鞠城弥于街路[3]。《鞠歌》将谓此也[4]。又东阿王诗"连骑击壤"[5]，或谓蹙鞠乎[6]？三言七言[7]，虽奇宝名器，不遇知己，终不见重[8]。愿逢知己，以托意焉[9]。

题解

选自逯钦立《先秦汉魏晋南北朝诗》之《晋诗》卷五。《鞠歌行》又称《鞠歌》，属于古乐府中的《相和歌辞·平调曲》。古辞已经消失，后人有拟作。宋郭茂倩《乐府诗集》卷三十三《鞠歌行》题解说："王僧虔《技录》，平调又有《鞠歌行》，今无歌者。"这篇短文是陆机的拟作《鞠歌行》前的小序。陆机《鞠歌行》主要是借以发个人感叹，故不录。

陆机(261—303)，西晋文学家。字士衡，西晋吴郡吴县(今江苏苏州)人。与其弟陆云俱以诗名，时人合称为"二陆"。曾历任平原内史、祭酒、著作郎等职，世称"陆平原"。以文学驰名当世，与潘安并称为"潘江陆海"。后死于"八王之乱"。有《陆士衡文集》。

注释

[1] 鞠室：蹴鞠场设施名，即蹴鞠射向之区域，类似现在的球门。多挖方地为之，每处有一人防守。含章、灵芝都是汉代宫殿名。二殿内皆有鞠室，相当于今日的室内球场。

[2] 马防：字江平，扶风茂陵人，东汉伏波将军马援的次子。汉明帝永平中为黄门侍郎。章帝时为中郎将，后又迁为城门校尉。和帝十年(公元98年)卒。卜：选择。临，临近。

[3] 鞠城：蹴鞠场地四周方墙。弥于街路：延伸至街路边。

[4] 将谓此也：即是唱此。这是说鞠歌起于东汉，本是唱蹴鞠盛况的。

[5] 东阿王：即曹植，魏太和三年(229年)被封为东阿(今山东东阿)王。连骑击壤：曹植《名都篇》作"连翩击鞠壤"。

[6] 蹙鞠：即蹴鞠。蹙，"蹴"的异体。

[7] 三言七言：是说古乐府《鞠歌行》的句式为三言七言。

[8] 重：重视。

[9] 托：寄，传达。

简评

这篇序言不足百字，却包含了四方面的意思：一是论述了《鞠歌行》诗题命名的原因，二是指出《鞠歌》兴起的时代，三是道出了古乐府《鞠歌行》的体式，四是传达了作者的希望。本文有助于了解古代蹴鞠活动的发展状况。从文中所引马防之事来看，蹴鞠活动在汉代得到了充分的发展，到了东汉末年、三国曹魏时期，蹴鞠活动出现了新的变化，由以前的地上踢球衍化出马上击球，并已有室内球场。由此可以看出，各种体育活动都是随着社会的发展而发展变化的，不会一成不变。

华佗五禽戏《后汉书》

华佗字元化[1]，沛国谯人也，一名旉。游学徐土[2]，兼通数经。晓养性之术，年且百岁而犹有壮容，时人以为仙。……

广陵吴普、彭城樊阿皆从佗学。普依准佗疗，多所全济。佗语普曰："人体欲得劳动[3]，但不当使极耳。动摇则谷气得销[4]，血脉流通，病不得生，譬犹户枢，终不朽也。是以古之仙者，为导引之事，熊经鸱顾[5]，引挽腰体，动诸关节，以求难老。吾有术，名五禽之戏：一曰虎，二曰鹿，三曰熊，四曰猿，五曰鸟[6]。亦以除疾，兼利蹄足，以当导引。体有不快，起作一禽之戏，恰而汗出，因以著粉[7]，身体轻便而欲食。"普施行之，年九十余，耳目聪明，齿牙完坚。

题解

选自南朝宋范晔《后汉书·方术列传》，篇名为编者所拟。五禽戏，华佗首创的一种健身术，模仿五种禽兽的动作和姿态，以进行肢体活动，和现在各种健身操很相似。晋时陶弘景《养性延名录》对其有粗略记载。1982 年教育部、卫生部和当时的国家体委曾在医药类大学的"保健体育课"中推广五禽戏等中国传统健身法。2003 年国家体育总局将重新编排后的五禽戏等四种健身法向全国推广。

范晔(398—445)，南朝宋史学家、文学家。字蔚宗，顺阳(今河南淅川东)人。年少好学，聪慧机敏，博览经史，晓音律，尤善弹琵琶。初为刘裕相国掾。后因牵涉谋立彭城王刘义康一案，被杀。所著《后汉书》九十卷，是中国重要的史学名著之一。他突破《史记》、《汉书》体制，在列传中独创了《党锢》、《文苑》、《独行》、《方术》、《逸民》等新的类别，又大量收录政论辞赋，兼具一代文章总集的性质。原有集十五卷，已佚。

注释

[1] 华佗(约 141—208)，一名旉(fū)，沛国谯(今安徽亳县)人，汉末名医、养生家。

[2] 徐土：今徐州一带。

[3] 劳动：活动。即人体运动。

[4] 谷气：中医名词，指胃气。销：消散。

[5] 熊经鸱(chī)顾:都是古代养生术中的动作。熊经,举臂竦身,状如熊攀于树枝空悬身体。经,悬吊。鸱顾,身不动而回顾。顾,回头看。

[6] 华佗所说五禽戏,实际上是一种仿生功,类似现在的广播体操。

[7] 著粉:搽上粉。

简评

华佗是中国历史上著名医学家,通晓养生之术。他主张通过身体的运动来增强体质,祛病延年。他继承了前人导引的理论和实践活动,进一步明确地、全面地阐明了它的作用。尤其提到人应该经常活动,“但不当使极耳”,是很有科学道理的。华佗在继承前人导引术势的基础上,经过精简提炼,又创编了“五禽戏”。不仅有助于健身,也利于治病,而且简单易行。“五禽戏”的出现,对推动中国导引术的发展和武术的形成都起到重要的作用。

卜天生渡坑《宋书》

（卜）天与弟天生，少为队将[1]，十人同火[2]。屋后有一大坑，广二丈余，十人共跳之皆渡，唯天生坠坑。天生乃取实中苦竹[3]，剡其端使利[4]，交横布坑内，更呼等类共跳[5]，并畏惧不敢。天生曰："我向已不渡，今者必坠坑中。丈夫跳此不渡，亦何须活！"乃复跳之，往反十馀，曾无留碍[6]，众并叹服。

题解

选自南朝梁沈约《宋书·孝义列传》。本篇写卜天与其弟卜天生跳远的事。渡坑，即跳远。跳远是人类最基本的技能之一，在古代常作为军事技能在军队中用以训练士卒。在古代兵书《吴子》与《六韬》中，都有将在跳高、跳远上有专长的士兵编为一队的记载，并将他们视为军中的精锐。可见这些技能在冷兵器时代的重要作用。

沈约（441—513），南朝梁文学家。字休文，吴兴武康（今浙江德清）人。宋、齐、梁三代为官，官至尚书令，封建昌县侯。卒谥隐。著述甚多，是齐梁时的文坛领袖，著有《四声谱》、《宋文章志》、《晋书》、《宋书》、《齐纪》、《高祖记》等。诗文为当时人所推重，他和谢朓等人开创的"永明体"，对古体诗走向格律诗起到了重要作用。明张溥辑有《沈隐侯集》。

注释

[1] 队：军中的编制单位。百人为队。
[2] 同火：古代兵制，十人共灶同炊，称为"同火"。火，今写作"伙"。
[3] 实中苦竹：当中不空的苦竹。苦竹，又名伞柄竹。皮厚心小，宜作伞柄，禾本科，秆圆筒形，高达四米。
[4] 剡（yǎn）：削，削尖。
[5] 等类：同辈；同类。
[6] 曾（zēng）：乃，竟。

简评

南北朝时期，北方民族南下中原，军中人人长于骑射，自不待言。但能善跑善跳者却较为稀少，而名将传记中多有记载。此段文字，就记载了卜天生与同火跨坑之事。跨坑就是跳远，只是更有难度与危险度。天生前一次没有跳过去，于是自我激励，拼力再跃，结果往返十余次，赢得众人的惊叹与佩服。

桓石虎 沈 约

桓石虎是桓征西儿，未被举时[1]，西出猎，石虎亦从猎围中射虎。虎被数箭[2]，伏在地。诸将请石虎，曰："恶郎能拔虎箭不[3]？"石虎小名恶子，答曰："可拔耳！"恶子于是径至虎边[4]，便拔得箭；虎跳越，恶子亦跳，跳乃高虎跳[5]。虎还伏[6]，恶子持箭便还。

题解

选自宋李昉等编《太平御览》卷八九二引南朝梁沈约《俗说》，篇名为编者所拟。桓石虎，似为桓石虔之误。石虔为桓豁之子。桓豁于东晋孝武帝时拜征西将军，都督荆、扬、雍、交、广五州军事，复迁征西大将军，开府，故称桓征西。桓征西有子二十人，知名者六人，六人中石虔为长。

注释

[1] 举：推举，指仕宦任职。
[2] 虎被数箭：指虎身上中了几箭。被，蒙受，受。
[3] 不：同"否"。表询问。
[4] 径：直接，一直。
[5] 高虎跳：高过虎跳的高度。
[6] 还：反而，反倒。伏：爬下来。意为跳不动了。

简评

这则笔记小说讲的是桓石虎打猎时降服猛虎的一次壮举。小说中一以众人激将写石虎的勇武，二以虎跳石虎亦跳刻画其勇武、善跳。全文短小精悍，生动有趣。短短百余字中，将石虎矫捷绝伦、尚勇武无畏的形象塑造得淋漓尽致。恒石虎的臂力、弹跳等基本功及临危不惧的心理素质是如何练成文中并无交待，但由所写这段情节可以想见。

羿射不中 苻　朗

夏王使羿射于方尺之皮[1]，径寸之的[2]。乃命羿曰："子射之，中，则赏子以万金之费；不中，则削子以千邑之地[3]。"羿容无定色[4]，气战于胸中[5]，乃援弓而射之[6]，不中；更射之，又不中。夏王谓傅弥仁曰[7]："斯羿也，发无不中，而与之赏罚，则不中的者，何也？"傅弥仁曰："若羿也，喜惧为之灾，万金为之患矣。人能遗其喜惧[8]，去其万金，则天下之人皆不愧于羿矣[9]。"

题解

选自清严可均辑《全晋文》卷一五二，篇名为编者所拟。这篇寓言出自东晋文学家苻朗所写的《苻子》中。该书原为二十卷，早于唐末亡佚。今传本是严可均辑录的遗文。《苻子》集中体现了老庄"无为"思想，且不乏文才横溢的寓言体散文之作。

苻朗（？—389），晋人。字元达，前秦苻坚的侄子，喜经籍，手不释卷。苻坚称之为"千里驹"，征拜镇东将军、青州刺史。降晋后，加封员外散骑侍郎。

注释

[1] 夏王：指中国历史上第一个奴隶制王朝的君主夏启。方尺之皮：用兽皮制成的一尺见方的箭靶。

[2] 径寸之的：直径一寸的靶心。

[3] 邑：古代庶民的编制单位。三朋为里，五里为邑。

[4] 容无定色：脸上的表情变化不定。

[5] 气战于胸中：由于情绪紧张，致使呼吸急促。

[6] 援：执，持。

[7] 傅（fù）：保傅，古代负责教导的官员。弥仁：人名。

[8] 遗：遗弃，舍弃。

[9] 不愧于羿：指箭术不会比后羿的差。愧，本指羞惭，此为逊色之意。

简评

神箭手后羿在重金和封地的得失面前，失去了常态，射箭时屡次失误，使其高超的射技不能得到正常的发挥。类似的现象在我们的生活中也能常常遇到。

背上患得患失的包袱，纵然有高超的技艺，也发挥不出来。这里告诫人们，遇事应当看得远一些，站得高一些，调整好心态，摆脱患得患失的思想束缚，才能取得好的结果。

登山曲 谢 朓

天明开秀崿[1]，澜光媚碧堤[2]。
风荡翻莺乱[3]，云行芳树低。
暮春春服美[4]，游驾凌丹梯[5]。
升峤既小鲁[6]，登峦且怅齐[7]。
王孙尚游衍[8]，蕙草正萋萋[9]。

题解

选自曹融南《谢宣城集校注》卷二，上海古籍出版社 1991 年版。

谢朓（464—499），南朝齐诗人。字玄晖，陈郡阳夏（今河南太康）人。时人以之与同族前辈著名山水诗人谢灵运对举，并称“大小谢”。为“竟陵八友”之一。曾出任宣城太守，故世称谢宣城。后被诬陷死于狱中。有《谢宣城集》。

注释

[1] 崿（è）：山崖。

[2] 澜光：波光。媚碧堤：言使长满草的堤岸更为明媚美好。

[3] 翻莺乱：言因风吹惊动莺鸟乱飞。翻：翻飞。

[4]《论语·先进》：“莫春者，春服即成。冠者五六人，童子六七人，浴乎沂，风乎舞雩，咏而归。”莫，古“暮”字。暮春：春末。

[5] 凌：乘。丹梯：很高的阶梯。丹崖接云，常喻入仙境之径。

[6] 峤（qiáo）：锐而高的山峰。小鲁：言视野开阔。《孟子·尽心上》：“孔子登东山而小鲁，登太山而小天下。”

[7] 怅齐：言产生人生感慨。《韩诗外传》：“齐景公游于牛山之上而北望齐，曰：‘美哉国乎，郁郁蓁蓁！使国而无死者，则寡人将去此而何之！’俯而泣下沾襟。”

[8]《楚辞·招隐士》：“王孙游兮不归，春草生兮凄凄。”王孙，贵族王孙。游衍：漫游。

[9] 蕙草：一种香草。萋萋：繁茂的样子。

简评

此诗写登山活动中的感受。第一句指出作者从清晨开始登山，晨雾散后，清秀的山崖现于远处。第二句写眼前水波映绿堤，春光明媚。三、四句说晨风吹动，莺鸟乱飞，天上片云漂浮，树荫罩顶。这四句通过写环境表现了愉悦的心情。五、六句可谓“思接千载”，从时间的纵的方面表现了心胸之开阔，写出了登高远眺时山下景物尽收眼底时的感受。七、八句以人的野游、登山与春景结合在一起，表现了季节上与作者心、身两方面的青春感受。全诗写景既写出登山所见，又表现了登山之乐，完全与在室内及庭院中不同，满目尽是美的景象，令人目不暇接又心情愉快，心胸开阔。此诗在形式上值得注意的是，当中六句都用对偶，全篇虽较唐代确立的律诗定格多二句，但基本上已形成五言律诗除首尾两联外当中两联对偶的结构特征。从音韵方面说，也大体上具备近体诗的格律。可以说，这首诗正反映了古诗向近体的转变过程。

杨大眼善跑《魏书》

杨大眼[1],武都氐难当之孙也[2]。少有胆气,跳走如飞。然侧出[3],不为其宗亲顾待[4],颇有饥寒之切[5]。太和中[6],起家奉朝请[7]。时高祖自代将南伐[8],令尚书李冲典选征官[9],大眼往求焉。冲弗许,大眼曰:"尚书不见知,听下官出一技。"便出长绳三丈许系髻而走,绳直如矢,马驰不及,见者莫不惊叹。冲曰:"自千载以来,未有逸材若此者也[10]。"遂用为军主[11]。

题解

选自北齐魏收《魏书·杨大眼列传》,篇名为编者所拟。

魏收(506—572),北齐史学家。字伯起,钜鹿下曲阳(今河北晋县西)人。少时好习骑射,后折节读书,以文华显。北魏时,为太学博士,后迁散骑侍郎,参与国史编修。东魏、北齐时,历官秘书监兼著作郎、中书令兼著作郎,加太子少傅,监修北齐史。天保二年(551)奉敕编撰《魏书》。又两次奉敕研审、修改,《魏书》始有定本。

注释

[1] 杨大眼(?—517):南北朝时略阳清水(今甘肃省清水县西北)氐人。投北魏后屡立战功,官至平东将军。其妻潘氏亦善战,时人或称"潘将军"。

[2] 武都:古代郡县名。西汉时武都郡、武都县俱在甘肃西和县仇池山以东骆谷(今西和县洛峪镇养马城),东汉时武都郡移下辨,武都县仍在骆谷。难当:即杨难当,后仇池国君杨玄之弟,杨玄死后曾自立为仇池公,刘宋封之为武都王。后投北魏。氐:中国古代的一个少数民族。东汉末年,氐人杨腾为部落大帅,聚于仇池、骆谷一带,先后建仇池国、武都国。

[3] 侧出:指妾婢所生。

[4] 宗亲:同宗的亲属。顾待:犹照顾。

[5] 颇有饥寒之切:指有些为饥寒所迫的意思。切,急迫。

[6] 太和(477—499):北魏孝文帝元宏的年号。

[7] 奉朝请:古代诸侯春季朝见天子叫朝,秋季朝见为请。因称定期参加朝会为奉朝请。

[8] 高祖:指魏孝文帝拓跋宏。代:指平城(山西大同西北)。南伐:孝文帝根据当时政治经济发展的需要,决

定迁都洛阳，但是大多数鲜卑贵族还没有这种认识，极力反对。因此，孝文帝不得不以南伐为名，于公元493年秋天，率领步骑三十万，到达洛阳，声言将进攻南朝齐，迫使贵族大臣同意迁都。

[9] 典选：掌管选拔人才授官的事务。此指选拔人才。

[10] 逸材：指出众的人才。

[11] 军主：武官名，南北朝时为一军的主将。其下设有军副，所统帅兵力无定数，数百人至上万人。

简评

跑也是人类的基本技能之一。《山海经》中就有“夸父与日逐走”的神话。现存文献中，西周“令鼎”铭文中的“先走马”，就是关于善跑者的早期记载。至春秋战国时期，跑成了克敌制胜的一项技能，因而各国十分重视对士兵奔跑能力的训练。魏晋南北朝时期也不例外，杨大眼一被录用即被任命为军主就是典型的例子。杨大眼是北魏孝文帝、宣武帝时期一位很知名的将领。时人以为，纵使三国时的关羽、张飞在世，也未必比他勇猛。他曾随北魏孝文帝南征，“所经战胜，莫不勇冠六军”。杨大眼作为将帅，每逢战斗，总是身先士卒，毫不犹豫地向敌营冲杀，所向披靡。从文中描写的情景来看，杨大眼的奔跑速度十分惊人，系在发髻上的绳子竟然能拉直，可谓古代的善跑者。杨大眼武艺超群，非常勇猛。他善跑的技能在这当中也是起到了很大作用的。

李波小妹歌《魏书》

李波小妹字雍容，
褰裙逐马如卷蓬[1]。
左射右射必叠双[2]。
妇女尚如此，
男子那可逢[3]！

题解

选自北齐魏收《魏书·李安世列传》。李波，北魏广平（今湖北永年）人。其宗族强盛，大量收容为抗租抗税而逃亡的穷苦百姓，多次打败官兵的剿捕。后来李波被刺史李安世诱杀于邺市，家族也遭残害。这首歌是当地百姓赞扬李波妹妹的骑射武艺的。

注释

[1] 褰（qiān）裙：提起裙子。褰，提起。裙，古谓下裳。卷蓬：风卷飞蓬。形容极轻快。蓬本是一种野生植物，枯干后常在近根处折断，遇风便随风翻卷，故而称卷蓬。这句是说李波小妹撩起裙子跨上马背飞奔而去，就像被风卷起的蓬草一样飞快。

[2] 叠双：一箭射中两个目标，这句盛赞李波小妹的骑射之术。

[3] 男子那可逢：男子的武艺则更加高强难敌。逢，遇见，此处当指抵挡。

简评

南北朝时期，北方民族尚武之风盛行。在这特殊的土壤中出现了《李波小妹歌》这一歌颂勇武女性的杰作。本诗为我们塑造了一位武艺非凡、出类拔萃的巾帼英雄形象。她的身上体现了北方民族粗犷豪放的性格，勇敢尚武的民族风气。这首小诗也体现了北朝民歌朴实、爽朗、豪放刚健的诗风。

周文育《陈书》

周文育，字景德，义兴阳羡人也[1]。少孤贫。本居新安寿昌县[2]，姓项氏，名猛奴。年十一，能反覆游水中数里，跳高五六尺，与群儿聚戏，众莫能及。义兴人周荟为寿昌浦口戍主[3]，见而奇之，因召与语[4]。文育对曰："母老家贫，兄姊并长大，困于赋役[5]。"荟哀之，乃随文育至家，就其母请文育养为己子[6]。母遂与之[7]。及荟秩满[8]，与文育还都，见于太子詹事周舍[9]，请制名字[10]，舍因为立名"文育"，字"景德"。命兄子弘让教之书计[11]。弘让善隶书，写蔡邕《劝学》及古诗以遗文育[12]，文育不之省也[13]，谓弘让曰："谁能学此！取富贵但有大槊耳[14]。"弘让壮之[15]，教之骑射，文育大悦。

司州刺史陈庆之，与荟同郡，素相善[16]，启荟为前军军主[17]。庆之使荟将五百人往新蔡悬瓠[18]，慰劳白水蛮[19]。蛮谋执荟以入魏[20]，事觉[21]，荟与文育拒之[22]。时贼徒甚盛，一日之中战数十合，文育前锋陷阵[23]，勇冠军中[24]。荟于阵战死[25]，文育驰取其尸[26]，贼不敢逼[27]。及夕各引去[28]。文育身被九创[29]。创愈[30]，辞请还葬[31]。庆之壮其节[32]，厚加赗遗而遣之[33]。

题解

节选自《陈书·周文育传》的开头一段。《陈书》为唐姚思廉奉敕撰，共三十六卷。

姚思廉（556—637），唐史学家。字简之，吴兴武康（今浙江德清）人。在隋代曾受命继其父姚察完成《梁书》、《陈书》的编纂。在唐代任著作郎、弘文馆学士，后来做到散骑常侍，在贞观十年（636）才完成了《梁书》和《陈书》。

注释

[1] 义兴阳羡：今江苏宜兴。义兴，府名。阳羡，县名。

[2] 新安寿昌县：今浙江建德。新安，府名。

[3] 浦口戍主：守卫浦口的负责人。

[4] 因召与语：因而叫来同他交谈。

[5] 困于赋役：被繁重的赋税和徭役所困。

[6] 请文育养为己子：要求将文育（当时名猛奴）作为自己的养子。

体育古文

［7］与：给予。

［8］秩满：官吏任期届满。

［9］太子詹事：管理太子宫中庶务的官员。周舍，曾为梁朝侍中。

［10］请制名字：要求为他取名与字。古人有名有字，字的意思同名相关，如张飞字翼德，因为飞本是翅翼的功能。

［11］兄子：侄子。周弘让，幼孤，由其叔周舍抚养成人。梁朝时曾为国子祭酒，迁仁威将军。陈朝天嘉初年领太常卿、光禄大夫。有集九卷、后集十二卷。书计：文字与筹算。

［12］遗（wèi）：赠，给。

［13］省（xǐng）：看。

［14］槊（shuò）：古代兵器，一种长杆的矛。

［15］壮之：认为其志壮大。壮，为形容词意动用法。

［16］素相善：平素关系很好。素，向来，一向。善，友好。

［17］启：陈述，向上报告。军主：一军的主将。

［18］将：率领。新蔡悬瓠（hù）：新蔡县悬瓠城，南北朝时为南北军事要塞。

［19］白水蛮：当时一个少数民族。

［20］蛮谋执荟以入魏：白水蛮首领诈称和好，阴谋骗周荟到来后挟持之投北魏。

［21］事觉：事情被（周荟）察觉。

［22］拒之：拒绝投降北魏。

［23］前锋陷阵：在军前冲锋，打乱敌人的阵脚。

［24］勇冠军中：其勇猛在全军中居首。

［25］于阵战死：在两军交锋中战死。

［26］驰取其尸：驰马于阵前取回周荟的尸体。

［27］逼：逼近。

［28］引去：退去，离开战场。

［29］身被（bèi）九创：身上九处受伤。被：蒙受，遭受。创：创伤（刀伤、枪伤、剑伤等）。

［30］创愈：创伤愈合之后。

［31］辞请还葬：辞去职务要求护送周荟的尸体归葬故里。古人很重视人死后尸体的安葬，只要力所能及，都要归葬故里。

［32］壮其节：称赞其操守高尚。

［33］赗（fèng）遗（wèi）：向有丧事之家赠送财物。赗，古时以车马等财物助葬家办理丧事。遣之：打发他。

简评

《周文育传》开头的这段故事有五点值得注意：一、有些技能要自小练。周文育小时家境贫寒，而十一岁时已能在水中反复游数里，跳高五六尺。二、要爱惜人才，对困难而有特长的人以帮助、扶持，使其能力得到发挥，是人之美德。周荟发现猛奴的长技，知其家贫又困于徭役，如不能改变其处境，将来会完全埋没，故认为养子，后带之至京城，又请有学问的人为之取名，又令其学习。三、周文育从周荟征战，勇猛异常、所向无敌，有其能力方面的原因，也有其意志和情怀上的原因，他既是为了完成自己的志向，也是为了报恩。四、人之发展一要根据自己的特长，二要考虑当时的环境。周文育知当时处于社会动乱之时，自己作为养子，不能走读书以求仕进的路子，让养父周荟在自己身上花太多的钱财和精力，因而根据自己的特长习武，以便早日出人头地，报答养父之恩。五、要知道感恩。周荟战死之后，文育不顾性命危险夺来尸体，为此身上多处受伤。

待伤好之后，又暂时辞职护送其养父的灵柩归葬故里，知恩图报，足见其坦荡、真诚的心地。后来周文育屡建奇功，以功授镇南将军、开府仪同三司、都督江广衡交等州诸军事、江州刺史，又为寿昌县公，又赐给鼓吹乐一部。这自然是因为周荟给了他发挥个人能力的机会，也同他自己奋斗努力，又品质高尚、行为得人心有关。

元顺射卮《北史》

顺善射[1]。初,孝武在洛,于华林园戏射,以银酒卮容二升许[2],悬于百步外,命善射者十余人共射,中者即以赐之。顺发矢即中,帝大悦,并赏金帛[3]。顺仍于箭孔处铸一银童[4],足蹈金莲,手持铲炙[5],遂勒背上[6],序其射工[7]。

题解

选自唐李延寿《北史·魏诸宗室列传》,篇名为编者所拟。北朝一些帝王将相以武起家,十分崇尚射箭活动。其中技艺精湛者不乏其人。本处所选元顺射卮即是其中一例。

李延寿,生卒年不详,唐史学家。相州(今河北临漳)人。贞观中,累补太子典膳丞、崇贤馆学士。雅善属文,尤以史学驰名当时。其父李太师精南北史事,撰写《春秋》编年,未成而卒。延寿继承父志,删补宋、齐、梁、陈及魏、齐、周、隋等八代史,撰成《北史》、《南史》凡一百八十卷。后人称"其书颇有条理,删落酿辞,过本书远甚"(《新唐书》本传)。

注释

[1] 顺:即元顺,字敬叔,北魏孝武帝之弟,鲜卑族。后从孝武帝入关,位至濮阳王。南北朝时期,各族人民习射之风盛行。

[2] 酒卮(zhī):盛酒的器皿。升:古量制单位。当时北魏一升略等于今200毫升。

[3] 金帛:黄金和丝绸。泛指钱物。

[4] 仍:乃,于是。箭孔处:酒卮的箭孔处。

[5] 铲炙:铲形肉块。因刻于酒器上,故以此表示受赏赐。

[6] 勒:刻在金石上的文字。这里指将其功绩刻在银童背上。

[7] 序:同"叙"。叙述,记载。

简评

北魏拓跋氏由于重视武功,经常举行射箭比赛,并给以奖赏。孝武帝在华林园举行的一次射箭比赛中,将银质酒杯挂在百步之外,让十多名优秀射手去射，谁射中，酒杯就奖给谁。结果濮阳王元顺射中获得了银杯，并在奖杯的箭孔处铸一银童作为永久纪念。以后，每次射箭比赛后也将优胜者的姓名刻在杯子上。这种做法，可以看作是中国体育史上第一次奖杯赛。

观拔河俗戏并序 李隆基

俗传此戏，必致丰年，故命北军，以求岁稔[1]。

壮徒恒贾勇[2]，拔拒抵长河[3]。
欲练英雄志，须明胜负多。
噪齐山岌嶪[4]，气作水腾波[5]。
预期年岁稔，先此乐时和[6]。

题解

选自清彭定求等编《全唐诗》卷三。唐玄宗这首《观拔河俗戏》是其即位以后所写，当时宰相张说在旁，也很高兴地和了一诗。参张说《奉和圣制观拔河俗戏应制》。拔河：中国传统的一项群体性体育运动。人数相等的两队，分别握住长绳两端，双方用力拉绳，把绳上系着的标志（钩）拉过规定界线为胜。“拔河”一词始于唐代，以前则以“牵钩”、“拖钩”称之。唐初人认为起源于战国时楚国，由军事训练衍生而来，后被赋予禳灾祈福的特殊含义（《隋书·地理志下》）。至唐代，拔河已成为一项在社会上广泛流行的活动。不仅民间举行以祈丰年，就连朝中大臣以至宫女，都参与到了拔河的队伍中来。

李隆基（685—762），即唐玄宗，公元712—756年在位。初年励精图治，开创了唐朝的鼎盛时期，史称“开元盛世”。晚年贪图逸乐，政事荒怠，遂致“安史之乱”。谥明，亦称唐明皇。

注释

[1] 北军：唐代皇帝的北衙禁军。岁稔(rěn)：年成丰熟。稔，谷物成熟。

[2] 壮徒：这里指军士。贾(gǔ)勇：语本《左传·成公二年》：“齐高固入晋师，桀石以投人，禽之，而乘其车，系桑本焉。以徇齐垒，曰：‘欲勇者，贾余馀勇。’”杜预注：“贾，卖也。言己勇有馀，欲卖之。”后以“贾勇”为显示勇气的意思。恒：常。

[3] 拔拒：比腕力。长河：指拔河双方的分界。

[4] 噪：许多人大喊大叫，鼓动。齐：等于，相当于。岌(jí)嶪(yè)：高峻的样子。

[5] 气：气势。连上句是说拔河时的呐喊声如高山雄壮，豪迈气势似江涛

奔腾。

[6] 时和：顺应节令时俗之意。

简评

拔河为唐代的百戏之一，在民间尤为盛行。此游戏一直延传至今。唐时拔河活动，多至千馀人。唐代封演《封氏闻见记》称："挽者至千馀人，喧呼动地，蕃客士庶观者莫不震骇。"按照当时的习俗，拔河能祈丰年，故常在正月进行。诗前小序说，按照民俗，命北军拔河"以求岁稔"，表现了作为帝王的唐玄宗对农业生产的关心和对民俗活动的关注。此诗先写拔河场面，最后道出了拔河的目的，反映了唐代宫廷的拔河习俗，写的有声有色，语言通俗质朴。

奉和圣制观拔河俗戏应制 张 说

今岁好拖钩[1],横街敞御楼[2]。
长绳系日住,贯索挽河流[3]。
斗力频催鼓[4],争都更上筹[5]。
春来百种戏,天意在宜秋。

题解

选自《全唐诗》清彭定求等编卷八十七。奉和,指做诗词与别人相唱和。圣制,圣人的制作,指皇帝的诗。

张说(667—731),唐文学家。字道济,一字说之。原籍范阳(今河北涿鹿)人,世居河东(今山西永济),十四岁丧父后迁居洛阳,故又称为洛阳人。为官历任武后、中宗、睿宗、玄宗几朝,曾封燕国公,累迁至右丞相、左丞相。卒谥文贞。张说前后三秉大政,掌文学之任凡三十年,与苏颋并称"燕赵大手笔"。其诗多应制奉和之作。喜延纳后进,张九龄、贺知章、王翰、王湾等二十馀人,皆为其所奖掖。有《张燕公集》。

注释

[1] 拖钩:拔河古称"牵钩",亦称"施钩"。
[2] 敞御楼:(向街市)敞开的皇家的楼台。
[3] 贯索:贯于众人之手的绳索。挽:牵引,拉。
[4] 催鼓:古代拔河时击鼓以鼓舞士气。
[5] 都:居,占有。上筹:取胜的筹码。

简评

拔河是一种流行十分广泛的体育运动,唐人认为它不但可以振奋人心,鼓舞民气,而且能够带来国泰民安,年丰岁稔。所以在宫中和民间都很流行。唐玄宗非常提倡拔河,曾出现过千人拔河的宏阔场面。且在北军组织比赛,并为此作《观拔河俗戏》。张说因此作《奉和圣制观拔河俗戏应制》。此诗咏拔河之戏，展现了当时拔河的宏大场面与热烈气氛，描绘有声有色，令人有身临其境之感。我们可以想见当时鼓声阵阵，比赛者同心协力拔河的激烈场面。

岳州观竞渡 张 说

画作飞凫艇[1]，双双竞拂流[2]。
低装山色变，急棹水华浮[3]。
土尚三闾俗[4]，江传二女游[5]。
齐歌迎孟姥[6]，独舞送阳侯[7]。
鼓发南湖溠[8]，标争西驿楼[9]。
并驱常诧速[10]，非畏日光遒[11]。

题解

选自清彭定求篇编《全唐诗》卷八十八。岳州，古州名，治今湖南岳阳，在今湖南东北部洞庭湖边。相传三国时鲁肃曾在岳阳建阅兵楼。唐开元四年(716)中书令张说谪守巴陵(岳州治所，即今湖南岳阳)，在旧阅兵台基础上兴建岳阳楼。竞渡，划船比赛。

注释

[1] 飞凫艇：用来竞渡的又轻又快的船。

[2] 拂流：指用桨划水。

[3] 急棹(zhào)：快速划船的桨。棹，船桨。水华：即水花，浪花。

[4] 土尚：当地崇尚。三闾俗：纪念屈原的风俗。三闾：指屈原，屈原曾任三闾大夫一职，掌王族三姓子女的教育。相传屈原在五月初五这一天投汨罗江，俗因于这一天以龙舟竞渡表示纪念。

[5] 二女：指传说中尧的二女娥皇、女英，嫁于舜。舜南巡死于苍梧，二女从之不及，溺死于湘水。见汉代刘向《列女传》。

[6] 孟姥：传说中的船神。

[7] 阳侯：传说中的波涛之神。

[8] 鼓发：开始击鼓，表示划船比赛开始。溠(zhà)：水湾。

[9] 标争：即争标，争夺优胜。标，锦标。西驿楼：指颁发锦标之处。应指岳阳楼。

[10] 并驱：比喻齐头并进。常诧速：时时惊异对方速度之快。

[11] 日光遒(qiú)：指太阳光照射的强烈。时农历五月初，南方极热。遒，雄健有力。

简评

唐诗中多有写竞渡场面的。这首诗记述了当时岳阳竞渡的场面，不仅有划船比赛，而且有歌舞表演。这些都是唐代流行的风俗，旨在纪念屈原投江。诗中对比赛中飞凫艇速度之快写得较为传神，“双双竞拂流”、“急棹水华浮”、“并驱常诧速”，都写出了赛船速度之快，令人惊诧。

拔河赋 薛 胜

皇帝大夸胡人以八方平泰[1]，百戏繁会[2]。令壮士千人，分为二队，名拔河于内[3]，实耀武于外。

伊有司兮[4]，昼尔于麻，宵尔于纫[5]。成巨索兮高轮囷[6]，大合拱兮长千尺[7]。尔其东西之首也[8]，派别脉分，以挂人胸腋[9]；各引而向，以牵乎强敌[10]。载立长旌[11]，居中作程[12]，苟过差于所志[13]，知胜负之攸平[14]。于是勇士毕登，嚣声振腾，大魁离立[15]，麾之以肱[16]。初拗怒而强项[17]，卒畏威而伏膺[18]，皆陈力而就列[19]，同拔茅之相仍[20]。瞋目赑屃[21]，壮心凭陵[22]，执金吾袒紫衣以亲鼓[23]，仗柱史持白简以监绳[24]。败无隐恶，强无蔽能。咸若吞敌于胸中，惨莫虿芥[25]；又似拔山于肘后，匪劳凌竞[26]。然后一鼓作气，再鼓作力，三鼓兮其绳则直，小不东兮大不东[27]，允执厥中[28]。鼍鼓蓬蓬[29]，士力未穷，身挺拔而不动，衣帘襜以从风[30]。斗甚城危，急逾国蹙[31]，履陷地而灭趾[32]，汗流珠而可掬。阴血作而颜若渥丹[33]，胀脉愤而体如瘿木[34]，可以挥落日而横天阃[35]，触不周而动地轴[36]。孰云遇敌迁延[37]，相持蓄缩而已[38]！

左兮莫往，右兮莫来。秦皇鞭石而东向，屹不可推[39]；巨灵蹋山而西峙，嶷乎难摧[40]。绳摞仆而将断[41]，犹匍匐而不回[42]。大夫以上停眙而忘食[43]，将军已下㘎阚而成雷[44]。千人抃[45]，万人咍[46]，呀奔走[47]，坌尘埃[48]。超拔山兮力不竭，信大国之壮观哉[49]！

嗟夫！虚声奚为[50]，决胜在场；实勇奚为，交争乃伤[51]。彼壮士之始至，信其锋之莫当[52]，洎标纷以校力[53]，突绳度而就强[54]。懦绝倒而臆仰[55]，壮乘势而头抢[56]，纷纵横以披靡[57]，齐拔剌而陆梁[58]。天子启玉齿以璀璨[59]，散金钱而莹煌[60]。胜者皆曰："予王之爪牙[61]，承王之宠光。"将曰："拔百城以贾勇[62]，岂乃牵一队而为刚。"于是匈奴失筯[63]，再拜称觞[64]，曰："君雄若此，臣国其亡[65]。"

题解

选自宋李昉等编《文苑英华》卷八十一。《旧唐书·薛存诚传》云："父胜，能文，尝作《拔河赋》，词致浏亮，为时所称。"可见此赋为当时名作。

薛胜，生卒年不详，唐人。河东（治今山西永济）人。开元、天宝间在世。为进士。

注释

[1] 大夸胡人以……：向胡人极力夸赞……。胡人，古代对北方边地及西域各民族的称呼。平泰：太平安宁。

[2] 百戏：古散乐杂技。

[3] 内：宫内。

[4] 伊：彼。有司：古代设官分职，事各有专司，故称有司。此指专门管理百戏比赛的官吏。

[5] 昼尔于麻，宵尔于纫（rèn）：昼夜赶制麻绳。于，意义较宽泛的动词，其确切含义由后面所带动词决定。纫，将两股麻拧成一股绳子。这里套用《诗经·豳风·七月》中“昼尔于茅，宵尔索陶”之句。

[6] 巨索：大绳。轮囷（jūn）：盘成高高的一垛。囷，圆形仓。

[7] 合拱：合抱。

[8] 尔：这，这个。

[9] 派别脉分：巨绳的头上分出多股小绳索。腋：胳膊下。此言斜挂于胸前。

[10] 引：牵拉。强敌：指对方。

[11] 载：则。此句言大绳拉开后在双方的正中插上大旗。

[12] 程：界限，衡量胜负的标志。

[13] 过：超。差：不及。志：标志。

[14] 攸平：所确定。

[15] 大魁：首领，头目，这里指指挥。离立：离开队伍站立。

[16] 麾：指挥。肱：胳膊。

[17] 抝（yù）怒：抑制怒气。强项：绷紧脖子。这里指不肯认输。

[18] 卒：终于。伏膺：服膺，衷心服气。

[19] 陈力：施展才力。

[20] 拔茅之相仍：这是说下一场比赛中都推举力大者在关键位置，一个接一个拉着绳子。茅，茅草，此指拔河用的绳索。《诗经·豳风·七月》：“昼尔于茅。”茅，代指绳。“拔茅”又借用了“拔茅连茹”（比喻递相推荐引进）的说法。仍，因袭。

[21] 瞋（chēn）目：眼睛睁圆。赑（bì）屃（xī）：猛壮有力的样子，这里指鼓足力气。

[22] 凭陵：盖过一切。

[23] 执金吾：汉代禁卫军军官名。唐置左、右金吾卫，有金吾大将军。此代指将军、武官。袒（tǎn）：去衣露上身。紫衣：贵官公服。亲鼓：亲自擂鼓。“鼓”用为动词。

[24] 仗柱史：唐人对侍御史的美称。掌管监察。白简：御史弹奏所持，用竹或木片制成。监绳：裁判绳上的标志是否过界，以明胜负。

[25] 惨莫虿（chài）芥：没一点障碍。惨，《文苑英华》句下注：“与憯同”。憯（cǎn）：曾，乃。虿芥，梗塞的东西。

[26] 匪劳凌竞：一点不吃力便越过去。凌竞，超越。

[27] 小不东兮大不东：“不东”是拟擂鼓之声，言鼓声急促，又忽大忽小。

[28] 允执厥中：不偏不倚，保持中正。允，语助词。语出《尚书·大禹谟》。孔颖达疏：“信执其中正之道。”

[29] 鼍鼓：鼍皮蒙的鼓。蓬蓬：鼓声。

[30] 衣帘襜（chān）：衣裳如帘帷随风摇动。

[31] 急逾国蹙（cù）：双方相持不下，都急用力，紧张的情形如国事千钧一发。蹙，紧迫。

[32] 履：踏。陷地：陷下去的地方。灭趾：淹没脚。此句写参赛者因用力

极大，脚下的地都被蹬出坑来。

[33] 阴血作而颜若渥(wò)丹：体内的血都因用力而浮于表皮，颜面通红。阴血，在内为阴，血在脉管内，故名阴血。渥丹，像涂了红色。

[34] 胀(zhàng)：皮肉隆起。愤(fèn)：指皮肉鼓起。瘿(yǐng)木：有赘疣的树。比喻因鼓劲使肌肉鼓起。

[35] 挥落日：《淮南子·览冥》："鲁阳公与韩构难，战酣，日暮，援戈而挥之，日为之返三舍。"横：截断。天阃(kǔn)：天门。

[36] 不周：山名。传说为天柱，在西北。《淮南子·天文》："昔者共工与颛顼争为帝，怒而触不周之山，天柱折，地维绝，天倾西北，故日月星辰移焉。"地轴：古代传说大地之轴。张华《博物志》卷一："地有三千六百轴，犬牙相举。"

[37] 迁延：退却。

[38] 相持蓄缩：势均力敌，竞争中时有进退。

[39] "秦皇"句：《艺文类聚》卷六引《三齐略记》："始皇作石塘，欲过海看日出处。时有神人，能驱石下海，石去不速，神辄鞭之，皆流血，至今悉赤。阳城山石尽起立，嶷嶷东倾，状如相随行。"这是形容拔河者倾身使劲向前的样子。

[40] 巨灵：古代神话中擘开华山的河神。《文选》张衡《西京赋》："缀以二华，巨灵赑屃，高掌远足，蹠以流河曲，厥迹犹存。"薛综注："华，山名也。巨灵，河神也。……古语云，此本一山，当河水过之而曲行，河之神以手擘开其上，足蹋离其下，中分为二，以通河流，手足之迹，于今尚在。"嶷(nì)：高峻貌。

[41] 擈(bó)仆：绳被压下接近地面。擈，这里指压低。

[42] 匍匐：伏地用力。不回：不放松。

[43] 停眙(chì)：目不转睛而惊奇地盯看。眙，惊视。

[44] 虓(xiāo)阚：虎吼、虎怒。这是比喻将士的鼓劲、加油声。

[45] 抃(biàn)：鼓掌，表示欢欣。

[46] 咍(hāi)：叹词，表欢呼。

[47] 呀(xiā)：张口。

[48] 坌(bèn)：尘污飞扬。

[49] 信：诚信，确实。

[50] 虚声奚为：夸口有什么作用。奚，何，什么。

[51] 交争乃伤：交手力争则双方都受损伤。

[52] 锋：锐气，势头。当：对等，抵挡。

[53] 洎(jì)：及，到。标纷：此指竖起旗子。标，标志。纷，旗上的飘带。校(jiào)力：比力。校，较量。

[54] 突：突破。绳度：绳上的标志。就强：倒向力量大的一方。

[55] 懦：力量小的一方。绝倒：倒仆。臆仰：仰面朝天而跌倒。臆，胸。

[56] 壮：力量大的一方。乘势而头抢(qiāng)：因仍在用力，出于惯性，拉过对方之后，突然前冲，头撞地面。抢，向下跌于地面。

[57] 纷纵横：形容比赛双方人都倒地。披靡：倒伏于地。

[58] 拔剌(là)：象声词。陆梁：跳跃而起。

[59] 璀璨：色泽鲜明。喻天子喜笑颜开，玉齿外露。

[60] 散：发放。莹煌：晶莹，光亮。

[61] 予王之爪牙：我是王的侍卫之臣。这是《诗经·小雅·祈父》中的一句，借用于此。爪牙，武臣。

[62] 贾(gǔ)勇：示勇。言犹有馀勇待售。

[63] 失箸(zhù)：掉了筷子。喻因拔河队员的气概而内心一惊。

[64] 再拜：一拜又拜。表示非常恭敬。称觞：举杯祝酒。

[65] 臣国：做臣子(匈奴自称)的国家。

简评

拔河游戏，在唐已是极普遍的较力比赛，参加的人不计年龄，不论身份，结为一队则同心协力，只求取胜，其乐无穷。开元、天宝盛世，拔河自具壮美气象，故玄宗多次设此戏。薛胜所赋，正是一场千人赛事。作者紧扣“气势”，巨绳、勇士、壮心、强敌、豪言，大肆渲染；激烈的较量，动地的喧呼，如闻如见，摄人心魄。此赋多用比喻，文词甚美。

打毬篇 蔡 孚

臣谨按：打毬者，往之蹴鞠古戏也。黄帝所作兵势，以练武士，知有材也。窃美其事，谨奏《打毬篇》一章，凡七言九韵。

德阳宫北苑东头[1]，云作高台月作楼。
金锤玉銮千金地[2]，宝杖雕文七宝球[3]。
窦融一家三尚主[4]，梁冀频封万户侯[5]。
容色由来荷恩顾[6]，意气平生事侠游[7]。
共道用兵如断蔗[8]，俱能走马入长楸[9]。
红鬣锦鬃风騄骥[10]，黄络青丝电紫骝[11]。
奔星乱下花场里[12]，初月飞来画杖头[13]。
自有长鸣须决胜[14]，能驰迅走满先筹[15]。
薄暮汉宫愉乐罢[16]，还归尧室晓垂旒[17]。

题解

选自清彭定求等编《全唐诗》卷七十五。打球即击鞠，同今之马球。“击鞠”一词最早见于三国曹植《名都篇》之“连翩击鞠壤”。但马球具体起源于何时何地说法较多，概括起来约有三种：一为发源于波斯说，二为起源于吐蕃说，三为起源于汉代的中原一带。由于资料欠缺，难以骤下结论。但在唐朝，马球活动已发展成为一项具有代表性，并广泛流行的体育活动，则毋庸置疑。球类运动在唐代是军事体育，宫廷和军队都经常举行，带有相当浓厚的政治色彩。马球跟古代蹴鞠戏虽有联系，但区别明显。据说唐朝初年，太宗李世民闻西善人喜打马球，于是派人去学，此后马球便在内地流行起来。玄宗即有马球嗜好，经常参加或观看。（参本书封演《封氏闻见记·打毬》）。此诗写唐代皇亲国戚打球的场面。《资治通鉴》卷二五三胡三省注：“凡击毬，立秋门于毬场，设赏格。天子按辔入毬场，诸将拜迎。……神策军吏读赏格讫。都教练使放毬于场中，诸将皆竦马趋之，以先得球而击过球门者为胜。先胜者得第一筹。其余诸将再入场击毬，其胜者得第二筹焉。”

蔡孚，生卒年不详，唐人。开元初任左（一作右）拾遗。二年（714），诏令祠龙池，蔡孚献《享龙池篇》，太常寺考其与沈佺期等十人所作合音律者为《享龙池乐章》。八年，官起居舍人。今存诗三首。

注释

［1］德阳宫：本为汉景帝庙，汉景帝自建，因此讳言庙而称宫。这里代指唐室宗庙。苑：古代帝王打猎游乐的场所。

［2］金锤玉蓥(yìng)：用金玉等贵重材料锤凿而成。形容球场精工华美。玉蓥，白色的亮光。蓥，磨拭金属使之发光。千金地：一方面言地面装饰之豪华，一方面言非一般人所能居住的地段。

［3］宝杖：指球杖。雕文：镂刻花纹，雕以文采。文，同“纹”。七宝球：用多种宝物镶嵌而成的球。

［4］窦融(公元前16—62)：汉代平陵人，西汉末年王莽居摄，官波水将军，莽败归更始(淮南王刘玄年号)。刘秀称帝，决策附汉，授凉州牧，因随光武帝刘秀西征隗嚣有功，被封为安丰侯，子侄也多蒙恩宠。长子窦穆尚内黄公主，孙窦勋尚东海恭王沘阳公主，侄窦固尚涅阳公主。事见《后汉书·窦融传》。这里以窦融代指皇亲国戚类贵族。尚主：娶公主为妻。因尊帝王之女，不敢言“娶”。尚，承奉、奉事或仰攀之意。

［5］梁冀(？—159年)：安定(今甘肃泾川)人，是外戚出身的权臣。出身世家大族，其家族先后七次封侯。事见《后汉书·梁统传》。这里用以代指权贵之家。

［6］容色：美色。荷：蒙受，承受。恩顾：恩惠，恩宠顾恋。

［7］意气：意志和气概。平生：平素、素来。事：从事。侠游：即游侠，古代称好交游、轻生死、重信义、能救人于急难的人。

［8］道：说。用兵如断蔗：打仗像斩断甘蔗一样果断快利。

［9］长楸(qiū)：楸树是一种直干高耸的落叶乔木，古代常种于都邑大道两旁。唐代王侯贵族的马球场四周也种植长楸。

［10］红鬣(liè)锦鬃(zōng)：形容马毛色之美健。下“黄络青丝”同。鬣，马颈上的长毛。风騄(lù)骥(jì)：骏马像风一样快。騄骥，骏马名。

［11］络：马笼头。电紫骝：另一方的骏马像闪电一样快。紫骝，古骏马名。

［12］奔星：这里指快速滚动的球。花场：指球场。

［13］初月：唐代马球杖，用长柄顶端连接一个新月形杖头，故云。

［14］长鸣：写马奋力长鸣奔驰。

［15］迅走：快跑。先筹：即头筹，第一名。

［16］薄暮：傍晚。汉宫：汉朝宫殿。这里借指唐王朝的宫殿。

［17］尧室：指皇帝的卧室。垂旒(liú)：古代帝王贵族冠冕前后的装饰，以丝绳系玉串而成。这里指帝王穿戴上朝。连上句说，游猎娱乐完之后，晚上回到卧室休息，第二天早上起来还要上朝处理政事。

简评

此诗先写球场之华丽，再写参加打球者身份之高贵，再写打球的场面，显示了马球活动是包括帝王在内的贵族都喜欢的活动，不因身份之高贵而不奔驰竞争，同历来写到帝王贵族只写其尊严礼仪的情形不同。诗的第七句“容色由来荷恩顾”含有讽刺意味。明代杨慎称此诗为“绝唱”，谓其“以‘霜’、‘电’、‘风’、‘雷’实字为眼，工不可言，惟初唐有此句法”（《升庵诗话》）。清初王夫之点评此诗说“矜气中自有朴气”。

独游 王昌龄

林卧情每闲[1],独游景常晏[2]。
时从灞陵下[3],垂钓往南涧。
手携双鲤鱼,目送千里雁。
悟彼飞有适[4],知此罹忧患[5]。
放之清泠泉[6],因得省疏慢[7]。
永怀青岑客[8],回首白云间。
神超物无违[9],岂系名与宦[10]?

题解

选自清彭定求等编《全唐诗》卷一四一。此诗描写一位士人散步郊野,又垂钓南涧的种种感受。

王昌龄(690? —756?),唐诗人。字少伯,京兆万年(今陕西西安)人。早年曾至西北边陲。开元十年(722)进士及第,七年后登博学宏词科,超绝群类。先后为汜水尉、江宁丞、龙标尉。与李白、王维、孟浩然等有交往,诗品甚高。《全唐诗》收其作品四卷,后人又辑补十馀首。

注释

[1] 每:每每,时时。每,一作"自"。
[2] 晏:晚。言常常至天晚尚一个人散步观景。
[3] 灞(bà)陵:汉帝陵陵墓在灞水边高地,故名。其地在今西安市东。
[4] 彼:指千里雁。有适:去其可意之处。适:往。
[5] 此:指鱼。罹(lí):遭遇。上二句以"悟"字领起,借以表达对人生的看法。高飞而有可意去处者安宁,死守一处者难免遇难。
[6] 之:指手中所提的鱼。清泠(líng):清澈。
[7] 省疏慢:省去疏忽冲撞之罪。这里指欲放生。
[8] 青岑(cén)客:栖身于山水之间的隐士。这句意思是自己也很想退隐于山水之间。
[9] 神:神思,心神。超:超越。物无违:言不以物违于心。
[10] 岂系名与宦:难道会受声名和宦阶的束缚吗?意为不追求虚名和官职。

简评

王昌龄以写反映西北边陲军队生活的绝句而出名，其风格大多慷慨悲壮。但这首诗却写得轻松闲适，表现了对山野生活的向往。诗中写到散步、观赏大自然风光及钓鱼，并且借以表达了隐退的思想。其实，本诗主要写出对大自然的喜爱。诗人钓了鱼，却又放了它；看着天上高飞的大雁而充满羡慕之情。表现出一种轻松的情绪和宽广的胸襟。诗中所体现的思想是很丰富的。

温汤御毬赋 阎　宽

天宝六载[1]，孟冬十月[2]，霜清东野[3]，斗指北阙[4]。已毕三农[5]，亦休百工[6]，皇帝思温汤而顺动[7]，幸会昌之离宫[8]。越三日，下明诏，伊蹵踘之戏者[9]，盖用兵之技也。武由是存，义不可舍，顷徒习于禁中[10]，今将示于天下。

广场惟新，扫除克净[11]，平望若砥[12]，下看犹镜。微露滴而必闻，纤尘飞而不映。欲观乎天子之入，先受乎将军之令。宛驹骥骏[13]，体佶心闲[14]，银鞍月上[15]，华勒星还[16]。细尾促结[17]，高鬐难攀[18]，俨齐足以襛首[19]，待驰骛乎其间[20]。羽林孤儿[21]，力壮身勇。盖稷门而未健[22]，攀秦鼎而非重[23]。积习为常，成规亲奉，咸技痒而硕效[24]，望鸣銮而跂踵[25]。

云开紫殿，日临丹墀，无哗众士[26]，其局各司[27]。圣神之主，于是乎帅师，君前决死，且不敢辞。珠毬忽掷，月仗争击[28]，并驱分镳[29]，交臂叠迹[30]。或目留而形往[31]，或出群而受敌，禀王命以周旋，去天威兮咫尺[32]。有骋趫材[33]，专工接来[34]，未拂地而还起，乍从空而倒回。密阴林而自却[35]，坚石壁而迎开[36]。百发百中，如电如雷。更生奇绝，能出虑表[37]，善学都卢[38]，仍骑骡裹[39]。轻剧腾沉[40]，迅拚鸷鸟[41]，梢虚而讶人手长[42]，攒角而疑马身小[43]。分都骤蒲[44]，别部行收，哮嗽则破山荡谷[45]，踊跃则跳峦簸丘。争靡违于君子[46]，中宁谢于诸侯[47]。况赏罚之必信，旌君国之大猷[48]。其中志气超神，眉目胜画，地祇卫跸[49]，山灵捧靶。众沸渭以纷纭[50]，独雍容而闲暇[51]，俄冠而云散五色[52]，挥策而日回三舍[53]。状威凤之飞翔[54]，等神龙之变化[55]，此神人兮有作，岂臣子之齐驾。

是时也，天宇辟[56]，睿情欢[57]，命京尹[58]，将属官[59]，美斯场之宠丽[60]，成今日之游盘[61]。详其指挥，雅标干事之首[62]；察其任使，孰为知人之难？遂赏功而褒德，何缣缟之戋戋[63]。尹乃拜手稽首[64]，逡巡不受[65]。曰："子来之功[66]，臣何力之有？夫称物以平施[67]，则可大而可久，故职司与役徒[68]，亦恩加其赐厚。且称兹艺精炼，古来罕见，寓今斯成，伐谋足擅[69]。可以震叠戎狄[70]，康宁寓县[71]。汉祖未悮[72]，果有白登之围[73]；唐尧阙修，载劳丹浦之战[74]。然明者睹于未兆，戒者图于不见。城诚狭，颇积往来之勤；马虽调[75]，恐生衔橛之变[76]。凭览则至乐，躬亲则非便[77]。"帝曰："俞[78]，忠哉！真知言之选。"

题解

选自宋李昉等编《文苑英华》卷五十九。温汤即温泉。骊山华清宫，贞观十八年(644)置,咸亨二年(671)名温泉宫。天宝六载(747)大加扩建,更名华清宫。御毬:即古之"击鞠",又名"击毬"、"打毬",后人称之为打马球。"毬"字今通用作"球",除原文中保留"毬"字外,注释性文字中一律用"球"字。

阎宽,生卒年不详,唐诗人。广平(今河北鸡泽东南)人。天宝初任醴泉尉,后转太子正字。与李白交游,开元、天宝间有诗名。今存诗五首,载《全唐诗》卷二〇三。文仅存《温汤御毬赋》一篇。

注释

[1] 天宝:唐玄宗年号。天宝六载为公元747年。

[2] 孟冬:十月,此处强调十月已进入冬季。古人常用"孟"、"仲"、"季"分别指每一季的第一个月、第二个月、第三个月。

[3] 霜清:霜降日。此日斗宿指向北方。东野:东郊野外。

[4] 斗:星宿名。因像斗形,故以为名。指二十八宿之一,北方玄武七宿的第一宿,又称南斗,有星六颗。北阙:北方。

[5] 三农:春、夏、秋三个农时。

[6] 百工:制作各种器具的工匠。

[7] 顺动:顺从天时季节而往温泉。

[8] 会昌:即骊山。《旧唐书·玄宗纪下》:"(天宝元年)冬十月丁酉,幸温泉宫。辛丑,改骊山为会昌山。"离宫:帝王于正式宫殿之外别筑宫室,以便随时游处,谓之离宫。

[9] 伊:彼。蹵(cù)踘(jū):亦作"蹴鞠"。古代军中习武之戏。唐代宫廷及贵族由古之蹴鞠发展为打球(也叫击鞠)。

[10] 顷:顷刻,马上。禁中:皇帝宫中。言门户有禁,非侍臣及通籍之臣不得入内。

[11] 克净:干净。

[12] 砥:磨刀石,喻球场十分平坦。

[13] 宛驹:大宛名马。古西域国大宛盛产名马。骥骏:千里良马。

[14] 体佶(jí)心闲:通体壮健而仪态安闲。佶,健壮的样子。

[15] 月上:马鞍前后翘起如弯月升起。

[16] 华勒:装饰华美的有嚼口的马络头。星还:形容上面的铃铛等饰物似星星般繁复闪亮。

[17] 细尾:指马尾。促结:紧紧地绾起。

[18] 鬐(qí):马鬃。

[19] 齐足:马匹排列整齐。禳首:即攘首,扬首。

[20] 驰骛:奔驰,驰骋。

[21] 羽林:羽林军,皇宫的侍卫队。

[22] 稷(jì)门:春秋时鲁国南城门。《左传·庄公三十二年》载,圉人荦有罪,鲁庄公说:"荦有力焉,能投盖于稷。"杨伯峻以为"盖"通"盍",指门扇,言可以举城门的门扇投于城门之上。

[23] 秦鼎:《史记·秦本记》载,武王有力好戏,曾因"举鼎"而"绝膑"(断了膝盖骨)。"以上两句是说场上武士不以上两种行为为有力。

[24] 技痒:擅长技艺急欲表现。硕:似为"愿"字(繁体作"願")之误。愿效,愿意表现(效力)。

[25] 鸣銮:马铃响。跂(qǐ)踵(zhǒng):踮着脚后跟。跂,踮脚。踵,脚跟。

[26] 无哗众士:没有喧闹之声的众武士。

[27] 局:部分。球士分作两部,各有统帅。

[28] 月仗:当为"月杖",球杖前端弯曲如月形。

[29] 分镳(biāo):意思与"分道扬镳"相

近。指马分开跑。镳，马嚼子。

[30] 交臂：两人胳膊碰在一起。叠迹：脚印时时相重。

[31] 目留而形往：眼看此处而注意力已在别处。

[32] 去：离开，相距。天威：天之威风。这里指天子，天子所在。

[33] 趫(qiáo)材：轻捷勇健之士。趫，行动敏捷矫健。

[34] 工：善于。接来：指接打来的球。

[35] "密阴林"句：面对密林一样的防守只好退却。

[36] "坚石壁"句：加强自己一方的防卫使之如石壁，以应对对方的进攻。坚，用为动词，使之坚固。

[37] 虑表：意料之外。

[38] 都卢：西域传入的一种杂技。

[39] 骎(yǎo)袅(niǎo)：良马名，据说可以日行五千里。以上两句是说，翻腾旋转但仍在马上，在马上转动起落灵活如耍马戏者。

[40] 轻：轻捷。剧：胜过。腾：腾起。沉：坐下来或俯下身。

[41] 迅拚鸷鸟：飞的速度之快超过猛禽。拚(pàn)，拼劲。

[42] 梢虚：言未能够着球。梢虚：指球杖的梢端未击着球。讶人手长：惊奇对方的手何以那样长。

[43] 攒角：马聚在一角。

[44] 分都：分部，分队。都，唐五代至宋初军队编制单位名称。骤：奔驰。蒲：蒲梢，骏马名。

[45] 噉(dàn)：同"啖"、"啗"，吃。此处当是借作"喊"。哮(xiāo)噉：张大嘴巴呼喊。荡谷：震荡山谷。

[46] "争靡违"句：谓双方相争但不违君子的风度。靡，不。

[47] "中宁谢"句：谓平局就向对方表示友好。中，此指双方平局。谢，道歉。

[48] 旌：表彰。猷(yóu)：谋划。

[49] 地祇(qí)：地神。跸(bì)：禁止人行。

[50] 沸渭：喧腾的样子。纷纭：杂乱。

[51] 雍容：容仪温文尔雅。

[52] 俄冠：倾侧的高冠。五色：祥云。

[53] 日回三舍：古代一舍三十里，三舍为九十里。这里是合用了鲁阳挥戈与退避三舍两个成语。参《拔河赋》注[36]。

[54] 状：表现出。威凤：传说中的祥瑞之物。

[55] 等：相同于，与……同。

[56] 辟(pì)：开。

[57] 睿(ruì)：智慧，称颂皇帝的套语。

[58] 京尹：京兆尹。京城的最高行政长官。

[59] 将：率领。属官：属下的官吏。

[60] 美：赞美。宠丽：荣耀，华丽。

[61] 游盘：游乐。

[62] 雅：极，甚。以上两句是说：细致考察指挥的情况，确为取得成功的关键。

[63] 缣(jiān)：双丝的黄色细绢。缟(gǎo)：细白的生绢。戋(jiān)戋：众多的样子。

[64] 拜手：古代男子跪拜礼的一种。跪后两手相拱，俯头至手。稽(qǐ)首：跪拜时头着地。

[65] 逡(qūn)巡：迟疑徘徊，退却。

[66] 子来：为民心归附，如子女趋侍父母，不招自来，竭诚效恩。典出《诗经·大雅·灵台》"庶民子来"句。

[67] 称物：名实相当。平施：施恩公平。

[68] 职司：此指负责球赛的官员。役徒：打球的军士。

[69] 伐谋足擅：攻占的谋略可首屈一指。擅，独有，专长。

[70] 震叠：惊惧。叠，通"慑"。

[71] 寓(yǔ)县：犹言天下。寓，同"宇"。

[72] 悮："误"字异体。此处当为"悟"字之误。

[73] 白登之围：《汉书·匈奴传》载高祖击匈奴，冒顿单于败走，诱汉兵至平城，冒顿纵精兵三十馀万骑围高帝于白登，七日，汉兵中外不得相救饷。白登，山名，在今山西大同东南。

[74] 载：则。丹浦之战：指尧在丹水之浦，服南蛮之战。

[75] 调(tiáo)：畜养训练。

[76] 衔橛(jué)：言车马驰骤，常恐有倾覆之祸。衔，马嚼子。在马口中，用以驾驭马之行止。橛，马口所衔的横木，即马衔。

[77] "凭览"二句：谓以帝王之尊贵，看看赛球可以，不宜亲自参加。

[78] 俞：是，应答之词。

简评

打马球在唐代深受皇帝士大夫喜爱。唐人描写打球之诗有多首，而以打球为题材的赋，仅此一篇。玄宗打球，早负盛名，据封演《封氏闻见记》卷六载：景云中，吐蕃遣使迎金城公主，蕃汉球手角逐，时为临淄王的李隆基与嗣虢王李邕、驸马杨慎交、武延秀等四人敌吐蕃十人，"玄宗东西驱突，风回电激，所向无前"，大胜吐蕃善球者。由此赋更见唐玄宗打球风采及当时打球盛况。赋分四段，中间二部分重叙球战，笔墨围绕天子，却不正面描摹，写球场、战马、羽林健儿、球场上的激烈争夺，最后在沸腾纷纭的高潮中推出皇帝：志气超神、眉目胜画、雍容闲暇，俄冠威仪，挥策神变。寥寥数笔，点化自然。只是个别地方语言稍显生硬，故李调元评"捎虚而讶人手长，攒角而疑马身小"两句说："造语非不新颖，但失之凿矣。"(《赋话》卷一)

寒食城东即事 王　维

清溪一道穿桃李，演漾绿蒲涵白芷[1]。
溪上人家凡几家，落花半落东流水。
蹴鞠屡过飞鸟上，秋千竞出垂杨里[2]。
少年分日作遨游[3]，不用清明兼上巳[4]。

题解

选自清彭定求等编《全唐诗》卷一二五。寒食：古代的节日，在上巳之后、清明之前。汉代的寒食在清明节前三天，唐宋时代改在清明节前两天或一天。寒食节前后共三天不举火。《周礼·春官·司爟氏》："中春以木铎修火禁于国中。"可见寒食禁火为周代旧制。据今人考证，这同上古钻木取火之习俗有关。每年寒食时熄旧岁之火，取新火并保存火种供一年之用。即事：就眼前景物加以描写。

王维(701？—761)，唐诗人。字摩诘，祖籍太原祁县(今山西太原)。其父终于汾州司马任，徙家于蒲，遂为河东(今山西永济)人。开元九年(721)进士及第。历官吏部郎中、转给事中。天宝十五载(756)安史之乱中为乱军所获，被迫受伪职，乱后其罪得豁免。乾元元年(758)受太子中允，加集贤殿学士。几度升迁，至尚书右丞，世称"王右丞"。其诗清新秀雅，兼善各体，尤其擅长于山水田园，为唐代山水田园诗派著名诗人，与孟浩然并称"王孟"。王维多才多艺，精诗文、书画、音乐，诗作常常熔禅理、诗情、画意为一炉，苏轼评其"诗中有画，画中有诗"。有《王右丞集》。

注释

[1] 演漾：流动、荡漾。涵：浸。白芷：一年生草，茎高五寸许，花色白而微黄，古人用其叶作香料。

[2] 竞出垂杨里：荡秋千的人一个比一个高地在垂杨树荫上出现。

[3] 分：节候名，春分、秋分叫分。这里的分日，指春分之日。春分在阴历二月中，此日昼夜长短平均，

[4] 清明：二十四节气之一，在阴历三月初。上巳(sì)：中国古代的一个节

日。古以阴历三月上旬的巳日、后以三月三日为上巳。古人每逢这个节日，都要到郊外水边去洗濯，认为这样可以祓除不祥。“少年”二句，谓少年们兴致最高，用不着到三月的清明和上巳，二月春分以来就在外面游玩了。

简评

寒食之时天气变暖，衣着换季。《论语》所谓“春服即成”，故人们的户外活动多起来，也开展如荡秋千、踏青、蹴鞠等活动。西汉末刘向的《别录》中就有“寒食蹴鞠”的记载。但同时也写到少年们等不到清明、上巳之时，至二月春分就纷纷出游。本诗中写到三项体育活动：一为作者自己的活动——远足。诗中着重写诗人郊游远足中愉快的心情。另外两项为诗人眼中所见：一个为踢球，常常是球高过飞鸟，这是男孩子的活动；一为荡秋千，这主要是妇女尤其是年轻姑娘的活动，诗中写荡秋千的人常高过柳树，而且好像比赛似的。全诗将所见与所感融在一起，充满了诗情画意。

登太白峰 李　白

西上太白峰，夕阳穷登攀[1]。
太白与我语[2]，为我开天关[3]。
愿乘泠风去[4]，直出浮云间。
举手可近月，前行若无山[5]。
一别武功去[6]，何时复更还[7]？

题解

选自清王琦《李太白集注》卷二十一。太白峰，在今陕西武功县南九十里，是秦岭著名秀峰，高耸入云，终年积雪。有“武功太白，去天三百”的俗语。

李白（701—762），唐诗人。字太白，号青莲居士，祖籍陇西成纪（今甘肃秦安），生于安西都护府之碎叶城（今吉尔吉斯斯坦境内），约五岁时随其父迁居绵州彰明县（今四川省江油县）青莲乡。自青年时，即漫游全国各地。天宝初，因道士吴筠及贺知章推荐，曾至长安，供奉翰林，但不久即遭谗去职。安史乱起，因参加永王李璘幕府，被牵累，流放夜郎，途中遇赦。晚年漂泊东南一带，最终病殁于当涂。为唐代乃至中国古代最伟大的诗人之一，诗风飘逸豪宕，与杜甫并称“李杜”。有《李太白集》。

注释

［1］夕阳：山的西面。《尔雅·释山》：“山西曰夕阳，山东曰朝阳。”穷登攀：即到达山顶。穷，尽。

［2］太白：星名，即金星，亦名启明星。《录异记》卷七《异石》：“金星之精，坠于终南圭峰之西，因号为太白山。其精化为白石，状如美玉，时有紫气覆之。”这句是说太白之神与我打招呼。

［3］天关：通天之门。这句是说太白之神愿意为我打开通往天界的门。

［4］泠（líng）风：小风，和风。这句化用《庄子·逍遥游》“夫列子御风而行，泠然善也”、《齐物论》“泠风则小和”的语义。这句是说诗人幻想神游天界，乘着和风，飘然飞升，穿过云彩而去。

［5］这句是说诗人举起了双手，向着明月飞升，前面没有阻挡自己前行的大山。

[6] 武功：山名。在陕西武功县南一百里，北连太白山。

[7] 连上句是说一旦离开了武功山，什么时候能再返回来呢？

简评

这是一首登山诗。李白于天宝元年(742)应诏入京时，可谓踌躇满志。但是，由于朝廷昏庸，权贵排斥，他的政治抱负无法实现，使他感到惆怅与苦闷。这种心情就反映在《登太白峰》一诗上。太白峰山势高峻，李白却要攀登到顶峰，诗中一个“穷”字，表现出诗人不畏艰难险阻、勇攀高峰、奋发向上的精神。全诗借助丰富的想象，忽而驰骋天际，忽而回首人间，结构跳跃多变，突然而起，忽然而收，大起大落，雄奇跌宕，生动曲折地反映了诗人对黑暗现实的不满和对光明世界的憧憬。登山让人身体得到锻炼，开阔了视野，陶冶了情操，而且更重要的是可以锻炼人的意志力。登山发展到今天成为一项体育项目，不仅是对人身体的考验，也是对人意志的考验。

渔父 岑参

扁舟沧浪叟[1]，心与沧浪清[2]。
不自道乡里[3]，无人知姓名。
朝从滩上饭[4]，暮向芦中宿。
歌竟还复歌[5]，手持一竿竹。
竿头钓丝长丈馀，鼓枻乘流无定居[6]。
世人那得识深意，此翁取适非取鱼[7]。

题解

选自陈铁民、侯忠义《岑参集校注》。渔父，打鱼的老汉。

岑参（715？—770），唐诗人。荆州江陵（今湖北江陵）人。盛唐著名诗人，尤以边塞诗脍炙人口。天宝三载（744）进士，授右内率府兵曹参军。后以右威卫录事参军入参安息节度使高仙芝幕掌书记。天宝十载回长安，与杜甫、高适、储光羲游，有诗唱和。大历二年（767）赴任嘉州刺史，世称岑嘉州，次年罢官东归，寓居成都。有《岑嘉州诗集》。

注释

[1] 扁舟：小舟。沧浪：水名，汉水支流。《楚辞·渔父》中渔父所在地，此处以此暗指渔父为隐逸之士。

[2] 心与沧浪清：《楚辞·渔父》："歌曰：'沧浪之水清兮，可以濯我缨；沧浪之水浊兮，可以濯我足。'"王逸注"沧浪之水清兮"曰："喻世昭明。"《孟子·离娄上》："有孺子歌曰：'沧浪之水清兮，可以濯我缨；沧浪之水浊兮，可以濯我足。'孔子曰：'小子听之！清斯濯缨，浊斯濯足，自取之也。'"理解其取喻之义，各有不同。

[3] 道：说。

[4] 滩：水边沙滩。饭：吃饭。

[5] 竟：完毕，终了。复：再，又。

[6] 鼓枻（yì）：亦作"鼓栧"，划桨，谓泛舟。

[7] 适：适意，指逍遥自在，不受拘束。

简评

此诗是一首歌颂渔父隐逸生活的抒情诗，为岑参早期之作。诗写渔父崇尚自然、远离尘世纷争、不与世同流合污的悠闲生活。渔父并非是像世俗之人那样在钓鱼，而是在追求一种精神的自由。“智者乐水”，渔父隐居在沧浪之水，为自己构建了一个精神家园，表现了超脱洞达、恬淡自得的文化内涵。本诗突出地写了钓鱼这种看来与人的身体健康无关的活动对人心情的影响，以及在人保持身心健康、恢复恬静情绪方面的作用。

裴将军剑舞赋并序 乔　潭

后元年秋九月[1]，羽林裴公献戎捷于京师[2]。上御花萼楼[3]，大置酒，酒酣，诏将军舞剑，为天下壮观。遂赋之，其词曰：

将军以幽燕劲卒[4]，耀武穷发[5]，俘海夷[6]，虏山羯[7]。左执律[8]，右秉钺[9]，振旅阗阗[10]，献功魏阙[11]。上享之[12]，则钟以悍簴[13]，鼓以灵鼍[14]，千伎度舞[15]，万人高歌。秦云动色，渭水跃波，有肉如山，有酒如河。君臣乐饮而一醉，夷夏薰薰而载和[16]。帝谓将军，拔剑起舞，以张皇师旅[17]，以烜赫戎虏[18]。节八音而行八风[19]，奋两阶之干羽[20]。

公于是乎贝胄朱綅而作色[21]，虎裘锦裼而攘臂[22]。抗稜威[23]，飘锐气，陆离乎武备[24]，婆娑乎文事[25]。合《桑林》之容以尽其意[26]，照莲花之彩以宣其利[27]。翕然鹰扬[28]，翼尔龙骧[29]，锋随指顾[30]，锷应回翔[31]。取诸身而耸擢[32]，上其手以激昂，纵横耀颖[33]，左右交光。观乎此剑之跃也，乍雄飞[34]，俄虎吼[35]，摇鹿卢[36]，射牛斗[37]。空中悍慓[38]，不下将久，飙风落而雨来[39]，果惬心而应手。

尔其陵厉清浮[40]，绚练夐绝[41]，青天兮何倚[42]，白云兮可决[43]。睹二龙之追飞[44]，见七星之明灭[45]，杂朱干之逸势[46]，应金奏之繁节[47]。至乃天轮宛转[48]，贯索回环[49]，光冲融乎其外[50]，气浑合乎其间。若涌雪涛，如飞云山，万夫为之雨汗[51]，八佾为之惭颜[52]。及乎度曲将终[53]，发机尤捷[54]，或连翩而七纵[55]，或瞬息而三接。风生兮旓旆襜襜[56]，电走兮彤庭晔晔[57]。阴明变见[58]，灵怪离躐[59]，将鬼神之无所遁逃，岂蛮夷之不足震慑？

嗟夫，兰子之迭跃[60]，其技未雄；仲由之自卫[61]，其舞未工。岂若将军为百夫之特[62]，宝剑有千金之饰，奋紫髯之白刃[63]，发帝庭之光色。所以象大君之功，亦以宣忠臣之力。或歌曰："洸洸武臣[64]，耀雄剑兮清边尘，威戎夷兮率来宾[65]。焉用轻裾之妓女[66]，长袖之才人[67]？"天子穆然[68]，诏伶官[69]，斥郑卫[70]。选色者使觇乎军容[71]，教舞者俾观乎兵势。激楚结风[72]，发扬蹈厉[73]。佥谓将军之剑舞[74]，古未之至[75]。

题解

选自宋李昉等编《文苑英华》卷八十二。剑舞流传，历史悠久。初为军中乐舞,《史记·项羽本纪》载:鸿门宴上,即有项庄舞剑的表演。舞者持双剑或单剑,舞姿英武飒爽。至唐,裴旻剑舞,冠绝于时,更自成体式。李白歌诗、裴旻剑舞、张旭草书,时人称为“三绝”。天宝元年(742),裴旻献捷京师,玄宗置酒花萼楼,诏旻舞剑,乔潭作《裴将军剑舞赋》。

乔潭,生卒年不详,唐人。字德源,梁(今河南开封)人。天宝三载(744)与岑参同登进士第。曾为陆浑尉。《全唐文》卷四五一录其文十一篇,其中赋七篇。

注释

[1] 后元年:指天宝元年。《旧唐书·玄宗纪上》天宝元年“九月辛卯,上御花萼楼”。与序所云九月正合,当为此年事。裴旻时为右北平太守。

[2] 羽林裴公:即裴旻。其为左金吾大将军。

[3] 花萼楼:唐玄宗开元二年建,在兴庆宫西,题“花萼相辉之楼”。含有兄弟相亲之意。取义于《诗经·小雅·常棣》:“常棣之华,鄂不韡韡。”华同“花”,鄂,《说文》引作“萼”。《常棣》一诗是讲兄弟和睦的。

[4] 幽燕:今河北省北部及辽宁省一带。古代燕赵之地,民以慷慨、尚气任侠著名。

[5] 穷发:古称北方不毛之地。发,毛发。

[6] 海夷:古代东方沿海的民族。

[7] 山羯(jié):古匈奴族别部。

[8] 律:军法。

[9] 钺(yuè):古兵器,状如大斧。

[10] 振旅阗(tián)阗:《诗经·小雅·采芑》:“伐鼓渊渊,振旅阗阗”。振旅,整顿部队。阗阗,声势浩大。

[11] 魏阙:古代宫门外的阙门。此处代指朝廷。

[12] 享:犒劳。

[13] 悍簴(jù):坚实的钟架。

[14] 灵鼍(tuó):指用鼍皮蒙的鼓。

[15] 伎:歌舞者。度舞:依节舞蹈。

[16] 夷:泛指边地民族。夏:华夏,中原。薰(xūn)薰:和乐融洽的样子。载:开始。

[17] 张皇:炫耀。

[18] 烜(xuǎn)赫:声威震撼。

[19] 八音:中国古代对乐器的统称,通常为金、石、丝、竹、匏、土、革、木八种不同质材所制。金即钟镈(bó)类敲打乐器;石即磬,打击乐器,状如曲尺。土即埙(xūn),一种吹奏乐器,陶制。革即鼓类打击乐器。丝即琴瑟。木即柷(zhù)敔(yǔ),奏乐开始时击柷,终止时敲敔;匏(páo)即笙竽一类的乐器。竹即竹制管乐器。八风:八方之风。

[20] 干羽:泛称庙堂舞蹈。干,盾。羽,锦鸡翎羽。皆为舞者所执舞具。武舞执干,文舞执羽。

[21] 胄:头盔。朱绶(qīn):红线,甲胄上所缀。作色:指面容严肃。一本作“正色”。

[22] 裼(xī):裘上加的外衣。攘臂:捋衣出臂,表示振奋。

[23] 抗:高扬。稜威:威势。

[24] 陆离:参差错综的样子。

[25] 婆娑:轻扬盘旋的样子。文事:礼乐制度等文治之事。

[26] 桑林:传为殷商时代的乐曲名。《庄子·养生主》写庖丁解牛,其运刀的动作“合于《桑林》之舞,乃中《经首》之会”。这里是说舞剑动作合于乐律,节奏优美。

[27] 莲花：宝剑名。
[28] 翕(xī)然：忽然。鹰扬：鹰奋飞的样子。
[29] 翼尔：两臂伸展开的样子。龙骧(xiāng)：龙腾跃、昂举。
[30] 指顾：手指目视。
[31] 锷(è)：剑刃。应：照应。回翔：指舞者的动作回旋转折，与人的仪态相协调。
[32] 耸擢：耸起。
[33] 耀颖：剑芒闪耀。颖，此处指剑芒。
[34] 乍：忽然。
[35] 俄：顷刻。
[36] 鹿卢：古剑名。其剑柄用玉作成辘轳形。
[37] 牛斗：二十八宿中的斗宿和牛宿。
[38] 悍(hàn)慓(piào)：轻疾勇猛。
[39] 飙风：暴风。飙，原作"欻"，据一本改。
[40] 陵厉：气势猛烈。
[41] 绚练：迅疾的样子。敻(xiòng)绝：极其寥远。
[42] 青天何倚：暗指剑。宋玉《大言赋》："长剑耿耿倚天外。"
[43] 白云：喻高远。《庄子·说剑》云天子之剑，"上决浮云，下绝地纪"。决，这里意为断决、砍断。
[44] 二龙：一双宝剑。
[45] 七星之明灭：言双剑舞起之后看不清剑，只见星光闪耀。形容速度很快。
[46] 朱干：红色大盾。古代武舞之道具。《公羊传·昭公二十五年》："乘大路、朱干、玉戚以舞大夏。"《旧唐书·音乐志三》："彩旄云回昭睿德，朱干电发表神功。"逸势：超绝的气势。
[47] 金奏：击钟、镈奏乐。繁节：急促的节拍。
[48] 天轮：《艺文类聚》卷一引《浑天仪》曰："天转如车毂之运。"这里喻舞剑形成的圆圈。宛转：曲折盘旋。
[49] 贯索：星宿名，属天市垣，共九星。
[50] 冲融：广布弥漫的样子。
[51] 雨汗：流汗。雨，用为动词。
[52] 八佾(yì)：古代天子专用的舞乐，纵横各八人，共六十四人。佾，舞列。
[53] 度(duó)曲：按曲谱歌唱。此指配合舞剑的音乐。
[54] 发机：剑舞中最绝妙的动作。机，极细微的迹象。
[55] 连翩：接连不断。七纵：七次放开手，七次抛开。
[56] 蒨(qiàn)旆：绛色旗子。襜(chān)襜：摇动的样子。这是形容剑柄与其上装饰物在舞动中如蒨旆飞舞。
[57] 彤庭：指皇宫。晔(yè)晔：光闪的样子。这句形容剑刃飞动的样子。
[58] 变见(xiàn)：变化显现。
[59] 离躐(liè)：逃跑。躐，踏。
[60] 兰子：指的是宋国一个名叫兰子的人以技见宋元君。"弄七剑，迭而跃之，五剑常在空中"。元君大惊，赐给金帛(事见《列子·说符》)。迭跃：连续跳起。
[61] 仲由：字子路，亦字季路，孔子弟子，有勇力。后为卫国大夫孔悝的邑宰。卫国内乱中，孔悝被劫持，子路入，作乱者令人围攻子路，断其冠缨。子路以大丈夫死不免冠，结冠缨中被砍死。
[62] 百夫之特：可以抵百人之士。语见《诗经·秦风·黄鸟》。特，杰出。
[63] 紫髯：指孙权。孙权紫须，曾乘马射虎于庱亭。《三国志·吴书二·孙权传》载：建安二十三年(218)十月，"权将如吴，亲乘马，射虎于庱(chēng)亭(在江苏丹阳县东、武进县西)"。
[64] 洸(guāng)洸：威武的样子。《诗经·大雅·江汉》："武夫洸洸。"《毛传》："洸洸，武貌。"
[65] 率：引领。来宾：来做宾，臣服。
[66] 轻裾(jù)：轻薄的衣服。裾，衣襟。妓女：歌妓。
[67] 才人：宫廷的女官。
[68] 穆然：严肃恭敬的样子。
[69] 伶官：乐官。

[70] 郑卫：郑卫之音。本指春秋时郑、卫两国的地方乐歌，内容多反映男女之情，音调轻快，与雅乐不同。孔子言“郑声淫”。后代将“郑卫之音”作为淫靡音乐的代称。

[71] 选色者：选美女之人。觇（chān）：观看。

[72] 激楚、结风：均为古歌名，曲调高亢凄清。

[73] 发扬蹈厉：指舞蹈时动作的威武。发扬，奋发，奋起。蹈厉，形容舞时动作的威武。

[74] 佥（qiān）：皆，众。

[75] 古未之至：古人无有达到的。至，原作“制”，据一本改。

简评

《明皇杂录》记李隆基教授梨园弟子，“每授曲之终，皆广有进奉，时公孙大娘能为《邻里曲》及《裴将军满堂势》、《西河剑器浑脱舞》”。此赋描摹，盖为《裴将军满堂势》。赋中对裴旻精湛的剑术、献捷时踌躇满志的风采，刻画得惟妙惟肖，确有奇观满目、剑风盈耳的美感，更具盛唐气吞大荒、烜赫戎虏的威武气概。清李调元曾就乔潭《秋晴曲江望太一纳云赋》、《关图巨灵擘太华赋》词语的运用评其“虚实兼到，纸上有声”（《赋话》卷一）。由此赋确能看出他运用语言的功力，而对剑舞酣畅淋漓、纵横恣肆的挥洒摹写，更是罕见。乔潭之赋当该推此为第一。

纸鸢赋 杨 誉

相彼鸢矣[1]，亦飞戾天[2]。问何能尔？风之力焉。余因稽于造物[3]，知不得于自然。原其始也，谋及小童，征诸哲匠[4]，蔡伦造纸[5]，公输献状[6]。理纤篾以体成[7]，刷丹青而神王[8]。殷然而髡彼羽翼[9]，邈然而引夫圆吭[10]。膺系纤缕，趾续长绳，俯剧骖之七达[11]，挂高台之九层。形全而和，似斗鸡之养纪渻[12]；目大不睹，若异鹊之在雕陵[13]。因所好而毛羽[14]，思有遇而骞腾[15]。鄙宋都之退鹢[16]，慕溟海之抟鹏[17]。

于是扇以扶摇[18]，纵诸寥廓[19]。绚练倏闪[20]，翕赫忽霍[21]。瞬息而上千寻，咄嗟而游大漠[22]。翔鹍仰而不逮[23]，况青鸟之与黄雀[24]！彼都之人，瞻竚城隅，初指冲天之鹤，远言拂日之乌[25]。望有尘埃，谓翻形而载旆[26]；听无音响，疑避影以衔芦[27]。始回翔于元气[28]，终出入于高衢[29]。所以羽翮既成[30]，云霄自致。

期上腾以奋激[31]，何中路之颠坠？力不培风[32]，势将控地[33]；感鱼龙之失水，冀蚊虻之附骥[34]。比画虎之非真[35]，与刍狗之同弃[36]。宁待时而蓄力，信因人以成事。

吁嗟鸢矣适时，与我兮相期，知我者使我飞浮，不知我者谓我拘留[37]。啄腐鼠兮非所好[38]，啸茅栋兮增至愁[39]。才与不才，且异能鸣之雁[40]；适人之适，将同可狎之鸥[41]。我于风兮有待，风于我兮焉求？幸接飞廉之便[42]，因从汗漫之游[43]；当一举而万里，焉比夫榆枋之莺鸠者哉[44]！

题解

选自宋李昉等编《文苑英华》卷一三八。纸鸢，即风筝。中国放风筝的历史，有的学者同战国时公输班制"木誰(鹊)"(《墨子・鲁问》、墨子造"木鸢"(《韩非子・外储说上》)相联系。但"木鹊"、"木鸢"是木制机械装置，与纸鸢无关。宋高承《事物纪原》及明王三聘《古今事物考》所说韩信用兵时所作，则史无确载。其正式出现，当在南北朝时期，称之为"纸鸦"、"纸鸱" 等(《魏书・萧衍传》、《南史・侯景传》)。到唐朝已大为盛行。至于"风筝"之称，则起于五代时期。明陈沂《询刍录・风筝》："五代李鄴于宫中作纸鸢，引线乘风为戏。后于鸢首以竹为笛，使风入竹，声如筝鸣，故名风筝。"以后逐渐统称"风筝"。

杨誉，唐人，天宝七载(748)以状元登进士第。馀不详。存赋一篇。《新唐书·宰相世系表一下》杨氏观王房有汾州刺史杨誉，为杨志诚之祖，与作赋者非一人。

注释

[1] 相(xiàng)彼鸢矣：看那鸢。相，看。

[2] 戾天：至天。《诗经·大雅·旱麓》："鸢飞戾天，鱼跃于渊。"鸢，鹞鹰。

[3] 稽：考核，考察。造物：造物神，创造万物者。

[4] 征诸哲匠：向有才智的人征询其看法。诸，"之于"的合音。

[5] 蔡伦：东汉人，和帝时为中常侍。始用树皮、麻绳、破布等为原料造纸，世称蔡侯纸。纸是糊风筝的重要材料。

[6] 公输：公输般，春秋时鲁国人，著名工匠。献状：设计出风筝的式样来。这是指史载公输般曾作木鹊，启发了后人。

[7] 理：修治。纤篾(miè)：细长的竹片。

[8] 丹青：颜料。王：通"旺"。

[9] 殷然：轰鸣震动的样子。古代文献中常有"殷然震天"、"殷然震山谷"之语。髡(kūn)彼羽翼：头上、翅膀上没有羽毛。髡，剃去头发。这里指飞鸟形风筝上没有羽毛。

[10] 邈然：高远的样子。吭(háng)：咽喉。引吭谓鸣叫。风筝上装一竹哨，风吹可响。

[11] 剧骖：七面相通的道路。《尔雅·释宫》："七达谓之剧骖。"郭璞注："三道交，复有一歧出者。"

[12] 纪渻(shěng)：《庄子·达生》载纪渻子为王养斗鸡，十日而问："鸡已乎?"曰："未也。"如是者四，曰："几矣，鸡虽有鸣者，已无变矣，望之似木鸡矣，其德全矣。异鸡无敢应者，反走矣。"

[13] 雕陵：地名。《庄子·山木》载庄子游于雕陵之樊，睹一异鹊自南方来者，翼广七尺，目大运寸，集于栗林。庄子曰："此何鸟哉？翼殷不逝，目大不睹。"

[14] 因所好而毛羽：根据玩鸢者的喜好而画毛羽(指画为何鸟之毛羽)。

[15] 有遇：遇到爱好者。骞腾：飞升。

[16] 退鹢(yì)：《春秋·僖公十六年》："六鹢退飞过宋都。"鹢，水鸟名，形似鹭而大。

[17] 抟鹏：《庄子·逍遥游》："鹏之徙于南冥也，水击三千里，抟扶摇而上者九万里。"

[18] 扇以扶摇：乘着大风。扇，如鸟一样扇动翅膀。扶摇：大风。

[19] 寥廓：旷远，指天空。

[20] 绚练：迅疾的样子。倏闪：晃动不定。元稹《堂夕诗》："倏闪案前灯。"

[21] 翕(xī)赫：非常协调的样子。翕，和顺，协调。忽霍：短暂的样子。

[22] 咄嗟：犹言呼吸之间，形容时间短。

[23] 翔鹍(kūn)仰而不逮：能高飞的鹍鸡也不及它。鹍，鹍鸡。《文选》张衡《西京赋》"翔鹍仰而不逮"，薛综注："《穆天子传》曰：鹍鸡飞八百里。"

[24] 青鸟、黄雀：泛指一般鸟。

[25] 远言拂日之鸟：言飞高之后，以为是靠近太阳的神鸟。神话言日中有乌。

[26] 以上两句是说：视野中卷起尘埃，还以为是风筝在翻动，带动后面的纸旆翻卷。

[27] 衔芦：《淮南子·修务》："夫雁顺风以爱气力，衔芦而翔，以备矰弋。"高诱注："衔芦所以令缴不得截其翼也。"

[28] 元气：大气，指天空。

[29] 高衢：高空的大道。指天空。

[30] 羽翮(hé)：羽翼。

[31] 期：期望。奋激：振奋精神、尽情施展。

[32] 培风：凭借风力。《庄子·逍遥游》写大鹏："而后乃今培风，背负青天而莫之夭阏者，而后乃今将图南。"

[33] 控地：投地，掉在地上。

[34] 附骥：王褒《四子讲德论》："夫蚊虻终日经营，不能越阶序，附骥尾则涉千里，攀鸿翮则翔四海。"这句是说当其要下落之时，希望有什么能带起不至于坠落。

[35] 画虎：《后汉书·马援传》援诫兄子严敦书："效季良不得，陷为天下轻薄子，所谓画虎不成反类狗者也。"此言纸鸢不是真鸢。

[36] 刍狗：用草扎成的狗。

[37] 拘留：无自由，不能动。

[38] 腐鼠：比喻低贱之物。《庄子·秋水》载鹓雏发于南海，而飞往北海，非梧桐不止，非练实不食，非醴泉不饮。鸱得腐鼠，鹓雏过之，仰而视之曰："赫！"

[39] 茅栋：茅草屋。至愁：很深的忧愁。

[40] 能鸣之雁：《庄子·山木》载庄子山行，舍于故人家，故人命竖子杀雁而烹之。竖子请曰："其一能鸣，其一不能鸣，请奚杀？"曰："杀不能鸣者。"明日，弟子问于庄子曰："昨日山中之木，以不材得终其天寿；今主人之雁，以不材死，先生将何处？"庄子曰："周将处乎材与不材之间。"本文中作者以能鸣之雁比喻那些善于吹嘘的人。

[41] 狎：接近，亲近。鸥：水鸟名，生活在海洋及内陆河川，以鱼类和昆虫等为食，种类繁多。《列子·黄帝》："海上之人有好沤(鸥)鸟者，每旦之海上，从沤鸟游，沤鸟之至者，百往而不止。其父曰：'吾闻沤鸟皆从汝游，汝取来，吾玩之。'明日之海上，沤鸟舞而不下也。"

[42] 飞廉：风神。

[43] 汗漫：无边际的样子。

[44] 榆枋(fānɡ)：榆树与枋树，两种小树。枋，檀木。鸴鸠：即学鸠，斑鸠。此用《庄子·逍遥游》："蜩与学鸠笑之曰：'我决起而飞，抢榆枋而止……'"

杨誉这篇《纸鸢赋》，当是将纸鸢写进赋作的第一人。此赋先写造纸鸢，再写放纸鸢，续写纸鸢坠地，最后写作者的感慨。由作者的感慨之中道出了此赋的中心意思：纸鸢之所以能一飞冲天，是凭借风力，"我于风兮有待，风于我兮焉求"，期"汗漫之游"，也只好凭借风力。此赋虽借纸鸢以抒怀，但透过赋的描写，我们自然可以想见放风筝是对身体有益处的。放风筝多在春日进行，此时气候宜人，万物复苏，阳气上升，于古人眼里，可以除去晦气和病痛。其实，放风筝时呼吸新鲜空气，伴有慢跑以及不时抬头观望，无一不有利于身体的锻炼。

本篇可谓句句写纸鸢，而又句句联系当时仕途、政界的状况以写心，后面三段最为明显。但作者又不是正面写，只有细心体会才可以体会到，因而又体现出含蓄蕴藉的一面，作者思想之睿智与行文之巧妙，也就可见一斑。

观公孙大娘弟子舞剑器行并序 杜 甫

大历二年十月十九日，夔府别驾元持宅见临颍李十二娘舞剑器[1]，壮其蔚跂[2]；问其所师，曰："余公孙大娘弟子也。"开元五载，余尚童稚，记于郾城观公孙氏舞剑器浑脱[3]，浏漓顿挫[4]，独出冠时[5]。自高头宜春、梨园二伎坊内人洎外供奉[6]，晓是舞者，圣文神武皇帝初[7]，公孙一人而已。玉貌锦衣，况余白首。今兹弟子，亦匪盛颜[8]。既辨其由来，知波澜莫二[9]。抚事慷慨[10]，聊为《剑器行》。往者吴人张旭[11]，善草书书帖，数常于邺县见公孙大娘舞西河剑器[12]，自此草书长进，豪荡感激[13]，即公孙可知矣[14]。

昔有佳人公孙氏，一舞剑器动四方。
观者如山色沮丧[15]，天地为之久低昂[16]。
㸌如羿射九日落[17]，矫如群帝骖龙翔[18]。
来如雷霆收震怒[19]，罢如江海凝清光[20]。
绛唇珠袖两寂寞[21]，晚有弟子传芬芳。
临颍美人在白帝[22]，妙舞此曲神扬扬。
与余问答既有以[23]，感时抚事增惋伤。
先帝侍女八千人[24]，公孙剑器初第一[25]。
五十年间似反掌[26]，风尘澒洞昏王室[27]。
梨园子弟散如烟，女乐馀姿映寒日[28]。
金粟堆南木已拱[29]，瞿唐石城草萧瑟[30]。
玳筵急管曲复终[31]，乐极哀来月东出。
老夫不知其所往[32]，足茧荒山转愁疾[33]。

题解

选自清杨伦《杜诗镜铨》卷十八。"公孙大娘"，开元时有名的女舞蹈家。钱谦益杜诗注引《明皇杂录》："时有公孙大娘者，善舞剑，能为《邻里曲》及《裴将军满堂势》、《西河剑器浑脱》，遗妍妙，皆冠绝于时人。"弟子：指李十二娘。"剑器"，古代健舞名，舞者戎装，执剑，表现战斗的姿态。行：古诗体之一。

杜甫(712—770)，唐诗人。字子美，原籍襄阳(今湖北襄阳)，曾祖时迁居巩县(今河南巩县)。祖父杜审言是初唐著名诗人。杜甫早年举进士落第,曾漫游吴越、齐赵,与李白、高适同游梁宋、齐鲁。后客居长安少陵近十年。安史之乱中,颠沛流离,备尝艰苦。曾官至左拾遗,后弃官入蜀,住成都浣花溪营草堂。后又至严武幕任节度参谋。严武死后,他又领家人四处奔波,大历五年,病死在由岳阳到长沙的一条小船上。杜甫是唐代乃至中国古代最伟大的诗人之一,与李白并称"李杜"。其诗歌抒写个人情怀往往紧密结合时事,思想深厚,境界广阔,有强烈的社会现实意义,后世称为"诗史"。在诗歌艺术上,兼备诸体,并形成特有的沉郁顿挫的风格。有《杜少陵集》。

注释

[1] 夔府:夔州。今重庆市奉节县。别驾:郡太守的辅助官。元持:人名。临颍:县名,故址在今河南临颍县西北。

[2] 蔚(yù)跂(qì):豪放矫健。

[3] 郾城:今河南省郾城县,在临颍南。浑脱:译音,即囊带,后为健舞曲名之一,由波斯传入的"泼寒胡戏"(据《旧唐书·张说传》所载张说的奏疏云,其法"裸体跳足","挥水投泥")演变而来。舞姿粗犷雄壮。武后末年,有人把《剑器》舞和《浑脱》舞合编成一个新的舞蹈,叫做《剑器浑脱》。

[4] 浏漓:形容舞姿的活泼流畅。顿挫:指舞蹈的跌宕起伏、回旋转折。

[5] 独出冠时:特出而为一时之冠。

[6] 高头:指皇宫里面,泛指接近皇帝者。宜春:指宜春院,唐玄宗时从事歌舞的宫女的住处。梨园:开元二年(714),唐玄宗在蓬莱宫设置教坊(伎坊),亲自教授法曲。演习歌舞者,称"梨园子弟"。二伎坊内人:指上述两处的宫廷舞女。洎:及。外供奉:指不在宫内居住随时应诏入宫表演的艺人。

[7] 圣文神武皇帝:唐玄宗(712—755)的尊号。

[8] 况:比较。匪:非。盛颜:喻青年。以上四句是说:当年公孙大娘玉貌锦衣,而我今日已成白头老翁。以此计之,她的弟子也非盛年之时了。

[9] 波澜莫二:一脉相承,指李十二娘颇得老师真传。

[10] 抚事:追抚往事。慷慨:情绪激昂。

[11] 张旭:唐代著名书法家,善草书,有草圣之称。

[12] 邺县:今河南省安阳县。西河剑器:《剑器》舞的一种。西河,似即今日甘肃、青海的河西、河湟一带,指舞的产地。一说是《剑器》舞中以西凉乐曲为伴奏者。

[13] 豪荡感激:指意态飞动,包含着激动的情感。感激,奋发的意思。

[14] 即:则,那么。

[15] 色沮丧:惊愕失色。解作舞姿的惊天动地也可通。

[16] 天地为之久低昂:指观者神摇目眩,觉得天地都在上下旋转。

[17] 㸌(huò)如羿射九日落:是说剑光明亮闪烁好像后羿射落九日。㸌,闪烁的样子。羿射九日,中国古代神话说尧帝之时,十个太阳同时出现于天空,羿曾射落九日,为人民解除了灾难。

[18] 矫如群帝骖龙翔:是说舞姿矫健轻捷犹如群神驾龙飞翔。矫,矫捷。仇兆鳌《杜诗详注》引夏侯玄赋:"又如东方群帝兮,腾龙驾而翱翔。"骖,本指驾车时辕马两旁的马,此处用

为动词，指驾御。

[19] 来如雷霆收震怒：言舞始时，前奏的鼓声暂歇，好像雷霆停止了震怒。

[20] 罢如江海凝清光：言舞罢时，手中的剑影，犹如江海上平静下来的波光。

[21] 绛唇珠袖：指公孙大娘的容颜和舞姿。这句是伤公孙氏已逝。

[22] 临颍美人：指李十二娘。白帝：即白帝城。故址在今重庆市奉节县白帝山上。地势高峻，从山下仰望，如在云中。

[23] 以：根由，原委。这句照应题序的内容。

[24] 先帝：唐玄宗。八千人：泛言人多。

[25] 初第一：谓原本就推她为第一。初，始、本。

[26] 五十年间：自开元五年(717)杜甫初见公孙大娘时至今(767 年)，正好五十年。似反掌：指时间迅速易逝。

[27] 风尘澒(hòng)洞昏王室：这句言安史之乱。澒洞，浩大无际的样子。

[28] 馀姿：指李十二娘的舞蹈颇有往日公孙大娘的风韵姿态。寒日：时在十月，故云；兼寓日暮途穷的意思。

[29] 金粟堆：指唐玄宗泰陵，在陕西省蒲城县东北的金粟山。拱：两手合围。《左传·僖公三十二年》："尔墓之木拱矣。"唐玄宗死于宝应元年(762)，至此时已达五年。

[30] 瞿唐石城：指夔州。夔州近瞿塘峡。

[31] 玳(dài)筵急管曲复终：这句诗写别驾宅中华盛的宴席，急促的乐声。玳筵，即玳瑁(mào)筵，指精美的筵席。

[32] 老夫：杜甫自称。

[33] 足茧：指奔走不息，脚底生了厚皮。转愁疾：犹"疾转愁"，很快感到忧愁。

先秦至汉魏时期，由于战争的需要，击剑之风甚盛。至唐代时，作战已逐渐用刀来代替剑了。但许多文人墨客往往以击剑为题材来作文吟诗，显示了击剑的文化内涵与艺术生命力。鸿门宴上项庄与项伯的剑舞，已演变为公孙大娘舞剑器时的惊心动魄。这首七言古诗是大历二年(767)十月，杜甫在夔州目睹李十二娘舞剑器时有所感而写下的。全诗气势雄浑，沉郁悲壮。见《剑器》而伤往事，抚事慷慨，大有时序不同，人事蹉跎之感。诚如明代王嗣奭所言"咏李氏，却思公孙；咏公孙，却思先帝"(《杜臆》)。全诗语言富丽而不浮艳，音节顿挫而多变。

酬韩校书愈打毬歌 张建封

仆本修文持笔者[1]，今来帅领红旌下[2]。
不能无事习蛇矛[3]，闲就平场学使马[4]。
军中伎痒骁智材[5]，竞驰骏逸随我来[6]。
护军对引相向去[7]，风呼月旋朋先开[8]。
俯身仰击复傍击，难于古人左右射[9]。
齐观百步透短门[10]，谁羡养由遥破的[11]。
儒生疑我新发狂[12]，武夫爱我生雄光。
杖移鬃底拂尾后[13]，星从月下流中场[14]。
人不约，心自一。马不鞭，蹄自疾。
凡情莫辨捷中能[15]，拙目翻惊巧时失[16]。
韩生讶我为斯艺[17]，劝我徐驱作安计[18]。
不知戎事竟何成，且愧吾人一言惠[19]。

题解

选自清彭定求等编《全唐诗》卷二七五。韩校书愈，贞元十五年(799)秋，韩愈入徐泗濠节度使兼尚书右仆射(yè)张建封幕，带校书郎衔。建封酷爱打球，韩愈有《上张仆射第二书》与《汴泗交流赠张仆射》诗(见后)谏之，建封以此诗作为回答。打毬：指打马球，唐时盛行，军中尤盛，借以训练士卒，增强其战斗力。

张建封(735—800)，唐人。字本立，排行十三，邓州南阳(今河南南阳)人。少喜文章，能辩论，为人慷慨尚气。历官御史大夫、徐泗濠节度使、礼部尚书、检校右仆射。镇徐期间，知人善任，一州称治。所作多佚，今存诗二首。

注释

[1] 仆：诗人自称。修文持笔者：文士。
[2] 帅领：作为统兵的将领。旌(jīng)：泛称旗帜。
[3] 不能无事：不能不从事于。习蛇矛：习武。蛇矛，形状曲折的长矛。这里用以喻球杖。
[4] 平场：指球场。学使马：练习骑马。这里指打马球。

[5] 伎痒：即技痒，有某技能的人遇到机会时极想施展。骁（xiāo）智材：有勇有谋的将士。

[6] 竞：争相。驰：奔驰。骏逸：快马。

[7] 护军：军官名。对引：在两边引道。

[8] 风呼：指比赛时的气势。月旋：指球杖绕动。马球球杖前为半月形，诗文中常用月喻球前端的半圆形权，如下文鱼玄机《打毬作》"月杖争敲未拟休"。朋：指比赛的两支球队。

[9] 左右射：左右开弓。曹植《白马篇》："控弦破左的（按：的，靶心），右发摧月支。"

[10] 透短门：指打进球。

[11] 养由遥破的：春秋时养由基去柳叶百步遥射，百发百中。参前《百发百中》。

[12] 儒生疑我新发狂：韩愈《上张仆射第二书》谏打球云："颠顿驰骋，呜呼其危哉！"

[13] 杖移鬃底拂尾后：指球杖从马颈下、尾后挥动击球。拂，掠击。

[14] 星：球。月：球杖。流中场：被击打到场中央。

[15] 凡情莫辨捷中能：一般人认识不到打马球这种敏捷的技能。

[16] 拙目翻惊巧时失：是说精彩的球艺一晃即逝，使笨眼人发愣。

[17] 韩生：韩愈。讶：疑怪。斯：此。

[18] 徐驱：指不要打球。徐，缓行。作安计：即图谋良策。以上两句是对韩愈《汴泗交流赠张仆射》中"此诚习战非为剧，岂若安坐行良图"两句的回复。

[19] "不知"二句：谓武事训练确实多有危险，我到现在也还没有弄清有些技能怎么练成的，也惭愧自己一个文士从武，弄得文、武两不就。这是谦词。

简评

这首诗是对韩愈《上张仆射第二书》与《汴泗交流赠张仆射》的回应。张建封为了适应军人生活，于练习武艺之馀暇，带领将士打马球，"人不约，心自一。马不鞭，蹄自疾"。这无论是对将领还是战马，都是非常有益的活动。针对韩愈提出的劝谏，作者提出了自己的见解。作为将领，张建封更了解通过打马球进行军事训练的重要性，对提高军队战斗力，训练士卒的敏捷与统一，都是很有意义的。结尾谦而有度，摇曳多姿，耐人寻味。

竞渡歌 张建封

五月五日天晴明，杨花绕江啼晓莺[1]。
使君未出郡斋外[2]，江上早闻齐和声。
使君出时皆有准[3]，马前已被红旗引。
两岸罗衣破晕香[4]，银钗照日如霜刃。
鼓声三下红旗开，两龙跃出浮水来[5]。
棹影斡波飞万剑[6]，鼓声劈浪鸣千雷。
鼓声渐急标将近[7]，两龙望标目如瞬。
坡上人呼霹雳惊，竿头彩挂虹蜺晕[8]。
前船抢水已得标[9]，后船失势空挥桡[10]。
疮眉血首争不定[11]，输岸一朋心似烧[12]。
只将输赢分罚赏[13]，两岸十舟五来往。
须臾戏罢各东西[14]，竞脱文身请书上[15]。
吾今细观竞渡儿，何殊当路权相持[16]。
不思得岸各休去，会到摧车折楫时[17]。

题解

选自清彭定求等编《全唐诗》卷二七五。端午节举行龙舟竞渡，几千年来已成为中国许多民族的风俗习惯。邯郸淳《曹娥碑》认为是迎伍子胥。《越地传》认为是“起于越王勾践 ”（以上二说并见《荆楚岁时记》引）。闻一多《端午考》一文认为，端午竞渡始于古越族的图腾崇拜。每年农历五月五日，举行盛大的图腾祭时一项重要的活动就是龙舟竞渡（《神话与诗》）。而传统的看法则依南朝梁代宗懔《荆楚岁时记》所载：“五月五日竞渡，俗谓是屈原投汨罗日，人伤其死，故并命将舟楫以拯之。”认为是为了纪念屈原。唐代韩鄂《岁华纪丽》中说：“因勾践以乘风，拯屈原而为俗。”近是。因为龙舟竞渡成为端午时全国广泛的大型体育活动，故历代诗人不乏吟咏之作。今天，龙舟竞赛已发展成为一项国际性的体育运动项目。

注释

[1] 杨花:指柳絮。啼晓莺:即晓莺啼。

[2] 使君:州郡长官的称呼。这是诗人自谓。郡斋:州郡长官的府第。

[3] 准:标准、规定。

[4] 罗衣:轻软丝织品制成的衣服。此处当指一些大家闺秀。破晕香:言香气甚浓,其上可冲散日晕。

[5] 两龙:两条龙舟。

[6] 棹:船桨。斡(wò)波:拨得波浪旋转。飞万剑:喻江上万条银波闪耀如飞。

[7] 标:置于竞渡终点的锦标,胜者夺之,是为夺标。

[8] 虹蜺晕:形容彩旗缤纷,状如彩虹。

[9] 抢水:竞渡。

[10] 失势:失去取胜之机。空挥桡(ráo):指以船桨挥向对方。桡,船桨。

[11] 疮眉血首:即头破血流。疮,创伤。

[12] 一朋:一方。朋,竞赛时分成的群体。

[13] 只将输赢分罚赏:将原本按输赢奖励的奖品按最后的作风表现加以赏罚,则虽然仍是胜者一方得奖,但带进了对作风的评价。

[14] 须臾:片刻,短时间。戏:表演。

[15] 竞脱文身请书上:是说竞渡的男子急着洗去纹身,争先恐后地向负责裁判者上请求书。竞,争先。脱文身,竞渡者除去身上绘的花纹图案。文,即纹。请书,向上有所请求的文书。指对双方争斗中一些问题的申诉。

[16] 何殊:有什么不同。当路:指执政者。相持:互不相让。这句是说:这和当官者的互不相让有什么不同呢?

[17] 会:定要。摧车折楫:指混乱打斗的状况。以上两句是说:不想到岸后各自离去,定要打斗相争。

简评

唐代竞渡常在春秋两季进行,往往持续多日,端午节时为高潮。竞渡的参加者主要是民间百姓。竞渡的船称为‘龙舟”。划船的人称为“舟子”。一般一船五十人,船上有击鼓者作指挥。“标”是一根长杆,立在终点,上挂彩缠锦,又称之为彩标、锦标。首先夺标者获胜。今日体育比赛往往称为锦标赛,即由此来。张建封的《竞渡歌》记述了当时竞渡的入场式、起发、争进、夺标的过程,形象生动地描写了端午节紧张而又激烈的赛龙舟场面。对结束时的混乱打斗表示了否定的态度,并采取了一些扭转风气的方式。最后由之联想到,官场的互相争斗也常常弄得不可收拾,一败涂地。所以此诗也是有感而发。在体育活动中确实也含有很多人生的哲理。

打毬 封 演

打毬，古之蹴鞠也[1]。《汉书·艺文志》："《蹴鞠》二十五篇。"颜注云[2]："鞠以韦为之[3]，实以物[4]，蹴蹋为戏。蹴鞠陈力之事，故附于兵法[5]。蹴音子六反[6]，鞠音钜六反。"近俗声讹，谓"踘"为"毬"，字亦从而变焉，非古也。

太宗常御安福门，谓侍臣曰："闻西蕃人好为打毬，比亦令习[7]，一度观之。昨升仙楼有群胡街里打毬，欲令朕见。此胡疑朕爱此，骋为之[8]。以此思量，帝王举动，岂宜容易，朕已焚此毬以自诫[9]。"

景云中[10]，吐蕃遣使迎金城公主[11]，中宗於梨园亭子赐观打球。吐蕃赞咄奏言[12]："臣部曲有善毬者，请与汉敌。"上令仗内试之[13]。决数都[14]，吐蕃皆胜。时玄宗为临淄王，中宗又令与嗣虢王邕、驸马杨慎交、武延秀等四人，敌吐蕃十人。玄宗东西驱突，风回电激，所向无前。吐蕃功不获施[15]，其都满赞咄犹此仆射也。中宗甚悦，赐强明绢数百段，学士沈佺期、武平一等皆献诗[16]。

开元、天宝中，玄宗数御楼观打毬为事，能者左萦右拂，盘旋宛转，殊可观。然马或奔逸，时致伤毙。

永泰中，苏门山人刘钢于邺下上书于刑部尚书薛公，云："打毬一则损人，二则损马，为乐之方甚众，何必乘兹至危，以邀晷刻之欢邪！"薛公悦其言，图钢之形置于座右，命掌记陆长源为赞美之。

然打毬乃军中常戏，虽不能废，时复为耳。今乐人又有蹑球之戏。彩画木毬高一二尺，妓女登蹋，毬转而行，萦回去来，无不如意。古蹴鞠之遗事也。

题解

选自赵贞信《封氏闻见记校注》卷六，篇名为编者所拟。于"时致伤毙"下删去刘钢上书刑部尚书薛公劝止马球运动的一段文字。

封演，生卒年不详，唐人。渤海蓨（今河北景县）人。天宝十五载（756）进士。德宗时为相卫节度使薛嵩从事，检校屯田郎中。大历间曾权邢州刺史。贞元中在魏博节度使田承嗣处任检校尚书、吏部郎中兼御史中丞。约卒于贞元末。著有《古今年号录》、《钱谱》、《封氏闻见记》等书。《封氏闻见记》十卷，前六卷记典章制度与风俗，七、八卷叙古迹与传说，末两卷叙士人遗事。多为唐事，兼及前代。考证翔实、文字洗炼，为唐人笔记的上乘之作。

注释

［1］本篇中“鞠”字原均作“鞠”，为“鞠”字异体。为阅读方便，今俱改作“鞠”。

［2］颜：颜师古，唐代著名学者、训诂学家。曾奉命注《汉书》。取材审慎，考证翔实，对前人讹误多有驳正，为唐以来影响最大的《汉书》注本。

［3］韦：熟皮子。

［4］实以物：其中填充了东西。实，这里用为动词，填充。古代球中一般填充以棉絮等富有弹性之物。

［5］附于兵法：其技艺、规则等附列在有关军事培训的书中。

［6］反：反切，古代一种注音的方法，以上字之声母与下字之韵母和声调相拼。

［7］比：近日、近来。《后汉书·宦者传·吕强》：“比谷虽贱，而户有饥色。”《北齐书·元晖业传》：“文襄尝问之曰：‘比何所披览？’”

［8］骋为之：驰骋表演。这里含有尽情表现之意。

［9］此条《资治通鉴》系于高宗永徽三年下，不知此“太宗”是否为“高宗”之误。

［10］景云：唐睿宗李旦年号，仅二年(710—711)

［11］金城公主(？—740)：唐雍王李守礼之女。神龙三年(707)，吐蕃赞普遣使请婚，中宗许以金城公主嫁弃隶缩赞。景龙四年(710)春，吐蕃遣使迎公主入藏，中宗亲送至始平(今陕西兴平)，赠以锦缯、杂伎百工和龟兹乐，命左卫大将军杨矩护送至吐蕃，赞普为另筑城居。她力促唐蕃和盟。开元二十一年(733)唐蕃在赤岭(今青海湟源西日月山)定界刻碑，约以互不相侵，并于甘松岭互市。又请《毛诗》、《礼记》、《左传》、《文选》各一部，传入吐蕃。后卒于吐蕃。

［12］赞咄(duō)：吐蕃使臣官职名。下文说，相当于唐王朝的尚书仆射(yè)之官。

［13］仗内：宫廷马厩。这里指宫廷中所养的马。试之：试以马球比赛。

［14］决数都：决赛几次。都，量词，唐代蹴鞠(足球)和打球(马球)的比赛场次。《新唐书·外戚传·武三思》：“是时，起毬场苑中，诏文武三品分朋为都，帝与皇后临观。”

［15］功不获施：能力无法施展。

［16］沈佺期：唐代著名诗人。武平一：并州文水(今山西文水东)人，通《春秋》，工诗文。

简评

本文中说到吐蕃人善马球之事，写吐蕃使臣先后与唐宫廷侍卫之臣及宗室贵胄比赛。说明当时唐代王侯贵族子弟都习于马球。尤其有意义的是，唐、蕃马球比赛是在吐蕃迎娶金城公主之时(景龙四年，即公元710年)，这应是中国古代体育史上一件盛事，应大书特书之。文中对临淄王李隆基(即后来之唐玄宗)马球场上的描写也较为生动。

拔河 封 演

拔河，古谓之牵钩，襄、汉风俗[1]，常以正月望日为主[2]。相传楚将伐吴，以为教战[3]。梁简文临雍[4]，禁之而不能绝。古用篾缆[5]，今民则以大麻絙[6]，长四五十丈，两头分系小索数百条挂于胸前。分二朋[7]，两向齐挽[8]，当大絙之中立大旗为界，震鼓叫噪，使相牵引，以却者为胜[9]，就者为输[10]，名曰"拔河"。

中宗曾以清明日御梨园毬场[11]，命侍臣为拔河之戏。时七宰相二驸马为东朋，三宰相五将军为西朋。东朋贵人多，西朋奏"输胜不平"，请重定[12]。不为改，西朋竟输。仆射韦巨源、少师唐休璟年老[13]，随絙而踣[14]，久不能兴[15]。上大笑，令左右扶起。玄宗数御楼设此戏[16]，挽者至千余人，喧呼动地，蕃客士庶观者[17]，莫不震骇。进士河东薛胜为《拔河赋》[18]，其辞甚美，时人竟传之[19]。

题解

选自唐封演《封氏闻见记》卷六，篇名为编者所拟。有关拔河活动的历史参前李隆基《观拔河俗戏》。

注释

[1] 襄、汉：指襄阳、汉中一带。
[2] 望日：农历每月十五月圆之日。
[3] 以为教战：以拔河训练士卒。
[4] 梁简文：梁简文帝萧纲，公元549—551年在位。雍：雍州，东晋孝武帝司马曜时在襄阳（今湖北襄樊）侨治。萧纲在被立为太子前曾两次临雍。
[5] 篾缆：用竹皮编成的绳索。
[6] 絙（gēng）：粗绳索。
[7] 朋：队。
[8] 两向：两个方向（的人）。挽（wǎn）：拉，牵引。
[9] 却：向与中心相反的方向拉。
[10] 就：向中心靠近。
[11] 中宗：即唐中宗李显，前后两次共在位八年。御：指皇帝临幸至某处。梨园：教练宫廷歌舞艺人的地方。
[12] 输胜不平：对输赢的裁判不公平。请重定：要求重新裁定。
[13] 仆射（yè）：官名。唐代左右仆射为宰相之职。韦巨源（631—710）：京兆万年（今陕西长安）人。唐武则天、中宗时宰相。少师：指太子少师，官名。历代以太子少师、太子少傅、太子少保为东宫三少，多为虚衔，为大臣的荣典。唐休璟（626—712）：京兆始平（今陕西兴平）人，唐

代名将。

[14] 踣(bó):向前仆倒。

[15] 兴:爬起。

[16] 数(shuò):屡次。设:设置,安排。

[17] 蕃客:古代对外国商旅的泛称。士庶:士人和老百姓。

[18] 河东:唐十道之一,范围包括今山西省和河北省南部。薛胜:参《拔河赋》注。

[19] 竟:遍,全。

简评

拔河,唐代以前称为牵钩。早在春秋、战国时代,拔河这一体育运动,已经运用于军事训练,可见其起源很早。至今仍是中国民众喜爱的一项集体体育活动,亦见民众对它的喜爱。封演的这篇散文,详细记述了当时拔河的规则,还记录中宗和玄宗时宫廷内的两次拔河比赛。由其"震鼓叫噪"、"莫不震骇"的描写,我们可以想见当时拔河的壮观场面。尤其写到中宗时让朝中宰相、老臣贵幸也一起参加拔河比赛,以至于一方不服,要求重判,及中宗定夺维持原定胜负结果的情节,可见在当时即使是一人之下、万人之上的权臣也因皇帝的号召而参加。其相互争论,正反映出一种和谐的气氛。写到两位年老大臣倒地后一时起不来,玄宗让人扶起,这些细节也显得十分有趣。

观打毬有作 杨巨源

亲扫毬场如砥平[1]，龙骧骤马晓光晴[2]。
入门百拜瞻雄势[3]，动地三军唱好声[4]。
玉勒回时沾赤汗[5]，花鬃分处拂红缨[6]。
欲令四海氛烟静[7]，杖底纤尘不敢生[8]。

题解

选自清彭定求等编《全唐诗》卷三三三。本诗写正规的军中马球比赛，皇帝亲临观看。参前蔡孚《打毬篇》题解。

杨巨源（755—833?），唐诗人。字景山，河中（今山西永济）人。贞元五年（789）进士。由秘书郎擢为太常博士、礼部员外郎，又出任凤翔、河中少尹。《全唐诗》存其诗一卷。

注释

［1］如砥（dǐ）平：像磨刀石一样平坦。砥，质地较细的磨刀石。

［2］龙骧（xiāng）：昂举腾跃的样子。骤马：使马奔驰，纵马。晓光晴：阳光明媚的清晨。

［3］入门百拜：唐代军中马球比赛，天子观看，参赛军将们入场后先列队向天子行礼，然后比赛开始。瞻雄势：指可以使人观瞻到将士们雄壮的气势。

［4］动地三军唱好声：指军中队友的呐喊助威，叫好之声震撼大地。

［5］玉勒：镶有玉饰的马络头。这里代指马头。沾赤汗：言马跑得很紧张。产于西域的汗血马，流汗如血。这里比喻参赛马匹皆骏马。

［6］花鬃分处拂红缨：马头上鬃毛分开处的地方有红花的缨带飘拂。

［7］氛烟静：消除战乱。氛烟，犹烽烟。比喻战火。

［8］杖底纤尘不敢生：言击球准确，无空击到地面的情形。此言训练有素，打球技术高。以上两句言为了保卫国家，使四海平静，要通过打马球比赛下功夫练习御马之术和臂力手劲。

简评

唐代除在一些大城市建有球场外，各军州也筑有球场。除用于打球外，还可用于集合士兵，操练队伍等。打球是一种集体性的活动，需要适合于跃马疾驰、往来回旋的平坦、宽广的场地。本诗对球场有细腻的描写，也对打球时的激烈有所勾勒。尤其将马球比赛同武力训练联系起来，指出在保卫社会安宁方面的意义，体现出作者的深刻见解。

秋千词 王 建

长长丝绳紫复碧[1]，袅袅横枝高百尺[2]。
少年儿女重秋千[3]，盘巾结带分两边[4]。
身轻裙薄易生力[5]，双手向空如鸟翼[6]。
下来立定重系衣[7]，复畏斜风高不得。
傍人送上那足贵，终赌鸣珰斗自起[8]。
回回若与高树齐，头上宝钗从堕地[9]。
眼前争胜难为休[10]，足踏平地看始愁[11]。

题解

选自清彭定求等编《全唐诗》卷二九八。秋千：传统体育游戏。两绳下拴横板，上悬于木架，人坐或站在板上，两手分握两绳，前后往返摆动。相传春秋时齐桓公自北方山戎传入（《荆楚岁时记》所载为："《古今艺术图》云：'秋千，本北方山戎之戏。以习轻趫者。'后中国女子学之，……名曰'秋千'。"至明王三聘《古今事物考》始有"齐桓公伐之，始传中国"之语）。一说本为汉武帝时宫中之戏，作千秋为祝寿之辞，后倒读为秋千（唐高无际《汉武帝后庭秋千赋序》）。

王建（766？—834？），唐诗人。字仲初，关辅（今陕西）人，其郡望颍川（治今河南禹州），故或以为颍川人。约于德宗初年求学于齐州（今山东济南）鹊山，与张籍同学友善。官至陕西司马。晚年，退居咸阳原上，境况贫穷。约卒于文宗太和八年。他擅长乐府，与张籍并称"张王"。所作《宫词》百首，脍炙人口。有《王司马集》十卷。

注释

［1］丝绳：指拴横板的绳子。紫复碧：有紫色又有绿色。复，又。

［2］袅（niǎo）袅横枝：指秋千架上的横木微微颤动。袅袅：柔弱的样子。高百尺：形容很高。

［3］儿女：偏义复词，这里指女子。重（zhòng）：崇尚，喜欢。

［4］盘巾结带：扎好头巾，系紧衣带。此言个个作好准备站在两边，等待着轮到自己。

[5] 易生力：便于发挥出上蹬的力气。
[6] 双手向空如鸟翼：双手紧握秋千绳子，两臂张开如同飞鸟的翅膀。
[7] 重：重新。系(jì)衣：扎好衣带。
[8] 珰：古代妇女的耳饰。因其能互相撞击发出声响，故曰鸣珰。斗：这里是赌、比的意思。以上两句是说：荡秋千时，依赖别人推动送上空中不值得称赞，终于以鸣珰打赌，比赛自行荡起。
[9] 从：任，听凭。堕地：掉在地上。
[10] 难为休：不肯停止。
[11] 足踏平地看始愁：是说回到平地再看高处才觉得害怕。

简评

从唐代开始，秋千就成为一项极为普及的体育活动，杜甫即有“万里秋千习俗同”(《清明二首》)的诗句。打秋千尤为女子所钟爱，她们不仅可以借打秋千“释闺闷”，也可以活动筋骨，锻炼身体。王建这首诗描写一群少女打秋千的情景。在咏写秋千之戏的同时，着重塑造了打秋千少女的可爱形象，将她们争强好胜的性格特点以及内心的活动描绘得细致入微。全诗洋溢着热烈欢快的气氛，正可见出体育活动在锻炼身心方面的益处。

朝天词十首寄上魏博田侍中(其四) 王 建

无人敢夺在先筹[1]，天子门边送与毬[2]。
遥索彩箱新样锦[3]，内人舁出马前头[4]。

题解

选自清彭定求等编《全唐诗》卷三〇一。朝天词，记觐见宪宗皇帝时情景的词。这里选其中第四首。田侍中，即田弘正，侍中为官名。魏博，唐方镇名，广德元年置，治所在魏州(今河北大名县东北)。田弘正时为魏博节度使。

打马球，参加者骑在马上，以杖击球，先将球击过球门(木板制成，下面开一个孔，孔后加网兜)者得头筹。再入场击球其胜者得第二筹。

注释

[1] 无人敢夺在先筹：指没有人敢抢夺头筹。原因见诗的下一句。在先筹，即头筹，第一。在，原作“左”，据他本改。

[2] 天子门边送与毬：此句写田弘正与皇帝贵妃们打马球，天子亲自在球门边为贵妃送上球。

[3] 遥索：远远地喊着索要。新样锦：新式花样的锦缎。

[4] 内人舁(yú)出马前头：是说宫女将天子赏赐的锦缎抬至胜者的马前。内人，宫女。舁，抬。

简评

《朝天词》十首，记元和十四年(819)八月田弘正觐见宪宗皇帝时事。这里选为第四首写田弘正在宫中参加打马球活动的情景。从诗意来看，头筹无人敢争夺，因为那是皇帝亲送的球。诗只短短四句，简单勾勒了当时马球活动的一个场景。看来马球体育活动在唐代内宫也很盛行。

宫词一百首(其十五、其二十五、其七十三) 王 建

其十五

对御难争第一筹[1],殿前不打背身毬[2]。
内人唱好龟兹急[3],天子鞘回过玉楼[4]。

题解

选自清彭定求等编《全唐诗》卷三〇二。宫词:指以帝王后宫生活为题材的作品,多写皇帝与嫔妃在一起的生活图景。王建与宦者王守澄联宗,尽得宫中之情,作《宫词》百首,脍炙人口。此选三首:第十五写打球,第二十五写竞渡,第七十三写步打球。

注释

[1] 御:指帝王。第一筹:即先筹、头筹。参前文注[2]。

[2] 殿前不打背身毬:殿前不允许打背身球。宋代诗人周彦质也有一首宫词云:"当殿不教身背向,侧巾飞出足跟毬。"虽说是写蹴鞠,但也透露出了殿前表演球技的一些规则。当因背身则不恭之故。

[3] 龟(qiū)兹(cí)急:龟兹乐曲。打球时奏龟兹乐曲以助兴。龟兹,古代西域国名,在今新疆库车一带。

[4] 鞘(shāo):马鞭,这里代指天子所乘之马。

简评

本诗所写,乃在皇宫殿前打球之事。背身球当是一种难度较大的打法,但在殿前皇帝面前,不允许背身击球。同时在殿前打球很难争得第一筹,因为既不能与君争高下,也不能有违君王的旨意。

其二十五

竞渡船头掉采旗[1],两边溅水湿罗衣[2]。
池东争向池西岸,先到先书上字归[3]。

注释

[1] 竞渡:划船比赛。唐代宫中竞渡不一定在五月五,平时也举行竞渡活动。掉:摆动。

[2] 两边:船两边。罗衣很轻、很薄的衣服。罗,稀疏而轻软的丝织品。

[3] 先到先书上字归:指船到东岸后在池边写一"上"字,然后驶回东岸。

简评

此诗所写为宫女竞渡的情景,由诗中所写来看,已是比较有规则的竞赛活动。诗中短短数语,已将彩旗飘扬、人声鼎沸、紧张激烈的精彩场面勾勒出来,充满诗情画意。

其七十三

殿前铺设两边楼[1],寒食宫人步打毬。

一半走来争跪拜[2],上棚先谢得头筹。

注释

[1] 铺设两边楼:步打赛场两边临时铺设的看楼,为观众和助阵的乐队所坐。一说为双方的球门。

[2] 一半走来争跪拜:步打分棚比赛,分别称上棚、下棚,以争胜负。获胜一边的人走来向皇帝跪拜请赏。一半,即胜利的一方。

简评

唐代社会除了盛行骑马球和驴鞠外,还有一种不骑马而持杖打的球,称之为步打。步打球运动量相对较小,适宜于女子与一般爱好者运动。步打球与现在的曲棍球有些类似,是春季宫女的娱乐活动之一。这首宫词描写了当时宫女们的一次步打球比赛。全诗虽只有四句,但将观众、比赛、领赏等简单勾勒出来,引起读者的无穷想象。

汴泗交流赠张仆射 韩 愈

汴泗交流郡城角[1]，筑场千步平如削[2]。
短垣三面缭逶迤[3]，击鼓腾腾树赤旗[4]。
新秋朝凉未见日[5]，公早结束来何为[6]？
分曹决胜约前定[7]，百马攒蹄近相映[8]。
毬惊杖奋合且离[9]，红牛缨绂黄金羁[10]。
侧身转臂著马腹[11]，霹雳应手神珠驰[12]。
超遥散漫两闲暇[13]，挥霍纷纭争变化[14]。
发难得巧意气粗[15]，欢声四合壮士呼。
此诚习战非为剧[16]，岂若安坐行良图[17]？
当今忠臣不可得[18]，公马莫走须杀贼[19]。

题解

选自清彭定求等编《全唐诗》卷三三八。汴泗交流，汴水从河南荥阳附近受黄河支流之水，流经开封而来，至徐州注入泗水。泗水在徐州之南，源出山东蒙山，南流注入淮河。交，汇合的意思。张仆射，指张建封，时任徐泗濠节度使。仆射，官名。唐时相当于宰相，宋以后废。本诗源起见前《酬韩校书愈打毬歌》注[1]。

韩愈(768—824)，唐文学家、思想家。字退之，河阳(今河南孟县)人。自谓郡望昌黎(治今河南昌黎)，故世称韩昌黎。贞元八年(792)登进士第。吏部落选，先后为董晋、张建封幕府推官。官至监察御史、刑部侍郎、吏部侍郎、京兆尹等。谥曰文，世称韩文公。一生建树颇丰，文学成就尤高。其文各体兼长，遒劲有力，语言精练，为司马迁以后文学史上杰出的散文家之一。其诗气势壮阔，笔力雄健，力求新奇，当时自成一家。有《昌黎先生集》。

注释

[1] 郡城：指徐州城，是说汴泗之水在城边汇合。这一句是写球场周围的

环境。

[2] 筑场：修筑马球场。千步：指球场之大。

[3] 短垣：矮墙。缭（liáo）逶迤（wēi yí）：长长地环绕不间断。缭，环绕。

[4] 腾腾：形容鼓声。树：树立。

[5] 新秋：初秋。朝凉：凉爽的早晨。

[6] 公：指张建封。结束：装束，收拾停当。

[7] 分曹：分为两队相等的人马。决胜：进行比赛，决出胜负。约前定：预先制定比赛规则。

[8] 攒蹄：很多马蹄聚拢在一起，形容马很多，比赛激烈。近相映：指在眼前相照。

[9] 毬惊：球飞快的样子。杖奋：挥舞棍棒。合且离：时合时分。

[10] 红牛缨绂（fú）：把长牛毛染成红色，制成马缨。绂，丝带。黄金羁：用黄金制成马笼头。这句形容马的装饰豪华。

[11] 转臂：手臂弯曲。著马腹：身子贴在马肚子上，俗称“镫里藏身”。著，附着。

[12] 霹雳：此指击球声。珠：即所击之球；谓之“神珠”，是说球在场上被击来击去，变化多端。驰：飞射。以上两句写马球赛手技艺的高超。

[13] 超遥：球飞驰得很远。散漫：队伍散开。两闲暇：双方都稍作休息。此句为下一回合的激烈争夺作铺垫。

[14] 挥霍：疾速。纷纭：忙乱的样子。

[15] 发难得巧：发球难度很大的情况下，巧妙得球。意气粗：意气豪壮。

[16] 诚：确实。习战：练习战斗。剧：游戏。这句说马球本是用来训练马军的，不能只用来游戏、玩乐。

[17] 安坐：静坐在军营。行良图：指谋划训练的良策。意为不要沉溺于打球。

[18] 此句言像张仆射这样的忠勇之士甚为难得，应为国自珍，不要因游戏而有闪失。这是劝其不要沉溺于马球之戏的委婉说法。

[19] 公马莫走：是劝告张建封不要让马再在球场上奔跑了。因为“以之驰毬于场，荡摇其心腑，振挠其骨筋，气不及出入，走不及回旋，远者三四年，近者一二年，无全马矣，则毬之害于人也决矣”（见《上张仆射第二书》）。贼：敌人。

简评

此诗为贞元十五年（799）秋于徐州张建封幕时作。张建封喜玩击球游戏，韩愈从当时的政治形势出发，写诗直言劝谏。此诗以艺术的手法，先极力描述走马击球的壮观场景，绘声绘色，神采飞扬。球队的队形变化、球员击球的种种动作以及马饰的豪华、球飞的神速、观者的喝彩，无不活灵活现。而于结尾一转，从国家根本利益出发，对军中主将沉溺于此予以劝诫，指出应该图谋军事训练的良策，为国尽忠。全诗笔力遒劲，使人意动神悚。诗中没有说出的一层意思是：此虽军事训练的方式，但非绝大部分士兵所能参与。本诗实际是劝谏张建封应以军事为主，作为主将，勿沉溺于此。作者是有针对性的，非完全否定马球这种运动。

竞渡曲 刘禹锡

竞渡始于武陵[1]，及今举楫而相和之，其音咸呼云："何在？"斯招屈之义[2]，事见《图经》[3]。

沅江五月平堤流[4]，邑人相将浮彩舟[5]。
灵均何年歌已矣[6]，哀谣振楫从此起[7]。
扬枹击节雷阗阗[8]，乱流齐进声轰然[9]。
蛟龙得雨鬐鬣动[10]，螮蝀饮河形影联[11]。
刺史临流褰翠帏[12]，揭竿命爵分雄雌[13]。
先鸣馀勇争鼓舞[14]，未至衔枚颜色沮[15]。
百胜本自有前期[16]，一飞由来无定所[17]。
风俗如狂重此时，纵观云委江之湄[18]。
彩旗夹岸照鲛室[19]，罗袜凌波呈水嬉[20]。
曲终人散空愁暮，招屈亭前水东注[21]。

题解

选自清彭定求等编《全唐诗》卷三五六。竞渡，参张建封《竞渡歌》题解。

刘禹锡(772—842)，唐文学家。字梦得，洛阳(今河南洛阳)人，出生于江南。贞元九年(793)登进士第，又登博学宏词科。十一年，授太子校书。后累官监察御史。顺宗时参加永贞革新。宪宗即位后，连贬连州刺史、朗州司马。其后虽也得起用，但艰难曲折，颇不顺心，然而在任均能救济灾荒、纾民之困。至年老多病之时，仍思振拔。官至太子宾客。幼年从诗僧皎然、灵沏学诗，晚年与白居易齐名，并称"刘白"。其诗继承《诗经》美刺精神，吸收民歌营养，紧密联系现实，多脍炙人口之作。有《刘宾客集》。

注释

[1] 武陵：武陵郡，西汉初年设置，治所在义陵县(今湖南溆浦县南)，辖境相当今湖南沅江流域以西，贵州东部及广西龙胜各族自治县，四川秀川土家族苗族自治县，湖北鹤峰、来凤、长阳土家族自治县、五峰土家族

自治县等地。东汉移治临沅县(今湖南常德市),至唐代仍称武陵郡。期间曾三次短期改称为“朗州”。

[2] 招屈:招屈原魂。

[3] 图经:附有地图的地方志书籍。《隋书·经籍志》有《隋诸州图经集》一百卷。隋、唐时各州郡多有其图经。

[4] 平堤:江水与堤平。言水大。

[5] 相将:互相扶持,指相约同行。

[6] 灵均:屈原。《离骚》:“皇览揆余初度兮,肇锡余以嘉名。名余曰正则兮,字余曰灵均。”已矣:《离骚》:“乱曰:已矣哉!国无人莫我知兮,又何怀乎故都?及莫足与为美政兮,吾将从彭咸之所居。”

[7] 振楫:举起划船的桨。这里指竞渡活动。

[8] 枹(fú):鼓槌。阗(tián)阗:象声词,形容鼓声如雷鸣。

[9] 乱流:横渡。

[10] 鬐鬣(qí liè):指鱼龙的脊鱼鬐。这句形容竞赛中惊天动地的紧张气势。

[11] 蝃蝀(dì dōng):虹的别称。古人以为虹能吸引江河之水。这句比喻两支彩船队在水中的倒影。形影:指虹在河中的倒影。

[12] 褰翠帏:指揭开帷帐前的翠色帷布看比赛情形。言炎日中比赛前刺史在帷帐中。褰,提起。

[13] 揭竿:举竿、持竿。命爵:赐酒,命饮尽。爵,盛酒器。雄雌:喻先后、输赢。

[14] 先鸣:此处指胜者。《左传·襄公二十一年》:“齐庄公朝,指殖绰、郭最曰:‘是寡人之雄也。’州绰曰:‘君以为雄,谁敢不雄?然臣不敏,平阴之役,先二子鸣。’”馀勇:谓有未尽的勇气和力量。《左传·成公二年》:“齐高固入晋师,桀石以投人,禽之而乘其车,系桑本焉,以徇齐垒,曰:‘欲勇者贾余馀勇。’”

[15] 未至:未至的一方。衔枚:古代行军中为避免军队喧哗,令士卒口中各衔一枚(如今筷子)。此处意为败者口噤若衔枚。颜色沮:表情沮丧。

[16] 前期:前所约定。《庄子·徐无鬼》:“射者非前期而中,谓之善射,天下皆羿也。”

[17] 一飞:这里指突然地显示出才能。《史记·滑稽列传》:“齐威王之时喜隐,好为淫乐长夜之饮,沉湎不治。……淳于髡说之以隐曰:‘国中有大鸟,止王之庭,三年不蜚又不鸣,王知此鸟何也?’王曰:‘此鸟不飞则已,一飞冲天;不鸣则已,一鸣惊人。’”

[18] 云委:如云之积聚,形容盛大。湄:水边。

[19] 鲛室:水深处。《述异记》:“南海中有鲛人室,水居如鱼,不废机织,其眼能泣则出珠。”

[20] 罗袜:绫罗的袜子。曹植《洛神赋》:“凌波微步,罗袜生尘。”呈水嬉:指在龙舟竞赛之后一些妇女又在水中做各种游艺动作。

[21] 招屈亭:此指武陵郡招屈亭。宋代王象之《舆地纪胜·荆州北路·常德府》载:“招屈亭,今郡南亭其所。在安济门之右,沅水之滨。”湖南各地有招屈亭多处,都应与赛龙舟活动有关。

简评

此刘禹锡被贬朗州司马时所作。唐代朗州治所在武陵县(今湖南常德市),曾改为武陵郡。沅湘一带竞渡之俗产生很早,是一种普遍的群众性体育活动。由于同纪念屈原的活动联系在一起,又增加了它的文化内涵,越来越多地得到社会各个阶层、各个方面的认可与支持。因为有竞赛的性质，所以也调动了相关地区所有居民的积极性。这个习俗扩展至全国很多地方，而以南方近水、以舟船为交通工具之地为盛。诗中写竞渡之时紧张的比赛情景亦十分生动。结尾又写到竞渡结束后一些年青妇女在水中嬉戏的图景和人散后诗人面对大水沉思的境况，给人以馀味无穷之感。

观棋歌送儇师西游 刘禹锡

长沙男子东林师[1]，闲读艺经工弈棋[2]。
有时凝思如入定[3]，暗覆一局谁能知[4]？
今年访予来小桂[5]，方袍袖中贮新势[6]。
山人无事秋日长，白昼懵懵眠匡床[7]。
因君临局看斗智，不觉迟景沉西墙[8]。
自从仙人遇樵子[9]，直到开元王长史[10]。
前身后身付馀习[11]，百变千化无穷已。
初疑磊落曙天星[12]，次见搏击三秋兵。
雁行布陈众未晓[13]，虎穴得子人皆惊[14]。
行尽三湘不逢敌，终日饶人损机格[15]。
自言台阁有知音[16]，悠然远起西游心。
商山夏木阴寂寂[17]，好处徘徊驻飞锡[18]。
忽思争道画平沙[19]，独笑无言心有适。
蔼蔼京城在九天[20]，贵游豪士足华筵。
此时一行出人意，赌取声名不要钱。

题解

选自清彭定求等编《全唐诗》卷三五六。本诗为作者看儇师下棋后所作，用以送别儇师。由诗的首句看，儇师为长沙人，出家为僧。

注释

［1］东林师：高僧，一般僧人的老师。东林，本指庐山东林寺，这里引申指僧人。

［2］艺经：讲各种游艺的书。工：工于、善于、擅长。

［3］入定：佛教语。僧人静坐敛心，不起杂念，使心定于一处。

［4］暗覆：指记忆棋局的非凡能力。《三国志·魏志·王粲传》："观人围棋，局坏，粲为覆之。棋者不信，以帊盖局，使更以他局为之。用相比较，不误一道。"覆，借为复，指恢复。

[5] 小桂:《舆地志》:“连州桂阳县,汉属桂阳郡,因谓之小桂。”是诗作在连州。

[6] 方袍:僧衣。按僧人所穿三种袈裟,皆方形。势:棋势,招式。

[7] 懵:糊涂,昏昏沉沉。懵,同“瞢”。匡床:安适的床。

[8] 迟景:下午的日光。景,同“影”。

[9] 仙人:《述异记》卷上:“信安郡石室山,晋时王质伐木至,见童子数人棋而歌,质因听之。童子以一物与质,如枣核,质含之,不觉饥。俄顷,童子谓曰:‘何不去?’质起,视斧柯尽烂,既归,无复时人。”

[10] 开元王长史:唐开元时著名棋家。玄宗时,王积薪棋艺闻名天下,积薪待诏院中。称为“长史”,不知何据。李远有《赠写御容李长史》诗,或者翰林供奉得除王府长史官以食其俸,因以为泛称。

[11] 馀习:佛门断绝一切烦恼,修习者功力不足,犹存世俗习气,称馀习。

[12] 曙天星:谓晨星。班固《弈旨》:“棋有黑白,阴阳分也。骈罗列布,效天文也。”张华《情诗》之二:“寥落晨星稀。”

[13] 雁行:马融《围棋赋》:“略观围棋兮法于用兵,三尺之局兮为战斗场。陈聚士卒兮两敌相当,……离离马目兮连连雁行。”

[14] 虎穴得子:喻险棋制胜。《后汉书·班超传》:“不入虎穴,焉得虎子。”

[15] 机格:指棋格,弈艺之水平等第。棋艺甚高,饶人而对弈,是须损减机格。

[16] 台阁:尚书的自称。

[17] 商山:在陕西商县东。相传秦末汉初四皓(四位高龄贤人)曾隐居于此山。

[18] 飞锡:指僧人游方。因僧人游皆持锡杖而行。

[19] 争道:争棋路。画平沙:画沙地成棋盘。

[20] 蔼蔼:草木茂盛的样子。在九天:言十分繁华。言同乡村及其他都邑相比很悬殊,如在九天之上。

简评

此诗写棋坛高手对弈情景极为生动。宋代胡仔《苕溪渔隐丛话》卷一二说:“梦得《观棋歌》云:‘初疑磊落曙天星,次见搏击三秋兵。雁行布阵众未晓,虎穴得子人皆惊。’予尝爱此数语,能模写弈棋之趣。梦得必高于手谈也。”所谓“手谈”,即指对弈。双方不语,而以手运棋进行思想、智力交锋,也包含着对对方的解读与回答。

诗中说儇师“行尽三湘不逢敌”,则可见其棋艺之高。又说“自言台阁有知音,悠悠远起西游心”。可见当时有的下棋高手远游寻对手以探讨棋艺。这些对了解唐代棋坛的情形很有帮助。

渭上偶钓 白居易

渭水如镜色[1]，中有鲤与鲂[2]。
偶持一竿竹，悬钓至其傍。
微风吹钓丝，袅袅十尺长[3]。
谁知对鱼坐，心在无何乡[4]。
昔有白头人，亦钓此渭阳[5]。
钓人不钓鱼，七十得文王。
况我垂钓意，人鱼又兼忘[6]。
无机两不得[7]，但弄秋水光。
兴尽钓亦罢，归来饮我觞。

题解

选自清彭定求等编《全唐诗》卷四二九。渭上，渭水之上，渭河边。

白居易(772—846)，唐文学家。字乐天，晚号香山居士。祖籍太原(今山西太原)，后迁居下邽(今陕西渭南)。贞元十六年(800)登进士第，十八年登书判拔萃科，次年授秘书省校书郎。元和二年(806)任翰林学士。后历任左拾遗、京兆府户曹参军等职。以亢直敢言和写作《新乐府》讽刺时政为权豪所恨，曾被贬为江州司马。后曾任杭州刺史、苏州刺史，官至刑部侍郎。后定居洛阳。为中唐著名诗人，早年与元稹并称"元白"，晚年与刘禹锡并称"刘白"。主张诗歌创作联系现实，其所作《新乐府》五十首、《秦中吟》十首及《长恨歌》、《琵琶行》皆脍炙人口。其作品对日本文学发展有很大影响。有《白氏长庆集》。

注释

[1] 如镜色：比喻水清澈平静。
[2] 鲂(fáng)：鳊鱼的古称。体广而薄肥，细鳞，青白色，味美。
[3] 袅(niǎo)袅：轻飘摆动的样子。
[4] 无何乡：即所谓"无何有之乡"，指空无所有的地方。《庄子·逍遥游》："今子有大树，患其无用，何不树之于无何有之乡，广莫之野。"唐代成玄英疏："无何有，犹无有也。莫，无也。谓宽旷无人之处，不问何物，悉

皆无有，故曰‘无何有之乡’也。”

［5］此指姜太公。姜太公名望，字子牙，号太公。姜太公年老而穷，钓于渭水之阳，遇文王，立之为师，见《史记·齐太公世家》。

［6］人鱼又兼忘：心上既不想一定得钓上鱼，也不是存心等待可以提携自己的人。言自己既不为钓鱼，也不是等待机会以求出仕。

［7］无机：任其自然，没有心机。两不得：指也钓不上鱼，也不会遇到可以提携自己者。

白居易曾说：“文章合为时而著，歌诗合为事而作。”（《与元九书》）所以创作了大量揭露当时社会黑暗之作，如他所言：“闻仆《哭孔戡诗》，众面脉脉，尽不悦矣。闻《秦中吟》，则权豪贵近者相目而变色矣。闻《登乐游园寄足下》诗，则执政柄者扼腕矣。闻《宿紫阁村》诗，则握军要者切齿矣。”（同上）所以一生也多受打击排挤。但他也看到当时的社会现象，以他个人之力是无法改变的，所以他又按古人所云“穷则独善其身，达则兼济天下”以行事，首先保留自己，才能有为社会尽力的可能；忧愤而死，并无补于事。受打击而穷，但如有机会可以为社会、为广大老百姓说话，仍不放弃自己的行事宗旨，这就很不容易。白居易将自己的诗歌创作分为四类：讽喻诗、闲适诗、感伤诗、杂律诗四类，这首《渭上偶钓》是属于“闲适诗”的范围。人的一生，有顺利处，有挫折处。读此诗可以了解到白居易在受打击、排挤之后的生活态度。人，在任何时候，都应对生活抱有一种积极、乐观的态度，这样才可能会等待到摆脱灾难、争取发展的机会。这是“养心”，同“养体”有着同等重要的作用。当然，这二者也难以绝对分离：养心之时可以进行钓鱼等体育活动，各种体育活动中又能使人心胸开朗。所以，读此篇对人如何面对生活，有一定启发。

观兵部马射赋 元 稹

大司马以驰射而选才，众君子皆注目而观艺。至张侯之所[1]，乃执弓而誓，誓曰："今皇帝制羽舞以敷文德[2]，择材官而奋武卫[3]，兼以超乘者为雄[4]，不惟中鹄者得祭[5]。用先才捷[6]，志亦和平。以多马为能[7]，故以马为试；以得禄为美，故以鹿为正[8]。岂独武人之利，实唯君子之争。"射者皆曰："诺。虽五善之末习[9]，庶一举而有成。"

于是马逸骙骙[10]，士勇伾伾[11]，蓄锐气，候歌诗。初听《采蘋》之章[12]，共调白羽[13]；次逞穿杨之妙[14]，忽纵青丝[15]。旁瞻突过[16]，咸惧发迟[17]。曾驤足之展矣[18]，翻猿臂而射之[19]。挥弓电掣[20]，激矢风追[21]，方当耦像[22]，决裂丽龟[23]。砉尔摧班[24]，示偏工于小者[25]；安然飞鞚[26]，故无忧于殆而[27]。信候蹄之不爽[28]，则舍拔之无遗[29]。故司射举旌以效胜曰[30]："尔能克备[31]，我爵可期[32]。贾馀勇者，宜乘破竹之势；善量力者，当引负薪之辞[33]。"由是靡不争先，莫肯为后，皆曰："措杯于肘[34]，十得其九。"忝明试者[35]，亦何尝而不有。破的之术，万不失一，凡献艺者，岂自疑于无必！冲冠发怒，扬鞭气逸，引满雷砰[36]，腾凌飙疾[37]，皆穷百中之妙，尽由一札而出[38]。乃知来者之艺，盖亦前人之匹。若此，则蹲甲壮基[39]，扬觯观孔[40]，信一场之独擅，终六辔之未总[41]。岂比乎浮云迥度[42]，开月影而弯环[43]；骤雨横飞，挟星精而摇动[44]。

虽当至理，不忘庸功[45]。天子垂衣[46]，俨鹓行于北阙[47]；夏官司马[48]，阅骑从于南宫[49]。贡士之程[50]，职司其举。会款塞五方之俗[51]，用校埒百夫之御[52]。得俊为雄，唯能是与。星郎草奏[53]，上献拱辰之防[54]；天骄解颜[55]，喜见射雕之侣[56]。客独顾之而笑曰："此盖有司之拔萃，固非吾君之右汝[57]。我有笔阵与词锋，可以偃干戈而息戎旅[58]。"司文者闻之而惊曰："尔其自砺于尔躬[59]，吾将献尔于五所[60]。"

题解

选自《四部丛刊》影明本《元氏长庆集》卷二十七。这是一篇以"艺成而动，举必有功"为韵的律赋，描写兵部所举行的一次马射活动。马射为唐代武举科目，乡试通过者，亦以乡饮酒礼送兵部再选。

元稹(779—831),唐文学家。字微之,河南(今河南洛阳)人。贞元九年(793)明经及第。官至监察御史,后因得罪宦官,贬江陵士曹参军。历司马、长史、刺史、观察使等。卒于武昌节度使任上。元稹诗与白居易齐名,并称"元白",同为新乐府理论的重要鼓吹者。有《元氏长庆集》。

注释

[1] 张侯之所:指射场。其处设置侯(箭靶),故名其处为"张侯"。张,展开、罗列。

[2] 羽舞:《周礼·地官·舞师》:"教羽舞,帅而舞四方之祭祀。"郑玄注:"羽,折白羽为之。"敷:推行,推广。文德:文明道德。

[3] 材官:秦汉时始置的一种地方预备兵兵种。奋武卫:振作武力卫护之力。

[4] 超乘(shèng):车行走中跳跃上车,示勇武。

[5] 中鹄:射中靶心。得祭:参与天子祭射活动。《礼记·射义》:"天子将祭,必先习射于泽……射中者得与于祭,不中者不得与于祭。"

[6] 用先才捷:用人先选有才技而且敏捷的。

[7] 多马:筹码。《礼记·投壶》:"请为胜者立马,一马从二马,三马既立,请庆多马。"本指筹码。由筹码之"码"而及骑马之"马",为作者音义上的假借。下文由"禄"及"鹿",也是如此。

[8] 以鹿为正:古代举行射礼,根据等级的不同,分别在靶心画虎、熊、豹、麋、鹿等兽形。正,靶心。详参《猗嗟》注[12]。

[9] 五善:古代射礼的五项要求。《论语·八佾》何晏集解引马融曰:"善,有五善焉,一曰和志,体和;二曰和容,有容仪;三曰主皮,能中质;四曰和颂,和雅颂;五曰兴儛,与舞同。"

[10] 骙(kuí)骙:马强壮的样子。

[11] 伾(pī)伾:有力的样子。

[12] 采蘋:《诗经·召南》中的篇名。士大夫举行射礼时伴奏之乐,表现遵循法度的欢乐。

[13] 调白羽:搭箭瞄准。调,调理。白羽:指箭。

[14] 穿杨:指楚有养由基百步穿杨。杨即柳。参前战国部分《百发百中》。

[15] 忽纵青丝:忽然放开马缰跑起来。青丝,指马缰绳。

[16] 旁瞻突过:向侧面看着目标驱马跑过。

[17] 咸惧发迟:(看的人)都担心箭发得迟,错过目标。

[18] 骥足:良马之足。也喻良士之才。展:发挥,展示。《三国志·蜀志·庞统传》鲁肃遗先主书:"庞士元非百里才也。使处治中、别驾之任,始当展其骥足耳。"这里语意双关,兼指良马跑得很快。

[19] 猿臂:形容臂长。臂长人善射。《史记·李将军列传》:"广为人长,猨臂,其善射亦天性也。"

[20] 挥弓电掣:执弓发箭的动作如闪电一样。形容速度之快。

[21] 激矢风追:发出的箭有力而快,好像后面带着一股风。

[22] 方当耦(ǒu)象:正当对着并立的两个靶子的一瞬间。耦,原指两人并耕,此处同"偶"。

[23] 丽龟:《左传·宣公十二年》:"乐伯……麇兴于前,射麇丽龟。"杜预注:"丽,著也。龟背之隆高当心。"谓射中麋鹿的高处且直贯其心脏。此处"决裂丽龟"以言正射中目标。

[24] 砉(xū)尔:象声词,箭破之声。摧

班：射中靶上鹿身。班，通“斑”，指鹿身上花点。《文选》曹植《七启》“拉虎摧斑”李善注：“斑，虎文也。”此喻中的。

[25] 示偏工于小者：显示自己偏偏善于这类末技（所谓五善之末）。

[26] 飞鞚（kòng）：飞马。鞚为马勒。

[27] 殆而：同“殆然”，危险的样子。

[28] 信：确实。候蹄：《谷梁传·昭公八年》：“马候蹄。”范宁注：“发足相应，迟疾相投。”谓马的步伐节奏一致。不爽：无差错。

[29] 舍拔之无遗：不失时机地发出箭。舍拔，放箭。拔，也作栊，箭尾。

[30] 司射：主持射事之人。效胜：考核胜负。

[31] 克备：全都合格。

[32] 我爵可期：我很有希望喝到得胜酒。爵，一种酒器。期，期望。

[33] 负薪：古人自称患病的谦词。这里是不能射箭的托词。《礼记·曲礼下》：“君使士射，不能，则辞以疾，言曰：‘某有负薪之忧。’”

[34] 措杯于肘：《庄子·田子方》：“列御寇为伯昏无人射，引之盈贯，措杯水其肘上，发之，适矢复沓。”射箭时抬起的左肘能放杯水，表示十分镇定。措，置。

[35] 忝（tiǎn）：有愧于。自谦之词。

[36] 雷砰：喻箭离弦之声。

[37] 飙疾：迅风一样快。这里喻马之疾驰。

[38] 一札：一片，指同一箭靶。

[39] 蹲甲：谓把皮夹重叠在一起（作为箭靶）。基谓养由基。参春秋部分《箭中吕锜》。

[40] 扬觯（zhì）观孔：扬觯，举觯。觯为酒器。孔谓孔子。《礼记·射义》：“孔子射于矍相之圃，盖观者如堵……又使公罔之裘、序点扬觯而语。”

[41] 终六辔之未总：这句是说比赛中一直没有拴马，直到比赛最后取得胜利。言屡赛屡胜，以至最后。古代一车四马，马各二辔，共八辔，但两骖马的内两辔系在轼前不用，故御者只执六辔。辔为马缰绳。总：拴在一起。

[42] 迥度：很高的目标。迥，高远。

[43] 月影：喻拉满的弓。

[44] 星精：星宿之精。此以流星喻箭，言飞箭似乎将天上的星也动摇了。

[45] 庸功：即功用。《国语·晋语七》：“无功庸者不敢居高位。”韦昭注：“国功曰功，民功曰庸。”

[46] 垂衣：即“垂衣裳而天下治”。出自《周易·系辞下》。为称颂帝王无为而治的套语。

[47] 鹓（yuān）行：鹓鹭群飞有序，故以喻朝班。北阙：指朝廷。

[48] 夏官：周以司马为夏官。此以指兵部尚书，为兵部最高长官。

[49] 骑（jì）从：指皇帝的骑兵卫士。南宫：唐尚书省又称南宫。

[50] 贡士：选拔推荐人才于朝廷以备任用。此处指选士。程：程序，制度。

[51] 款塞：叩开塞门，指与外族通好。

[52] 校埒（liè）：比赛以分出等级。百夫之御：能力可以抵御百人的将士。

[53] 星郎：郎官的美称。草奏：指将选拔出的杰出者列出写成奏章。草，草拟，这里指撰写。

[54] 拱辰：环卫北辰，喻四方卫护。语出《论语·为政》：“为政以德，譬如北辰，居其所而众星共（拱）之。”之防：指皇帝宫中。

[55] 天骄：汉时称匈奴单于为天之骄子。此以指外族的首领。

[56] 射雕：善射者称为射雕手。《北齐书·斛律金传》云：斛律光从世宗于洹桥校猎，射落大雕，丞相邢子高叹曰：“此必射雕手也。”

[57] 右汝：偏爱你。古以右为尊。

[58] 偃干戈：休兵。偃，倒状，横置。

[59] 尔躬：你的身子。

[60] 五所：唐代联络周边部族的机构。

简评

马射即驰马而射。在南北朝时期常作为节令活动来举行，以示讲武之礼。至唐代武后时期，开设武举，马射遂成为科举中测试武艺的一项重要科目而愈加受到重视。民间习武者也多练此，可想而知。本赋所写，正是一场兵部通过马射而选才的射箭活动。全赋分三部分：第一部分至“庶一举而有成”，借张侯之言，说出马射的宗旨，即“择材官以奋武卫”，是为了选拔将才。第二部分至“挟星精而摇动”，详写比赛的情景，场面雄伟，气势豪迈，是全篇最为精彩的部分。从写法上看，作者驰射兼写，一驰一射，交织错综，正如清李调元所评：“子山（庾信）马射分叙，此则马射夹写，能使争先斗捷之态跃露纸上，精锐处殆欲突过前人。”（《赋话》卷三）第三部分至结尾，写文士们观看了这一壮观的场面后，以为文可胜武，亦跃跃欲试于文战。最后仍归结到“我有笔阵与词锋”的自诩，反映了作者急于用世的心情。

观宋州田大夫打毬 张 祜

白马顿红缨[1]，梢毬紫袖轻[2]。
晓冰蹄下裂[3]，寒瓦杖头鸣[4]。
叉手胶粘去[5]，分鬃线道绷[6]。
自言无战伐[7]，髀肉已曾生[8]。

题解

选自清彭定求等编《全唐诗》卷五一〇。宋州，古州名，唐时治今河南商丘。田大夫，指宋州刺史田颖。本诗写打马球活动。

张祜(792—853)，唐诗人。字承吉，南阳(今河南邓县)人。举进士不第，此后沉浮人间，浪迹江湖，遍干地方官吏，终未获官。晚年移家于丹阳，终老于此。张祜诗久负盛名，风格俊爽宏丽。有《张承吉文集》。

注释

[1] 顿：叩，系。

[2] 梢毬：用杖击球。梢：球杖的末端。此处用为动词，指用杖端击球。轻：形容动作娴熟、敏捷。

[3] 晓冰：夜里结的冰早上仍在，可见此次打球为寒冬时节。

[4] 寒瓦：指杖头月牙形装制，其弯如瓦，故名。鸣：指动作有力而产生声响。

[5] 叉手：指与对方手臂交叉。胶粘去：指夺球而去。胶粘，形容球随其杖头，如同胶粘在一起一样。

[6] 分鬃：指两马并奔。绷(bēng)：通"绷"，引绳使直。这里同向前争一球，故奔驰的线道平直。

[7] 自言：指田颖在打球结束后说。带有谦逊的意思，言因无战事，平日消闲、不骑马，故髀肉增多，因而打得不好。战伐：战争。此指马球比赛。

[8] 髀(bì)肉：大腿上的肉。髀，大腿。曾：通"增"，增长，增加。

简评

这首诗描写了打球者技艺的高超，同时指出参加体育锻炼，只有坚持不懈，才会有娴熟的技艺。文字形象生动，体育运动的气氛很浓。同时也指出，常运动之人如久不运动，会发胖而髀肉增生。

观泗州李常侍打毬 张 祜

日出树烟红，开场画鼓雄[1]。
骤骑鞍上月[2]，轻拨镫前风[3]。
斗转时乘势[4]，旁梢乍迸空[5]。
等来低背手[6]，争得旋分鬃[7]。
远射门斜入[8]，深排马迥通[9]。
遥知三殿下[10]，长恨出征东[11]。

题解

选自清彭定求等编《全唐诗》卷八八三。泗州，古州名，治今安徽泗州。李常侍，即李进贤，常侍为官名。打毬，打马球。

注释

［1］画鼓：有彩绘的鼓。雕：指鼓声雄壮。

［2］骤骑(jì)：跑得很快的马。鞍上月：马上人所持球杖杖端为弯月形。所以阎宽《温汤御毬赋》说"月杖争击"。

［3］镫(dèng)前风：马前如风而过飞滚的球。镫：挂在马鞍两旁的铁制脚踏。骑马人脚蹬(dēng)着它身子稳当。

［4］斗(dǒu)：斗然、突然。时：时时、随时。乘势：根据当时状况变化行动。

［5］旁梢：侧身过球。梢：球杖的末梢，这里用为动词。乍迸空：突然飞射向天空。乍，忽然、突然。迸，迸飞、迸射、溅出。

［6］低背手：打马球的一种技法，放低球杖后击球。

［7］分鬃：相争夺的双方分开离去。因球已被第三方击去。

［8］门：球门。门斜入：即斜射入门。

［9］深排：远远逼开对方。马迥通：使马奔驰的道路通畅。迥，远。

［10］遥知：推想。三殿：王应麟《玉海》卷一六〇《唐三殿》："三殿者，麟德殿也，一殿而有三面，故名，亦名三院。"《资治通鉴》卷二四三唐敬宗宝历二年："六月甲子，上御三殿，令左右军、教坊、内园为击球、手搏、杂戏。"

［11］恨：遗憾。此句言遗憾君王出征，不能打马球娱乐。这里表现思君之意。

简评

此诗第一句写时间——当旭日初升之时，同时写了球场环境之美。因日光映照，球场周围的树丛和水气似乎都成了红色。第二句写比赛开始，鼓声雄壮。以下八句写马球比赛中各种动作，都极为生动。末尾联想到爱打马球的君王因常出征，也不能常有此乐。这是时时念君的意思，但客观上也写出当时由于君王喜好打马球，上下相习，风气甚蔚。

气毬赋 以"圆实之形可贵"为韵 仲无颇

气之为毬,合而成质[1]。俾腾跃而攸利[2],在吹嘘而取实[3]。尽心规矩,初因方以致圆[4];假手弥缝[5],终使满而不溢。苟投足之有便,知入门而无必[6]。时也广场春霁[7],寒食景妍[8]。交争竞逐[9],驰突喧阗[10]。或略地以丸走[11],乍陵空以月圆[12]。可转之功,混成之会[13],虽无侣而是匹[14],谅有皮之足贵[15]。傅毛非取,奚资蔚矣之文[16];实腹可嘉,且养浩然之气[17]。观夫浑兮无覆,块若有形[18]。方劳击触,曾匪遑宁[19]。其升木也,许子之瓢始挂[20];其坠地也,魏王之瓠斯零[21]。惧欲挤于沟壑,将不出于户庭[22]。智不待乎扃锁[23],妙乃存乎苞裹[24]。坚强祈致,虽吐纳之在君[25];蕴蓄为功,信盈虚而自我[26]。念修完之是急,如穿凿之不可[27]。勿怀弃掷,委质操持[28]。舍之则藏,岂凝滞之兴诮[29];苏而复上,犹轻举之可思[30]。彼跳丸之与蹴鞠[31],又何足加之?

题解

选自中华书局1966年影印本《文苑英华》卷八十一,个别文字据《历代赋汇》卷一百四及文渊阁《四库全书》本《文苑英华》、《渊鉴类函》加以校改。气毬之"毬",今通作"球"。鞠内部本充以毛、棉等物,至唐代工艺先进,制出充气的球,称作"气球"。唐代徐坚《初学记》说:"鞠即球字,今蹴鞠曰球戏。古用毛纠结为之,今用皮,以胞为里,嘘气闭而蹴之。"(《康熙字典》玉部"球"字下引之)。本赋采取了限韵的方式:全文只押"圆实之形可贵"六字之韵,韵的次序则不限。

仲无颇,生卒年不详,唐人。据《新唐书》卷一七九权德舆《尚书司门员外郎仲君墓志铭》,为仲子陵(774—802)之子,当生活于九世纪前期,善属文。

注释

[1] 气之为毬,合而成质:言气毬是因为将皮革缀合做成。

[2] 俾腾跃而攸利:使其有利于腾跃弹起。

[3] 吹嘘:吹气。取实:达到充实。

[4] 尽心规矩,初因方以致圆:言极细心地按照规和矩的尺寸以切割皮子,成一片片方形,再合成一个圆球。

[5] 假手弥缝:借人之手弥补缝合。

[6] 苟投足之有便,知入门而无必:言假

使情形方便踢球，不必遵守一定的角度或姿势，可以千变万化、因势而变。

[7] 霁：雨雪后转晴。春霁，言春季雨后转晴。

[8] 寒食：节令名，在清明前一或二日。唐时清明与寒食休假常合而为一。景妍(yán)：景色美丽。

[9] 交争：互相争夺。竞逐：比赛奔跑追逐的速度。逐：追逐。

[10] 驰突：快跑猛冲。喧阗(tián)：哄闹声。

[11] 略地：军事上的常用语，抢占敌方的地方。以丸走：随着球在地上的滚动。走，跑，这里指快速滚动。

[12] 乍：突然。陵：通"凌"，升，登上。以月圆：如月圆。这是形容球飞至空中的样子。

[13] 可转之功，混成之会：比赛双方力量的相对变化，但两方也因赛球而相互穿插，交混在一起。

[14] 无侣而是匹：指球只有一个，但双方各计球数，因而好像有成对的两个球。

[15] 谅：确实。此句承上总结球的功能，认为确实可贵。

[16] 傅毛非取，奚资蔚矣之文：言皮上所附之毛无所用，何必凭借其华丽的文彩。傅，通"附"，附着。奚：何，何处，何必。蔚：华丽。《周易·革》："君子豹变，其文蔚也。"傅，原作"傳"。据《历代赋汇》本、文渊阁四库全书本《文苑英华》、《渊鉴类函》本改。

[17] 实腹：指球内充实。浩然之气：指正大刚直之气。此二句语意双关，借以写人。

[18] 浑兮无覆：言球浑圆而无所覆盖。块若：块然。指其成一团的形状。

[19] 方劳击触：正劳球员打击。遑宁：安逸，安宁。柳宗元《涂山铭》："方岳列位，奔走来同。山川守神，莫敢遑宁。"

[20] 许子之瓢：(汉)蔡邕《琴操·箕山操》："许由者，古之贞固之士也。尧时为布衣，夏则巢居，冬则穴处，饥则仍山而食，渴则仍河而饮，无杯器，常以手捧水饮之。人见其无器，以一瓢遗之，由操饮毕，以瓢挂树，风吹树动，历历有声。"此指球挂于高处，风吹作响。瓢，原作"飘"，据《历代赋汇》本、文渊阁四库全书本《文苑英华》、《渊鉴类函》本改。

[21] 魏王之瓠：《庄子·逍遥游》"惠子谓庄子曰：'魏王贻我大瓠之种，我树之成而实五石。以盛水浆，其坚不能自举也。剖之以为瓢，则瓠落无所容，非不呺然大也，吾为其无用而掊之。'" 这里比喻球。零：下落。

[22] 惧欲挤于沟壑，将不出于户庭：言蹴鞠活动不在野外，恐其坠于沟壑，而只在庭院中(言四围有墙)。

[23] 扃锁：锁闭。扃(jiǒng)，从外关闭门户的门栓。

[24] 苞裹：苞，通"包"。这里代指气球。上二句言人的智力不靠扃锁帮忙得以发挥，而在于玩球中的种种技能和善于变化。

[25] 坚强祈致：指使球充实坚强。强，原作"疆"，非是，当作"彊"，"强"字异体。据《历代赋汇》本、文渊阁四库全书本《文苑英华》、《渊鉴类函》本改。祈致：求其得球。吐纳：指给球充气。君：第二人称尊称，指充气者。祈，《历代赋汇》本作"斯"。

[26] 信：确实。盈虚：充实与不满。自我：指球。言如球泻气则无论如何达不到饱满的程度。上二句借以写人的修养。

[27] 念修完之是急，如穿凿之不可：想起要修补完好一时难以做到，所以不能被什么刺破。不：原作"忘"，据一本改。

[28] 勿怀弃掷：不要有丢弃的想法。委质操持：依靠皮囊，可以修理使用。质，指皮囊。

[29] 舍之则藏：指不被用时，则自藏之即可。《论语·颜渊》："子谓颜渊曰：

'用之则行，舍之则藏。惟我与尔有是夫。'"此借球以言人之出处。凝滞：停止运动。诮：责备。

[30] 轻举：得道升仙。此处指气球再次使用时，弹力充足，引人遐想。

[31] 蹴鞠：古代军中习武之戏，类似今天的足球。

简评

此赋言气球之材质、制作过程、形状、气球运动以及气球的存放护理。但本赋不只在写球本身，也借球论人的修养与操持，实际上可以看作是含蓄的论运动员人格修养的小赋。开头"气之为毬"以下四句如同八股文的破题，扼要地说明气球的质地、功能和特征，点明文旨。下面说"尽心规矩，初因方以致圆；假手弥缝，终使满而不溢"，既是说气球，也以双关语表现出作者在为人处世方面的态度。以下各层，大体多如此，不必细说。

胡曹赞 赵璘

洪州优胡曹赞者[1]，长近八尺，知书而多慧。凡诸谐戏[2]，曲尽其能。又善为水嬉，百尺樯上[3]，不解衣投身而下，正坐水面，若在茵席[4]。又于水上鞾而浮[5]。或令人以囊盛之，系其囊口，浮于江上自解其系。至于回旋出没[6]，变易千状，见者目骇神竦[7]，莫能测之。恐有他术致之[8]，不尔，直轻生也[9]。

题解

选自唐赵璘《因话录》卷六，篇名为编者所拟。

赵璘，生卒年不详，唐人。字泽章。大和八年(834)登进士第，开成三年(838)再举拔萃科。曾任衢州刺史、汉州刺史等。多识前言往行及朝廷典制，又工于著述。所著《因话录》六卷记录唐代朝野轶事，内容翔实，有较高的史料价值。

注释

[1] 洪州：唐代洪州治所在豫章县(今江西南昌市西)。优，表演艺人。

[2] 谐戏：诙谐惹人高兴的表演。

[3] 樯(qiáng)：船上的桅杆。

[4] 茵(yīn)：古代车上的垫子。泛指各种垫子。席：席子，古代用竹子编的坐人的薄垫。

[5] 鞾(xuē)：同“靴”。这里是动词，跨步。《释名·释衣服》：“鞾，跨也，两脚各以一跨骑也。”这里指立泳姿势。

[6] 回旋：在水上使身子旋转。出：露出水面。没：潜入水中。

[7] 目骇神竦(sǒng)：眼中露出惊骇的神情，精神高度紧张。

[8] 恐有他术致之：恐怕有别的办法以为辅助才能达到这样的水平。恐，这里表推测之意。

[9] 不尔，直轻生也：如果不是那样(即有别的办法以辅助)，那简直是不要命了。

简评

本文写水上表演艺人胡曹赞跳水及作水上表演的各种技能，表现了唐代之时体育运动商业化的情况及当时水上体育表演达到的水平，对认识古代体育发展有一定意义。

打毬作 鱼玄机

坚圆净滑一星流[1]，月杖争敲未拟休[2]。
无滞碍时从拨弄[3]，有遮栏处任钩留[4]。
不辞宛转长随手[5]，却恐相将不到头[6]。
毕竟入门应始了[7]，愿君争取最前筹[8]。

题解

选自清彭定求等编《全唐诗》卷八〇四。打毬，即打马球。《宋史·礼志二十四》："打毬本军中戏，太宗命有司详定其仪，三月会鞠大明殿，有司除地，竖木东西为毬门，高丈馀……左右分朋主之，以承旨二人守门，卫士二人持小红旗唱酬。"由之也可看出唐末打马球的情形。

鱼玄机(844？—868)，唐女诗人。字幼微，一字蕙兰，长安(今陕西西安)人。补阙李亿纳为妾。曾历游各地。唐懿宗咸通年间，出家于长安咸宜观为女道士。与诗人温庭筠、李郢等有唱和。喜读书，工诗，有才思。其诗著对工稳，遣词用典颇有新意，写男女之情尤为真切细腻，坦率热情。《全唐诗》收其诗一卷，凡五十首。

注释

[1] 坚圆净滑：形容球的形状。一星流：指球在飞动过程中如流星一样。

[2] 月杖：击球的球杖，又称鞠杖，一头为半月形。未拟休：不打算罢休。

[3] 无滞碍时从拨弄：是指得球的一方带球奔驰，从容拨弄。从，任，由。

[4] 钩留：耽延留滞。

[5] 不辞宛转长随手：不辞曲折前进，使球常在手边。宛转，回旋，蜿蜒曲折。

[6] 却恐相将不到头：是说就怕带球不能一直到球门，就被对方截走。相将，指带球。到头，指将球打进球门。

[7] 毕竟入门应始了：把球打进门才算了结。了，结束，终结。

[8] 愿君争取最前筹：希望你争取最先击球入门。最前筹，参《朝天词十首寄上魏博田侍中》注[1]。

这首诗描写一场精彩的马球比赛。诗人用多彩的画笔，从“坚圆净滑”之球、月杖、再到场上球员击球的动作、心理等多方面入手，给我们展示了打马球的动人镜头。其中有的句子语意双关，似在谈玄理，故颇耐人寻味。这是诗人由看打球而悟及人生哲理。全诗描写生动，语意通俗，读来十分上口。

钓鱼 吕从庆

侵晨出门去[1]，道遇村阿婆。
问我一竿竹，得鱼日几何。
我志不在鱼，毋问寡与多。
行行至矶侧[2]，卸我青草蓑。
落花向我舞，啼鸟向我歌。
旁有垂杨枝，迎风翻阿那[3]。
我意殊自得，翛然眠绿坡[4]。
仰视霄汉间，还以永吟哦[5]。

题解

选自孙望辑《全唐诗补逸》卷十五。本诗写钓鱼的乐趣。

吕从庆，生卒年不详，唐诗人。本大梁（今河南开封）人，从其祖宦居金陵。唐亡，迁徙居旌德（今安徽旌德县）之丰溪。自号“丰溪渔叟”，常以陶渊明自况，诗风亦类渊明。南唐时卒，年九十七。有《丰溪存稿》。

注释

[1] 侵晨：天快亮时，拂晓。
[2] 矶（jī）：水边石滩或突出的岩石。
[3] 阿那：即婀娜，柔美的样子。
[4] 翛（xiāo）然：无拘无束、超脱的样子。
[5] 永：长。吟哦：推敲诗句，写诗。

简评

钓鱼是一项最古老，也是最广泛、最普及的休闲体育活动。诗人垂钓，不问多少，不为名利，只求身心之自由自在、无拘无束。“落花向我舞，啼鸟向我歌。旁有垂杨枝，迎风翻阿那。”这是一幅多么惬意的风景画啊！在这美好的自然环境中，诗人悠然地躺在绿草之上，仰视着天空，看飞鸟来回、白云悠悠。如此悠闲，钓罢再吟一首诗歌，岂不快哉！此诗语言清新、明媚，犹如诗意，自由自在，悠然自得，颇有陶渊明之境界。

月灯阁毬会 王定保

乾符四年[1]，诸先辈月灯阁打毬之会[2]，时同年悉集[3]。无何[4]，为两军打毬，军将数辈[5]，私较于是[6]。新人排比既盛[7]，勉强迟留[8]，用抑其锐[9]。刘覃谓同年曰[10]："仆能为群公小挫彼骄[11]，必令解去[12]，如何？"状元已下应声请之。覃因跨马执杖[13]，跃而揖之曰："新进士刘覃拟陪奉[14]，可乎？"诸辈皆喜。覃驰骤击拂[15]，风驱雷逝，彼皆愕视[16]。俄策得毬子[17]，向空磔之[18]，莫知所在。数辈惭沮[19]，黾勉而去[20]。时阁下数千人因之大呼笑，久而方止[21]。

题解

节选自五代王定保《唐摭言》卷三《慈恩寺题名游赏赋咏杂记》，篇名为编者所拟。《唐摭言》十五卷，多载唐代科举制度及文人墨客的遗闻轶事。唐代月灯阁(在今陕西西安大雁塔以东)球会是朝廷专为庆祝新榜进士而举办的马球比赛。每年按例举行，一般是在放榜后的二三日。

王定保(870—940?)，唐末五代人。南昌(今江西南昌)人。唐末光化三年(900)进士，后仕南汉。

注释

[1] 乾符四年：即公元877年。乾符(874—879)，唐僖宗的年号。

[2] 先辈：唐代同时考中进士的人相互敬称先辈。

[3] 同年：古代科举考试同科中试者的互称。唐代同榜进士称"同年"。悉：都，全。

[4] 无何：不多时，不久。

[5] 军将：朝廷所属职业马球运动员，即神策军(唐后期主要的禁军)中的打球军将。数辈：数人。

[6] 私较：私自较量。以上四句是说：(当年同榜进士到齐之后)不多时，有一群打球军将闯了进来，占领了场地，在那里私自较量。

[7] 新人：即新榜进士。排比：准备，安排。

[8] 迟留：停留，逗留。

[9] 抑：抑制。锐：指旺盛的气势。以上三句大意是说：新进士们已经准备好了，但场地被占，只好勉强逗留，没有散去，用无言来抑制、抗议军将们的霸道与锐气。

[10] 刘覃：永宁(今属四川)人，相国刘邺之子，年十六七登第。

[11] 仆：自称谦词。群公：敬称，各位。

[12] 必令解去：一定让他们涣散而去。解，涣散，离散。

[13] 因：于是。执杖：指拿起球杖。

[14] 拟：打算。陪奉：敬辞，犹奉陪。

[15] 驰骤：驰骋，疾奔。 击拂：拍击，拍打。

[16] 諤(è)视：惊视。諤，同“愕”。

[17] 俄：俄而，不久。策：此指用球杖争到球。

[18] 磔(zhé)：本为汉字笔画名称，即捺。这里指用球杖横打(球杖尖端如作捺笔之势)。

[19] 惭沮：羞愧沮丧。

[20] 黾(mǐn)勉：勉强。

[21] 方：才。

简评

用球赛的方式来庆祝进士及第，这在中国历史上是比较罕见的。唐代盛行马球，主要是就宫廷和军队普遍开展而言。但我们从月灯阁球会中，看到的却是书生单人匹马，以其娴熟的球技，勇挫军将的场面，这足以说明唐代马球开展范围之广。文中对军将球队的蛮横不讲理，欺文人之弱而故意霸占球场使定例的球赛不能进行，给予了辛辣的讽刺。刘覃显技，至令观者千人欢呼不已，而这动辄千人观看的比赛，在中国体育史上也并不多见，恐怕只有汉代百戏之盛况堪与其媲美。

酒泉子 潘 阆

长忆观潮[1]，满郭人争江上望[2]，来疑沧海尽成空[3]，万面鼓声中[4]。　弄潮儿向涛头立[5]，手把红旗旗不湿[6]。别来几向梦中看，梦觉尚心寒[7]。

题解

选自唐圭璋辑《全宋词》。弄潮是一项极具危险和刺激的水上运动。在唐代，已有"弄潮儿"的称谓（李益《江南曲》）。可见，至迟在唐代，便已有弄潮活动了。酒泉子，词调名。原作共十首，以这首写观潮热烈场面的词最精彩。

潘阆（？—1009），宋诗人、词人。字逍遥，号逍遥子，大名（今河北大名）人，或云广陵（今江苏扬州）人。宋太宗闻其能诗词，至道元年（995）召见于崇政殿，赐进士及第，授国子四门助教。后因事牵连，被查究，因此改变姓名，逃遁潜匿。真宗时获赦，为滁州参军，后卒于泗州。有《逍遥集》。词今存《酒泉子》十首，描绘杭州风物之美与游赏之乐。

注释

[1] 观潮：观赏钱塘江口的怒潮。钱塘江口每逢海潮袭来，潮头壁立，高达丈余，波涛腾涌，极为壮观，每年尤以阴历八月十八日为最盛。宋吴自牧《梦粱录》"观潮"条记载当时临安（今浙江杭州市）居民观潮盛况，说是"倾城而出，车马纷纷"。

[2] 满郭：满城。郭，外城，在城的外围加筑的一道城墙。

[3] 来疑沧海尽成空：是说潮涨时，好像所有的海水都奔涌到钱塘江口来了。沧海，大海。海水呈青绿色，所以叫作沧海。

[4] 万面鼓声中：是说激荡的波涛，犹如擂动万面大鼓般发出巨响。

[5] 弄潮儿：指在波浪中游泳嬉戏的健儿。参后面周密《观潮》。

[6] 把（bǎ）：握持。连上句写游泳健儿大显身手。

[7] 梦觉：梦醒。心寒：因惊惧而战栗。

简评

这首短词，写钱塘江潮到来时的壮阔气势，和在那惊险场面中弄潮儿的矫健身姿和高超表演，显得惊心动魄，扣人心弦。结尾两句照应开头的“长忆观潮”四字。上阕后三句实际上是写了弄潮儿表演的背景。因此，全词主要是写了弄潮儿的不凡身手。“弄潮儿向潮头立，手把红旗旗不湿”，给人留下了深刻的印象。清张宗橚《词林纪事》引《皇朝类苑》说，潘阆以咏潮著名，后人曾“以轻绡写其形容，谓之潘阆咏潮图”。

纸鸢 寇准

碧落秋文静[1],腾空力尚微[2]。
清风如可托,终共白云飞[3]。

题解

选自《寇忠愍公诗集》,《丛书集成续编》第100册,上海书店出版社1994年版。本诗借放纸鸢反映了作者的怀抱。

寇准(961—1023),宋政治家、诗人。字平仲,华州下邽(今陕西渭南)人。太平兴国五年(980)进士。累官至同中书门下平章事,加中书侍郎,兼工部尚书。封莱国公。谥忠愍。寇准笃学喜属文,其诗清新俊逸,峻格高远,为时人所赏。有《寇忠愍诗集》。

注释

[1] 碧落:天上。秋文静:秋景静,言风小。文,一作"方"。
[2] 力尚微:言能使风筝高飞的风力不足。
[3] 共:同。

简评

此诗为作者尚未腾达时之作,借以表现了高远的志向。比喻含蓄,而意象清楚,颇可深味。清风可能是比喻朝廷中可以依靠的人,也可能比喻某种机遇。语句自然明白,而寓意深远。

弈棋忘怒 钱 易

李讷仆射性卞急[1]，酷尚弈棋[2]。每下子安详，极于宽缓[3]，往往疏忘[4]。怒作[5]，家人辈则密以弈具陈于前，讷观便欣然改容，取其子布算[6]，都忘其恚矣[7]。

题解

选自宋钱易《南部新书》卷七，篇名为作者所拟。棋，这里指围棋。

钱易（968—1026），宋作家。字希白，钱塘（今浙江杭州）人。咸平二年（999）进士及第，补濠州团练推官，后累迁至翰林学士，卒。钱易才思敏捷过人，数千百言，下笔即成。著作颇丰，今仅存《南部新书》十卷。

注释

［1］李讷：唐代大臣，字敦止。仆射（yè）：官名。参《拔河》注［18］。卞急：急躁。

［2］酷尚：非常喜欢的意思。

［3］极于宽缓：极力作到缓慢不急躁。

［4］往往疏忘：指由于下棋之事而疏忘其他。

［5］怒作：指发起怒来的时候。

［6］布算：布筹运算，即思索下棋。

［7］恚（huì）：愤怒。

简评

围棋是一门高雅湛深的文化艺术，人们将围棋视作一种反映智慧、情操与志趣的精神文化。这表明下棋具有锻炼智力、陶冶性情的作用。下棋时，或静思谋定，或谈笑取乐，令人气血和畅，神形安泰，可去人躁怒，消人愁闷，解人忧郁，让人“乐在棋中”。《南部新书》记载的这则故事，正说明了下棋在陶冶性情方面的作用。

木兰花·乙卯吴兴寒食 张 先

龙头舴艋吴儿竞[1]，笋柱秋千游女并[2]。芳洲拾翠暮忘归[3]，秀野踏青来不定[4]。 行云去后遥山暝[5]，已放笙歌池院静[6]。中庭月色正清明[7]，无数杨花过无影[8]。

题解

选自《张子野词·补遗上》。《木兰花》，唐玄宗时教坊曲名，后用为词调。乙卯：宋神宗熙宁八年(1075)。吴兴，郡名，宋时改称湖州，州治在今浙江吴兴县。寒食，节令名，清明前二日。古时寒食到清明这三天是出城扫墓和春游的日子。

张先(990—1078)，宋词人。字子野，乌程(今浙江吴兴)人。天圣八年(1030)进士。曾任吴江知县、永兴军通判、都官郎中等官。晚年往来于杭州、吴兴间，过着优游的生活，与苏轼等人吟咏唱和，为众人所推仰。其词与柳永齐名，才力不如柳永，但较为含蓄，韵味隽永。因善以"影"字入词，时人称他为"张三影"。有《张子野词》，又名《安陆词》。

注释

[1] 龙头舴(zé)艋(měng)：竞赛用的小龙舟。舴艋，一种小船。吴儿：吴地的青年。

[2] 笋柱：竹子做的秋千架。并：成双成对。

[3] 洲：水中的陆地。拾翠：捡拾翠鸟的羽毛。也泛指女子游春。曹植《洛神赋》："或采明珠，或拾翠羽。"杜甫《秋兴八首》之八："佳人拾翠春相问。"

[4] 踏青：春天到郊野去游玩。青指青草。来不定：指游春的人们来往不停。

[5] 行云：飘动的云。按照字面，行云飘走以后，实际上这是喻游女归家之后。暝：昏暗。

[6] 已放笙歌池院静：即"笙歌已放池院静"。放，舍弃。这里是"停止"的意思。笙歌，泛指奏乐唱歌。

[7] 中庭：即庭中。

[8] 杨花：指柳絮。古人常以"杨"泛指杨柳科之树。《说文》："柳，小杨也。"段玉裁注："杨之细茎小叶者曰柳。"泛言不分，析言则有别。

简评

这首词描绘出一幅寒食节的风俗画:吴地青年举行赛龙舟活动,游玩的姑娘们三三两两在打秋千,众人踏青,乐而忘返。这是对动态场景的描写。再写寒食节之夜,游女已经散尽,歌声也已停止。月色清明,甚至可以看见点点杨花飞舞;而花过无影,又显得清辉迷蒙,庭中一切景物都蒙上一层轻雾,别具一种朦胧之美。实反映出作者游乐一天之后,恬淡而又舒畅的心境。

滑　雪《新唐书》

木马突厥三部落[1]，曰都播、弥列、哥饿支，其酋长皆为颉斤[2]。桦皮覆室[3]，多善马，俗乘木马驰冰上[4]，以板藉足[5]，屈木支腋[6]，蹴辄百步[7]，势迅激[8]。

题解

选自宋祁等《新唐书·回鹘列传下》，篇名为编者所拟。中国北方少数民族生活在寒冷的地区，因地制宜，很早就开展了滑雪、滑冰运动。《隋书·契丹传》中说："北室韦……气候最寒，雪深没马……射猎为务，食肉衣皮。……地多积雪，惧陷坑阱，骑木而行。"古代所说的"骑木而行"，就是我们今天所说的滑雪。室韦族是一千三、四百年前居住在黑龙江大兴安岭地区的一个民族，他们很善于滑雪。

宋祁(998—1061)，宋史学家、文学家。字子京，开封雍丘(今河南杞县)人。天圣二年(1024)进士。庆历五年(1045)为龙图阁学士、史馆修撰。后与欧阳修同修《新唐书》，专任列传部分。修撰中，参考大量史料，在内容方面，作了许多重要的补充，保存了一些珍贵的史料。书成，迁工部尚书。谥景文。善诗文，亦工词。有《宋景文集》。

注释

[1] 木马突厥：突厥部落名。木马突厥之得名，可能是因这些部族居于冰雪多的山谷中，使用木马(即滑雪板)，从事狩猎。

[2] 酋长：部落的首领。颉(xié)斤：唐代突厥族官名，突厥部落首领之称。其先世官颉斤者，遂以为氏。

[3] 桦皮覆室：桦木皮厚，层多，用以覆盖房屋，可保暖。

[4] 俗乘木马驰冰上：是说其习俗为乘滑雪板在冰上飞驰。木马，即滑雪板。

[5] 板：即木马。藉足：衬两足。藉，垫，衬，依托。

[6] 屈木支腋：指拿弯曲的木杖撑于腋下以便向前撑。

[7] 蹴：踩。辄：每每，总是。

[8] 势：姿势。迅激：迅速而猛烈。

简评

《新唐书》中这段关于木马突厥部落"乘木马驰冰上"的文字,反映了中国古代滑雪运动的历史。这些居住在北边地区的民族,受气候影响,生活在冰天雪地之中,又以射猎为食物来源,只能是"乘木马驰冰上",以滑雪或滑冰驰骋冰雪之中。他们为了生存,必须克服自然环境上的种种困难,掌握战胜冰雪的本领。这也充分体现了中国古代体育的地域性特征。

宫词 王 珪

内人稀见水秋千[1]，争擘珠帘帐殿前[2]。
第一锦标谁夺得，右军输却小龙船。

题解

选自明毛晋编《三家宫词》卷下，文渊阁《四库全书》本，台北商务印书馆1986年影印。

王珪（1019—1085），宋政治家、文学家。字禹玉，舒州（治今安徽潜山）人，祖籍华阳（今四川成都）。庆历二年（1042）登进士第，授翰林学士。神宗时任同中书门下平章事、集贤殿大学士。哲宗时封岐国公。谥文恭。有《华阳集》。

注释

[1] 内人：此处指宫中的嫔妃等。稀见：很少见到过。水秋千：在船上立秋千架，人在秋千上荡起后跳水的活动。兴起于五代时，盛行于两宋。《东京梦华录》卷七《驾幸临水殿观争标锡宴》："又有两画船，上立秋千。船尾百戏人上竿，左右军院虞候监教，鼓笛相和。又一人上蹴秋千，将平架，筋斗掷身入水，谓之'水秋千'。"这是古代的一种跳水表演。在大船上立秋千架，人在秋千上荡起，到荡得同秋千架一样高，放手跳入水中。参本书清代朱樟《秋千船》。

[2] 擘（bò）：分开。珠帘：珍珠缀成的帘子。帐殿：古代帝王出于宫外，休息时以帐幕为行宫，称帐殿。

简评

这首小诗写朝廷组织水秋千比赛。因为在水边，为国君搭了帐殿，与嫔妃等一起观看。诗中没有正面写水秋千的表演，也没有国君的情形，而从嫔妃的情绪及所关心，写出了比赛的激烈情况。由皇家水军中选拔出的跳水运动员，还没有比过民间选手，锦标被民间选手所夺。由嫔妃们所关心的究竟谁拿去锦标，暗示出表演过程的牵动人心。

游褒禅山记 王安石

褒禅山亦谓之华山，唐浮图慧褒始舍于其址[1]，而卒葬之，以故其后名之曰褒禅。今所谓慧空禅院者，褒之庐冢也[2]。距其院东五里，所谓华山洞者，以其乃华山之阳名之也[3]。距洞百余步，有碑仆道[4]，其文漫灭[5]，独其为文犹可识，曰“花山”[6]。今言“华”如“华实”之“华”者，盖音谬也[7]。

其下平旷，有泉侧出，而记游者甚众，所谓前洞也。由山以上五六里，有穴窈然[8]，入之甚寒。问其深，则其好游者不能穷也[9]，谓之后洞。余与四人拥火以入[10]，入之愈深，其进愈难，而其见愈奇。有怠而欲出者[11]，曰：“不出，火且尽[12]。”遂与之俱出。盖予所至，比好游者尚不能十一，然视其左右，来而记之者已少。盖其又深，则其至又加少矣。方是时，予之力尚足以入，火尚足以明也。既其出，则或咎其欲出者[13]，而予亦悔其随之，而不得极乎游之乐也[14]。

于是予有叹焉。古之人观于天地、山川、草木、虫鱼、鸟兽，往往有得[15]，以其求思之深，而无不在也。夫夷以近[16]，则游者众；险以远，则至者少。而世之奇伟瑰怪非常之观[17]，常在于险远，而人之所罕至焉。故非有志者，不能至也。有志矣，不随以止也，然力不足者，亦不能至也。有志与力而又不随以怠，至于幽暗昏惑[18]，而无物以相之[19]，亦不能至也。然力足以至焉，于人为可讥，而在己为有悔。尽吾志也而不能至者，可以无悔矣，其孰能讥之乎？此予之所得也。余于仆碑，又有悲夫古书之不存，后世之谬其传而莫能名者[20]，何可胜道也哉[21]！此所以学者不可以不深思而慎取之也。

四人者：庐陵萧君圭君玉[22]，长乐王回深父[23]，余弟安国平父[24]、安上纯父[25]。至和元年七月某甲子[26]，临川王某记[27]。

题解

选自《临川先生文集》卷八十三。褒禅山，在今安徽含山县北十五里。

王安石(1021—1086)，宋政治家、文学家。字介甫，号半山，抚州临川(今江西抚州)人。庆历二年(1042)进士，累官至参知政事、同中书门下平章事(宰相)、尚书左仆射兼门下侍郎(宰相，神宗改官制后用此名)，封荆国公。变法不成，屡遭排挤，最后只得辞职。卒赠太傅，谥文。王安石不仅是中国历史上著名的政治改革家，而且在文学上也有很大的成就。散文创作最为突出，是唐宋八大家之一。其诗也是宋代大家，又工词。有《临川先生文集》。

注释

[1] 浮图：梵语，或译“佛陀”、“浮屠”、“佛图”，此处指和尚。舍：动词，居住。始舍于其址：开始居住在此山下。址，基，这里指山脚下。

[2] 庐：屋舍，此指墓旁的房舍。冢：坟墓。

[3] 华山之阳：华山的南面。阳，山南称作阳。

[4] 仆道：伏倒在路上。仆，伏倒。

[5] 其文漫灭：是说碑石经久风化，上面的文字已经看不清楚了。漫灭，漫漶磨灭，模糊不清。

[6] 花山：“花”是“华”的后出字；花、华本来是一个字。作者指出，在这里不该读为“华实”之“华”。

[7] 盖：表推测性的断定，大概的意思。音谬：把声音读错了。

[8] 窈（yǎo）然：幽暗的样子。

[9] 好游者不能穷：喜欢游览的人也没法走到尽头处。

[10] 拥火以入：拿着火把走进去。

[11] 怠：心情懈怠。这里指懒于前进。

[12] 火且尽：火把将要燃完了。且，将。

[13] 咎：责怪。

[14] 极：尽。

[15] 有得：心有所得，有心得。

[16] 夷：平坦。以：相当于“而”、“且”。

[17] 瑰（guī）怪：壮丽怪异。瑰，本义是石之美者，这里是奇特美丽的意思。

[18] 至于幽暗昏惑：指到幽暗的地方。

[19] 这句是说：没有火把之类的帮助。相（xiàng）：助。

[20] 谬其传：以讹传讹。莫能名者：不能举其名称的。

[21] 何可胜（shēng）道也哉：哪里能够说的完啊！

[22] 庐陵：今江西吉安县。萧君圭君玉：君圭是名，君玉是字；事迹未详。

[23] 长乐：今福建长乐县。王回：字深父（fǔ），为人质直平恕，不为小廉曲谨以求名誉，学问文章，为当时所称道。

[24] 安国：王安石之弟，幼年敏悟，以文章名于世，卒年四十七。

[25] 安上：王安石之弟，晚年以管勾江宁府集禧观家居，其馀事迹不详。

[26] 至和：宋仁宗年号，至和元年为公元1054年。

[27] 临川：今县同名，属江西省。

简评

宋仁宗至和元年（1054）七月，王安石任舒州（治今安徽潜山）通判期满，在离任赴京的途中路过褒禅山，登山游览后，写下了这篇游记。作者通过自己游览褒禅山的亲身经历，说明了这样的道理：无论做什么事情都不能浅尝辄止，半途而废，而必须在有志气、有能力、有外物辅助的条件下，深入探索，百折不回。作者将记叙和说理巧妙结合，使本来抽象枯燥的说理变得浅显易懂，更具有说服力。本文以游记的形式，寄托人生哲理，在艺术表现上很有特色。明人茅坤评本文曰：“逸兴满眼而馀音不绝。”（《唐宋八大家文钞》）正指出了本文令人回味无穷的思想深度和艺术魅力。

江城子·密州出猎 苏轼

老夫聊发少年狂[1],左牵黄[2],右擎苍[3],锦帽貂裘[4],千骑卷平冈[5]。为报倾城随太守[6],亲射虎,看孙郎[7]。　　酒酣胸胆尚开张[8],鬓微霜[9],又何妨?持节云中[10],何日遣冯唐[11]?会挽雕弓如满月[12],西北望,射天狼[13]。

题解

选自邹同庆、王宗堂《苏轼词编年校注》,中华书局2007年版。江城子,词调名。《密州出猎》,一作《猎词》。密州,今山东诸城。

苏轼(1037—1101),宋文学家、书法家。字子瞻,号东坡居士,眉山(今四川眉山)人。苏洵之子,苏辙之兄。嘉祐二年(1057)进士。早年受到欧阳修的赏识。王安石变法,苏轼表示反对,随即出任杭州、密州、徐州等处地方官,又因"乌台诗案"入狱,接着贬到黄州(今湖北黄冈县)。后官至翰林学士,又遭贬。最后死于常州,谥文忠。作者在文学上成就突出。其散文与欧阳修并称"欧苏",为北宋名家;诗与黄庭坚并称"苏黄",开有宋一代诗歌的新风气;词与辛弃疾并称"苏辛",一扫当时绮艳柔靡的风尚,为豪放词派的创始人。有《苏东坡集》、《东坡乐府》。

注释

[1] 聊:姑且。

[2] 左牵黄:左手牵着黄狗。

[3] 右擎(qíng)苍:右臂架着苍鹰。

[4] 锦帽貂裘:戴着外覆锦缎的棉帽子,穿着貂皮做的衣服。貂皮为珍贵的皮料。

[5] 千骑(jì)卷平冈:是说大批的人马在平坦的山岗上围猎。千骑,宋朝州郡长官兼知州军事,故以千骑为言,指随从之多。骑,一人乘一马为一骑。卷,席卷,这里指成片奔驰。平冈,平缓的山冈。

[6] 报:报答,指报答州人来看自己围猎的盛情。倾城:全城的人。太守:指作者自己。太守本为战国时对郡守的尊称,汉景帝时改郡守为太守,是一郡的最高行政官员,作者当时担任密州知州,相当于汉代的太守。

[7] 孙郎:指孙权。这里是作者自喻。孙权曾乘马射虎于庱亭,故言。参前《裴将军剑舞赋并序》注[63]。

[8] 酣:饮酒尽兴,半醉。胸胆尚开张:胸怀还开阔,胆气仍张扬。

[9] 霜:白。

[10] 节:符节,古代使者所执,以作凭证。云中:郡名,治所在今蒙古托克托东北。

[11] 冯唐:汉文帝刘恒时的一名郎官。当时,云中守魏尚打败匈奴后,上书报功,因杀敌数字与实际情况稍有出入,获罪削职。冯唐向文帝直言劝谏,刘恒便遣他持节赦魏尚,使复任云中守。事见《史记·冯唐列传》。连上句是说:何日朝廷能遣冯唐那样的人,持节而来,委我重任。这里苏轼以魏尚自比,希望有人像冯唐那样保举他,能得朝廷重用,建功疆场。

[12] 会:会当,定将。雕弓:饰有彩绘的弓。如满月:形容拉弓如满月一样圆。

[13] 天狼:星名,即狼星。古代传说,狼星出现必有外来的侵掠。这里用天狼引指当时的西夏。

简评

狩猎无疑是一项充满刺激和乐趣的运动,既可以个体方式单独射猎,又可以群体方式围猎。苏轼这首词就描写了和随从一起狩猎的情景。词作于熙宁八年(1075)冬。作者在《与鲜于子骏书》中曾说:“数日前,猎于郊外,所获颇多,作得一阕,令东州壮士抵掌顿足而歌之,吹笛击鼓以为节,颇壮观也!”指的就是这首词。古代群体性体育活动,尤其是官方组织的体育活动多与军事训练有关。这首词通过对出猎场面的描写,表现了作者渴望亲临战场、卫国杀敌、建功立业的豪情壮志。作品融叙事、言志、用典为一体,调动各种艺术手段形成豪放风格,多角度、多层次地从行动和心理上表现了作者宝刀未老、志在千里的英风与豪气。时作者四十来岁而自称“老夫”,多少表现出被贬偏远之地以闲置之,而自己却有着与青年一比勇武的意思。

祭常山回小猎 苏 轼

青盖前头点皂旗[1]，黄茅冈下出长围[2]。
弄风骄马跑空立[3]，趁兔苍鹰掠地飞[4]。
回望白云生翠巘[5]，归来红叶满征衣[6]。
圣明若用西凉簿[7]，白羽犹能效一挥[8]。

题解

选自清王文诰辑注《苏文忠诗编注集成》。此诗熙宁八年(1075)在密州作。常山在密州境，这年十月，作者往常山举行冬祭，在回来的路上，曾和同僚在铁沟附近习射会猎，此诗即为当时会猎情景的反映。

注释

[1] 青盖：青盖车，一种安有青色布盖的车子。这里指州长官乘的车子。点：点缀。皂旗：黑色的旗。

[2] 黄茅冈：密州常山东南有一座榻山，山形由南而北逐渐低塌，伸出一个蜿蜒十五里的冈峦叫黄茅冈。出长围：圈出一个大围场。

[3] 弄风：矫健的骏马追击猎物，风驰而过，所以说“弄风”。弄是舞的意思。骄马：指壮健而能疾驰的马。跑空立：由于奔马的速度太快，四蹄腾空似乎不着地。“跑空”二字用得非常形象。当马匹与猎物突然相遇时，又往往身躯陡立起来，所以又用了一个“立”字。

[4] 趁兔：追兔。苍鹰：即鹰，古人田猎用以逐取禽兽。

[5] 翠巘(yǎn)：苍翠色的山峰，指常山的高峰。巘，险峻的山峰。

[6] 征衣：即战衣，猎装。

[7] 圣明：称皇帝或朝廷。西凉簿：谓晋谢艾。晋朝张重华据西凉，以主簿谢艾为将军，同敌方的三万人马对敌，谢艾书生冠服，挥白羽扇，从容不迫地指挥军队打败了敌军。

[8] 白羽：即白羽扇，儒将所持。苏轼意谓如果自己为将，才能不在谢艾之下。

简评

这首写围猎活动的诗满怀激情，颇有为国家建功立业之志。首联点出狩猎队伍的英武气派。颔联“弄风骄马跑空立，趁兔苍鹰掠地飞”二句，勾画了围猎时的壮观场面。颈联写猎后情景，点出诗人馀兴尚浓，以红叶点征衣，烘托出诗人意兴之豪，可以想见诗人顾盼自如的神态。尾联直抒胸臆，表现了时时准备为国效力的情怀。此诗健笔凌云，以神情飞动的气势、色彩斑润的画面，展示了苏轼豪迈雄放的性格和诗风。

水调歌头·题弩社头筹簇 程节斋

都尉部千弩[1]，旧事汉材官[2]。连拳一臂三石[3]，夜半破阴山[4]。曾使中有扪足[5]，造次摧坚挫锐[6]，分白辱庞涓[7]。省括一机耳[8]，人未识黄间[9]。 锦为标[10]，虽有戏，技为难。疾飞两箭，兄弟齐夺姓名还[11]。虎帐有筹第一[12]，龙榜预占双捷[13]，底事足荣观[14]。未数蹶张辈[15]，容易立朝端[16]。

题解

选自唐圭璋辑《全宋词》第5册。水调歌头，词调名。弩社，民间组织的射箭团体。唐代武则天设立武举制，在武举制里规定了九项选拔和考核人才的标准，其中五项是射箭，包括长跺、马射、步射、平射、筒射。从唐代到宋代，整个射箭在民间更为普及。根据有关文献记载，在当时的河北一带，民间组织的"弓箭社"就有六百多个，参加的人员有三万多，可以说是中国历史上最早的专业运动员组织。

程节斋(1033—1104)，宋人。浮梁(今江西浮梁)人。宋嘉祐进士。累官广西运使，帅桂府，甚得人心。官至宝文阁待制。有《竹溪集》。

注释

[1] 都尉：汉代以后地方武官名，阶位次于将军。部：部署。弩(nǔ)：一种利用机械力量射箭的弓。

[2] 材官：汉置，在这里指武卒或供差遣的低级武官。

[3] 连拳一臂三石：指强弩，力很大。连拳，拳曲的样子。臂，弩柄。三石，三百六十斤之力。石，古代重量单位，一石重一百二十斤。

[4] 阴山：北方一座东西走向的大山脉，在内蒙古南境，是汉代北方边防的天然屏障。

[5] 中有：佛教语，为轮回中死后生前的过渡状态。《俱舍论·分别世品》："未至应至处，故中有非生。"这里指神出鬼没难料之处。扪足：原意为用手摸足。《史记·高祖本纪》："项羽大怒，伏弩射中汉王。汉王伤胸，乃扪足曰：'虏中吾指。'"这里说刘邦中弩，几乎丧命。

[6] 造次：须臾，片刻。摧坚：挫败强大的对手。挫锐：挫败锐气。

[7] 分白：分明。庞涓：战国时魏大将，被齐将孙膑以弩射死。《史记·孙子吴起列传》："孙子度其(按指庞涓)行，暮当至马陵。马陵道狭，而

旁多阻隘，可伏兵。乃斫大树白而书之曰：'庞涓死于此树下。'于是令齐军善射者万弩，夹道而伏，期曰：'暮见火举而俱发。'庞涓果夜至斫木下，见白书，乃钻火烛之，读其书未毕，齐军万弩俱发，魏军大乱相失。庞涓自知智穷兵败，乃自刭，曰：'遂成竖子之名！'"

[8] 省括：谓将箭瞄准目标。括，箭杆末端。机：弩上发箭的装置。耳：语助词，罢了。

[9] 黄间：强弩之名。

[10] 锦为标：以锦作成的表彰名次的标帜。锦，有彩色花纹的丝织品。

[11] 齐夺姓名还：一起取得榜上有名的优异成绩归来。

[12] 虎帐：旧时指将军的营帐。有筹第一：取得第一名的成绩。筹，依次发的牌子。

[13] 龙榜：犹今日的光荣榜。

[14] 底事：此事。荣观：荣盛的景象。

[15] 未数：不用说。蹶张：用脚踏强弩，使之张开。谓勇健多力。

[16] 容易立朝端：容易在朝为官。

简评

这首词以民间射箭团体"弩社"的比赛活动为题材，先讲了箭弩在历史上发挥强大作用的事例，言很多人还不知道强弩的威力。下阕具体写竞赛的场面，末尾说：有这些强弩良弓之手，就使那些只有气力的人难以显能了。全词表现了弓箭在军队中的重要性，并且要求军士都应该训练自己这方面的技能，只有气力还不成，要射得一手好箭才能建功立业。

水调歌头·题角抵人障 程节斋

养气兼养勇[1]，岂不丈夫哉[2]！何人刚欲斗力[3]，谩向此间来[4]？莫论施身文绣[5]，看取兼人胆谅[6]，胸次侭嵬嵬[7]。独步登坛后[8]，诸子尽舆台[9]。　笑渠侬[10]，身贲育，伎婴孩[11]。虚娇自恃，未识全德木鸡才[12]。始也旁观退听，少则直前交臂[13]，智与力俱摧。世有赏音者[14]，为唱凯歌回。

题解

选自唐圭璋辑《全宋词》第5册。角抵人障，画有角抵人的屏风。角抵，一种摔跤运动。角抵的起源可以追溯到上古时代。据《述异记》记载，上古时的蚩尤民族头上长着角，耳鬓旁如剑戟。他们在与黄帝打仗时，就以头上之角抵人，对方很难抵御。这种所谓的"以角抵人"，其实便是一种类似现在摔跤、拳斗的角力运动。它们主要是一种力量型的较量，通过非常简单的人体相搏来分出胜负输赢。到了唐宋时期，角抵戏更是盛及朝野，其游戏色彩也更浓，经常是作为一种百戏的形式出现在皇廷、官府、军队和民间集会等场合中。《续文献通考·百戏散乐》云："角力戏，壮力裸袒相搏而角胜负。每群戏毕，左右军擂大鼓而引之。"障，屏风。

注释

[1] 养气：涵养本有的正气。语本《孟子·公孙丑上》："吾善养我浩然之气。"

[2] 丈夫：有大志、有作为、有气节的人。

[3] 刚欲斗力：才要参加摔跤比赛。

[4] 谩：通"漫"，缓慢，不急。引申为不要。指初出手者。

[5] 施身：漫延于身。施，散布，铺陈。文绣：原指刺绣华美的丝织品或衣服。在这里指摔跤运动员的纹身。

[6] 兼人：胜过他人。胆谅：勇气与诚信。

[7] 胸次：胸襟。侭(jǐn)：同"尽"，极，最。嵬(wéi)嵬：高大的样子。

[8] 坛：指比武台。

[9] 诸子：其他人。舆台：地位低微的人，这里指水平不高、技能不强的人。古代分人为十等，舆为第六等，台为第十等。

[10] 笑渠侬(nóng)：笑欲打擂的人。渠侬，方言。他，她，他们。

[11] 身贲育，伎(jì)婴孩：笑他(指上面说的"诸子"，即欲打擂者)长得似孟贲、夏育，但角抵的技巧却像小孩

子一样。贲育，战国时勇士孟贲和夏育。都以力大出名。伎，技巧。

[12] 木鸡：《庄子·达生》："纪渻子为王养斗鸡，十日而问曰：'鸡已乎？'曰：'未也，方虚骄而恃气。'……十日又问，曰：'几矣，鸡虽有鸣者，已无变矣。望之似木鸡矣，其德全矣，异鸡无敢应者，反走矣。'"成玄英疏："神识安闲，形容审定……其犹木鸡不动不惊，其德全具，他人之鸡，见之反走。"这里以"木鸡"喻指修养深淳以镇定取胜者。

[13] 直前：径直向前。交臂：指距离很近，胳膊挨着胳膊。

[14] 赏音者：在这里指拥护比赛胜利的一群人。

简评

这首词根据屏风上所画角抵活动的场面，赞扬了力量、勇气皆超越一般选手的角抵高手。词开头先点出他"养气兼养勇"，这是写其精神风貌，写出其大丈夫的英雄气概。他上了擂台，一般才练习角抵项目的人，就不必到这个台上来了。又写到他通身的文绣和表现出的胆量与诚信。只一登台，其他选手都成了凡庸之辈，而且其中不知高低、不识眼前者，一交手就败下阵来。所以这位高手很希望有一个能力相当的对手尽兴一比，从而取胜，才真正显示出他的杰出。本词表现角抵运动员的胆略和高超的技艺，从正面、侧面及双方等各方面来写，笔触灵活。据画面而写，可谓想象丰富、善于描写。

抛水毬 赵　佶

苑西廊畔碧沟长[1]，修竹森森绿影凉。

掷毬戏水争远近，流星一点耀波光[2]。

题解

选自傅璇琮等主编《全宋诗》第 26 册。这是赵佶所作《宫词》二百九十首中的第一百五十七首，题目为编者所加。水球运动在宋代被称为抛水，即抛水球。这是一项流行于宫中妇女中的水上体育活动，不过这种娱乐活动不同于现代的水球运动。活动时，人们站在岸边，向水面上轮流抛掷气球，以所投远近来决定胜负。

赵佶(jí)(1082—1135)，即宋徽宗，1100—1125 年在位。靖康二年(1127)，为金人所俘北去，客死他乡。他政治上昏聩腐败，生活上穷奢极侈，文学艺术上却多才多艺，书画与填词皆善。画擅花鸟，书称"瘦金体"。

注释

[1] 苑西：即西苑。碧沟：即水池。

[2] 流星一点耀波光：指球像流星一样落入水中，激起粼粼波光。

简评

短短几句小诗，把水球场地内的清水碧绿，岸上修竹茂密的景色，描绘得雅致迷人。在如此幽雅环境中，抛球人兴致十足，争相决胜，由此诗和王建《宫词一百首》等可以看出，在唐宋时代宫廷、上层社会中并非整日弦歌舞蹈，各种体育活动也很流行。

打马赋 李清照

岁今云徂[1]，卢或可呼[2]；千金一掷[3]，百万十都[4]。樽俎具陈[5]，已行揖让之礼；主宾既醉，不有博弈者乎[6]？

打马爰兴，摴蒱遂废，实博弈之上流，乃深闺之雅戏。齐驱骥騄，疑穆王万里之行[7]；间列玄黄，类杨氏五家之队[8]。珊珊佩响[9]，方惊玉镫之敲[10]；落落星罗[11]，忽见连钱之碎[12]。若乃吴江枫冷[13]，胡山叶飞[14]，玉门关闭[15]，沙苑草肥[16]，临波不渡，似惜障泥[17]。或出入用奇，有类昆阳之战[18]；或优游仗义[19]，正如涿鹿之师[20]。或闻望久高[21]，脱复庾郎之失[22]；或声名素昧，便同痴叔之奇[23]。亦有缓缓而归[24]，昂昂而出[25]，鸟道惊驰[26]，蚁封安步[27]。崎岖峻阪[28]，未遇王良[29]；局促盐车[30]，难逢造父[31]。且夫丘陵云远，白云在天[32]，心存恋豆[33]，志在着鞭[34]。止蹄黄叶[35]，何异金钱[36]？用五十六采之间[37]，行九十一路之内[38]。明以赏罚，覈其殿最[39]。

运指麾于方寸之中[40]，决胜负于几微之外[41]。且好胜者，人之常情；游艺者，士之末技。说梅止渴[42]，稍苏奔竞之心[43]；画饼充饥，少谢腾骧之志[44]。将图实效，故临难而不回；欲报厚恩，故知机而先退。或衔枚缓进[45]，已逾关塞之艰；或贾勇争先[46]，莫悟阱堑之坠[47]。皆由不知止足，自贻尤悔[48]！况为之不已，事实见于正经[49]；用之以诚，义必合于天德。故绕床大叫，五木皆卢[50]；沥酒一呼，六子尽赤[51]。平生不负，遂成剑阁之师[52]；别墅未输，已破淮淝之贼[53]。今日岂无元子[54]，明时不乏安石[55]。又何必陶长沙博局之投[56]，正当师袁彦道布帽之掷也[57]。

乱曰：佛狸定见卯年死[58]，贵贱纷纷尚流徙。满眼骅骝杂騄耳，时危安得真致此？老矣谁能志千里[59]，但愿相交过淮水。

题解

选自王仲闻《李清照集校注》卷三，人民文学出版社1979年版。打马，博戏之一种。宋陈振孙《直斋书录解题》卷十四云："今世打马，大约与古之摴蒱相类。"打马是一种博戏，李清照认为它是博戏中较雅致的一种，不仅把它当作一场战斗来写，而且还寄寓着自己崇高的爱国思想，因而使这篇作品具有了特殊的意义。《打马赋》在宋赋中也别具风采。

李清照(1084—1151?),宋女词人。号易安居士,齐州章丘(今山东章丘)人。当时著名文学家李格非之女,自幼有文才。丈夫赵明诚知识渊博,对金石有极深研究。金兵入据中原后,流寓南方。明诚病卒,境遇更极孤苦。其在文学上的成就主要在词的创作上,取得极高的艺术成就。其词风格清丽婉约,颇具情致;其诗谈古论今,抨击时事,表现出鲜明的爱国思想。赋仅存《打马赋》一篇。原有集,已佚。今人辑有《李清照集》。

注释

[1] 岁令云徂(cú):一年将尽。云,语助词,无义。徂,过去。

[2] 卢或可呼:古代摴(chū)蒲戏,掷五子皆黑称卢,是最胜采。赌博为求胜采,一面掷一面呼,希望出"卢",故称赌博为"呼卢"。

[3] 千金一掷:以千金为赌玩打马。张说《灉湖山寺》:"千金赌一掷。"

[4] 都:博弈的场次。十都:等于说十次。

[5] 樽俎(zǔ):盛酒和肉的器皿。

[6] 博弈:博,局戏,用六箸十二棋。弈,围棋。《论语·阳货》:"子曰:饱食终日,无所用心,难矣哉!不有博弈者乎,为之犹贤乎已。"言博弈虽未戏耍,尚可动脑,比饱食终日,无所用心者好。

[7] 穆王:周穆王。周穆王曾得骏马,在造父的驾驭之下西游,乐而忘归。

[8] 杨氏五家之队:《旧唐书·后妃传》:"玄宗每年十月幸华清宫,国忠姊妹五家扈从,每家为一队,着一色衣。五家合队,照映如百花之焕发。而遗钿坠舄,瑟瑟珠翠,璨斓芳馥于路。"

[9] 珊珊:玉佩相击的声音。

[10] 镫(dèng):马上脚踏,左右各一。

[11] 落落:稀疏、零落的样子。

[12] 连钱:马身上装饰之物。

[13] 吴江枫冷:唐崔信明诗:"枫落吴江冷。"

[14] 胡山:北方胡地之山。

[15] 玉门关闭:《汉书·李广利传》:"太初元年,以广利为贰师将军,发属国六千骑及郡国恶少年数万人以往,期至贰师城取善马,故号贰师将军。……往来二岁,至敦煌,士不过什一二,使使上书,言远道多乏食,且士卒不患战而患饥。人少不足以拔宛,愿且罢兵,益发而复往。天子闻之大怒,使使遮玉门关曰:'军有敢入,斩之'。贰师恐,因留敦煌。"

[16] 沙苑:放牧牛羊之地。

[17] 障泥:垂于马腹两侧,用于遮挡尘土的器具。

[18] 昆阳之战:刘秀破王莽军的大战。王莽军四十三万围昆阳,驻守昆阳的绿林军只八九千人,刘秀率十三骑突围,在定陵等地召集义军,星夜驰援,以敢死队三千人突袭王莽军中军大营,杀其二主将之一,城内守军乘机出击,王莽军大败。见《后汉书·光武纪》。

[19] 优游:从容、悠闲。

[20] 涿鹿之师:《史记·五帝本纪》:"蚩尤作乱,不用帝命。于是黄帝乃征师诸侯,与蚩尤战于涿鹿之野,遂禽杀蚩尤。"

[21] 闻望:声誉名望。

[22] 脱复庾郎之失:或者会有失手,但仍如庾翼那样不以为意。脱:或许,偶尔。又《世说新语·雅量》:"庾小征

西(按即庾翼。因其兄亦官征西将军,故加"小"以别之)尝出未还,妇母阮,是刘万安妻,与女上安陵城楼上。俄顷,翼归,策良马,盛舆卫。阮语女:'闻庾郎能骑,我何由得见?'妇告翼,翼便为于道,开卤簿盘马。始两转,坠马堕地,意色自若。"

[23] 痴叔:指晋王湛。《世说新语·赏誉》注引邓粲《晋纪》:"(王)济性好马,而所乘马骏驶,意甚爱之。湛曰:'此虽小驶,然力薄不堪苦。近见督邮马,当胜此,但养不至耳。'济取督邮马,谷食十数日,与湛试之。湛未尝乘马,卒然便驰骋,步骤不异于济,而马不相胜。湛曰:'今直行车路,何以别马胜不?唯当就蚁封耳。'于是就蚁封盘马,果倒踣(按:据《晋书》是"济骒蹶"),其儁识天才乃尔。"

[24] 缓缓而归:苏轼《陌上花三首引》:"陌上花开,可缓缓归矣。"

[25] 昂昂:气概轩昂的样子。

[26] 鸟道:山间陡峭小路。

[27] 蚁封:本为蚁穴外隆起的小土堆,此处为山名。有蚁封之地,高低不平,故凡马倒踣。

[28] 阪(bǎn):山坡。

[29] 王良:春秋时晋国的善御者。参前《王良与嬖奚》。

[30] 局促:拘束。盐车:《战国策·楚策四》:"汗明曰,君亦不闻骥乎?夫骥之齿至矣,服盐车而上太行。蹄申膝折,尾湛胕溃,漉汁洒地,白汗交流,中阪迁延,负辕而不能上。"

[31] 造父:古代善御者,参《列子·造父学御》。

[32] 丘陵,白云:《穆天子传》卷三:"乙丑,天子觞西王母于瑶池之上。西王母为天子谣曰:'白云在天,山陵自出。道里悠远,山川间之。将子无死,尚能复来。'"

[33] 恋豆:比喻无远大志向。

[34] 着鞭:策马奔驰,指建功立业。

[35] 止蹄:停步。

[36] 金钱:黄庭坚《题扇诗》:"黄叶委庭观九州,小虫催女献功裘。金钱满地无人费,百斛明珠薏苡秋。"

[37] 五十六采:据《打马图经·采色例》,打马共五十六采。

[38] 九十一路:打马有图,上有九十一路。

[39] 覈(hé):通"核"。殿最:古代考核政绩或军功,上等的称最,下等的称殿。引申为高低上下之意。

[40] 方寸:内心。

[41] 几微之外:极细微之处,想不到的地方。

[42] 说梅止渴:《世说新语·假谲》:"魏武行役,失汲道,军皆渴。乃令曰:'前有大梅林,饶子,甘酸,可以解渴。'士卒闻之,口皆出水。乘此及得前源。"

[43] 苏:唤醒。

[44] 少谢:稍稍安慰。谢,表示歉意。腾骧(xiāng):腾跃。以上四句言借打马之戏来寄托心志,且以自慰。

[45] 衔枚:古时行军为避免大声喧哗被敌方发现,士卒口中衔枚。枚如箸,横衔之。

[46] 贾勇:鼓足勇气,极力显示。

[47] 阱堑:陷坑。

[48] 自贻尤悔:自取其咎,自铸悔恨。尤,过错。

[49] 正经:指儒家经典,如"十三经"。此言只有经书上所讲修身、习业等可以坚持不懈地进行。

[50] 以上两句典出《晋书·刘毅传》,其言:"后在东府聚,摴蒱大掷,一判至数百万。馀人并黑犊以还,惟刘裕及毅在后。毅次掷得雉,大喜,褰衣绕床叫,谓同坐曰:'非不能卢,不事此耳。'裕恶之,因挪五木,久之,曰:'老兄试为卿答。'既而四子皆黑,其一子转跃未定,裕喝之,即成卢焉。"

[51] 沥酒:洒酒于地。以上两句表示祝愿或立誓。

[52] 剑阁之师:指桓温取蜀事。桓温未至剑阁,此借用。

[53] 以上两句典出《晋书·谢安传》，其载：前秦苻坚率师号百万伐晋，次于淮淝。朝廷加谢安为征讨大都督，谢安之弟谢石与侄谢玄在军前应机征讨。命张玄问计。谢安遂与之下棋，谢安并以别墅为赌。谢安的棋艺本劣于玄，这天张玄因前线战事内心恐惧，因而不胜。安指授将帅，各当其任。谢玄等破符坚之军以后以驿书送谢安，安方对客围棋，看完驿书，放床上，下棋如故。客问之，徐徐答曰："小儿辈遂已破贼。"之后出门时因心喜激动，不觉屐齿之折。

[54] 元子：桓温字元子。

[55] 安石：谢安字安石。

[56] 陶长沙：陶侃，曾为长沙太守。《晋书·陶侃传》："诸参佐或以谈事废事者，乃命取其酒器蒲博之具，投之于江，吏将则加鞭扑。曰：'摴蒱者，牧猪奴戏耳。老庄浮华，非先王之法言，不可行也。君子当正其衣冠，摄其威仪，何有乱头养望，自谓宏达耶！'"

[57] 袁彦道：即袁耽。《世说新语·任诞》："桓宣武（温）少家贫，戏大输，债主敦求甚切。思自振之方，莫知所出。陈郡袁耽俊迈多能，宣武欲求救于耽。耽时居艰，恐致疑，试以告焉。应声便许，略无慊吝。遂变服，怀布帽，随温去，与债主戏。耽素有艺名，债主就局曰：'汝故当不办作袁彦道耶！'遂共戏，十万一掷，直上百万数，投马绝叫，傍若无人。探布帽掷，对人曰：'汝竟识袁彦道不！'"

[58] 佛狸：北魏太武帝拓跋焘小名，此暗指金主。《宋书·臧质传》臧质答拓跋焘曰："王玄谟退于东，梁坦散于西，尔谓何以？不闻童谣乎：'虏马饮江水，佛狸死卯年。'此期未至，以二军开饮江之径耳。冥期使然，非复人事。"

[59] 志千里：《世说新语·豪爽》："王处仲每酒后，辄咏：'老骥伏枥，志在千里。烈士暮年，壮心不已。'以如意打唾壶，壶口尽缺。"谁能，《癸巳类稿》卷十五作"不复"。此句上《癸巳类稿》尚有"木兰横戈好女子"一句。

简评

此赋首先点出当岁末天冷时在室内玩打马的游戏，接着指出打马是一种雅致的游戏方式，闺中妇女多用以消遣，然后运用大量与马有关的诗文典故，对棋盘上"马"的交错变化作了具体描绘，使得作者豪迈不羁的性格表露得淋漓尽致，而棋局中的爱国心思也和盘托出了。赋的后半部分指出打马戏也还有寄托心愿、排遣愁思的作用。乱辞总结了全文，鲜明地表现出作者的爱国感情。全赋语言精丽典雅，描写生动形象，用典广博，喻指贴切，语气缓急交错，优游不迫。描述处处关切打马，而处处又饱含着作者的思想感情，实为思想性与艺术性相统一的佳作。前人云："易安落笔奇工，打马一赋，尤神品，不独下语精丽也。"（王士禄《宫闺氏籍艺文考略》引《神释堂脞语》）。

角抵诗 杨万里

广场妙戏斗程材[1]，才得天颜一笑开[2]。
角抵罢时还摆宴，卷班出殿戴花回[3]。

题解

选自傅璇琮等主编《全宋诗》第 42 册。角抵，原为北方民族传统武艺项目，后演变为富于竞技性的娱乐活动，得到广泛的流传。宋代承继汉、唐遗风，列角抵百戏为宴乐庆典之重要表演娱乐项目。

杨万里(1127—1206)，宋文学家。字廷秀，号诚斋，吉州吉水(今江西吉水)人。绍兴二十四年(1154)进士。曾任国子监博士、太常博士、秘书监等。工诗，与尤袤、范成大、陆游并称“中兴四大家”。有《诚斋集》。

注释

[1] 妙戏：指角抵。斗程材：比赛以呈现才能。程，表现。
[2] 天颜：指皇帝的容颜。
[3] 卷班：本为宋、元朝拜皇帝时的一种制度，指朝见后官员们随本班班首顺次后转退出。此处指表演角抵的艺人随其班首出了皇宫。

简评

宋代相扑之戏很流行，宫中也经常举行角抵表演。从杨万里此诗我们可以看出当时宫中角抵表演的一些特点。首先，皇帝也对此表演项目很感兴趣。其次，角抵表演完毕后，还要设宴款待众人。第三，还要给表演得胜者或表现突出者戴花，这倒颇有些现代奥运会的味道。

风筝 完颜允恭

心与寥寥太古通[1]，手随轻籁入天风[2]。
山长水阔无寻处[3]，声在乱云空碧中。

题解

选自陈衍编《金诗纪事》卷一。

完颜允恭（1146—1185），金世宗第二子，章宗之父。《金史》本传载他“好文学、作诗，善画人物，马尤工”。世宗立为太子，未继位而卒。

注释

［1］寥寥：高远的样子。这句写放风筝的人抬头看着天空，心地开阔，没有杂念，与太古之人相通。

［2］轻籁：指风筝头上安置的竹笛。参唐杨誉《纸鸢赋》题解。

［3］山长水阔无寻处：指只听到风筝被风吹产生的声音，看不到声音从何而来。

简评

本篇以富有诗意的语言写出了放风筝于人身心健康的好处。北宋陆佃《埤雅》卷六说：“今人乘风放纸鸢，鸢引丝而上，令小儿张口仰视，可以泄内热。”南宋李石《续博物志》之说同。其实，开春后，在高处或平旷处当春风吹拂之时放风筝，可以除一冬因天寒拘于室中的郁闷与烦躁，令人心旷神怡，精神振奋。因此，它对于儿童、妇女来说是一种很有益的体育活动。不过此诗似不只在说明这一层道理，同时又表现出自己超脱凡尘、置身物外的襟怀。

游华山寄元裕之 赵秉文

我从秦川来，遍历终南游[1]。
暮行华阴道[2]，清快明双眸[3]。
东风一夜横作恶，尘埃咫尺迷嵩幽[4]。
山神戏人亦薄相[5]，一杯未尽阴霾收。
但见两崖巨壁插剑戟，流泉夹道鸣琳璆[6]。
希夷石室绿萝合[7]，金仙鹤驾空悠悠[8]。
石门划断一峰出，婆娑石上为迟留[9]。
上方可望不可到，崖倾路绝令人愁。
十盘九折羊角上，青柯平上得少休[10]。
三峰壁立五千仞[11]，其下无址傍无俦[12]。
巨灵仙掌在霄汉[13]，银河飞下青云头[14]。
或云奇胜在高顶，脚力未易供冥搜[15]。
苍龙岭瘦苔藓滑[16]，嵌空石磴谁雕锼[17]？
每怜风自四山而下不见底[18]，惟闻松声万壑寒飕飕。
扪参历井到绝顶[19]，下视尘世区中囚[20]。
酒酣苍茫瞰无际[21]，块视五岳芥九州[22]。
南望汉中山[23]，碧玉簪乱抽[24]。
况复秦宫与汉阙，飘然聚散风中沤[25]。
上有明星玉女之洞天[26]，二十八宿环且周[27]。
又有千岁之玉莲，花开十丈藕如舟。
五鬣不朽之长松[28]，流膏入地盘蛟虬[29]。
采根食实可羽化[30]，方瞳绿发三千秋[31]。
时闻笙箫明月夜，芝軿羽盖来瀛洲[32]。
乾坤不老青山色，日月万古无停輈[33]。
君且为我挽回六龙辔[34]，我亦为君倒却黄河流。
终期汗漫游八极[35]，乘风更觅元丹丘[36]。

题解

选自金元好问编《中州集》卷三，华东师范大学出版社 2014 年版。华山，在华阴(今属陕西),北魏郦道元《水经注》:"远而望之为花状",以西有少华,故曰太华,为五岳中之一岳。元裕之,即金著名文学家元好问(1190—1257),字裕之,号遗山,有《遗山先生集》,编有《中州集》、《中州乐府》。

赵秉文(1159—1232),金学者、文学家。字周臣,号闲闲居士,磁州滏阳(今河北磁县)人。大定二十五年(1185)进士。任翰林文字、同知制诰,因上书论宰相胥持国当罢,宗室完颜守贞可大用,获罪被捕。复起后官至礼部尚书。工诗文,所作七言古诗气势奔放。有《闲闲老人滏水文集》。

注释

[1] 终南:即终南山,秦岭山脉的一段,西起武功,东至蓝田,千峰叠翠,景色优美,素有"仙都"、"洞天之冠"和"天下第一福地"的美称。主峰位于周至县境内,海拔2604米。

[2] 华阴:指华阴县,汉置。

[3] 双眸:双眼。眸,眼珠。

[4] 嵒(yán):同"岩"。

[5] 薄(bó)相(xiāng):玩要,戏弄。今吴方言作"白相"。

[6] 琳(lín)璆(qiú):泛指美玉。

[7] 希夷石室:指希夷先生曾经居住过的石洞。希夷先生,即陈抟。陈抟,字图南,自号扶摇子,宋太宗赐号希夷先生,唐末、五代隐士。萝:指松萝,蔓生植物,缘松柏或其他乔木而生,也有寄生石上者,枝体下垂如丝状。合:指交织在一起。

[8] 鹤驾:以鹤为坐骑。旧指仙人驾鹤成仙。

[9] 婆娑:盘旋,徘徊。

[10] 青柯平:即青柯坪,华山谷口至此皆天然石壁。出此豁然开朗,可眺望。

[11] 三峰:华山主峰为南峰落雁、东峰朝阳、西峰莲花。

[12] 无址:见不到底。无俦(chóu):没有并列者。俦,指同辈,伴侣。

[13] 巨灵仙掌:即指仙掌崖,在华山东峰。

[14] 银河飞下青云头:形容仙掌崖的高耸与陡峭。

[15] 未易:达不到。冥搜:尽力寻找,搜集。

[16] 苍龙岭:古称搦岭,或名夹岭,在华山腰。瘦:岭道宽仅三尺,两旁皆深谷,所以说"瘦",指窄。

[17] 嵌空:凹陷,指在悬崖上凿成的踩脚的小窝。磴(dèng):石阶。锼(sōu):镂刻。

[18] 怜:喜爱。

[19] 扪:摸。历:经过。参(shēn)、井:皆是星宿名。在这里形容山势高峻,道路险阻,亦形容世路艰难。李白《蜀道难》:"扪参历井仰胁息,以手抚膺坐长叹。"

[20] 区中囚:言在万山包围之中。

[21] 瞰(kàn):俯视,从高处向下看。

[22] 块视五岳:看五岳如土块。块,土块。芥九州:看九州之州邑均如草芥一样大。九州,这里应是就州邑而言。

[23] 汉中:汉水中游之地,今陕南一带。

[24] 碧玉簪:形容远望中的汉中山。乱抽:言其多。

[25] 沤(ōu):浮泡。

[26] 玉女:神女。洞天:神仙所居之处。

[27] 二十八宿(xiù):中国古代天文学家把周天黄道(太阳和月亮所经天区)的恒星分为二十八个星座。分别是角、亢、氐、房、心、尾、箕、斗、牛、女、虚、危、室、壁、奎、娄、胃、昴、毕、觜、参、井、鬼、柳、星、张、翼、轸,称为二

十八宿。环且周:环列四周,没有空缺处。周,周严。

[28] 鬣(liè):原指马、狮子等颈上的长毛,这里指松针。

[29] 蛟:古代传说中的一种龙。虬(qiú):神话中无角的龙。这里都是形容大松盘结的根。

[30] 羽化:道教说的飞升成仙。

[31] 方瞳:方形的瞳孔,古人以为长寿之相。

[32] 芝:一种菌类植物,如伞盖。这里比喻车轮。軿(píng):古代一种有帷幔的车,多供妇女乘坐。羽盖:羽毛编织的车盖。瀛(yíng)洲:传为海上仙山。

[33] 辀(zhōu):泛指车。

[34] 辔(pèi):驾驭牲口的嚼子和缰绳。

[35] 终期:最终的目的,最终的希望。汗漫:广泛,漫无边际。八极:古时谓八方极远之地。《淮南子·坠形训》:"八纮之外,乃有八极。"

[36] 元丹丘:唐代开元、天宝年间道士,曾被唐玄宗封为西京大昭成观威仪。李白的挚友,丘对李白入为侍诏翰林有过很大的帮助。

简评

游览诗,写游览、旅游所见、所闻、所想,既反映着一种健体活动的过程,也反映出这种活动对人思想情绪的积极影响。游览、旅游是将健体、娱心、调济情绪、丰富阅历、增长知识结合在一起的一项活动,在今天特别受到中老人年的喜爱。

这首歌行体长诗,充分发挥了诗人的才情,把华山的雄奇壮美写得淋漓尽致,也表现出了诗人奇瑰的想象与开阔的胸襟。当得起元好问所论的"七言长诗笔势纵放,不拘一律"的评价。诗人笔下的华山,写得非常雄奇瑰丽,不仅写出了华山壮美奇特的风光,而且描绘出一个匪夷所思的梦幻般的境界。

观潮 周 密

浙江之潮[1]，天下之伟观也。自既望以至十八日为盛[2]。方其远出海门[3]，仅如银线；既而渐近，则玉城雪岭[4]，际天而来[5]，大声如雷霆，震撼激射，吞天沃日[6]，势极雄豪。杨诚斋诗云“海涌银为郭，江横玉系腰”者是也[7]。

每岁，京尹出浙江亭[8]，教阅水军。艨艟数百[9]，分列两岸；既而尽奔腾分合五阵之势[10]，并有乘骑、弄旗、标枪、舞刀于水面者，如履平地。倏而黄烟四起[11]，人物略不相睹[12]，水爆轰震，声如崩山；烟消波静，则一舸无迹[13]，仅有“敌船”为火所焚，随波而逝。

吴儿善泅者数百[14]，皆披发文身，手持十幅大彩旗[15]，争先鼓勇[16]，溯迎而上，出没于鲸波万仞中[17]，腾身百变，而旗尾略不沾湿，以此夸能。

江干上下十余里间[18]，珠翠罗绮溢目[19]，车马塞途，饮食百物皆倍穹常时[20]，而僦赁看幕[21]，虽席地不容间也[22]。

禁中例观潮于天开图画[23]，高台下瞰，如在指掌[24]。都民遥瞻黄伞雉扇于九霄之上[25]，真若箫台蓬岛也[26]。

题解

选自宋周密《武林旧事》卷三。潮，潮汐，由于太阳和月球对地球各处引力不同，所引起的水位周期性涨落现象。海水每天两涨两落，一年之中春分和秋分期间出现两次大潮，又以秋潮最为强烈。因钱塘江具有独特的地理条件，它的秋潮雄伟壮观，胜景甲于天下。

周密(1232—1298)，宋文学家。字公瑾，号草窗，又号萧斋、蘋洲。祖籍济南(今山东济南)，为当地望族，因自署齐人、华不住山人。寓居湖州(治今浙江湖州)，置业于弁山之阳，遂号弁阳老人、弁阳啸翁。居临四水，又号四水潜夫。少有俊才，家中藏书万卷。后做过几任官，宋端宗景炎二年(1277)，弁阳家破，寓居杭州癸辛街，不仕于元。精于词，有词集《蘋洲渔笛谱》。亦工诗，有诗集《草窗韵语》。又撰笔记《武林旧事》、《齐东野语》、《癸辛杂志》等。其中《武林旧事》记载南宋都城杂事，最为真确。

注释

［1］浙江：钱塘江。江水出海口成喇叭状，加上江口有一个巨大的堆积体拦门沙坝，因而形成了世界罕见的钱塘巨潮。

［2］既望：阴历每月十六日，此指八月十六。从理论上说，阴历十五潮水最大，但受海水在流动中的黏滞性和海底地形诸因素的影响，大潮往往在十八日最盛。

［3］海门：杭州湾口。钱塘涌潮一般从乍浦开始，到闻家坪平息。唐宋时期，观潮以杭州的江干一带最佳。本文所述情景，即海水由海口西涌至杭州的经过。

［4］玉城雪岭：形容潮头像矗立的白色城墙和积雪的山岭。

［5］际天而来：从天边涌来。

［6］吞天沃日：形容潮水巨大，简直要把天日卷进来。沃，灌溉。

［7］杨诚斋：杨万里，号诚斋，南宋诗人。江横玉系腰：一条玉带横贯江面。

［8］京尹：南宋京城临安府（今杭州）府尹。

［9］艨（méng）艟（chōng）：同“蒙冲”，古代战船名，其形狭长。

［10］尽：极尽。五阵之势：水军战船排列组合的五种阵势。

［11］倏（shū）而：迅速地，忽然间。

［12］人物略不相睹：是说江上除了浓烟，人和物什么也看不见。略，丝毫。

［13］舸（gě）：大船。

［14］吴儿：吴地的青少年。泅（qiú）：游水。

［15］十幅大彩旗：用十幅绸布连缀而成的大旗。

［16］鼓勇：奋勇。

［17］鲸波：海浪。此处形容汹涌的波涛。万仞：八尺为一仞。此处形容潮峰甚高。

［18］江干：地名，今杭州市区东北。

［19］珠翠罗绮（qǐ）：穿丝绸戴首饰的人，此指盛装观潮的民众。溢目：目不暇视，言其众多。

［20］倍穹（qióng）常时：价钱比平时高一倍。穹，隆起。

［21］僦（jiù）赁（lìn）：租赁。看幕：供观潮者休息遮凉的帐篷。

［22］席地不容间：连一席之地都被占满了。

［23］禁中：皇宫。天开图画：宫内台名。

［24］如在指掌：形容看得清楚。

［25］雉扇：雉尾扇，宫扇。雉：野鸡。

［26］箫台：意为仙台。春秋时萧史善吹箫，秦穆公以女儿弄玉嫁给他，后来二人乘龙凤飞升而去。蓬岛：传说是东海上的仙山。

简评

钱塘潮雄伟奇丽的壮观景象，水军受检阅时瞬息万变的精彩演习，“吴儿善泅者”在弄潮中各种别具特色的表演，以及从宫廷到民间狂热的观潮盛况，在这则短文里都得到了动人的展现。本文语言精练，词汇丰富，作者不仅善于状物，也善于把大场面中各种有特征性的事物组合起来展开动人的艺术描写，勾画了南宋时代都市生活的一个侧面。

满庭芳·圆社 佚 名

若论风流，无过圆社[1]，拐臁蹬蹑搭齐全[2]。门庭富贵，曾到御帘前。灌口二郎为首[3]，赵皇上、下脚流传[4]。人都道、齐云一社[5]，三锦独争先。花前。并月下，全身绣带，偷侧双肩[6]。更高而不远，一搭打秋千[7]。球落处、圆光臁拐，双佩剑、侧蹑相连[8]。高人处，翻身佶料，天下总呼圆[9]。

题解

选自唐圭璋辑《全宋词》第5册，篇名为编者所拟。满庭芳，词调名。

注释

［1］圆社：当时踢球团体的泛称。宋陈元靓《事林广记续集·文艺·圆社摸场》："四海齐云社，当场蹴气毬，作家偏著所，圆社最风流。"

［2］臁(qiǎn)：本义是身体两旁肋骨和胯骨之间的部分。据《蹴鞠谱》是用肩尖对脚尖上下垫球、踢球。蹑(niè)：本义为踩、踏。这里同蹬、搭都是指具体的踢球动作。

［3］灌口二郎：即传说故事中的杨二郎，三目，本为氐族的祖先神。氐人本发祥于陇南，后南迁，四川灌口有庙，以后视以为二郎神本庙，故俗称"灌口二郎"。据此词，似当时踢球者以二郎神会踢球，为圆社所供之神。

［4］赵皇上：指宋徽宗赵佶。参"宋金"部分《抛水球》注［1］。宋代从开国之初皇帝就对蹴鞠很感兴趣，故蹴鞠之风甚盛。《宋史》的《太宗本纪》、《孝宗本纪》及《礼志》、《乐志》、《兵志》及《薛居正列传》、《刘审琼列传》、《王荣列传》、《李邦彦列传》都有关于蹴鞠的记载。《水浒传》第二回写赵佶继位前为端王之时踢球的场景，并写其因喜欢踢球而重用了浮浪子弟高俅为太尉。

［5］齐云一社：宋代踢球团体。

［6］偷侧双肩：用双肩传球。

［7］打秋千：一种踢球的技法。

［8］臁、拐及双佩剑、侧蹑：都是踢球的动作名称。

［9］佶(jí)料：应是踢球的一种特殊动作。佶，本义为健壮。

简评

本篇写蹴鞠，即足球运动，与唐代盛行的马球很相似。蹴鞠最为鼎盛的时期是宋代。宋代宫廷中经常举行蹴鞠比赛:围地为球场,分两队竞负。汉代的球场称鞠域,设立球门,以踢入球门决定胜负。唐时采用球场两端设立球门。宋时由于蹴鞠趋于激烈,而且直接对抗,于是,改为在球场中央竖立球门,两队分别称左、右军在球门两侧进行间接性对抗。孟元老在《东京梦华录》中说:参加足球竞赛的左、右军各十余人,其中一人为球头,二人为次球头,球员中包括跷头、正挟、头挟、左竿网、右竿网各一人,散立六至十人。双方各穿统一的服饰。比赛时,球头均头戴长脚幞头,余则戴卷脚幞头;左军身穿红锦袄,右军身穿青锦袄。南宋时,球员各为十二至十六人。元时,左、右军分别着红、绿色锦袄。南宋时出现了大量的蹴鞠组织如齐云社之类。这首词,描写了不同蹴鞠组织之间比赛的精彩过程。从词开头的三句看,蹴鞠在当时社会上比较普遍,不像唐代马球只流行于宫廷、贵族上层社会中。而技艺高超、受到人们的关注、出尽了风头的,是圆社成员。为了抬高这些专业或者半专业运动员的身份,扯上了一个在人们的印象中是精灵善跑的神灵杨二郎为其"行业神"(杨二郎有哮天犬,故人们想象杨二郎如猎人一般善跑)。又以曾经重用了高俅的宋徽宗为其"祖",可谓标榜门户,自树高帜。然后点出当时圆社中最负盛望的齐云社(言其踢球踢得高),下面写踢球活动,点到几种动作名称,而以称赞其中难度最大,一般人做不到的动作作结。可以说这首词充分表现了当时蹴鞠风气的普遍和蹴鞠技术的高超。

少年游·锦标社疏 佚 名

新竿界断一天游[1]，万弩向云头。彩羽飞星[2]，红心破日[3]，胜集总名流[4]。好手业中施好[5]，利物敢轻酬[6]。捧杆箭多[7]，旗花饯少[8]，快请办头筹[9]。

题解

选自唐圭璋辑《全宋词》第5册。少年游，词调名。锦标社，一种以比赛射箭为活动内容的群众团体。疏，开场白。唱词之风在宋代颇为盛行，词凭借音乐的力量流传之广可远达海外，深谙商家三味的宋代城市艺人和商人都充分利用了词在大众传播中的这一特色，来达到自己的商业目的。以词为媒介，实际就是用词作广告，其中有商家借歌妓唱词招揽顾客的，如汴梁和临安的大酒店一般都以此吸引顾客。也有在店铺开张之际，借来宾的贺词扩大影响的，如《翰墨大全》壬集卷十七有《满江红·贺人开酒店药铺》词，其中颇多溢美之词，流传出去自然对店铺的生意大有好处。有的民间艺术团体以词为“致语”或“疏头”（开场白）。

注释

[1] 新竿：应是指射箭赛场上挂靶子的标杆。射者每人一个靶竿，所以说“界断一天游”言箭各有所归。

[2] 彩羽：指箭尾的羽毛。飞星：指箭发出很快，如流星一般。

[3] 红星破日：指射中靶心。靶子红色，圆形如日。

[4] 胜集：一人而多次射中。总名流：总在射箭名流之中。

[5] 好手业中：高手的技艺表演中。施好：给报酬、奖励。

[6] 利物：竞赛优胜者得的奖品。敢轻酬：犹言“怎敢轻酬”。意思是奖励很优厚。

[7] 捧杆箭多：言射了多次，收拾起来箭杆很多。杆，箭杆。

[8] 旗花：烟花、炮仗之类。古代有时用作信号。饯，设酒席送行。这句说欢送这些高超弩手的仪式不多。

[9] 头筹：犹言第一名。此当为招揽赌箭生意的疏。此句是说快来买头筹赌票。

这是一首类似于广告的词，词中介绍了比赛场面的宏大，参加比赛的选手都是射箭界的佼佼者，并且也交代了获胜者的奖励是丰厚的，鼓励大家踊跃参加来买赌票。其中“万弩向云头”、“彩羽飞星”、“红星破日”等句，简洁而富于想象。全词风格轻快、平易，有相当的吸引力。由此可以看出当时民间体育运动比赛的操作机制与宣传情况。

[越调]斗鹌鹑·女校尉(二套) 关汉卿

一

换步那踪[1],趋前退后,侧脚傍行,垂肩亸袖[2]。若说过论搽头[3],膁答扳搂[4],入来的掩,出去的兜[5]。子要论道儿着人[6],不要无拽样顺纽[7]。

[紫花儿] 打的个桶子膁特顺[8],暗足窝妆腰[9],不揪拐回头[10],不要那看的每侧面,子弟每凝眸[11]。非是我胡诌[12],上下泛前后左右瞅[13],过从的圆就[14];三鲍敲失落[15],五花气从头[16]。

[天净沙] 平生肥马轻裘[17],何须锦带吴钩[18]? 百岁光阴转手,休闲生受[19],叹功名似水上浮沤[20]。

[寨儿令] 得自由,莫刚求。茶余饭饱邀故友,谢馆秦楼[21],散闷消愁,唯蹴鞠最风流。演习得踢打温柔,施逞得解数滑熟[22]。引脚蹑、龙斩眼[23],担枪拐、凤摇头[24],一左一右。折叠拐鹘胜游[25]。

[尾] 锦缠腕、叶底桃、鸳鸯扣[26],入脚面带黄河逆流[27]。斗白打、赛官场[28],三场儿尽皆有[29]。

题解

选自李汉秋、周维培校注《关汉卿散曲集》,上海古籍出版社 1990 年版。元杂剧的核心部分是唱词。每一折用同一个宫调的一套曲子组成,并一韵到底。“越调”是元代流行的宫调之一。宫调的调性即音乐情绪各有不同。关汉卿此曲描绘了蹴鞠女艺人娴熟的技艺和迷人的娇姿,也保留了不少古代足球术语,是一篇重要的体育史文献。

校尉,相当于今天说的“足球队员”,曲中“搽(chá)头”(亦称“茶头”)、“子弟”都是古代参加“三人场户”的蹴鞠(踢球)运动员。宋汪云程《蹴鞠图谱》中说:“三人场户,校尉一人,茶头一人,子弟一人。”

关汉卿,生卒年不详,约生于 13 世纪初,卒于 13 世纪末。元戏曲、散曲作家。号已斋叟,大都(今北京市)人。《录鬼簿》著录关汉卿杂剧名目共六十二种(今人傅惜华《元代杂剧全目》著录关剧存目共六十七种),今存十八种;所作散曲今存套曲十余套,小令六十二首。今人辑有《关汉卿集》。

注释

[1] 那：同“挪”。《蹴鞠图谱》中说：“那脚即是入步，侧脚须当步稳，务要随身倒步，不可乱那动脚。”

[2] 亸(duǒ)：下垂。以上四句意思是她交换着腿儿，挪动着脚步，快速地忽儿向前，忽儿退后，或者侧斜着身子临场边急行，肩儿低垂着长长的衣袖。

[3] 过论：传球。过，传。论，又作“轮”，指球。《蹴鞠图谱》中说：“三人立站须用均停，校尉过论与子弟，子弟用右𦡁与茶头，须转一遭，方使杂踢。”搽头：也作“茶头”，三人场户运动员之一，犹今言“前锋”、“后卫”之类。

[4] 𦡁(lián)答扳搂：蹴鞠动作的名称。“𦡁”当为大脚踢球，“答”也作“搭”，是用脚面踢球，“扳”、“搂”是用左右脚踢来踢去。南宋陈元靓在《事林广记》中记述蹴鞠的踢法有十种，即肩、背、拍、拽、捺、控、膝、搭、𦡁。

[5] 入来的掩，出去的兜：是说球踢进来很隐蔽，踢出去很突然。掩：掩身接取。兜，通“陡”，陡然，突然。

[6] 子要：只要。论道儿：谓传递球的路线。论，借作“轮”，指球。

[7] 顺纽：疑为“顺行”，在明汪云程《蹴鞠图谱》的“锦语”，即蹴鞠场上的专用术语中，有“顺行”(跟随)一语。这句话的意思是，要按着规矩把球踢给对方就一定能胜，但若先不退身就顺行“拽”技，那必然要输球。

[8] 桶子𦡁：蹴鞠中的踢打名称。下面还有“三棒巧”、“五花儿”“引脚蹑”、“龙斩眼”、“担枪拐”、“凤摇头”等都是，多为花样踢球。

[9] 暗足窝：足球的一种花样踢法。妆腰：即“装么”，指故作姿态。这句是说用装作有闪失的动作来迷惑对方。

[10] 不揪拐：也是足球的一种花样踢法。《玄览堂丛书》本《蹴鞠图谱》：“杂踢作：左右不揪拐，足干不揪拐 。”宋代高承《事物纪原》及清代阮葵生《茶馀客话》记载，谓踢毽子“亦蹴鞠之遗风也”。故踢毽子的一些术语如“里外帘(𦡁)、托枪、剪刀拐”等名称，多来自蹴鞠。《事物纪原》论踢毽子说：“拐，用脚外侧反踢。”可作参考。

[11] 子弟：这里指球员。每：同“们”。凝眸：凝视。

[12] 胡诌(zhōu)：吹牛。

[13] 泛：指球踢到了目标。《蹴鞠谱》：“对范：着打范要净，发落要伶俐，远近要着人，刚柔要兼济。三人场户、子弟、茶头过泛，周而复始，只许一踢；到泛无妨两踢。”“泛”、“范”音词互借。

[14] 圆就：圆熟，熟练。这里指能攻善守。

[15] 三鲍敲：蹴鞠的成套踢法。《蹴鞠图谱》中“中截解数”中有“三棒敲”，“成套解数”中有“三棒巧”。失落：接不住球。

[16] 五花气：也是蹴鞠的成套踢法。可能是五个人“踢花心”的一种踢法。(元)佚名《戏球场科范》中有“一人居中为心，……四边皆跟花心”的“踢花心”法。《事林广记》“踢花心”图谱中，有“五花儿”的解数。从头：拿手。

[17] 肥马轻裘：形容生活豪奢。

[18] 锦带：丝织的彩带。吴钩：古时吴地制造的一种弯形刀，后泛指兵器。李贺《南园》：“男儿何不带吴钩，收取关山五十州。”锦带吴钩后为功名富贵的象征。

[19] 休：不要。闲生受：白吃苦。

[20] 浮沤：原指水泡，此处比喻瞬间即逝的东西。

[21] 谢馆秦楼：指城市中吃喝玩乐之所。

[22] 施逞：施展，表演。解数：路数、套子，指踢球的一整套动作。滑熟：非常熟练。

[23] 引脚蹑：蹴鞠的花样踢法。龙斩眼：是形容引脚蹑踢法的精彩。《事林广记·戌集》："圆社摸场，右搭右花眼，似乌龙儿摆尾；左搭左虚枪，似丹凤子摇头。"可参。

[24] 担枪拐：也是蹴鞠的花样踢法。凤摇头：是形容担枪拐踢法的精彩。参看上条注。

[25] 折叠拐：蹴鞠的一种花样踢法。《蹴鞠图谱》中说："折叠拐，左右上一般，或一边，或二边，连三拐四，五拐寻沦。"鹘胜游：足球的一种花样踢法。《蹴鞠图谱·下脚》："堪观处似鲍老肩挠，鹘胜游，争似花脚银。"

[26] 锦缠腕、叶底桃、鸳鸯扣：这些都是根据制作工艺和外表特征为各种鞠（足球）取的名称。《蹴鞠图谱》："健色名：叶底桃，香烟篆，鹁鸽头。"疑锦缠腕，鸳鸯扣乃香烟篆、鹁鸽头的别称。

[27] 入脚：即收脚，指表演结束。面带黄河逆流：形容汗流满面。

[28] 白打：指散场，不用球门的对踢，一般为二人对踢。官场：三人角踢称"官场"。

[29] 三场儿：《事林广记》"齐云社规，先小踢，次官场，次高而不远"，所谓"高而不远"，或打二（二人赛），或落花流水（七人赛），或皮破（五人赛），或白打放踢。

简评

女子足球，在唐代的宫女中就有了开展，宋代流传到民间。元曲大家关汉卿的这篇散曲，对于女子足球作了十分细致优美的描写。他在一首《不伏老》的散曲中说："我也会围棋、会蹴鞠、会打围、会插科、会歌舞、会吹弹、会咽作、会吟诗、会双陆。你便是落了我牙、歪了我嘴、瘸了我腿、折了我手，天赐与我这几般儿歹症候，尚兀自不肯休。"可见，关汉卿是喜好足球的，因而才能写出这优美的散曲来。他在这首曲子中说，比起在歌楼舞榭中的"解闷消愁"来，"唯蹴鞠最风流"。这是十分正确的。因为体育活动不是消极的"解闷消愁"，而是积极的锻炼身体，而且可以锻炼意志。

元代男女玩蹴鞠的球员，有些不是出于游戏和刺激，而是为了谋生，尤其是元时的女子蹴鞠，是作为一种技艺供人欣赏的。所以这套散曲是最早描写职业足球运动员之作。

二

蹴鞠场中，鸣珂巷里[1]，南北驰名，寰中可意[2]。夹缝堪夸[3]，抛声尽喜。那唤活[4]，煞整齐。款侧金莲[5]，微那玉体。唐裙轻荡[6]，绣带斜飘，舞袖低垂。

［紫花儿］打得个桶子膁特硬[7]，合扇拐偏疾。有一千来挡拾[8]，上下泛匀匀的论道儿直[9]，使得个插肩来可戏[10]。扳搂抄杂[11]，足窝儿伶俐。

［小桃红］装跻委实用心机[12]，不枉了夸强会[13]，女辈丛中最为贵。煞曾习，沾身那取着田地。赶起了白踢[14]，诸馀里快收拾[15]。

［调笑令］喷鼻，异香吹，罗袜长沾现色泥。天生艺性诸般儿会，折末你转花枝堪膁当对[16]。鸳鸯扣体样如画的[17]，到啜赚得校尉每疑惑[18]。

［秃厮儿］粉汗湿珍珠乱滴，宝髻偏鸦玉斜堆。虚蹬落实拾摄起[19]，侧身动，柳腰脆，丸惜[20]。

［圣药王］甚旖旎[21]，解数儿稀。左盘右折煞曾习，甚整齐，省气力。旁行侧脚步频移，来往似粉蝶儿飞。

［尾］不离了花畔柳影闲田地，斗白打官场小踢[22]。竿网下世无双[23]，全场儿占了第一。

注释

［1］鸣珂巷：指达官贵人车马出入的喧闹场所。珂是贵族马勒上悬的玉。

［2］寰(huán)中：寰宇之中，指全国。可意：称意，喜爱。以上是写蹴鞠女运动员，当时叫“女校尉”。以下也是。

［3］夹缝堪夸：表演的每一个细节处都值得称赞。

［4］唤活：叫喊的声音。活（guō）：《说文》：“活，流声也。”

［5］款侧金莲：徐缓地侧斜一脚或两脚。款，徐缓。

［6］唐裙：元明时妇女通常所着的一种裙子。据说式样仿唐制，故曰“唐裙”。

［7］桶子膁（lián）：蹴鞠中的一种花样踢法。下文的“合扇拐”、“插肩”、“扳搂抄”、“鸳鸯扣”等，都是指踢球的动作。《蹴鞠谱》中有说明可参看。

［8］拯(chōu)拾：宋元时踢球的术语。据《蹴鞠谱》中所写，其动作是把球停在脚面上，随即使它落到膝盖上，最后再向高处踢去。元邓玉宾《村里迓古·仕女圆社气毬双关套曲》：“你看他打拯拾云外飘，蹬圆光当面绕。”可见这个动作踢球很高。

［9］“直”字原属下，今改属上。

［10］插肩：用双肩把球弹来弹去的一种球艺。可戏：《雍熙乐府》作“可喜”，可爱之意。

［11］扳、搂：是左右脚踢来踢去，不使球落地的花样踢法。抄：据《蹴鞠图谱》也是用左右脚踢的花样踢法，又有左右两抄、左右听抄、侧脚背抄、左右入步抄等式样。杂：指杂踢。杂踢又指“断弄”。

［12］装跻：即装乔，指踢球时玩弄假动作，以迷惑对方。

［13］强会：能干。

［14］白踢：两人相对踢球。也称“白打”。

［15］诸馀：诸般，种种，一切。

［16］折末：同“遮莫”，纵使，不论。转花枝：三人踢球的意思。堪膁：两人用膁法对踢。

［17］体样：踢球的姿态。

［18］到：犹“倒”，反而。啜(chuò)赚：捉弄，哄骗。

［19］虚蹬、拾摄：都是足球踢法。

［20］脆：弱。丸：即球。

［21］旖(yǐ)旎(nǐ)：形容身段柔媚好看。

［22］白打：两人对踢为“白打”。官场：三人角踢为“官场”。小踢：与大踢相对的一种踢法。

［23］竿网：球门。见《东京梦华录》卷九

"宰执亲王宗室百官入内上寿"条。

简评

蹴鞠发展到元代，出现了商业性的女蹴鞠艺人。关汉卿《蹴鞠》套曲描写女球员在球场上献艺时所显示的绝技。首曲描述女艺人踢球时动作优美，故此誉满全国。[紫花儿]集中勾绘女球员各种花样踢法，凸显其得心应手之妙。[小桃红]写女球员利用假动作战胜对手，受到作者赞颂。[调笑令]从一般球手的精湛技艺描写，反衬女校尉技高一筹。[秃厮儿]点染女校尉在赛场上的风姿。[圣药王]全面评价了女校尉的踢球技艺。[尾]为作者歌颂女校尉的绝技。这里称赞的不是一般的女艺人，而是蜚声勾栏、全国著名的蹴鞠"女校尉"。曲中对其身手不凡的表演描写极为细致，不难见出关汉卿对女校尉技艺发自心底的赞誉。

相扑二首 胡祗遹

一

满前丝竹厌繁浓[1]，勾引眈眈角抵雄[2]；

毒手老拳毋借让[3]，助欢教勇兴无穷[4]，

二

臂缠红锦绣裆襦[5]，虎搏龙拏战两夫[6]，

自古都人元尚气[7]，摩肩累迹隘康衢[8]。

题解

选自《紫山大全集》卷七。“相扑”一词最早见于宋李昉《太平御览》所引晋王隐《晋书》。“相扑”古称“角抵”，在先秦时期的讲武之礼的基础上发展而来，随着角抵的发展，角力的色彩越来越浓厚，秦汉时期成为百戏的总称。后世相扑即由此发展而来。隋唐五代时期，相扑的比赛体制大体形成，唐代宫廷中设有摔跤队，即“相扑朋”，宋代普遍称为相扑，并有相扑专著《角力记》问世，朝廷中有专门用来表演的选手“内等子”（参前杨万里《角觗诗》），民间相扑艺人有自己的组织“角抵社”。辽金元时期依然流行，蒙古族建立元朝之后，仿唐、宋宫廷制度，亦设职业摔跤队“勇校署”。蒙族之角抵，从文献记载看，多着皮革制之摔跤褡裢，与唐、宋流行之“相扑”赤裸上体不同。至清代，军中还专门设有“善扑营”，进行表演以及与外藩部落比赛。

胡祗遹（1227—1293），元文学家。字绍开，号紫山，磁州武安（今河北武安）人。早年勤奋好学，见知于名流。后累官至员外郎、翰林学士、太常博士、按察使等。卒谥文靖。有《紫山大全集》。

注释

［1］满前丝竹：面前摆满琴瑟笙箫等各种乐器。丝，代指弦乐器，竹，代指管乐器。厌繁浓：已听厌了众乐繁声。

［2］勾引：这里指招致，叫来。眈眈：谋算对方时双目注视的样子。

[3] 毒手老拳:指相扑时还带有比较凶狠的拳技。

[4] 助欢教勇:指出了相扑的两大功用,一为娱乐助兴,二为教人勇武。

[5] 裆襦:本是唐代妇女穿的一种类似裲裆的外袍。此处指相扑者所穿的短衣。

[6] 虎搏:如虎之搏击。龙拏:龙腾起捉物的样子。此喻相扑时的动作。战两夫:即两夫战。

[7] 都人:大都之人。当时建都北京,称大都。元:本来。尚气:崇尚气力。

[8] 隘康衢:堵塞了道路。此言看的人很多。隘,使动用法,使变得狭窄。康衢,四通八达的大路。

金、元时期,为加强其民族统治,曾严禁汉族习武,也禁角抵。这些禁令对汉族民间角抵的开展,自然产生了较大的消极作用。但作为一项军体武艺,金、元统治者仍是十分喜爱并在其内部鼓励提倡。当时,元大都常举行公开的角抵表演,京都居民踊跃观看,由诗中"摩肩累迹隘康衢"可以看出大都人民观看角抵的高涨热情及崇尚武勇竞技的风气。而从"毒手老拳毋借让"来看,这时期的相扑还夹杂有拳击、擒拿的动作在内,不完全是摔跤。

打毬《宋史》

打毬,本军中戏[1]。太宗令有司详定其仪[2]。三月,会鞠大明殿[3]。有司除地[4],竖木东西为毬门,高丈馀,首刻金龙,下施石莲华坐,加以采缋[5]。左右分朋主之[6],以承旨二人守门[7],卫士二人持小红旗唱筹[8],御龙官锦绣衣持哥舒棒[9],周卫毬场[10]。殿阶下,东西建日月旗[11]。教坊设龟兹部鼓乐于两廊[12],鼓各五。又于东西毬门旗下各设鼓五。帝乘马出,宣召以次上马,马皆结尾[13],分朋自两厢入[14],序立于两厢[15]。帝乘马当庭西南驻[16]。内侍发金合[17],出朱漆毬掷殿前。通事舍人奏云[18]:"御朋打东门[19]。"帝击毬,教坊作乐奏鼓。毬既度[20],飐旗、鸣钲、止鼓[21]。帝回马,从臣奉觞上寿[22],贡物以贺[23]。赐酒,即列拜[24],饮毕上马。帝再击之,始命诸王大臣驰马争击。旗下擂鼓。将及门,逐厢急鼓[25]。毬度,杀鼓三通[26]。毬门两旁置绣旗二十四,而设虚架于殿东西阶下。每朋得筹[27],既插一旗架上以识之[28]。帝得筹,乐少止[29],从官呼万岁[30]。群臣得筹则唱好[31],得筹者下马称谢。凡三筹毕[32],乃御殿召从臣饮[33]。又有步击者、乘驴骡击者[34],时令供奉者朋戏以为乐云[35]。

题解

选自元脱脱等《宋史·礼志二四》,篇名为编者所拟,中间有删节。打毬,即打马球。

注释

[1] 本军中戏:指打马球本来是军队中用来训练士卒的活动。

[2] 太宗:指宋太宗赵匡义,976年登基,在位22年。有司:官吏。仪:仪式,这里指比赛规则。

[3] 会鞠:举行球赛。

[4] 除:打扫。

[5] 采缋(huì):指彩色的修饰。缋,"绘"的异体字。

[6] 分朋:分组。

[7] 承旨:官名。宋初由武官担任。

[8] 卫士:负责警卫的兵士。唱筹:呼叫数码。此处指作裁判宣布进球数量。

[9] 御龙官:官员。哥舒棒:一种武器。

[10] 周卫毬场:指在球场周围维持秩序。

[11] 建:树立。日月旗:绘有日月图象的旗。

[12] 教坊：古时管理宫廷音乐的官署，专管雅乐以外的音乐、舞蹈、百戏的教习、排练、演出等事务。龟(qiū)兹：汉代西域诸国之一。龟兹部鼓乐：龟兹一带的地方乐曲，后传入中原。

[13] 结尾：指扎住马尾巴(为避免奔跑或双方争球中挂在什么上面)。

[14] 两厢：两边。入：进入球场。

[15] 序立：按品级站立。

[16] 当庭：指在球场中。西南：面向西南。驻：勒马停住。

[17] 内侍：宫中执役内侍省官员。发：开启。金合：指盛放球的盒子。

[18] 通事舍人：官名。掌管呈递奏章、传达皇帝旨意等事。

[19] 御朋打东门：指皇帝这一组打东边的球门。

[20] 毬既度：指球进入球门。

[21] 飐(zhǎn)旗：摇晃旗帜。鸣钲：古乐器。形圆如铜锣，悬而敲击。

[22] 奉觞：捧着盛满酒的杯子。上寿：向人敬酒，祝颂长寿。

[23] 贡物：大臣向帝王献物品。贺：祝贺。

[24] 即：便，就。列拜：依次叩拜。

[25] 逐厢：指两廊与东西球门旗下。急鼓：急促的鼓声。战阵或竞技中用以激励斗志。

[26] 杀鼓：擂鼓。通：量词。击鼓的一个段落。

[27] 每朋：每一组。得筹：得赏筹，指进球。

[28] 识(zhì)之：做标记。

[29] 乐：音乐。少：稍，略。

[30] 从官：指君王的随从、近臣。

[31] 唱好：喝彩，大声叫好。

[32] 凡：凡是。三筹：当指比赛三场。

[33] 御殿：驾临殿中。从臣：参与比赛及观看的众大臣。

[34] 步击者：指步打球，不骑马而徒步打的球(参王建《宫词》其七三)。乘驴骡击者：乘马运动量大，竞争激烈。故又有骑骡与骑驴比赛的，适宜于一般爱好者及女子。

[35] 时：当时。令：使。供奉者：指侍奉帝王及群臣打球的官员。朋戏：群聚嬉戏。云：句末语气词。

简评

宋代的打球可分为大打和小打两类。所谓大打，指盛唐时期流行的打马球；小打，即骑小马或驴骡打球。上面这段文字记载虽是宫廷中打马球的场面，但也可以看出宋代的打马球运动有以下几个特点：一是有人专门修整球场，东西两端各设有一个球门，门高丈馀。二是有乐队演奏，并有鼓助威。三是每队设守门员两人。四是设裁判员两人，他们手持红旗，在球进入球门时唱筹(宣布进球、插旗)。五是手持哥舒棒的保卫人员在球场周围维持秩序。六是运动员所骑之马皆结尾。七是宫廷比赛，必须先由皇帝出场打球。比赛采用多筹制，一般为三筹。八是球为木制红色漆球。九是在场地边分别设虚架，供胜者插旗之用；每个球门两旁插旗十二面，每胜一筹，将胜队旗插入虚架一面，作为记分牌。民间比赛场面在规模、场面的盛设上肯定不能与此相比，但大体规则应相去不远。

射柳击毬《金史》

重五日质明[1]，陈设毕[2]，百官班俟于毬场乐亭南[3]。皇帝靴袍乘辇[4]，宣徽使前导[5]，自毬场南门入，至拜天台[6]，降辇至褥位[7]。皇帝回辇至幄次[8]，更衣，行射柳、击毬之戏[9]，亦辽俗也，金因尚之[10]。

凡重五日拜天礼毕，插柳毬场为两行[11]，当射者以尊卑序[12]，各以帕识其枝[13]，去地约数寸，削其皮而白之[14]。先以一人驰马前导，后驰马以无羽横镞箭射之[15]，既断柳，又以手接而驰去者，为上。断而不能接去者，次之。或断其青处，及中而不能断，与不能中者，为负。每射，必伐鼓以助其气[16]。

已而击毬，各乘所常习马，持鞠杖[17]。杖长数尺，其端如偃月[18]。分其众为两队，共争击一毬。先于毬场南立双桓[19]，置板[20]，下开一孔为门，而加网为囊[21]，能夺得鞠击入网囊者为胜。或曰："两端对立二门，互相排击，各以出门为胜。"毬状小如拳，以轻韧木枵其中而朱之[22]。皆所以习跷捷也[23]。

既毕赐宴，岁以为常[24]。

题解

选自元脱脱等《金史・礼志八》，篇名为编者所拟，中间有删节。《金史》，纪传体断代史，共一百二十五卷。金因袭辽俗，每年五月五日拜天之后，都要在鞠场举行射柳、击球活动。此处所选文字，正是对这一活动的记录。射柳：辽金时的一种竞技活动。在场上插柳枝，驰马射之，中者为胜。"射柳"之名在北周就已出现(庾信《周大将军司马裔神道碑》)，唐宋时亦有此项活动，既为娱乐，又为一项演练武艺的活动。至金朝，则固定了射柳的时间与制度。至清代仍有射柳的记载(潘荣陛《帝京岁时纪胜》)。

注释

[1] 重五日：农历五月初五日，即端午节，又称重午。

[2] 陈设：凿赤木为船状，上画云鹤文，架五六尺高，盘中放食物置于其上。毕：完毕。

[3] 班俟：按职位排列等候。俟，等待。

[4] 靴袍：着靴穿天子礼服。此为祭祀服装。辇(niǎn)：专指帝王后妃所

乘的车。

[5] 宣徽使：即宣徽院的官员，主管郊祀供帐等事宜。前导：引导。

[6] 拜天台：行拜天礼的高台。

[7] 降辇：指帝王下车。褥位：铺有锦褥的座位。

[8] 皇帝回辇至幄次：此句上言拜天之事，有删节。以下言行完拜天礼后之事。幄次，古代帝王休憩用的帷帐。

[9] 行：举行。戏：表演。

[10] 金：朝代名。公元1115年女真族完颜部领袖阿骨打创建，1125年灭辽，次年灭北宋，与南宋对峙，统治中国北部。因：因袭。尚：崇尚，此处指重视。

[11] 插柳毬场为两行：即在球场插两行柳枝。

[12] 当射者以尊卑序：指参加射柳的人以尊卑排好次序。

[13] 帕：巾，手帕。这句是说：每个人把自己的手帕绑在属于自己的柳枝上，用以辨别。

[14] 去：距离。削其皮而白之：削去柳枝的皮一段，使呈现出白色。

[15] 羽：箭杆上的羽毛。横镞箭：其前端应是横刃（只有横刃才能射断圆的柳枝）。镞，箭头。之：指柳枝上削白之处。

[16] 伐鼓：击鼓。助其气：加以鼓励。

[17] 持鞠杖：古代打马球的球杖。

[18] 其端：指球杖顶端。偃月：横卧形的半弦月。

[19] 双桓：两根柱子。

[20] 置板：指在两根柱子之间横立一块木板。

[21] 而加网为囊：在板上球门后加一网，用以盛球。

[22] 枵（xiāo）：树大中空的样子。这里用为动词，指将坚韧木头中间凿空。朱之：指在球外面涂上红色。

[23] 跷捷：灵活。

[24] 岁以为常：即每年都这样。岁，每年。常，通例。

简评

射柳源于古鲜卑族秋祭时驰马绕柳枝三周的仪式。在辽金两代，发展成为一种制度化、程式化的仪式，用于祭祀活动。射柳活动一直延续到清代。后世诗文中也不乏记载。明杨基在《端阳十咏》中有一咏为“射柳”。清潘荣陛《帝京岁时纪胜》中也记载了在天坛举行的射柳活动。

辽代统治者对马球也十分喜好，文中对当时马球的球杖、马球、球门形制，比赛方式等都有记述。击球活动，清代初期尚有开展，但到清代中叶以后，有关击球的记载渐逐稀少，以至绝迹。

马球本源于汉族，而辽金均盛行。射柳是北方少数民族的活动项目，在仪式中要陈设木凿的大船，这实际上是南方水乡划龙舟竞赛风俗在北方草原地带的演变。由这些都可以看出中华各民族在文化上的交融情况。

[越调]寨儿令·秋千 张可久

住管弦[1]，打秋千，花开美人图画展[2]。翠髻微偏[3]，锦袖轻揎[4]，罗带起翩翩。钏铃珑响亚红绵[5]，汗模糊湿褪花钿[6]。绿烟浓春树底，彩云散夕阳边。天，吹下两飞仙[7]。

题解

选自隋树森辑《全元散曲》上。

张可久(1270? —1348?)，元散曲作家。字小山，庆元路(治今浙江宁波)人。曾任过典史一类小吏，仕途上很不得意。平生好遨游，足迹遍江南各地，晚年居杭州。以词曲名世，风格多样，而以清丽典雅为主。有《苏堤渔唱》、《小山乐府》等散曲集。今存小令 855 首，套数 9 篇，为元人中专攻散曲并存世作品最富者。所作散曲取材广泛，举凡写景抒怀、男女恋情、叹世归隐、惆怅赠答等文人生活的各方面，几乎都有反映。

注释

[1] 管弦：指管弦乐。

[2] 开：一作“间”。图画：指美人如花之面容。展：伸展，舒展。

[3] 翠髻：乌黑的发髻。

[4] 揎(xuān)：捋袖露臂。此指由于用手抓着绳子，因而宽大的衣袖滑到肘部，露出小臂。

[5] 钏：臂镯的古称。铃珑：玉声，清越的声音。亚：压，低压。红绵：亦作“红棉”。红丝棉的粉扑，妇女化妆用品。此处当指少女粉嫩的手臂。

[6] 褪：减色，消退。花钿：用金翠珠宝制成的花形首饰。此处当泛指所化之妆。

[7] 两飞仙：据五代王仁裕《开元天宝遗事》载，唐玄宗时宫中寒食节树秋千以供宫嫔嬉戏，玄宗曾呼之为半仙之戏。此处两飞仙当用此典故。两，原作“肉”，据它本改。

简评

在元代，秋千依然是女子十分喜好的体育活动。春日“上自内苑，中至宰执，下至士庶，俱立秋千架，日以嬉游为乐，女红之事殆庶几焉”(清于敏中《日下旧闻考》)。这首散曲正描写了一个年轻美貌的女子春日打秋千的情景。从那“翠髻微偏，锦袖轻揎”、“汗模糊湿褪花钿”的描写中，我们可以看出打秋千对少女们锻炼身体的益处。在艺术方面，这首小令语言清丽，意境优美，形象生动。正如明朱权《太和正音谱》所云：“张小山之词如瑶天笙鹤。其词清而且丽，华而不艳，有不吃烟火之气，真可谓不羁之材。”可谓的评。

［双调］沉醉东风·气毬 张可久

元气初包混沌[1]，皮囊自喜囫囵[2]。闲田地著此身[3]，绝世虑萦方寸[4]。圆满也不必烦人[5]，一脚腾空上紫云[6]，强似向红尘乱滚[7]。

题解

选自隋树森辑《全元散曲》上。气毬，即古时足球，皮制，其中灌气，故称。唐时已有充气之球，仲无颇即有《气毬赋》之作。

注释

［1］元气：指天地未分以前的混沌之气。混沌：天地未分以前的模糊状态。这句是说：生成气球的元气就是将没有欲求的"混沌"包裹起来。

［2］皮囊：身躯，此指气球的外皮。囫囵(hú lún)：完整，整个儿。

［3］闲田地著此身：这句是说气球只出现在球场上，不争胜，无欲求。著，放置，安放。

［4］绝世虑萦方寸：断绝尘虑，以免其扰乱心思。

［5］圆满：结果，结束。

［6］紫云：此处紫云即紫霄。紫霄，高空。

［7］红尘：尘土。气球被踢上天，不沾尘土。红尘也指俗世，作者在这里表示了远离俗世的想法。

简评

这是一首咏足球的小令。虽是咏物，语皆双关，作者借踢足球来寄托对社会现实的不满。从咏物来看，这首小令其实写出了当时足球的形制、功用及踢法。从宋至元，足球已越来越向娱乐表演方面发展，球的形制也在适应不同踢法的过程中不断改进，以充气为主，从而使之适应踢高、踢出各种花样技巧的需要。这首小令，咏物而不凝滞于物，以小而见大，实耐人寻味。

[南吕]金字经·观九副使小打二首 张可久

一

静院春三月，锦衣来众官[1]，试我花张董四撺[2]。搬，柳边田地宽[3]。湖山畔，翠窝藏玉丸[4]。

二

步款莎烟细[5]，袖悭猿臂扇[6]，一点神光落九天[7]。穿，万丝杨柳烟[8]。人争羡，福星临庆元[9]。

题解

选自隋树森辑《全元散曲》上。九副使，其名不详，据本曲"福星临庆元"句，当为外地客人，来作者家乡，因而有此次活动。小打，即捶丸，是一种徒步以杖击球的运动，在唐代"步打球"的基础上发展而来，在发展过程中吸收了马球运动和汉代蹴鞠设有球穴的特点，与今之高尔夫球大同小异。捶丸的球用硬木制成，捶丸棒也因击球远近而不同，捶丸的方法是在正对球窝的地方，划定击球点，叫"基"。再在离球基数十步至百步的地下做一定数目的球窝，旁树彩旗，击球者用木棒从球基将球击入球窝(击三棒)为胜。捶的时候，分头棒、二棒。头棒需先安基再击丸；二棒时，丸在哪里，就在哪里捶，不得另行安基。捶丸用棒十分讲究，依击球远近高低，分为杓棒、扑棒、撺棒、单手、鹰嘴等多种。

注释

[1] 锦衣来众官：指打球者是来自不同官职的人。

[2] 我、花、张、董：代指包括作者在内的四名打球者。撺：即用撺棒打球。

[3] 搬：本指移动物体的位置。这里是打球使其进入球窝。柳边田地宽：这是写捶丸的场地。

[4] 翠窝：即球窝。玉丸：即球。

[5] 步款：即缓步，说明了捶丸是一项运动量较小的活动。莎(suō)烟细：描写捶丸活动的自然场景。莎，一种多年生草本植物，多生于潮湿地带或河边沙地。

[6] 袖悭(qiān)：即袖子窄、短，露出长长的手臂。猿臂：比喻手臂之长。搧：甩动。这里指甩动球棒击球。

[7] 一点神光落九天：指球被击得很高，恰如从九天降落一般。

[8] 穿，万丝杨柳烟：指球在飞翔的过程中穿过如丝的杨柳。

[9] 福星：指球，比作福星。临庆元：意谓福星降临到庆元这个地方。这句语义双关，也指九副使来庆元之事。

简评

《观九副使小打》二首，前一首的内容主要写捶丸撺棒打法；后一首主要写捶丸比赛。虽没有对捶丸这种运动作过多的细致描绘，但通过诗意的语言，还是不难看出其中的无限乐趣。在阳春三月之日，如烟细柳、宽阔湖山之畔，几位朋友相约打球，岂不快哉。那一点神光，正如福星一样，降落在作者的家乡，透露出无限情怀。在这种运动量不是太大的运动之中，既锻炼了身体，又增进了友谊、陶冶了情操。

登南岳(其二) 傅若金

万壑千峰次第开[1],祝融最上气崔嵬[2]。
九江水尽荆扬去[3],百粤山连翼轸来[4]。
入树恐侵玄帝宅[5],牵萝思上赤灵台[6]。
明年更拟寻春兴,应及潇湘雁北回[7]。

题解

选自《傅与砺诗文集》,原题共二首,此其二。此诗作于元顺帝元统二年(1334)七月,是傅若金出京佐使安南(今广西东南一带),途经湘中登览南岳衡山时所作。

傅若金(1303—1342),元文学家。初字汝砺,后改与砺,新喻(今江西新余)人。家贫力学,以布衣至京师,词章传诵,诗名大振。为虞集、揭傒斯称赏,以异才荐,佐使安南,归除广州文学教授。其诗古、近体皆长,歌行格调苍莽,律诗激昂慷慨,明胡应麟《诗薮》谓其五律雄浑悲壮,有"老杜遗风"。有《傅与砺诗文集》。

注释

[1] 壑:坑谷,深沟。次第:一个挨一个地。杜牧《过华清宫绝句》(其一):"长安回望绣成堆,山顶千门次第开。"

[2] 祝融:祝融峰,衡山的最高峰,《名胜志》:"衡山七十二峰,祝融最高。"据《路史》记载,祝融死后葬于衡山之阳,因此得名。崔嵬:山势高大。

[3] 九江:指湖南境内的沅、浙、沅、辰、溆、酉、澧、资、湘九水,流入洞庭湖后汇于长江,奔向荆、扬一带。

[4] 百粤:即百越,中国古代南方越人的总称。百越山,特指五岭,指在湖南、江西南部和广西、广东北部交界处的越城岭、都庞岭、萌渚岭、骑田岭、大庾岭。翼轸(zhěn):二十八宿中的翼宿和轸宿,古为楚之分野。《史记·天官书》:"翼轸,荆州。"上二句写登上祝融峰后极目远眺的景致。

[5] 玄帝:衡山上多道教遗迹,玄帝指真武大帝,为道教主神之一。

[6] 赤灵台:指祝融峰顶的祝融殿。

[7] 雁北回:衡山七十二峰中有回雁峰,相传北雁至此便不再向南,明春又结伴北飞。

简评

此为登山览胜之作。首联写衡山，着重用力在气势上，落笔于远望和鸟瞰的大场景大场面，特别点出了衡山的最高峰祝融峰，以浑沌的气势和苍莽的风貌撼动人心。颔联是写在衡山最高处所见景象，眼界十分开阔。颈联写游览南岳胜迹时的心理活动，显示出南岳的神奇魅力。尾联则生发出再游之思，言将在明年大雁由潇湘起程北返时再来，给人以无限遐想。写景抒情二者有机结合，取得了很好的艺术效果。胡应麟极为推崇此诗，推为元人七律“全篇整丽，首尾匀和”的代表作。

衮弄行 詹　同

按蹋踘始于轩后军中练武之剧[1]，以革为圆囊，实以毛发[2]。今则鼓之以气。又有衮弄、飞弄之技，不知始于何人。彭氏云秀，以女流清芬，挟是技道江海[3]。叩之[4]，谓有解一十有六[5]。一日持赠轴，屡请诗于予。力不可却，因书其卷后。

彭家女儿十六七，蹋踘场中称第一。
只今年已二十馀，满身衮弄尤精极。
碧玉钗横髻绾云[6]，绡衣翠袖石榴裙。
香尘不动白日暖，一十六解当呈君。
折旋左右疾复缓，金莲步步多奇玩[7]。
得非瑶环连不开[8]，无乃鸾胶续难断[9]。
落花流水去复回，飞燕迎风聚还散。
场中一时百巧出，观者如山总惊叹。
辽丸步射今有无[10]？女流此技亦少如。
岂独公孙大娘舞剑器，使人观之能草书[11]！

题解

选自章培恒等主编《全明诗》第一册。衮弄，即序及诗中蹋踘，或作踏踘，又或称蹴鞠、踢球，参元关汉卿《女校尉》。这首诗为民间艺人传神写照，描写了明初著名女衮弄家彭云秀的精湛技艺。

詹同（约1305—?），明诗人。原名书，字同文，婺源（今属江西婺源）人。少有才名。元末为郴州学正，既而避兵黄州，为陈友谅翰林学士承旨兼御史。后归朱元璋，任国子监博士，迁翰林直学士，赐名同，累官至学士承旨兼吏部尚书。谥文宪。诗学汉魏，有风骨。与宋濂等号“中朝四学士”。有《天衢舒啸集》。

注释

[1] 轩后：即黄帝轩辕氏。剧：此指游戏。
[2] 实以毛发：以毛发充其中。实，用为动词。
[3] 道江海：行于江湖之上。
[4] 叩：问。

[5] 解：武术的套路。

[6] 髻绾(wǎn)云：绾起的高髻如黑云一朵。绾，系，相接。

[7] 金莲：称女子的足，喻其小。奇玩：妙技。

[8] 瑶环：此指玉连环。

[9] 鸾胶：传说中仙物，又名续弦胶，以凤喙麟角煎制，能接续弓弩断弦。见旧题汉东方朔《十洲记》。以上二句写球在周围如有什么粘着一样，不会掉，不会接不着。

[10] 辽丸步射：一种弹丸游艺，其法不详。

[11] 以上二句典出杜甫《观公孙大娘弟子舞剑器行》，该诗序中说：书法家张旭看见了公孙大娘舞《西河剑器》，"自此草书长进"。

简评

宋、元以来，蹴鞠越来越向偏重技巧而不是向对抗性比赛发展，到了明代，出现了专门以踢球走江湖卖艺为生的女艺人。通过此诗可以了解到女艺人踢球的技巧是非常高超的。这种纯为表演而练成的技巧，淡化了蹴鞠所蕴含的强身、对抗、争高下的意义。但它使蹴鞠由上层社会和部分有闲人的活动更为社会所了解，在蹴鞠的普及上起到了一定作用。诗学杜甫《观公孙大娘弟子舞剑器行》，层层铺叙，波澜起伏，开合有致，流利婉转。作者用"落花流水"、"飞燕迎风"来比喻美人动作的轻盈优美，想象丰富，比喻新颖。

郑有躁人 刘　基

晋、郑之间有躁人焉[1]。射不中则碎其鹄[2]，弈不胜则啮其子[3]。人曰："是非鹄与子之罪也，盍亦反而思乎[4]？"弗喻[5]。卒病躁而死[6]。

题解

选自明刘基《郁离子》卷九，篇名为编者所拟。这则寓言三言两语就勾画出一个爱好射箭与博弈而性格急躁的人。躁者必浮，以此性格处事待人，往往会碰壁。性格的问题，也是一个个人修养与养生的问题。

刘基（1311—1375），明文学家。字伯温，青田（今浙江青田）人。元元统年（1333）进士。曾仕元为江浙儒学提举等，终弃官归隐。后协助朱元璋建立明王朝，为开国功臣之一。官至御史中丞兼太史令，封诚意伯。他是元末明初著名诗文家之一。其诗歌以古朴、雄放见长，散文富有形象性。有《诚意伯文集》、《郁离子》。

注释

[1] 郑：今河南省新郑县。
[2] 鹄：箭靶。详参《猗嗟》注[12]。
[3] 弈：下围棋。啮（niè）：咬，啃。
[4] 盍亦反而思乎：何不静下心来反思一下呢？盍（hé）：何不。
[5] 弗喻：即不理会、不明白。
[6] 卒病躁而死：最后因暴躁而死。

简评

射箭和博弈都是体育活动，既可以健身养心，也可以成为与人沟通的一种手段。参射者都力争中，对弈者都力争胜，从而成为一种有目标的行为，达到积极的健身、健脑和增进友谊的作用。但如果只能接受胜而不能接受败，则不但不能达到这些目的，反而会有害于健康，也不利于人际交往。同时，一个人遇到困难不从自身找原因，而将失败的懊恼发泄于人和物，也是缺乏涵养的表现，等待着他的，可能是更大的失败。从体育活动方面来说，戒躁戒怒是非常重要的。

贵由赤 陶宗仪

贵由赤者，快行是也[1]。每岁一试之，名曰“放走”，以脚力便捷者膺上赏[2]。故监临之官[3]，齐其名数，而约之以绳[4]，使无先后参差之争[5]，然后去绳放行。在大都[6]，则自河西务起程[7]。若上都[8]，则自泥河儿起程[9]。约三时[10]，行一百八十里，直抵御前[11]，俯伏呼万岁。先至者赐银一饼，馀者赐缎匹有差[12]。

题解

选自陶宗仪《南村辍耕录》卷一，篇名为编者所拟。《南村辍耕录》三十卷，记载了许多元代的典章、文物和掌故，并论及小说、戏剧、书画和诗词的本事，有较高的文献价值。

陶宗仪(1321—1407)，元明之际文学家。字九成，号南村，浙江黄岩人。元至正间辟为行人、教官，皆不就。入明屡征不就，晚年被聘为教官。能诗。

注释

[1] 贵由赤：也译为“贵赤”，蒙古语，意为跑步者，为怯薛(汉译为“宿卫”)执事之一。

[2] 据杨瑀《山居新语》，元廷每年举行一次长距离赛跑，名曰“放走”，跑距一百八十里。膺上赏：受上等赏。

[3] 监临之官：负责监督与判定是非的官员，相当于今日的裁判。

[4] 约之以绳：指用拉直的绳子使其站齐。约，约束，即起跑前不让人抢跑。

[5] 参(cēn)差(cī)：长短不齐。这里指前后不齐。

[6] 在大都：指在大都举行时。大都：元代都城，在今北京市区。

[7] 河西务：即今天津市武清区西北河西务镇。元代以后为漕务要镇。

[8] 上都：蒙古忽必烈所筑城，中统元年(1260)忽必烈于此即皇帝位，后加号上都。在今内蒙古正蓝旗东北四十里上都河北岸，今尚有古城址。

[9] 泥河儿：元代上都附近地名。

[10] 三时：三个时辰，相当于今之六个小时。

[11] 抵：到达。御前：皇帝宫殿前。

[12] 馀者赐缎匹有差：言除三个时辰到者外，其馀根据到达的先后奖给锻匹的多少不等。

简评

本篇所载元代“贵由赤”，是中国古代可考的最早的专业长跑运动员，因其特长，经选拔编入宫廷宿卫执事之中。而元代每岁一试的“放走”活动，为中国可考的最早的定期长跑比赛运动会，其中所记起跑前“约之以绳”，也与今日长跑比赛起跑的规定一致。本文于体育史上具有重要价值。文章叙述有法，记叙清楚，文字简洁，足见作者的文字功力。

二姬蹴毬 钱 福

蹴毱当场二月天[1],仙风吹下两婵娟[2]。
汗沾粉面花含露[3],尘扑蛾眉柳带烟[4]。
翠袖低垂笼玉笋[5],红裙斜拽露金莲[6]。
几回蹋罢娇无力,恨杀长安美少年[7]。

题解

选自明钱福《鹤滩稿》卷二。姬,古时女性的美称,也指美女。

钱福(1461—1504),明文学家。字与谦,号鹤滩。江苏华亭(今上海松江)人。少负异才,科名鼎盛。弘治三年(1490)连捷会元和状元,授翰林院修撰。诗文藻丽敏妙。有《鹤滩稿》。

注释

[1] 毱(jú):同“鞠”。

[2] 仙风吹下两婵娟:指两个少女在场中蹋球,其娇美之态如同仙子一般。婵娟:指美人。

[3] 花含露:形容红润面庞上流着汗,如同鲜花带露一般。

[4] 尘扑蛾眉柳带烟:意谓尘土扑到女子眉毛上,如同柳叶被烟雾遮蔽。

[5] 翠袖低垂:因蹴鞠为脚部运动,故而手低垂。笼玉笋:罩住了手。玉笋:比喻女子的手指。

[6] 红裙斜拽(yè)露金莲:指因伸腿蹋球,带动裙摆,露出了小脚。拽:同“曳”。牵引,拖。金莲,指妇女的小脚。

[7] 恨杀长安美少年:指女子因为是小脚,蹋上几个回合就脚疼困倦,于是便恨极了京城的那些蹋球少年。长安,代指京城。杀,通“煞”,副词,极,甚。

简评

宋、元以后,相继有女子参加蹴鞠活动。这首诗描写女子足球比赛,对女性蹋球的动作刻画细致入微。从诗中可以看出,时值春光二月,两个少女蹋球玩得“汗沾粉面花含露,尘扑蛾眉柳带烟”。全诗以花露、翠柳、玉笋、金莲等为喻,描绘少女蹋球的动作神态,形象而生动。

梁兴甫　戴二 黄　暐

梁兴甫善扑觝[1]。戴二者，苏卫挥使某之弟，体貌雄杰，膂力绝伦[2]。尝游天平山[3]，同行者为虎所攫[4]，戴仓卒持一梃奋往击虎[5]，虎即毙，攫者生还，由是名称赫甚[6]。兴甫族既微[7]，貌亦猥，然自恃其艺之神，恒出语侮戴[8]，戴衔之[9]。一日相值开元寺[10]，梁谓戴曰："凡拳师相角[11]，不可容情，必各尽艺，虽死不悔，乃敢角。"戴曰："然[12]。"诸恶少为两家徒者皆云然。戴奋臂挥击[13]，谓梁曰："有隙尔即入[14]。"梁应声一跃，疾如风电，戴足忽在梁手中。俄皆迸仆[15]，戴破僧之竹床，而刺入腕尺许，梁左目被击，几失明[16]。皆良久方苏[17]。观者咸劣戴优梁云[18]。予邻马伯和为予道其详[19]，马亦旁观一人也。

题解

选自明黄暐《蓬窗类记》卷三，篇名为编者所拟。《蓬窗类记》，明代笔记，凡五卷，分功臣、科第、赋役及著作、诗话、技艺等二十九纪，涉及领域颇广泛。《四库全书总目》评曰："此书杂记旧事，上自朝廷典故，下及诙谐鬼怪之属，无所不录。"

黄暐，生卒年不详，明人。字日升，号东楼，吴县(今江苏苏州)人。弘治三年(1490)进士。官至刑部郎中。

注释

[1] 觝(dǐ)：指角抵。

[2] 膂(lǚ)力绝伦：体力超群。膂力，指体力。

[3] 天平山：位于苏州古城西南，太湖之滨。山高顶平，多林木泉石之胜。白居易《白云泉》诗："天平山上白云泉，云自无心水自闲。"

[4] 攫(jué)：抓。

[5] 仓卒(cù)：同"仓促"。梃(tǐng)：木棍、木棒。

[6] 由是名称赫甚：从此名声非常显赫。甚，很、极。

[7] 既微：已经衰落。微，衰落。

[8] 恒：经常。侮：轻慢，轻贱，欺侮。

[9] 衔：怨恨。

[10] 相值：相遇。开元寺：唐开元二十六年(739)，唐玄宗下令在全国曾经发生过重大战争的地方，建造大寺一座，以"开元"命名，所以全国许多地方都有开元寺，此处指苏州开元寺。

[11] 角(jué):较量。
[12] 然:表应允,同意。
[13] 奋臂:挥举手臂。奋,举起,提起。
[14] 隙:机会,空子。
[15] 俄皆迸(bèng)仆(pū):顷刻之间两人都向外跌倒在地。俄,须臾,顷刻之间。仆,向外跌倒。
[16] 几(jī):差一点。
[17] 良久:好一会儿,许久。苏:苏醒。
[18] 咸:都,皆。劣戴优梁:认为戴不好,而称赞梁。劣、优,这里都是意动用法。云:表示是听来的大概。
[19] 予(yú):第一人称代词,我。

简评

此篇以比武为题材,但并不以描写比武者武艺为主,而是着重叙写这次角斗的前因后果。比武过程只用寥寥数语,简洁清楚地交代了双方的行为,以及"俄皆迸仆"、"皆良久方苏"的结果。中国古代习武者比武通常只是点到为止,梁兴甫、戴二本无嫌隙,只因戴二因打虎名声显赫,梁兴甫不服,时常出语侮辱戴二,戴二由此记恨在心,因此演变成了一场危及性命的恶斗。文章末尾说:"观者咸劣戴优梁云",表示此为一般人的看法。从文章叙述的事实看,梁兴甫的过失更大,俗人只是从角斗能力言之,而忽略了人品。短短数百字,刻画出了二人争强好胜、心胸狭小的形象。同时也告诫世人,切不可有好斗之心。

春居玉山院 木 公

玉岳崚嶒映雪堂[1]，年年有约赏春光。
飞红舞翠秋千院，击鼓鸣钲蹴鞠场[2]。
迟日醉听群鸟哢[3]，暖风时送百花香。
好山好地堪为乐[4]，莫厌尊前累尽觞[5]。

题解

选自清张豫章等编《御选宋金元明四朝诗·御选明诗》卷八十。玉山院，木府在玉龙雪山下的白沙村建有官舍，木公未执政前，便在雪山南侧添建“五亩园”，凿地构屋，植桃种竹，自隐于此，玉山院当指此处。玉山，指位于云南丽江纳西族自治县西北的玉龙雪山，又称雪山、雪岭。

木公(1495—1553)，明纳西族诗人。字恕卿，号雪山，云南丽江人。嘉靖六年(1527)袭丽江知府(土司)职。入仕前居玉龙雪山南侧“五亩园”苦吟，袭职后仍不废创作。与谪居云南的杨慎(升庵)为诗友。杨慎曾从其六部诗集中选出一百一十四首，辑为《雪山诗集》，并撰长序，称其诗“缘情绮靡，怡怅切情，多摹拟垂拱之杰、先天之英，其秀句佳联，坌出层叠”。木公诗多是描摹自然景物、寄托闲情逸致，艺术上颇有特色，格调清新，韵律工整，得钱谦益、杨慎、徐霞客等人的赞赏。有集《雪山始音》、《隐园春兴》、《庚子稿》、《万松吟卷》等。

注释

[1] 玉岳：指玉龙山。唐朝南诏国异牟寻时代，南诏国主异牟寻封岳拜山，曾封赠玉龙雪山为北岳。崚(líng)嶒(céng)：形容山高的样子 。

[2] 钲(zhēng)：古乐器，有长柄，形状像钟而又较狭长。古代作战，以钲鼓作为进击与退却的号令，击鼓进军，鸣钲止兵。

[3] 哢(lòng)：鸟鸣声。

[4] 堪：可以。

[5] 尊：同“樽”，古代盛酒的器具。累尽觞(shāng)：一次次地喝酒。累，累次。尽觞，即干杯。

简评

《春居玉山院》描绘了一幅恬淡幽静的春日游戏图。春光明媚，鸟语花香，约齐二三好友，共赏春景。成群的妇女在一起荡秋千，飞红舞翠；成年男子蹴鞠竞赛，击鼓鸣钲。诗人亦陶醉于其中，赏春光，品杜康，不亦乐乎！诗中表达了一种冲淡平和的生活态度。语言清新淡雅，通俗易懂。诗中涉及两种娱乐方式：秋千与蹴鞠。秋千最初的雏形，可上溯至远古时代，人们为了谋生，在攀爬奔跑中，借助粗壮的蔓生植物，依靠藤条的摇荡摆动上树或跨越鸿沟。游戏用的秋千在汉武帝时成为后庭之戏。从唐代开始，秋千成为一种普及性的体育活动，也有很多文人墨客以秋千为题，作词作赋。蹴鞠，中国古代的一种足球运动，用以练武、娱乐、健身，战国时就已流行。参见此前《汉成帝好蹴鞠》等篇。

王世懋性嗜佳山水 王兆云

王世懋性嗜佳山水，其登泰岱[1]，观日出，憩灵岩[2]，谒孔林[3]，入关过华岳[4]，具行縢布履[5]，自青柯坪而上[6]，西北临大漠，稍南眺岷峨积雪[7]，东俯中原[8]，一宿而下[9]。谓："平生之观，无逾此矣[10]！"行部江右[11]，穷匡庐表里之胜[12]；按闽[13]，纵浪九鲤湖诸山[14]，为幽绝观[15]。归自关中[16]，单骑走龙门、砥柱[17]，嵩山少林[18]，神禹之所疏凿[19]，而菩提达摩之所绍统者[20]，慨然若睹其人[21]。至洞庭两山、京口三岛[22]，固几案间物也[23]。意与境会[24]，辄为文以纪之[25]。

题解

选自明王兆云《皇明词林人物考》卷十，篇名为编者所拟。该书共十二卷。词林为翰林院之代称。这本书专录明代词林人物。起自明太祖洪武，迄于神宗万历，收录二百余人。王世懋(1536—1588)，明诗人、诗论家。字敬美，太仓(今江苏太仓)人。明代大文豪王世贞之弟。嘉靖三十八年(1559)进士。嗜，特别爱好。游览山川是一件非常有益于人体健康的活动。一方面，漫游攀登之中不知不觉地便使人的身体得到全面的运动与锻炼；另一方面，在游览的过程中，天色湖光，山石林泉，到处都给人以美的享受，精神愉悦，摆脱尘世烦扰，整个身心都陶醉于自然的佳境中。

王兆云，生卒年不详，明人。字远帧，湖广麻城(今湖北麻城)人，生平事迹不详。

注释

[1] 泰岱：即泰山。泰山又名岱宗，故称。

[2] 憩(qì)：休息，歇息。灵岩：仙山，此指泰山而言。

[3] 谒(yè)：谒拜，即谒见礼拜。孔林：孔子及其后裔的墓园，在山东曲阜市城北门外，有林道与城区相连，林内古木参天，有很多历代碑刻、石兽。

[4] 关：指函谷关。为中原至西北的关口。华岳：指西岳华山。

[5] 具行縢布履：指整天裹着绑腿布在山间攀行。行縢，绑腿布。

[6] 青柯坪：在华山谷口内。从谷口至青柯坪约十公里，两旁危岩峭壁，只有一条曲折小道，所谓"自古华

山一条路”即指此。

[7] 眺：远望。岷峨：岷山和峨眉山的并称。

[8] 俯：俯视。中原：指今河南一带。

[9] 一宿而下：一夜之间顺江流而下到达长江下游。

[10] 逾：超过，胜过。连上句是说：我平生所观赏到的山川胜景，没有可以与之媲美的。

[11] 行部：指巡行所属部域。江右：指江西。

[12] 穷：穷尽。匡庐：指江西的庐山。相传殷周之际有匡俗兄弟七人结庐于此，故称。表里之胜：指所有优美的山水或古迹。表里，内外。

[13] 按：巡行，巡视。闽：指福建。

[14] 纵浪：犹放浪。浪游，浪迹。九鲤湖：位于福建省仙游县东北的万山之巅，是秀丽的天然石湖。

[15] 为幽绝观：指做了一次极幽静的游览。

[16] 归自关中：回到关中。

[17] 龙门：即禹门口。在今山西省河津县西北和陕西省韩城市东北。砥柱：山名。又称底柱山、三门山。在今河南省三门峡市。今因整治河道，山已炸毁。

[18] 嵩山：山名。在河南省登封县北，为五岳之中岳。少林：即少林寺。佛教禅宗和少林派拳术的发源地。

[19] 神禹之所疏凿：指龙门《尚书·禹贡》载，大禹治水时“导河积石，至于龙门”。

[20] 菩提达摩之所绍统者：指少林寺而言。菩提达摩（？—536），即达摩祖师，中国禅宗的初祖，生于南印度。传说曾在嵩山洞中面壁十年以修行。绍统，继承统绪，这里指修行成佛。

[21] 慨然：感慨的样子。

[22] 洞庭两山：太湖中的洞庭山有东山西山之分。东山又叫胥母山、莫厘山；西山又叫林屋山、包山。京口：古城名。在今江苏镇江市。

[23] 固：本来。几案间物：指桌案上的盆景之类。

[24] 意与境会：指心意与外景融合。

[25] 辄（zhé）：总是，就。为文：作文。纪：通“记”。记载，记录。

简评

“登山则情满于山，观海则情溢于海”。王世懋生性就特别喜爱山水，泛游祖国各地名山大川、佳景胜境，期间，既有山间之攀行，又有龙门、砥柱之纵马驰骋；既有自然奇观，又有人文胜地。其于陶冶心境，锻炼身心，可谓大有益处。

刘东山 宋懋澄

刘东山，世宗时三辅捉盗人[1]。住河间交河县[2]，发矢未尝落空，自号“连珠箭”[3]。年三十余，苦厌此业。岁暮，将驴马若干头[4]，到京师转卖，得百金。事完，至顺城门雇骡[5]，归遇一亲近，道入京所以[6]。其人谓东山：“近日群盗出没良、鄚间[7]，卿挟重资，奈何独来独往？”东山须眉开动，唇齿奋扬，举右手拇指笑曰：“二十年张弓追讨，今番收拾，定不辱寞[8]。”其人自愧失言，珍重别去。

明日，束金腰间，骑健骡，肩上挂弓系刀，衣外于跗注中藏矢二十簇[9]。未至良乡[10]，有一骑奔驰南下，遇东山而按辔，乃二十左右顾影少年也[11]。黄衫毡笠，长弓短刀，箭房中新矢数十余。白马轻蹄，恨人紧辔，喷嘶不已。东山转盼之际，少年举手曰：“造次行途[12]，愿道姓氏。”既叙形迹，自言：“本良家子[13]，为贾京师三年矣。欲归临淄婚娶[14]，猝幸遇卿，某直至河间分路。”东山视其腰缠，若有重物，且语动温谨，非惟喜其巧捷[15]，而客况当不寂然[16]，晚遂同下旅中。

明日，出涿州。少年问：“先辈平生捕贼几何？”东山意少年易欺，语间盖轻盗贼为无能也。笑语良久，因借弓把持，张弓如引带。东山始惊愕。借少年弓过马，重约二十觔[17]。极力开张，至于赤面，终不能如初八夜月。乃大骇异。问少年：“神力何至于此？”曰：“某力殊不神，顾卿弓不劲耳。”东山叹咤至再。少年极意谦恭。至明日日西，过雄县，少年忽策马骑前驱不见，东山始惶惧。私念：“彼若不良，我与之敌，势无生理。”行一二铺[18]，遥见向少年在百步外[19]，正弓挟矢，向东山曰：“多闻手中无敌，今日请听箭风！”言未已，左右耳根但闻肃肃如小鸟前后飞过。又引箭曰：“东山晓事人，腰间骡马钱一借。”于是东山下鞍。解腰间囊，膝行至马前，献金乞命。少年受金，叱曰：“去！乃公有事[20]，不得同儿子前行。”转马面北，惟见黄尘而已。东山抚膺惆怅，空手归交河，收拾余烬，夫妻卖酒于村郊。手绝弓矢，亦不敢向人言此事。

过三年，冬日，有壮士十一人，人骑骏马，身衣短衣，各带弓矢刀剑，入肆中解鞍沽酒。中一未冠人，身长七尺，带马持器，谓同辈曰：“第十八向对门住。”皆应诺，曰：“少住便来周旋[21]。”是人既出，十人向垆倾酒[22]，尽六七坛，鸡豚牛羊肉，噉数十斤殆尽[23]。更于皮囊中，取鹿蹄野雉及烧兔等，呼主人同酌。东山初下席，视北面左手人，乃往时马上少年也。益生疑惧。自思产薄，何以应其复求？面向酒杯，不敢出声。诸人竟来劝酒[24]，既坐定，往时少年掷毡呼东山曰：“别来无恙？想念颇烦。”东山失声，不觉下膝。少年持其手曰：“莫作！莫作！昔年诸兄弟于顺城门闻卿自誉，令某途间轻薄，今当十倍酬卿。然河间负约，魂梦之间，时与卿并辔任丘路也[25]。”言毕，出千金案上，劝令收进。东山此时如将醉将梦，欲辞不敢，与妻同舁而入[26]。

既以安顿，复杀牲开酒，请十人过宿流连[27]。皆曰：“当请问十八兄。”即过对门，与未冠者道主人意。未冠人云：“醉饱熟睡，莫负殷勤，少有动静，两刀有血吃也。”十人更到肆中剧醉，携酒对门楼上，十八兄自饮，计酒肉略当五人。复出银笊篱[28]，举火烘煎饼自啗。夜中独出，离明重到对门。终不至东山家，亦不与十人言笑。东山微叩：“十八兄是何人？”众客大笑，且高咏曰：“杨柳桃花相间出，不知若个是春风[29]？”至三日而别。曾见琅邪王司马亲述此事[30]。

题解

选自明宋懋澄《九籥别集》。

宋懋澄（1569—1620），明文学家。字幼清，号稚源，华亭（今上海松江）人。具有强烈爱国思想和改革时弊抱负，主张抗击倭寇和后金（清）的侵扰，曾私习兵法，散财结客，欲建不世之功。三十岁以后才折节学文。有《九籥集》、《九籥续集》、《九籥别集》，后在清代都被列为禁书。《九籥别集》收有文言小说四十四篇，其中《珍珠衫》、《刘东山》等篇都是脍炙人口之作。

注释

[1] 世宗：明世宗朱厚熜（cōng）。三辅：指京城及周围所辖地区。

[2] 河间交河县：河间府交河县，即今河北省交河县。

[3] 连珠箭：连续发射之箭。

[4] 将：带领，携带。这里是赶着的意思。

[5] 顺城门：北京城玄武门。

[6] 道入京所以：谈论到京城的情况。所以：原因，事由。

[7] 良、鄚（mào）：今河北省良乡到任丘北鄚州镇一带地方。

[8] 辱寞：辱没，玷辱。

[9] 跗（fū）注：古代军服的一种，这里指衣服上配置的箭囊。

[10] 良乡：古县名，今北京市辖房山县境内良乡镇。

[11] 顾影：自顾其影，谓显示和欣赏自己的美貌。此处意为标致少年。

[12] 造次：冒犯，莽撞。

[13] 良家子：旧指出身良家的子女。良家，指世家或家境富足的人家。

[14] 临淄：齐国故城。在今山东省淄博市。

[15] 非惟：不只，不仅。

[16] 况：正，恰。表示情状。

[17] 觔（jīn）：同“斤”。

[18] 铺：驿站，每隔十里设一铺，接待过往公差及公文。

[19] 向：从前，旧时，前面（从时间言之）。

[20] 乃公：你老子，是骂人的话。乃，你。

[21] 周旋：交往，交际应酬。

[22] 垆(lú):盛酒器,小口大腹,罐瓮一类器具。

[23] 啖(dàn):同"啖"、"啗"。食,吃。

[24] 竟:遍,全。

[25] 任丘:今河北省任丘。

[26] 舁(yú):抬。

[27] 流连:盘桓,滞留。

[28] 银笊篱:用银丝编成蛛网状的炊具。

[29] 以上两句寓意即"江山代有才人出,各领风骚数百年"。

[30] 琅(láng)邪(yá):古郡县名,在今山东省胶南、诸城一带地方。司马:明清两代称府同知(知府的副职)为"司马"。

简评

这篇小说蕴含了山外有山、天外有天的哲理,认为"满招损,谦受益",劝谕世人要谦虚谨慎,切不可有点雕虫小技便目空一切。小说的笔法老道,技法娴熟,描摹刘东山和少年的形貌武技,细腻入微,仿佛历历在目。而对"十八兄",则主要是采用烘托法,以实衬虚,虚实相映。小说的前半部描述少年捉弄要挟刘东山,尽其渲染铺叙之能事,并在其间埋下伏笔。后半部分承前启伏,又节节生峰,一波三折,姿态横生。全篇既章法严谨,滴水不漏,又有声有色,绚丽多彩。凌濛初《初刻拍岸惊奇》卷三《刘东山夸技顺城门,十八兄奇踪村酒肆》即取材于本篇。蒲松龄《聊斋志异》中《老饕》、李渔的《秦淮健儿传》也是受本篇影响之作。

刘季龙简讨庭上看舞刀歌 谭元春

灯影与月争微茫，阶间尘静添薄霜。
主人奇不但文事[1]，呼童舞刀刀划光[2]。
一童双臂如蛟缠，两童蹴蹋身手强[3]。
沐金浴火刀欲吼[4]，飒飒月响秋吐芒[5]。
我欲饮时舞亦回[6]，素魄挟霜纷下翔[7]。
鸡既鸣矣冷相看[8]，葳蕤钥起天欲明[9]。
青鞵青笠我不辞[10]，君用世人宜彷徨[11]。
他年期我深山里[12]，世平僮散刀沉水。

题解

选自《谭友夏合集》卷二。本诗写舞刀，类似今武术中的刀术。

谭元春（1586—1637），明文学家、文学批评家。字友夏，竟陵（今湖北天门）人。天启间乡试第一。与钟惺同为"竟陵派"创始者。论文重视性灵，反对摹古，提倡幽深孤峭的风格，均同于钟惺。所作亦流于僻奥冷涩。有《谭友夏合集》。

注释

［1］奇不但文事：为人称奇的不仅仅是文事。暗示主人不仅好文，而且好武。此为三童子被唤出舞刀的伏笔。
［2］刀划光：言舞起刀来刀光闪闪，划出一道道亮光。
［3］蹴(cù)蹋：践踏，蹬脚。
［4］沐金浴火：刀舞得太快，三童子在金黄色 、火红色的光影中润泽。
［5］飒飒月响秋吐芒：舞刀之速太快，只见一圆形如月，闻飒飒刀响之声，闪耀的刀光，如秋月的光芒。飒飒，风声。
［6］我欲饮时舞亦回：端起酒杯，还没来得及喝一口，舞姿又发生了变化。
［7］素魄挟霜纷下翔：刀光像夜里的流霜一样，纷纷飞翔而下。
［8］冷：童子舞刀之后不是大汗淋漓而是平静相看，说明童子刀术高超、功夫深厚。
［9］葳(wēi)蕤(ruí)钥起：意为天门的锁钥一开，天将亮。葳蕤，即葳蕤锁，锁以金缕相连，可以屈伸，此指天门之锁。起，借作"启"，开。

[10] 青鞵(xié):草鞋。鞵,同“鞋”。青笠:竹笠,遮阳挡雨的帽子。二者均为平民百姓的用品。

[11] 君:指刀。“君用”谓刀被使用,喻战争。

[12] 期:约定。

全诗十六句,每四句一小节。第一节点明环境人事,一个澄明寂静、灯月辉映的夜晚,三名童子被唤出舞刀。第二节正面描写舞刀,前两句写童子身法的灵巧、刀法的娴熟,后两句渲染舞刀的效果。第三节写刀已舞罢,童子收刀,与第二节照应,从侧面反映了童子技艺的高超。第四节笔锋一转,由写刀转向表达自己对战争的态度:宁愿做一布衣百姓,也不愿世人因战争流离失所,希望能终老山林,永不见刀兵。全诗虽以舞刀起,而表达的终是作者渴望和平的心愿。造语虽略奇涩,但思致独特,仍不失为舞刀诗中的佳作。

内家拳传授源流 黄宗羲

少林以拳勇名天下，然主于搏人[1]，人亦得以乘之[2]。有所谓内家者，以静制动，犯者应手即仆[3]，故别少林为外家[4]，盖起于宋之张三峰[5]。三峰为武当丹士，徽宗召之，道梗不得进[6]，夜梦玄帝授之拳法[7]，厥明[8]，以单丁杀贼百余[9]。三峰之术，百年以后流传于陕西，而王宗为最著[10]。温州陈州同从王宗受之[11]，以此教其乡人，由是流传于温州。嘉靖间，张松溪为最著。松溪之徒三四人，而四明叶继美近泉为之魁[12]，由是流传于四明。四明得近泉之传者，吴昆山、周云泉、单思南、陈贞石、孙继槎，皆各有授受。昆山传李天目、徐岱岳，天目传余波仲、吴七郎、陈茂宏，云泉传卢绍岐，贞石传董扶舆、夏枝溪，继槎传柴玄明、姚石门、僧耳、僧尾。而思南之传，则为王征南。

题解

节选自《黄宗羲全集》卷十《王征南墓志铭》，篇名为编者所拟。王征南(1617—1669)，名来咸，字征南，明末著名武术家、剑术家，武当真武松溪派传人，与黄宗羲素有交往。黄宗羲之子黄百家曾拜征南为师，学练武当内家拳。征南辞世当年，黄宗羲作此《墓志铭》。

黄宗羲(1610—1695)，明末清初思想家、史学家、文学家。字太冲，号南雷，学者称梨洲先生，浙江余姚人。明诸生。清兵南下，他召募义军进行武装抵抗。南明鲁王授左副都御史。后隐居著书，屡拒清廷征召，以遗民终。有《南雷文案》、《南雷诗历》。

注释

[1] 搏人：与人对打。
[2] 乘：利用。
[3] 犯者应手即仆：进攻者交手即倒地。犯，进攻，侵害。
[4] 别少林为外家：与少林拳相区别，称少林拳为外家拳。别，区别。
[5] 张三峰：即张三丰。元末明初辽东懿州(今辽宁阜新东北)人，名全一，一名君宝，号玄玄子，武当山道士。他游历陕西、四川、湖广等地，踪迹莫测。明太祖求之不得。永乐初明成祖累致书敦请，积数年不遇，英宗时封赠通微显化真人，不知所终。世传为太极拳创始人，又讹传为宋

代人，并不可信。本文中是据俗传言之，黄宗羲并未深考。不过可以肯定，宋代已有《八段锦》之书，见南宋晁公武《郡斋读书志》，然不题撰人。

[6] 道梗不得进：道路阻塞，无法前进。

[7] 玄帝：玄武大帝，宋真宗为避所谓宋人圣祖“赵玄朗”之讳，改为“真武大帝”。是武当山道教崇拜的主神。

[8] 厥明：因夜梦玄帝授拳法，深受启发，如醍醐灌顶，方才明白了内家拳之要旨。厥，乃，于是。

[9] 单丁：一人。

[10] 著：著名。

[11] 温州：清温州府，治今浙江省温州市。

[12] 四明：浙江省宁波府的别称，以境内有四明山得名。叶继美近泉：姓叶名继美字近泉者。魁：第一。

简评

内家拳是相较于外家拳技而言的一种拳法理论，源于古代战场韧柄武器使用方法，主要是大枪术。之后将道教性命炼养之旨融于拳法中，具有贵柔尚意的特点，以心息相依、运行匀缓、意到气到、动静自如、以柔克刚、灵活婉转、莫测端倪为行拳要领。始见于黄宗羲《王征南墓志铭》，这是现存最早记述内家拳名称概念、历史源流、风格特点的历史文献，在中华武术史中占有重要的地位。黄宗羲于此铭中首次提出了“内家”、“外家”之说，并精准地记述了内家拳的产生、神奇特点以及二百馀年的传承关系。个别地方文字失考，读者应予注意。

武技 蒲松龄

李超，字魁吾，淄之西鄙人[1]。豪爽，好施。偶一僧来托钵[2]，李饱啖之[3]。僧甚感荷[4]，乃曰："吾少林出也[5]。有薄技，请以相授。"李喜，馆之客舍[6]，丰其给[7]，旦夕从学。

三月，艺颇精，意甚得。僧问："汝益乎[8]？"曰："益矣。师所能者，我已尽能之。"僧笑，命李试其技。李乃解衣唾手，如猿飞、如鸟落，腾跃移时，诩诩然交叉而立[9]。僧又笑曰："可矣。子既尽吾能，请一角低昂[10]。"李忻然[11]，即各交臂作势[12]。既而支撑格拒[13]，李时时蹈僧瑕[14]；僧忽一脚飞掷，李已仰跌丈馀。僧抚掌曰："子尚未尽吾能也！"李以掌致地[15]，惭沮请教[16]。又数日，僧辞去。李由此以名，遨游南北，罔有其对[17]。

偶适历下[18]，见一少年尼僧[19]，弄艺于场[20]，观者填溢[21]。尼告众客曰："颠倒一身[22]，殊大冷落[23]。有好事者[24]，不妨下场一扑为戏[25]。"如是三言，众相顾，迄无应者[26]。李在侧，不觉技痒，意气而进[27]。尼便笑与合掌[28]。才一交手，尼便呵止曰："此少林宗派也[29]。"即问："尊师何人？"李初不言。固诘之[30]，乃以僧告。尼拱手曰："憨和尚汝师耶？若尔[31]，不必交手足[32]，愿拜下风。"李请之再四，尼不可。众怂恿之，尼乃曰："既是憨师弟子，同是个中人[33]，无妨一戏。但两相会意可耳[34]。"李诺之。然以其文弱故，易之[35]。又年少喜胜，思欲败之，以要一日之名[36]。方颉颃间[37]，尼即遽止[38]，李问其故，但笑不言[39]。李以为怯，固请再角。尼乃起。少间，李腾一踝去[40]，尼骈五指下削其股[41]；李觉膝下如中刀斧，蹶仆不能起[42]。尼笑谢曰[43]："孟浪迕客[44]，幸勿罪[45]！"李舁归[46]，月馀始愈。

后年余，僧复来，为述往事。僧惊曰："汝大卤莽[47]！惹他何为？幸先以我名告之，不然，股已断矣！"

题解

选自清蒲松龄《聊斋志异》卷五。明清时代，是中国武术发展的重要时期。当是时，流派林立，从地域言有南北派之分，从风格论有内外家之别。传统武术逐步由军事技能分化成具有健身、娱乐性质的独立运动项目，其体育功能日益突出，上升为主要地位。

蒲松龄(1640—1715),清文学家。字留仙,一字剑臣,号柳泉居士,世称聊斋先生,山东淄川(今山东淄博淄川区)人。早岁有才名,屡试不第,七十一岁才得为贡生。中年时期,曾作幕宾数年,后居乡以授徒为业。工于诗文,善制俚曲。历时二十馀年,写成文言短篇小说集《聊斋志异》十六卷,凡四百余篇。托笔于虚幻想象,藉谈狐说怪以讽谕当时社会现实,为中国小说史上的杰作。另有《聊斋文集》、《聊斋诗集》、《聊斋俚曲集》等。

注释

[1] 淄:山东淄县。鄙:边远地区,指乡下。

[2] 托钵(bō):化缘。钵,钵盂,僧人食具。

[3] 饱啖(dàn):使其饱吃一顿。啖,吃。这里用为使动词。

[4] 感荷:感谢、感激。

[5] 少林:佛教禅宗和少林派拳术的发源地。在河南省登封县西少室山北麓,后魏太和二十年建。隋文帝改名陟岵,唐复名少林。

[6] 馆:招待宾客居住。

[7] 丰其给(jǐ):给予优厚的生活待遇。

[8] 益:长进。

[9] 诩(xǔ)诩然:自得的样子。

[10] 角:角斗,较量,比赛。低昂:高低,高下。

[11] 忻(xīn)然:喜悦、愉快的样子。

[12] 作势:摆出架势。

[13] 支撑格拒:此为比武动作的描写。支撑,抵挡,招架。格拒,格斗抵挡。

[14] 蹈:变动不定。描写比武的动态。瑕:这里指薄弱的地方、部位。

[15] 致:同“至”。致地:指以掌触地。

[16] 惭沮:羞愧沮丧。

[17] 罔(wǎng):无,没有。

[18] 适:到。历下:古城名,今山东省历城县治地。

[19] 尼僧:尼姑。

[20] 弄艺:玩耍武艺,这里作表演武术解。

[21] 填溢:充塞满溢。

[22] 颠倒:回旋翻转,翻来覆去。

[23] 冷落:冷清,不热闹。

[24] 好(hào)事:这里指爱好武术。

[25] 扑:搏、打。戏:玩耍。“戏”也指中国古典体育中的角斗、角力,歌舞杂技等的表演。

[26] 迄:终究。

[27] 意气:意气昂扬,精神振作。

[28] 合掌:即“合十”。僧侣的一种礼节。

[29] 宗派:这里指拳术的流派。

[30] 固:执意,坚持。诘(jié):追问,询问。

[31] 若尔:如果这样。

[32] 交手足:指比武、较量。

[33] 个中人:即此中人,指在某方面体验颇深,熟知内情的人。这里可作“同行”解。

[34] 会意:领会。这里指比武时点到为止。

[35] 易之:看不起。

[36] 要(yāo):求取。

[37] 颉(xié)颃(háng):对抗,较量。

[38] 遽(jù)止:急忙停止。

[39] 但:只,仅。

[40] 腾:起,升。这里作“踢起”解。踝(huái):本指脚腕,这里作“脚”解。

[41] 骈:并列。股:本指大腿,这里作“腿”解。

[42] 蹶仆:跌倒在地。

[43] 谢:道歉。

[44] 孟浪:鲁莽,冒失。迕:冒犯。客:对

人敬称。

[45] 幸勿罪：希望不要怪罪。

[46] 舁(yú)：抬，扛。

[47] 卤莽：粗疏，鲁莽。卤，通“鲁”。

简评

《武技》这篇小说，以武技为题材，但不着眼于惊险的格斗，离奇的情节。描写比武，情节曲折委婉，而不神奇荒诞，人物形象真实可信，而不超凡拔世。李超学艺刚三个月，便以为尽得师传，在师傅面前显出一副得意的样子。等到师傅“一脚飞掷”，将他踢出一丈开外，他虽惭愧请教，又从师学数日，但并未革除自负好强的毛病。当与尼姑交手时，对方退让再三，他却为争“一日之名”，进逼再四，以致中一掌，“蹶仆不能起”。它告诉读者一个生活的真谛：骄傲自满，好求虚名，自命不凡，一定会招致祸患，惹人耻笑。

铁布衫法 蒲松龄

沙回子，得铁布衫大力法[1]。骈其指力斫之[2]，可断牛项；横搠之[3]，可洞牛腹[4]。曾在仇公子彭三家[5]，悬木于空，遣两健仆极力撑去，猛反之[6]。沙裸腹受木[7]，砰然一声，木去远矣[8]。

题解

选自铸雪斋钞本《聊斋志异》卷六，其末删去讲另一事的二十字。

注释

[1] 沙回子：谓姓沙的回族人。回子：旧时汉人对回民的不礼之称。铁布衫大力法：气功术名。

[2] 骈(pián)：并列。这里指将五根手指伸直平列如刀形。斫(zhuó)：一般指用刀斧砍削。

[3] 搠(shuò)：刺、戳。

[4] 洞：这里用为动词，穿透的意思。

[5] 仇公子彭三：仇公之子字彭三。

[6] 极力撑去，猛反之：极力将横悬的木头向一面撑去，然后突然用力向相反方向撞来。这里所写情形同一些寺院撞大钟的动作相似。

[7] 沙裸腹受木：沙回子将腹上衣服除去，迎着猛地击来的木头。

[8] 木去远矣：把木头弹得很远。

简评

本篇写了一个姓沙的回族男子所练气功的功夫，令人惊叹，几乎难以置信。具体是如何练成的，没有说，但其中所包含顽强、不懈的练习过程，不待多言。可见人的身体只要认真锻炼，其潜力是很大的。当然，这也同体力、小时的基础及师傅的指点有关。不得其法，可能会导致身体的创伤。

鼓笛慢·咏风筝 蒲松龄

寻常竹木无奇骨[1]，有甚底、扶摇相[2]？系长绳、撒向春风里，顷刻云霄飞上。多少红尘客[3]，望天际一齐瞻仰。念才同把握，忽凌星汉[4]，真人世、非非想[5]。

得意骄鸣不了[6]，似青冥无穷佳况。我从人寰，凭空翘首，将心情质问[7]：不识青云路[8]，去尘寰几多寻丈[9]？得何时化作风鸢去呵，看天边怎样。

题解

选自路大荒编《蒲松龄集》，中华书局1962年版。鼓笛慢，曲牌名。

注释

［1］寻常：平常。此句是说用来扎风筝的竹木。奇骨：奇异的样子。本曲借咏风筝抒发对人生的感慨，故用古代相面术看骨相的用语说风筝。

［2］甚底：什么的。底，同"的"。扶摇相：青云直上的样子。《庄子·逍遥游》写冥海之鲲化为鹏之后"翼若垂天之云，抟扶摇羊角而上者九万里，绝云气，负青天，然后图南"。"扶摇"本为"飙"字缓读。"羊角"，指旋转而上的飓风。

［3］红尘客：世人。佛教、道教称人世为"红尘"。古人或以人生为天地过客，故称世人为"红尘客"。

［4］才同把握：言才一起拿在手中（指风筝放起之前）。凌：升起、超越。星汉：星斗天汉（银河）。

［5］非非想：不以为然的想法。唐代元结《自述三篇序》："元子初习静于商余，人闻之非非，曰：'此狂者也。'见则茫然。"用法同。

［6］得意骄鸣：因地位升高，得意而骄傲地叫着。此指风筝头有竹笛鸣叫而言。参唐代杨誉《纸鸢赋》注［1］。这里借以讽刺因升高位而自鸣得意的人。

［7］质问：对面质问。这里将风筝拟人化。

［8］不识：不知。青云路：高升的路。所谓"青云直上"、"平步青云"。

［9］尘寰：尘世。从咏风筝的角度说，是指地面。实际是相对于居高位者，指民间。寻、丈：都是长度单位。古代八尺为一寻（指周尺而言）。

简评

蒲松龄一生中科举一再失利，对科举制度的弊病认识得十分透彻。他看出很多因考中而平步青云者并没有真才实学，却趾高气扬。这首曲正借咏风筝表现出对某些青云直上者的微讽和自己的豁达胸怀。放风筝而使自己看透某些问题，使心胸开阔，正是健康的游乐的目的之一。

玲珑四犯·前题 蒲松龄

贴纸如屏[1]，共道是风筝。始俑谁作[2]？万丈天衢[3]，飙尔乘风飞度[4]。但见一点苍茫，却被白云留住。莫轻将阊阖排呼[5]，恐惹豹关惊妒[6]。

扶摇一击南溟路[7]，俯人间河山无数[8]。喁喁断续无休歇[9]，想共飞鸿语[10]。又似停翼饥鸢，绕村舍里，回翔审顾。幸长绳系着，留得不教仙去[11]。

题解

选自路大荒编《蒲松龄集》。玲珑四犯，曲牌名。前题，言与此首之前的一首同题。此首和上一首在《聊斋俚曲》中是排在一起的。

注释

[1] 贴：糊。如屏：言如屏风一样展。

[2] 始俑谁作：最早是由谁作的？《孟子·梁惠王上》："仲尼曰：'始作俑者，其无后乎！'为其象人而用之也。"是说开始用俑殉葬的人，将会没有后代，因为他开创了以人殉葬的风气。所以后代用以比喻某种坏事或坏风气的肇始人。本诗中是用为反语，以当权者的口吻说，是谁造了风筝，让它窥得天上的奥秘？

[3] 天衢（qú）：天上的大路。衢：大路。

[4] 飙（biāo）尔：飙然，骤然，一下子。

[5] 阊阖（hé）：《楚辞·离骚》写诗人到了天庭，相见天帝以诉报国无门之苦，然而，"吾令帝阍开关兮，倚阊阖而望予。"无由得见，喻难以见到君王。排呼：尽力地呼唤。

[6] 豹关：指森严的天门。

[7] 扶摇一击：指乘风冲飞。《庄子·逍遥游》引《齐谐》之语，说："鹏之徙于南溟也，水击三千里，抟扶摇而上者九万里。"

[8] 俯：俯视，由上向下看。

[9] 喁（yú）喁：象声词，形容声音小，断断续续。

[10] 想：想来，想来是。表推测语气。共：同。

[11] 不教仙去：不使它在天上飞得更高，成为仙鹤之类。

简评

这首和前首都是咏风筝，但用意完全相反。上首是以风筝喻得势者，这首是以风筝喻在思想境界上、眼力上看透了当权者的一些隐秘的人。句句说风筝而句句双关,可以从人事方面理解,颇耐人寻味。可见,即使是像放风筝这样的游艺活动,也往往益人神智,不仅在锻炼身体、修养性情方面有益,同时也使人思想开阔,想到许多为人处世的道理;同时,在即事赋诗之中,还可以抒发情怀。

舞剑篇与陆方义 邵锡荣

我尝高咏古人古剑篇[1]，我欲起舞追飞仙。
古来剑解七十二[2]，惜哉后世无人传。
陆生陆生尔且前[3]，我今试舞双龙泉[4]。
长兵短接须精练，雌雄闪烁落银霰[5]。
万人力敌莫可当，顷刻风云看百变[6]。
忽徐忽疾疑旋蛟[7]，忽连忽断惊飞雁。
耸跃星流身不见，雨打梨花团雪片[8]。
陆生此时睹之惊绝神[9]，且愿执鞭追后尘。
慎勿轻携此剑渡江海，只恐双飞出匣归延津[10]。

题解

选自清沈德潜编《国朝(清)诗别裁集》卷二十六。与，给，义同于“赠”，用于对晚辈。陆方义，可能是作者的学生，故诗题言“与”不言“赠”，诗中称作“陆生”。

邵锡荣，生卒年不详，清诗人。字景桓，号二峰，浙江仁和(今浙江杭州)人。康熙间贡生。官安义知县，洁己化民，以疾告归。画山水点染有天趣，工诗文，其诗遇意成章，不孜孜求合于古人。清宋荦评曰：“其诗豪迈宕逸，要能吧其胸臆所欲吐。视世龂龂规模唐、宋者过之。”有《就山堂集》、《二峰集》、《西江游草》及《探酉词》。

注释

[1]《古剑篇》：又名《宝剑篇》，初唐时郭震作。古剑指古代著名的龙泉宝剑。
[2] 剑解七十二：剑术有七十二法。
[3] 尔且前：你向前来。
[4] 龙泉：宝剑名。据传是吴国干将和越国欧冶子二人，用昆吾所产精矿冶炼多年而成，备受时人赞赏，后沦落埋没在丰城的一个古牢狱的废墟下，直到晋朝宰相张华夜观天象，发现在斗宿、牛宿之间有紫气上冲于天，后经雷焕判断是“宝剑之精上彻于天”。《晋书·张华传》：雷焕于豫州丰城“掘狱屋基，入地四丈余，得

一石函，光气非常，中有双剑，并刻题，一曰龙泉，一曰太阿”。故也称雌雄剑。这里指宝剑。

[5] 雌雄闪烁落银霰(xiàn)：舞剑时双剑寒光闪烁，如同天空中落下银色的雪珠。

[6] 此二句写宝剑锋利，剑技高超，威力无穷，有万夫莫敌之用。

[7] 徐：慢。疾：快。疑旋蛟：疑为飞旋的蛟龙。

[8] 雨打梨花团雪片：两个比喻都是写双剑舞起之后给人白光闪闪的感觉。

[9] 惊绝神：惊奇而失神。言呆呆地看着。

[10] 延津：雌雄双剑相合化龙之处。相传晋时龙泉、太阿两剑在延津会合。雷焕得龙泉、太阿二剑，自佩其一，将一柄送与张华。后来张华到延津，剑突然从匣中跃出，到水边化为一龙，津水中也跃出一条龙，凑成一双，飞舞升天而去。后得知雷焕所藏剑在延津落入水中，两剑分而复合，变化而去。见凌濛初《二刻拍案惊奇》卷三。

简评

剑是短兵器的一种。先秦时由于战争频繁和社会紊乱，人人习武，击剑蔚然成风，即便文人也佩剑。如屈原的《涉江》中说：“余幼好此奇服兮，年既老而不衰，带长铗之陆离兮，冠切云之崔嵬。”铗即剑。“陆离”为长的意思。前人也常有击剑题材的作品，集大成者当为杜甫《观公孙大娘弟子舞剑器行》。自唐以后，剑在战场上的地位由刀代替，且慢慢转变为锻炼身体及一般护身的器具，扩散于民间，因此写击剑的作品一直很多。《舞剑篇与陆方义》即以唐时《古剑篇》起兴，以龙泉、太阿宝剑的沉浮为暗线，叹息剑道的衰落。诗中“长兵短接须精练”以下八句勾勒出了一幅绚丽的舞剑图，引起人无穷的想象，显示出这一体育锻炼活动的审美价值。

女子神力 东轩主人

康熙二十九年，乍浦比年通海舶[1]，游人士女杂沓[2]。偶有姑嫂二人，随从仆媵甚都[3]，似右族豪家[4]，云从云间来[5]。遍游城内外，至驻防署前[6]，有铁墩重三百斤，二女笑相让举之。其嫂掇至平胸[7]，十三举，气色如常。其姑举之，又加四焉。观者如堵[8]，不敢询其来历。

题解

选自东轩主人《述异记》。《述异记》三卷，旧题东轩主人撰，姓名不详，所记皆顺治末康熙初年事。《四库全书总目》据其中转载的高士奇《江村杂记》一条，断定其人在高士奇(1645—1704)之后。

注释

[1] 乍浦：乍浦镇，即今浙江平湖市东南的乍浦镇。向来为海上重镇。比年：近来，最近。海舶：大船。

[2] 杂沓：纷杂繁多的样子。

[3] 仆媵(yìng)：女仆。甚都：非常闲雅、优美。《诗·郑风·有女同车》："彼美孟姜，洵美且都。"毛传说："都，闲也"。

[4] 右族：大族。古代以右为尊，故以右为上、为高贵。豪家：豪门望族。

[5] 云从云间来：前一个"云"是动词，说。云间：旧时松江府的别称，指今上海市淞南部分。

[6] 驻防署：清朝的衙门。

[7] 掇(duō)：用两手拿。

[8] 如堵：(人群)围得像墙似的。

简评

女子有不同寻常的力气并不是什么稀奇的事情，古代就已经有了这样的记载。此文中姑嫂二人有神力虽是异事，但却有更深刻的含义。清代的驻防署衙门并非寻常的地方，这两位奇女子有仆人美女随从，又专门前往举起铁墩，可见是豪门大族家妇女。豪门大族家妇女而能练出这样的武功，给人以无限的遐想。

秋千船 朱 樟

秋千船立双绣旗，红衫女儿水面飞。
续命五丝留不得[1]，妆梳散作馀霞色。
中流箫鼓断续鸣，绿窗细语啼春莺[2]。
清歌宛转尽一曲，风掠落花无限情[3]。
须臾回波吹荡漾[4]，性命孤悬辘轳上[5]。
玉绳夭矫盘空中[6]，唤出佳人倚栏望[7]。
飘然而来花冥冥[8]，忽然而去风泠泠[9]。
衣香人影看不定，暗合节奏人难听[10]。
扇底桃花换人面[11]，一寸弓腰前后卷[12]。
昆仑慢拈琵琶弦[13]，偃师空习鱼龙战[14]。
反手频弯却月腰[15]，缠头锦带香飘飘。
贴地回环张静婉[16]，当筵飞渡董娇娆[17]。
白日欲没饮徒散，座上有人发长叹[18]。
此生能得几回看，野鹤秋鸣怨夜半。
吾邦赤子贫可怜，罂无贮粟囊无钱[19]。
一身飘荡朝兼暮，如上险竿长倒悬。
人间只有秋千女，竿木随身无定所。
回头四望生鱼烟，一霎仙乎撇波去[20]。

题解

选自清丁武辑《湖船续录》，《丛书集成续编》本，上海书店1994年版。秋千船，即水秋千。南宋以后常有在秋千船上表演跳水以谋生者，算是体育活动最早被商业化的项目之一。参本书宋代王珪《宫词》。

朱樟，生卒年不详，清诗人。字鹿田，浙江钱塘人（今浙江杭州）。康熙末至乾隆间在世。曾任泽州知府、刑部郎中等职。清阮元评其七言古风“追险凿空，五丁开山手也”。有《观树堂诗集》。

注释

体育古文

[1] 续命五丝：即续命缕。《太平御览》卷八一四引东汉应劭《风俗通》："五月五日赐五色续命丝，俗说益人命。"留不得：这里是"不得留"、"不能够留下"的意思。意为：将命豁出去了。

[2] 绿窗细语啼春莺：写船上绿窗前有红衫女儿养的莺在细声叫着。《幼学琼林》："绿窗是贫女之室，红楼是富女之居。"

[3] 风掠落花无限情：写红衫女儿跳水前在船上先唱了一曲。表现出她跳水前的无限悲情，叫人觉得她就像在狂风中被吹落的花。以上四句从观众的眼中看红衫女儿跳水前的细节，表现出对她跳水表演的担心。

[4] 须臾(yú)：一会儿，片刻。

[5] 辘(lù)轳(lú)：可以卷放绳索提放人或物体的设施，这里指安有辘轳的木架，辘轳上缠有秋千绳，人坐上之后将绳提起。

[6] 玉绳：指白绳。夭矫：摆动的样子。盘空中：指在空中来去摆动。

[7] 唤出佳人倚栏望：指引动江两岸楼阁台榭上的妇女都出来靠着栏杆张望。

[8] 花冥冥：形容红衫女儿乘着秋千飞来的样子如一团花。冥冥：繁茂因而显得昏暗。《诗经·小雅·无将大车》："无将大车，维尘冥冥。"朱熹《诗集传》："冥冥，昏晦也。"这里形容红衫女儿在秋千上飞过来时如一团花罩在头顶，给人以忽然昏暗的感觉。

[9] 泠(líng)泠：清凉的样子。

[10] 暗合节奏：言红衫女在高空的飞摆有节奏，如同音乐一样，只是人听不出。

[11] 扇底桃花换人面：写红衫女在秋千上以扇掩面，做出不同表情。

[12] 弓腰：指弯腰使劲，以使秋千荡起。一寸，言身体弯曲弧度之小。这句写红衫女技术纯熟，看似使劲不大，但荡得很高。

[13] 昆仑：泛指今中印半岛南部及南洋诸岛以至东非之人。这些人在古代中国多作技艺表演，带来印度、南洋一带音乐。拈(niān)：这里指弹拨。

[14] 偃师：传说周穆王时巧匠，所制木偶能歌善舞，恍如活人。见《列子·汤问》。这句说红衫女儿在空中秋千上的表演，如同偃师作的木偶在作空中翻腾，一点也意识不到在高空中的危险。

[15] 反手：手从身后伸出。频弯：频繁弯曲。却：向后靠。月腰：形容腰弓如弯月。

[16] 贴地回环：此指秋千坐杆降低后回环摆动，快贴到地面(船板)。张静婉：当是古代一位表演艺术家。唐温庭筠有《张静婉采莲曲》。

[17] 筵(yán)：竹席。飞渡：指在船板竹席上或船与船之间跨跳。董娇娆：古代善舞的美女。汉代宋子侯有《董娇饶》诗。杜甫《春试题恼郝使君》"佳人屡出董娇娆"，"娆"一作"饶"，则董娇娆即董娇饶。

[18] 座上有人：指作者自己。

[19] 罂(yīng)：古代一种口小腹大的瓶子。

[20] 一霎(shà)：顷刻之间。谓时间极短。仙乎：飘然无牵挂的样子。这里写以水秋千表演谋生的人漂泊不定的生活。撇波：冲击波浪。《文选·王褒〈四子讲德论〉》："故膺腾撇波而济水，不如乘舟之逸也。"李善注："《说文》曰：'擎，击也。'擎与撇同也。"

简评

这首诗写女子水秋千表演。水秋千也就是今天说的跳水表演，只是水秋千是流动性的，也还带有一些其他的表演动作。诗中生动表现了红衫女儿惊心动魄的表演，同时对于表演者的惊险动作表示了担心，对她和与她一起飘荡谋生的人居无定处、生活无着的状况表示了深切的同情。由此可以看出，长期封建社会中在民间以体育和游艺谋生者的艰难。

看客舞刀 郑世元

秋水飞双腕[1],冰花散满身[2]。
柔看绕肢体,纤不动埃尘[3]。
闪闪摇银海[4],团团滚玉轮[5]。
声驰惊白帝[6],光乱失青春[7]。
杀气通幽朔[8],寒芒泣鬼神[9]。
舞馀回紫袖[10],萧飒满苍旻[11]。

题解

选自清沈德潜编《国朝(清)诗别裁集》卷二十四。

郑世元(1671—1728),清诗人。字亦亭,一字黛参,号耕馀居士。浙江余姚人,雍正元年(1723)举人(《国朝诗别裁集》作康熙五十九年,误)。博学工诗,与陈梓同迁秀水,家于鸳湖,唱和独多。后入京,公卿争相引重。嫉恶如仇,不随和流俗,意气豪迈而虚怀好善。有《耕馀居士集》。

注释

[1] 秋水:形容刀光冷峻明澈。这句说舞刀时双腕翻飞,刀光明澈。

[2] 冰花散满身:有如冰花飞舞,在身上闪耀。是指映在身上的刀光,在不停闪动。

[3] 埃尘:即尘埃,此二句是写动作的柔软轻盈。

[4] 银海:道家以眼为银海。苏轼《雪后书北台壁》:"冻合玉楼寒起粟,光摇银海眩生花。"

[5] 玉轮:形容刀飞舞形成的光圈。

[6] 白帝:古神话中五天帝之一,主西方之神。本诗中指"白帝子"。《史记·高祖本纪》中写刘邦微时曾斩一蛇,后有人至其斩蛇处,见一妪哭,言其子为白帝子,化为蛇,被赤帝子斩。此句言舞刀之惊动鬼神。

[7] 光乱失青春:春本阳和,而刀光肃杀,变春为秋,与尾句相呼应。青春指春天。

[8] 幽朔:古幽州、朔州,皆在北方,历来多健儿。

[9] 芒:光芒。

[10] 回:由飞舞中收起。

[11] 萧飒(sà):萧瑟。旻(mín):天空,特指秋季的天。《尔雅·释天》:"秋为旻天。"

简评

明清之际，以舞刀剑为主的民间体育表演非常繁盛，从业者多是业余或半业余的民间艺人，但也有些武官或文士在这方面有精湛的技艺。诗人描写“客”的刀舞，虚实结合，由描写具体动作形态的“秋水飞双腕”、“柔看绕肢体”到表现舞刀气势的“声驰惊白帝，光乱失青春”，忽而豪健，忽而纤柔，忽而柔若清风、不动尘埃，忽而可惊天地、可泣鬼神。此诗表现了舞刀者卓越的技法和诗人的钦佩之情，可以看出诗人驾驭文字的能力很强。

观枪法 郑世元

闻声驰铁骑[1]，过影走金蛇[2]。
进退真神捷，盘旋任屈斜。
毫光团白雪[3]，风雨散梨花[4]。
一气如相贯[5]，全身总被遮。
阴阳回地纽[6]，狐媚遁天涯[7]。
仿佛陈安技[8]，真堪任虎牙[9]。

题解

选自清沈德潜编《国朝(清)诗别裁集》卷二十四。

注释

[1] 闻声驰铁骑：听其舞枪的声音，如同是铁骑在飞奔。

[2] 金蛇：比喻金光灿烂的舞动的枪影。

[3] 毫光团白雪：寒光闪烁的枪影，如团团飞舞的白雪。毫光，光线四射如毫毛，故称毫光。

[4] 风雨散梨花：这句形容枪影似纷纷飘散的梨花。

[5] 一气如相贯：将一连串进退、盘旋等复杂多变的枪法动作串联起来。一气呵成，人枪结合，浑然天成。表现了舞枪者技艺的卓绝。

[6] 阴阳：指日月。回：往复运转。地纽：即地纪，地维，维系大地的绳子。古代认为天圆地方，地之四角，以绳维系。

[7] 狐媚：泛指狐仙鬼怪。遁：逃避，消失。

[8] 陈安：十六国时前赵人。原是晋都尉，匈奴人刘曜攻占长安后陈安据秦州(今甘肃天水)，自称秦州刺史，反抗刘曜的统治，于322年称凉王。次年刘曜领军围攻，他兵败被杀。陇上遂流传《陈安歌》，其中几句专赞其刀枪武艺之高超："七尺大刀奋如湍，丈八蛇矛左右盘，十荡十决空无前。"见《晋书·刘曜载纪》。

[9] 虎牙：东汉将军名号，此处泛指将领。

此诗写枪法之高超，从声、影、光、势多方面入手，先描写天衣无缝的绝伦技艺，再深入渲染惊天地泣鬼神的气势威力，一位神勇的舞枪者和令人眼花缭乱的枪法便跃然纸上。形象生动真切，给人以身临其境之感。沈德潜《清诗别裁集》评曰："上章舞刀，此章舞枪，无一语可以互易，令读者如置身玉轮梨花之间，是何神勇！"

散步 曹庭栋

坐久则络脉滞[1]，居常无所事[2]，即于室内，时时缓步，盘旋数十匝[3]，使筋骸活动，络脉乃得流通。习之既久，步可渐至千百，兼增足力。步主筋，步则筋舒而四肢健；懒步则筋挛[4]，筋挛日益加懒，偶展数武[5]，便苦气乏[6]，难免久坐伤肉之弊。

欲步先起立，振衣定息[7]，以立功诸法[8]，徐徐行一度[9]。然后从容展步[10]，则精神足力，倍加爽健[11]。《荀子》曰："安燕而气血不惰[12]。"此之谓也。

饭后食物停胃，必缓行数百步，散其气以输于脾[13]，则磨胃而易腐化。《蠡海集》曰[14]："脾与胃俱属土[15]，土耕锄始能生殖，不动则为荒土矣，故步所以动之。"《琅嬛记》曰[16]："古之老人，饭后必散步，欲摇动其身以消食也，故后人以散步为消摇[17]。"

《遵生笺》曰[18]："凡行步时，不得与人语，欲语须住足，否则令人失气。"谓行步则动气，复开口以发之，气遂断续而失调也。虽非甚要，寝食而外，不可言语，亦须添此一节。

散步者，散而不拘之谓[19]。且行且立，且立且行，须得一种闲暇自如之态。卢纶诗[20]"白云流水如闲步"是也。《南华经》曰[21]："水之性不杂则清。"郁闭而不流[22]，亦不能清，此养神之道也，散步所以养神。偶尔步欲少远[23]，须自揣足力，毋勉强。更命小舟相随，步出可以舟回，或舟出而步回，随其意之所便。既回，即就便榻眠少顷，并进汤饮以和其气。元微之诗云[24]："僶勉还移步[25]，持疑又省躬[26]。"即未免涉于勉强矣。

春探梅、秋访菊，最是雅事。风日晴和时，偕二三老友，支筇里许[27]，安步亦可当车[28]。所戒者，乘兴纵步，一时客气为主[29]，相忘疲困，坐定始觉受伤，悔已无及。

题解

选自清曹庭栋《老老恒言》（又称《养生随笔》）卷一。散步是一种很好的锻炼身体的方法。它能达到积极休息和轻微锻炼的目的，对人体各器官、系统机能有良好的调节作用。男女老幼皆宜，不受场地设备条件的限制。本篇是曹庭栋关于散步的精辟之论。

曹庭栋（1698—?），清人。号慈山居士，嘉善（今浙江嘉善县）人。其幼年时有羸疾(俗称童子痨),终其生未出乡里。天性恬淡,以自然为宗旨,弹琴读书,且注重搜集有关养生健体之书,编纂《宋百家诗存》。乾隆三十八年(1773),当其七十五岁时著《老老恒言》五卷,引书三百余种。卒年九十馀。

注释

[1] 络脉:即脉络,中医指人身的脉搏及气血通道。滞:不流通。

[2] 居:平时。

[3] 盘旋:环绕着走。匝:环绕一周叫一匝。

[4] 挛(luán):抽搐,痉挛。

[5] 展:放开,迈开。武:古以六尺为步,半步为武。

[6] 气乏:指气力不足,困倦。

[7] 振衣:抖展衣服。定息:使呼吸平定。

[8] 立功诸法:曹庭栋在《老老恒言·导引》卷二指出:老年人易行之导引方法分卧功、坐功、立功三项。分别为仰卧、趺坐、正立状,然后依手脚姿势及运动之不同,分别分为五段,十段,五段。这是为老年人编设的一套动功,功能在于宣畅气血,舒展筋骨,且易学易练。

[9] 行一度:指将三项导引之法练习一次。

[10] 从容:不慌不忙。

[11] 爽健:指精神爽朗,脚上有力。

[12] 连下句出自《荀子·修身篇》。安燕:安逸。

[13] 脾:人或高等动物的内脏之一,在胃下。《释名·释形体》:"脾,裨也,在胃下,裨助胃气,主化谷也。"

[14]《蠡海集》:旧本题宋王逵撰。据《四库总目提要》考证,宋有三王逵,均不是此书作者。当为明洪武、永乐间钱塘人王逵所作。

[15] 脾与胃俱属土:中医学认为,人体中的肺、肝、肾、心、脾五脏,分别配以五行金、木、水、火、土。又脾为阴土,胃为阳土,故称。

[16]《琅嬛记》:三卷,旧本题元伊世珍撰。

[17] 消摇:即逍遥,悠闲自得貌。消,通"逍"。

[18]《遵生笺》:即《遵生八笺》,明代高濂著。遵生,犹养生。

[19] 不拘:不拘束,没有一定程序。

[20] 卢纶诗:指唐代大历年间诗人卢纶的《过仙游寺》。

[21]《南华经》:即《庄子》,是战国时庄子及其门人所著,为道家著作。唐代尊之为《南华经》。

[22] 郁闭:阻塞不通。

[23] 欲:想,打算。少:稍。

[24] 元微之诗:指唐代诗人元稹的《春六十韵》。元稹,参前《观兵部马射赋》注[1]。

[25] 僶(mǐn)勉:勉强。

[26] 持疑:犹豫,迟疑。省躬:反躬自省。

[27] 筇(qióng):竹名,此指手杖。

[28] 安步亦可当车:即"安步当车"。指缓缓步行,当作坐车之意。

[29] 客气:指注重礼节,考虑他人的感受为多。

简评

本文作者结合自己养生的经验和教训讲解有关散步应注意的几个方面。曹庭栋自幼患病,而因善于养生反得以长寿。在他的养生术中,"散步"一法占有十分重要的位置。本文讲了有关散步的几个问题：一是散步益处：活动筋骸、畅通脉络、增加足力、消化食物、颐养精神、增强体质。二是怎样散步：先起立定息，从容展步，又行且立，又立且行，有闲暇自如之态。回来后即在榻上眠少顷，并进汤饮以和其气。三是散步时间：久坐之后，进食之后。四是散步地点：室内亦可，户外亦可。五是散步中应注意两点：第一，不要一面走一面与人说话；第二，感到疲劳即回，不要勉强。这些对老年人来说都是很有益的经验。

冰上蹵鞠 潘荣陛

金海冰上作蹵鞠之戏[1]，每队数十人，分位而立，以革为毬，掷于空中，俟其将坠[2]，群起而争之，以得者为胜。或此队之人将得，则彼队之人蹴之令远，欢腾驰逐，以便捷勇敢为能。将士用以习武。昔黄帝作蹴鞠之戏以练武[3]，盖取遗意焉。

题解

选自清潘荣陛《帝京岁时纪胜》，篇名为编者所拟。蹵鞠，踢球。蹵，通“蹴”。清代改变了原来的蹴鞠之法，流行冰上蹴鞠。

潘荣陛，生卒年不详，清人。直隶大兴人（今北京大兴）。雍正间曾供职皇宫，后又奉职史馆。乾隆初，告归著书。所著《帝京岁时纪胜》专记当时北京的名胜古迹、岁时风物，具有一定的史料价值。另有《工务纪由》、《月令集览》、《婚仪便俗》等。

注释

［1］金海：即北京金海湖。

［2］俟：等待。

简评

清代满族统治者原是北方的少数民族，夺取明朝江山之后，大力提倡满族风俗文化。在体育方面，经常举行诸如狩猎、骑射、摔跤、滑冰等活动，对于原来流行于中原地区的一些体育活动，或予禁止，或冷漠视之，或改变其原来的形式。顺治帝入关后曾下诏禁止八旗兵踢球，而康熙时期便将足球与滑冰相融合，成为“冰上蹴鞠”，改变了传统足球的运动方法及性质，另一方面也丰富了足球活动的内容。

相　扑 爱新觉罗·弘历

相扑之戏，蒙古所最重，筵宴时必陈之。国朝亦以是练习健士，谓之“布库”[1]，蒙古语谓之“布克”。脱帽短褠[2]，两两相角，以搏踤仆地决胜负[3]。胜者劳以卮酒[4]。厄鲁特则袒裼而扑[5]，虽蹶不释[6]，必控首屈肩至地[7]，乃为胜彼。嘉其壮赐之羊臛[8]，则拱臂探掬[9]，顾盼呿吞[10]，声若饮歠[11]。其旧俗如此，因以示惠云。

健儿揎袖短后衣[12]，席前相扑呈雄嬉[13]。
捭掩拗拉矜拎掑[14]。跮踱踞蹋踬且踜[15]。
乘间伺怠出以奇[16]，慝然踬蹶力不支[17]。
胜者赐酒跽饮之[18]，别有厄鲁均新附[19]。
其扑法乃异旧部[20]，露身赤脚惟着裤。
撇捩跳踔空拳赴[21]，失计忽仆伏地据。
腾跳翻作康王跨[22]，两肩着地头倒竖。
方得谓之决胜负，胜者扬扬意实欢。
负者反求微腼颜[23]，宣传典属呼来前[24]。
上方肥羊出厨盘[25]，长胾硕臛如举山[26]。
匕箸不设俾恣餐[27]，谁识不足君所言[28]。
快哉大嚼真壮观，岂对屠门空望悬[29]。
跪振双臂攫且抟[30]，右哆左噏直下咽[31]。
倏似长鲸吸百川[32]，意气自若殊昂轩[33]。
均令染指果腹便[34]，小哉食肥张齐贤[35]。
是盖卫拉旧俗传[36]，示恩奖勇一试旃[37]。
食罢命前面询焉，弗兹食者阅十年[38]。

题解

选自爱新觉罗·弘历《御制诗集·三集》卷八。乾隆二十五年（1760）秋，弘历奉皇太后之命秋狝木兰，于塞上设宴款待蒙古王公，作《塞宴四事》组诗。《相扑》即为其中之一。

爱新觉罗·弘历（1711—1799），即清高宗，年号乾隆。清世宗第四子，清代的第四位皇帝。少时就深受祖父康熙帝喜爱，十二岁时便在皇宫中接受宫廷教育。雍正帝即位后，对弘历也非常器重。雍正帝去世后，于雍正十三年(1735)八月即位。次年改元乾隆。在位六十年，禅位于其子颙琰(年号嘉庆)。嘉庆四年(1799)病逝。

注释

[1] 布库：相扑的满语音译。

[2] 短褠(gōu)：特制的相扑上衣。褠，单衣。

[3] 搏踤(zú)仆地：指以摔倒在地决胜负。搏，格斗。踤，触，撞击。

[4] 劳：慰劳。卮(zhī)：古代盛酒器。

[5] 厄鲁特：蒙古族的一个部族。袒裼(xī)：脱去上衣，裸露肢体。

[6] 蹶：颠仆，跌倒。释：放。

[7] 控首屈肩至地：指厄鲁特有自己的规则，要求把对手摔倒之后，还得使其肩背着地才算取胜。

[8] 羊臛(huò)：带汁的羊肉。臛，肉羹。

[9] 拱臂探掬：指伸出手去端羊汤。掬，两手相合捧物。

[10] 顾盼：向左右或周围看来看去。呿(qù)吞：指大口吞食，不及细嚼。呿，张口的样子。

[11] 饮歠(chuò)：喝汤。歠，羹汤。

[12] 揎(xuān)袖：捋袖。揎，捋袖露臂。短后衣：穿着后面短的衫子。

[13] 雄嬉：勇健的游戏。

[14] 捭(bǎi)：两手横向对外用力。拖：曳引，拉。拗(niù)：向相反或不顺的方向扭转。矜：自夸，自恃。拎掑(qín qí)：坚强勇敢。

[15] 跮踱(chì duó)：忽进忽退。踞(jù)：蹲。这里指相扑时身体呈下蹲状。蹋(tà)：迈步，跨。蹍(zhǎn)：踩，践踏。踒(kuí)：脚移动位置。连上句写相扑时的动作。

[16] 乘间伺惫出以奇：乘对方疲惫时出奇制胜。

[17] 恧(nǜ)然：惭愧的样子。踬(zhì)蹶：绊倒。踬，跌倒，绊倒。力不支：力不济，力量支撑不住。

[18] 跽(jì)：两膝着地，上身挺直。此指长跪饮酒。

[19] 别有厄鲁均新附：乾隆二十二年，清政府平息了准噶尔部阿睦尔撒纳的叛乱，厄鲁特部族均归顺清廷。

[20] 其扑法乃异旧部：意思是说厄鲁特部的相扑之法异于早先归属的蒙古各部。

[21] 撇捩(piě liè)：快速的样子。跳踔(chuō)：同"踸(chěn)踔"，跳跃的样子。空拳赴：举拳打去扑了空。

[22] 腾跳翻作康王跨：本句借用康王(宋高宗赵构)骑泥马渡江的典故，描写倒地者忽然跳起来骑到另一方的身上。

[23] 反求：输的人检查自己的过失。腼(miǎn)颜，有羞愧之色，脸上不自然。

[24] 宣传：传令。典属：掌管少数民族事物的官员。

[25] 上方：宫廷。

[26] 长胾(zì)硕臛(huò)：指带有很多汁的大块的肉。胾，切成大块的肉。硕，大。

[27] 匕箸不设俾恣餐：这句是说不用准备匙和筷子任他们随便用手抓着吃。匕箸：食具，羹匙和筷子。俾：使。

[28] 谁识不足君所言：意思是说谁觉得不够就尽管说。识，觉得。

[29] 岂对屠门空望悬：指这不是经过肉店门口时的徒自空望，而是实实在在的大吃大嚼。屠门，肉铺。

[30] 攫(jué)：抓取。抟(tuán)：指把肉

捏成团，放进嘴里。

[31] 哆(chǐ)：指张口。噏(xī)：吸。

[32] 倏：形容速度之快。长鲸吸百川：杜甫有诗句为“饮如长鲸吸百川”(《饮中八仙歌》)，此处借以说明众勇士们狼吞虎咽，食量与吃饭速度过人。

[33] 意气自若殊昂轩：指勇士们大吃大嚼，毫不拘束，十分得意。

[34] 均令染指果腹便：指让他们都吃得大饱。染指，据《左传·宣公四年》载，郑灵公以楚国所献鼋肉宴客，独不与子公。“子公怒，染指于鼎，尝之而出”。本指用手指蘸鼎中鼋羹，后用为典故，泛指品尝某种食品。现多用于贬义，指干坏事或不法勾当。果腹，吃饱肚子。便(pián)，安适。

[35] 小哉食(sì)肥张齐贤：这是一个倒装句。意思是人们称赞孟尝君收养食客三千，其实，其将食客分为三六九等，给予不同待遇，有些小气。言外之意是自己大赏众人，实贤于孟尝君。食肥，供养上等食客。张，张扬，赞美。齐贤，齐国的贤明之举。

[36] 是盖卫拉旧俗传：言相扑结束时赏以肉羹，这是厄鲁特部的旧俗。卫拉，即厄鲁特部。

[37] 示恩奖勇一试旃(zhān)：这句意思是自己为了表彰这些相扑手，也采用了厄鲁特部传统的奖赏方法。旃：句末语助词，之焉的合音。

[38] 弗兹食者阅十年：已经十年没有像这样吃饱肉了。此句原诗注云：“据云，准格(噶)尔自喇嘛达尔扎构衅以来，日就凋敝，不得如此饱啖者十年于兹矣。”

简评

摔跤是蒙古族民间最广泛、庄重的体育活动，乾隆皇帝于塞上设宴款待蒙古王公，即有几个部族的相扑表演，实为朝廷举办的北方民族相扑运动会。诗中对相扑的各种动作有细致的描绘，胜者扬扬，负者微腼，生动传神。表演结束之后，即宴请运动员的场面，那“跪振双臂攫且抟，右哆左噏直下咽”的场面，犹如相扑之赛，颇多豪放与不羁。由末一句可以看出清朝平定新疆叛乱之后民族和乐及人心归向统一的情况。

卖蒜叟 袁 枚

南阳县有杨二相公者[1]，精于拳勇[2]，能以两肩负粮船而起[3]。旗丁数百[4]，以篙刺之，篙所触处，寸寸折裂[5]。以此名重一时。率其徒行教常州[6]。每至演武场传授枪棒，观者如堵[7]。忽一日，有卖蒜叟龙钟伛偻[8]，咳嗽不绝声，旁睨而揶揄之[9]。众大骇，走告杨。杨大怒，招叟至前，以拳打砖墙，陷入尺许，傲之曰："叟能如是乎！"叟曰："君能打墙，不能打人。"杨愈怒，骂曰："老奴能受我打乎？打死勿怨！"叟笑曰："老人垂死之年，能以一死，成君之名，死亦何怨！"乃广约众人，写立誓券，令杨养息三日。老人自缚于树，解衣露腹。杨故取势于十步外，奋拳击之。老人寂然无声，但见杨双膝跪地，叩头曰："晚生知罪了[10]！"拔其拳，已夹入老人腹中，坚不可出。哀求良久，老人鼓腹纵之[11]，已跌出一石桥外矣！老人徐徐负蒜而归，卒不肯告人姓氏。

题解

选自清袁枚《子不语》卷十四。

袁枚(1716—1797)，清文学家。字子才，号简斋，浙江钱塘(今浙江杭州)人，因居南京小仓山随园，世称随园先生。乾隆四年(1739)进士。官江宁等地知县。后辞官，隐居于江宁随园，在此度过五十馀年游乐生活。以诗享名，与赵翼、蒋士铨并称"乾隆三大家"。论诗主张抒写性情，创"性灵说"，对当时影响很大。有《小仓山房诗文集》、《随园诗话》等。

注释

[1] 南阳县：在今河南南阳。相公：古时对男子的一般称呼。

[2] 拳勇：拳术，拳击。

[3] 负：扛。

[4] 旗丁：漕运的兵丁。清代北京及北方粮食，多由南方经大运河运送，称漕运。每艘粮船十个船工为一旗，称旗丁。

[5] 上数句言：数百旗丁用篙将船向相反的方向撑，由于杨二相公力大，旗丁手中的篙皆折断；再撑则再断裂。

[6] 行教：指传授武艺。常州：清代府名，治所在今江苏省常州市。

[7] 堵：泛指墙。

[8] 龙钟：年迈，衰老的样子。伛偻(gōu lóu)：脊背向前弯曲。

[9] 睨(nì):视,看。揶揄(yé yú):嘲笑。
[10] 晚生:在尊长面前的一种自称,表谦恭。
[11] 鼓腹纵之:鼓起腹部放开他。纵,放。

简评

故事先写杨二自恃武艺高超,显摆张扬。接下来便引出卖蒜叟的三次激将:一是在演武场上表示轻蔑;二是嘲笑杨二"能打墙,不能打人";三是"写立誓券,令杨养息三日"。层层深入,激起杨二的怒火,把故事推向高潮。最后正式较量,以老人轻松得胜,杨二狼狈告负收场。本文运用对比的方法,写出了杨二与卖蒜叟在年龄、外貌、武艺、声望、性格等方面的截然不同,形成对比,突出了人物的性格,使人物形象更鲜明。故事曲折起伏,扣人心弦,足见作者安排情节之妙,教育意义也自在言外。

作势渡水 袁 枚

张灏游真州竹林寺[1]。寺隔小河二丈，僧驾板桥来往。张到时日暮，桥已撤矣。张奋身踏水而渡。至僧庵，但湿半鞋。僧大惊，以为仙。张笑曰："我非仙也。少时曾有师授法，用厚砖高尺余，横排于地，铺三丈许，跃上飞走，砖不倾倒，再换薄砖试之，往来而砖不动摇，则用朽烂布绢。布绢受足不穿，再换豆腐。最后用棉纸竹纸[2]，能踏竹纸不破，便可踏水矣。但起步须在二十步之外，一鼓作气，即作虎势腾空如飞。鞋头着水不过五六寸，即上岸矣。若到水边才鼓气，便不能起势，然极量亦不过二丈而止[3]。"

题解

选自清袁枚《续子不语》卷五。作势渡水，即用力渡水之意。势，力量。删去文末"王莽用兵，募能飞者……"三十馀字。

注释

［1］真州：古代州名。相当于今江苏省仪征、六合县一带。

［2］棉纸：用树木的韧皮纤维制的纸，色白，柔软而有韧性，纤维细长如棉，故称棉纸。竹纸：用嫩竹做原料制成的纸。

［3］极量：指最大限度。

简评

张灏能飞渡二丈小河，其功力自非一日而来，而是经高人指点，自己苦练而成。先是在砖上练习，而后"用朽烂布绢"，"再换豆腐，最后用棉纸竹纸，能踏竹纸不破，便可踏水矣"。但还要在二十步外鼓气用力，方能飞渡。足见学艺之不易。给我们的教育意义在于任何技艺，只要勤加苦练都可掌握，但无论如何，都有一定限度。

唐打猎 纪昀

族兄中涵知旌德县时[1]，近城有虎，暴伤猎户数人，不能捕。邑人请曰："非聘徽州唐打猎[2]，不能除此患也！"[3]乃遣吏持币往。

归报：唐氏选艺至精者二人，行且至[4]。至，则一老翁，须发皓然，时咯咯作嗽；一童子，十六七耳。大失望。姑命具食。老翁察中涵意不满，半跪启曰："闻此虎距城不五里，先往捕之，赐食未晚也。"遂命役导往。役至谷口，不敢行。老翁哂曰[5]："我在，尔尚畏耶？"入谷将半，老翁顾童子曰："此畜似尚睡，汝呼之醒。"童子作虎啸声。果自林中出，径搏老翁，老翁手一短柄斧，纵八九寸，横半之[6]，奋臂屹立。虎扑至，侧首让之。虎自顶上跃过，已血流仆地。视之，自颔下至尾闾[7]，皆触斧裂矣！乃厚赠遣之。

老翁自言练臂十年，练目十年。其目以毛帚扫之不瞬；其臂使壮夫攀之，悬身下缒不能动[8]。

《庄子》曰："习伏众[9]，神巧者不过习者之门[10]。"信夫[11]！尝见史舍人嗣彪[12]，暗中捉笔书条幅，与秉烛无异；又闻静海励文恪公[13]，剪方寸纸一百片，书一字其上，片片向日叠映，无一笔丝毫出入。均习之而已矣，非别有谬巧也[14]。

题解

选自清纪昀《阅微草堂笔记》卷十一。唐打猎，即唐姓之人善打猎之意。

纪昀（1724—1805），清学者、文学家。字晓岚，一字春帆，晚号石云，直隶献县（今河北献县）人。乾隆十九年（1754）进士。官侍读学士，因事谪戍乌鲁木齐。释还后，累官礼部尚书、协办大学士。谥文达。他贯通儒籍，旁涉百家，学问甚深。曾任四库全书馆总纂官，纂定《四库全书总目提要》，称大手笔，一生精力，备注于此。性坦率，好滑稽。工诗及骈文。有《纪文达公遗集》、《阅微草堂笔记》等。

注释

[1] 知旌德县：任旌德县（今属安徽省）知县。

[2] 徽州：徽州府，府治在今安徽歙(shè)县。

[3] 此下原注引清代著名学者戴震的一段话："明代有唐某，甫(刚刚)新婚而戕(qiāng)于虎，其妇后生一子，祝(祝祷)之曰：'尔不能杀虎，非我子也！后世子孙如不能杀虎，亦皆非我子孙也！'故唐氏世世能捕虎。"

[4] 行且至：已经出发，将要到达。

[5] 哂(shěn)：微笑(带有不满)。这里指嘲笑衙役胆小。

[6] 横半之：横向有纵向一半那么长。

[7] 颔(hàn)：下巴。尾闾(lǘ)：尾根。

[8] 下缒(zhuì)：下坠。

[9] 习伏众：是说技术高度熟练的人能够降服众人。

[10] 神巧者不过习者之门：是说天生神巧的人也不敢经过技艺熟练者的家门(因为无法超过他)。按《庄子》中不见此二语。

[11] 信夫：确实如此。夫，语气词。

[12] 舍人：官名，清代内阁中书设有中书舍人，职务为缮写文书。

[13] 静海：县名，今属天津市。励文恪(kè)公：励杜讷，字近公，康熙间举博学鸿辞科，官至刑部右侍郎，卒谥文恪。

[14] 别有谬巧：另有诈术和奇巧。

简评

作者表现唐翁猎虎的高超技艺，没有花过多的笔墨去描写人虎搏斗的场面，而是把描写的重点放在唐翁对老虎的态度、猎虎的经验与方法上。初到时，唐翁察觉到县令意有不满，当即提出先捕虎再赐食。他令少年作虎啸声，引出猛虎。仅持一把短柄斧，顷刻即置虎于死地。老翁能有这般技艺，乃是经过"炼臂十年，炼目十年"如此艰苦的锻炼而来，这正是唐翁能轻巧地砍倒猛虎的根本原因。文章强调了技能训练的重要性。

潘佩言 包世臣

潘佩言，安徽歙县人，以枪法著声，世称潘五先生者是也。其枪有戳有隔[1]，其法有二有叉[2]，二以取人，叉以拒人。尝与一人较枪，此人亦枪法能手，此叉彼二，循环相绕，枪尖出入手指分寸间，如花团锦簇，令人目旋，最后枪杆一响，此人仆马[3]。其论枪之言亦甚精。其言曰："枪长九尺，杆圆四五寸，枪入手，全身悉委于杆[4]，故必以小腹贴杆使主运[5]，后手必尽枪杆，以虎口实掩之，前手必直，必尽势，长根与后手虎口反正相绞[6]，而虚指使主导[7]。两足亦左虚右实，进退相任以趋势[8]，使枪尖、前手尖、前足尖、肩尖、鼻尖五尖相对，而五尺之身自托荫于数寸之杆[9]。遮闭周匝[10]，无从入犯矣[11]。"

题解

选自清包世臣《安吴四种》卷三十六，光绪十四年(1888)重校刻本。

包世臣(1775—1855)，清学者、文学家、书法家、书法理论家。字慎伯，晚号倦翁，安徽泾县人。因泾县古名安吴，故人称"包安吴"。有《安吴四种》(《中衢一勺》、《艺舟双楫》、《管情三义》、《齐民四术》)、《小倦游阁文稿》。

注释

[1] 戳：名词，印记，标记。

[2] 二、叉：舞枪时所用的枪法。二应是进攻性的枪法。叉应是带有防御性的枪法。《说文解字》中叉的解释：手指相交错。

[3] 仆：向前跌倒。此句指从马上跌下来。

[4] 委：交付，委托。这里指身体靠着枪。

[5] 主运：运气的术语。这里是指练武之人所说的丹田之气或内功。

[6] 绞(jiǎo)：缠绕。

[7] 虚：空出。

[8] 相任：即相互使用。任，任用，委任。这里作使用。趋势：进退。

[9] 托荫(yìn)：托庇，这里指依靠自己的枪。

[10] 周匝：环绕一周。匝(zā)，周，环绕。

[11] 无从入犯：指潘佩言的防御很周全，使对手无地方可进攻。

简评

枪在中国古代是一种非常普遍的武器，主要在军队中使用。但是像潘佩言这样对枪有深入研究并且能有自己的枪法心得的却不多见。他论枪之言精辟透彻，其中也蕴含了中国古代太极阴阳的理论。潘佩言所处的清末社会，鸦片战争爆发，社会动荡，作为工业革命产物的“枪”也迅速取代了冷兵器社会的枪，一代武师潘佩言也不知所终。文章记人简略，只记述一件事，却非常传神，不仅保留了一个枪手对枪的心得，更重要的是从潘论中彰显出潘佩言对枪法兢兢业业的形象。古代的枪法虽然已不用于战争，但在健身方面仍发挥着它的作用。

淮阳难子 吴炽昌

余舅金氏[1]，以大海之洋行为业[2]，自置洋船五[3]，在东西两洋贸易，每船必有标客以御盗贼[4]。

甲子春，船将开行，大宴标客，招优演剧[5]，甚盛设也。标客自然首座，傲睨一切[6]。余舅命其子侄陪宴，皆少年好事之辈，见客倨[7]，甚切切[8]，私议欲试其能[9]。半酣小歇[10]，肃客入园散步[11]，坚请试其技[12]。客左右顾[13]，见道旁有卧柳，曰："此碍步[14]，请为公子去之。"迅以掌劈柳木，截然中断，如斧劈者。众皆咋舌[15]。

当其时，有淮阳难民过境，沿肆乞钱[16]，内有处女矫矫不群[17]，亦随众募化[18]。至洋行，轻薄之伙以一钱投之，女怒叱曰："视汝姑为何如人，而以一钱为戏耶！今日罚汝千钱，不然，吾不行矣。"随坐大门槛以阻人出入，时脚夫运糖包至，每包重约百七八十斤，皆壮而多力者，肩之疾趋[19]，至大门，见女碍路，喝之起[20]，女故张其肱阻之[21]。脚夫怒，作失手势，以糖包压之，女接而投掷，不甚费力。群夫大哗，佥以糖包共压[22]。女略无惧色[23]，左抵右抛，如弄丸然[24]，纷纷飞出市头，反将群夫击退。女大怒曰："汝曹欺压孤女[25]，使之内伤，罪在不赦。非多给钱养伤，事不能已矣。"时吆喝之声达于内，主人止戏[26]，客亦出观。少年共议曰："可以观客之长矣[27]。"随激客曰[28]："我等观此女之力，恐无敌于世，客能退之否？"客视女弱甚[29]，曰："吾以二指提之出矣。"攘臂而前[30]，女以一掌拍客胸，跌去数丈，入柜内如菩萨座[31]，内外哗然。老主人出，命仆扶客入，以千钱赠女，好言劝之去。方叱少年滋事[32]，入视标客，已从后户遁矣。少年兄弟密议曰："若得此女保标，谅海洋无敌手。"其兄欲买以为妾。

次日闻官以舟与资[33]，将护送难民出境。少年兄弟访至马头[34]，挨舟觅女，见舱中坐一叟，衣冠虽破，冠蓝顶冠[35]，女侍其侧，方絮絮教训[36]，女俯首垂泪。少年登舟拜之，叟喝女退，出迎，肃客入坐。少年曰："叟居何职，因何窘迫至是[37]？"叟曰："老夫淮之山阳人[38]，忝为都阃[39]，以老致仕[40]。不意今夏雨甚河决，田庐皆没，不能不随众觅食。老夫无子，只有一女，年方及笄[41]。昨因乞钱，用泰山压顶势伤一标客。女子何可逞强，擅动煞手[42]，败人衣食[43]！老夫正训斥之。"少年极誉女能[44]，问："将焉往？"叟曰："老夫亲家为浙军水师提督[45]，婿亦开府矣[46]，将送女完姻[47]。而老夫依以终身也[48]。"少年诺诺而退[49]。

题解

选自清吴炽昌《续客窗闲话》卷一。淮阳，县名，今属河南省。难子，患难中之人。

吴炽昌(1780—1851)，清人。号芗厈居士，浙江海宁人。一生颇为潦倒。著有《客窗闲话》、《续客窗闲话》。

注释

[1] 余：我，我的。

[2] 洋行：与外国商人做买卖的商行。为业：为职业。

[3] 置：购置。洋船：海上航行的大船。

[4] 标客：即镖客，旧时给行旅或运输中的货物保镖的人。也叫镖师。御：抵御，抵挡。

[5] 优：旧时称演戏的人为优。

[6] 傲睨(nì)：傲慢斜视。睨，斜着眼睛看。

[7] 倨(jù)：傲慢。

[8] 切切：敬重的样子。

[9] 私：暗地里。

[10] 半酣：指已喝了一半程度，还未尽酒兴的样子。

[11] 肃客：让客。肃，指以礼导引。

[12] 坚请：坚定地请，再三要求。

[13] 顾：看。

[14] 碍步：妨碍走路。

[15] 咋(zé)舌：咬舌，形容吃惊、害怕，说不出话。

[16] 沿肆：沿街。肆，店铺。

[17] 矫矫不群：卓异出众。

[18] 募化：指向他人乞求财物。

[19] 肩：在这儿作动词用，扛着。

[20] 喝之起：呵斥这个女子起来。喝，同“呵”，呵斥。

[21] 故张其肱(gōng)：故意伸开胳膊。肱，胳膊上从肩到肘的部分。

[22] 佥(qiān)：全，都。

[23] 略：全。

[24] 如弄丸然：好像在玩弄泥丸似的。

[25] 汝曹：你们。

[26] 主人止戏：主人让停止了演戏。

[27] 可以观客之长矣：可以看一看标客所擅长的手段了。

[28] 激：激将，用反话去激人，促使人决心去做。

[29] 弱甚：非常弱小。

[30] 攘臂：捋起袖子，伸出胳膊。

[31] 入柜内如菩萨座：跌入柜台内像菩萨那样瘫坐在地上。

[32] 滋事：惹事，产生纠纷。

[33] 闻官以舟与资：听说官府提船和经费。

[34] 马头：即码头，船只停泊处。

[35] 冠蓝顶冠：戴着蓝顶的帽子。第一个冠为动词，戴着。

[36] 方：正在。絮絮：形容说话连续不断。

[37] 因何：为何。窘迫：处境困急。至是：到了这种境地。是，代指沿肆乞钱这种地步。

[38] 山阳：清代县名，即今江苏省淮安市，1914年以前称山阳县。

[39] 忝：谦辞。辱，有愧于。都阃(kǔn)：统兵在外的将领。

[40] 以老致仕：因为年纪大了而辞官。致仕，交还官职，即辞官。或指退休。

[41] 及笄(jī)：古代特指女子十五岁可以盘发插笄的年龄，即成年。笄：束发

用的簪子。古时女子十五岁时许配的,当年就束发戴上簪子;未许配的,二十岁时束发戴上簪子。

[42] 煞:同“杀”。

[43] 败人衣食:这里指砸了别人的饭碗。

[44] 极誉女能:极度称赞女子的能力。

[45] 提督:古代军队中官名,明清时多为一省之最高武官。清时于重要省份设提督,职掌军政,统辖诸镇,为地方武职最高长官。

[46] 开府:府兵军职。

[47] 完姻:完婚。

[48] 依以终身:这里指依靠女儿、女婿养老终身。

[49] 诺诺:连声应诺。表示顺从,不加违逆。

简评

本篇记述了一乞讨女子与脚夫、镖客打斗的事。镖客仗着自己有点功夫,态度很傲慢。文章先写镖客功夫惊人,“以掌劈柳木,截然中断,如斧劈者,众皆咋舌”。脚夫因要戏乞讨女子,女子便对脚夫进行刁难。众脚夫壮而多力,不料却被女子所制服。这时镖客出场,他认定对方为一弱女子,根本不放在眼里,没想到只一个回合,已被那女子一掌击中,跌去数丈,此时观看的人丛顿时一片哗然。文章通过镖客功夫惊人、脚夫力大衬托出女子功力之高,通过前后人们对镖客的态度,反映出了镖客的自大。其实“山外青山楼外楼”,镖客的功夫决不是最高的。故事最后写那女子的父亲教训了女儿,见出父女的教养,反衬出镖客的缺乏涵养。文章所写人物形象十分鲜明。

村居 高　鼎

草长莺飞二月天，拂堤杨柳醉春烟[1]。
儿童散学归来早，忙趁东风放纸鸢。

题解

选自清高鼎《拙吾诗文稿》，光绪八年(1882)刻本。

高鼎(1828—1880)，清诗人。字象一，又字拙吾，浙江仁和(今浙江杭州)人。其诗善于描写自然风光。有《拙吾诗文稿》。

注释

[1] 醉春烟：形容杨柳枝条已得春气变得柔软，随风飘拂，在蒸腾的地气中摇摆，如同陶醉了一般。

简评

本诗写儿童在春天以极高的兴致放纸鸢(风筝)的事。前二句写春天的美丽景色，一个“醉”字把春天尽兴飘洒的杨柳条拟人化了。后二句写儿童，特指出“放学归来早”，因而有机会去放风筝。说明了放风筝对调剂学生生活的意义。一个“忙”字将儿童急切兴奋的情绪充分地表现出来。儿童时代既是知识增长的时期，也是身体、智力发育的时期。在春天放学回来早而忙着去放纸鸢，表现出幸福的童年时代，写出了春天中人生的春天。

竹枝词 李春元

又是重阳九月天，纷纷携手北山巅。
登高逸兴知谁最[1]？竞向云中放纸鸢[2]。

题解

选自清李春元《雪村诗集》。重阳，农历九月初九。八卦中阳爻称九，阴爻称六，故古人以九为阳数，而九月九是两个“九”相重，故称重阳。重阳为季秋上旬，天气凉爽，故南方多于此时放风筝。

李春元，生卒年不详，清诗人。广东阳江人。贡生。有《雪村诗集》。

注释

［1］逸兴：超逸豪放的意兴。知谁最：可知谁的（逸兴）最高？

［2］竞：争先恐后地。

简评

南方天热，炎夏少室外活动，故至天凉之后野游以舒畅心情。这同北方在经过一冬之后希望在外感受大自然之美，吸吸新鲜空气，并借以舒展筋骨的情形一样。又诗中特别写到“携手”登山，一个人登山缺乏情趣，借着放风筝而大人孩子一起登山，则不仅使登山活动增加了趣味，而且登山过程中也会有很多欢快的事。由“竞向”二字看，是成群人相约带了小孩到山巅放风筝，这可以说是古代带有群体性意义的体育活动。

甘凤池《清史稿》

甘凤池，江南江宁人[1]。少以勇闻。康熙中[2]，客京师贵邸[3]。力士张大义者慕其名，自济南来见。酒酣[4]，命与凤池角[5]，凤池辞，固强之[6]。大义身长八尺馀，胫力强大[7]，以铁裹拇[8]，腾跃若风雨之骤至[9]。凤池却立倚柱[10]，俟其来[11]，承以手[12]，大义大呼仆，血满靴。解视，拇尽嵌铁中[13]。即墨马玉麟[14]，长躯大腹，以帛约身[15]，缘墙升木[16]，捷于猱[17]。客扬州巨贾家[18]，凤池后至，居其上。玉麟不平，与角技，终日无胜负。凤池曰："此劲敌，非张大义比！"明日又角，数蹈其瑕[19]，玉麟直前擒凤池，以骈指却之[20]，玉麟仆地，惭遁[21]。凤池尝语人曰："吾力不逾中人[22]，所以能胜人者，善借其力以制之耳。"手能破坚，握铅锡化为水。又善导引术，同里谭氏子病瘵[23]，医不效，凤池于静室窒牖户[24]，夜与合背坐，四十九日而痊。喜任侠[25]，接人和易[26]，见者不知为贲、育[27]。

题解

选自赵尔巽等编《清史稿·甘凤池传》。

注释

[1] 江宁：府名，今属江苏南京市。

[2] 康熙：清圣祖年号，1662年至1722年。

[3] 客：作客，寄寓。贵邸(dǐ)：旧指高级官员的住宅。邸，王侯府第。

[4] 酣：谓饮酒尽兴，半醉。

[5] 角：较量，竞争。

[6] 固：一再，执意。强：勉强。

[7] 胫力：指腿力。胫，小腿。

[8] 以铁裹拇：脚拇指上戴着铁套。此用为踢人形成重创。

[9] 骤：副词。突然。

[10] 却立：后退站立。

[11] 俟(sì)：等待。

[12] 承：抵御。

[13] 嵌：夹住。言拇指被铁箍夹扁。

[14] 即墨：古地名。在今山东平度东南。马玉麟：人名。

[15] 帛：丝带。约：缠束。

[16] 缘墙升木：爬墙攀树。缘，攀援。

[17] 猱(náo)：一种猿类野兽，身体便捷，善攀援。

[18] 客：此指在巨商家为宾客。贾(gǔ)：商人。

[19] 蹈：乘，利用。瑕：空虚，空子。

[20] 骈指：指食指与中指合为一指。却：退，使退。

[21] 遁：逃亡，逃跑。

[22] 中人：中等的人，常人。

[23] 病瘵（zhài）：指病重。瘵：病。多指痨病。

[24] 窒：堵塞，闭塞不通。牖（yǒu）户：窗与门。

[25] 任侠：指凭借勇力扶助弱小，帮助他人。

[26] 接人和易：指与人交往温和平易。

[27] 贲（bēn）、育：战国时勇士孟贲和夏育的并称。

简评

甘凤池武技高超，任侠好义。张大义和马玉麟与其比武较技，皆败。张大义身长八尺，力大勇猛，但在甘凤池手下只一招就落败。后遇劲敌马玉麟，终日无胜负，最后还是甘凤池以骈指将他击败。通过这一强一弱两个对手的对比，突显了甘凤池的武技。可以看出，甘凤池虽然武技高超，“少以勇闻”，但他谦虚谨慎，能帮助弱小，与人交往温和平易，充分显示了侠者风度。

王来咸《清史稿》

王来咸，字征南，浙江鄞县人。从同里单思南受内家拳法。来咸为人机警[1]，不露圭角[2]，非遇甚困不发[3]。凡搏人皆以其穴[4]，死穴、晕穴、哑穴，一切如铜人图法[5]。有恶少侮之[6]，为所击[7]，数日不溺[8]，谢过[9]，乃得如故[10]。牧童窃学其法[11]，击伴侣，立死。视之，曰："此晕穴。"不久果甦[12]。任侠[13]，尝为人报仇[14]。有致金以雠其弟者[15]，绝之[16]，曰："此以禽兽待我也！"明末，尝入伍为把总[17]，从钱肃乐起兵浙东[18]，事败，隐居于家。慕其艺者[19]，多通殷勤[20]，皆不顾[21]。黄宗羲与之游[22]，同入天童[23]，僧少焰有膂力[24]，四五人不能掣其手[25]，稍近来咸，蹶然负痛[26]。来咸尝曰："今人以内家无可炫耀[27]，于是以外家羼之[28]，此学行衰矣[29]！"康熙八年卒，年五十三。

题解

选自赵尔巽等编《清史稿·艺术列传四》，中间有删节。王来咸(1616—1669)，明末清初武术家，字征南，鄞(yín)县(今浙江宁波)人。少从同乡单(shàn)思南受"内家拳"法，凡搏人都以点穴制胜。传其术于黄宗羲之子黄百家，百家集其说著《内家拳法》。一说曾传甘风池。本文即述其重武德，讲义气，有武侠精神。

注释

[1] 机警：机智灵敏。

[2] 圭角：圭的棱角。比喻锋芒。圭，古代仪式玉制礼器。长条形，上尖下方。

[3] 遇：遭遇。甚困：指非常困难之事。

[4] 凡：凡是。搏：搏击。穴：穴位。多为神经末梢密集或较粗的神经纤维经过的地方。

[5] 铜人图法：指铜制人体针灸经络穴位模型。

[6] 恶少：品行恶劣的年轻男子。侮：侮辱。

[7] 为所击：指被王来咸所击。为，被。

[8] 溺(niào)：同"尿"，这里指撒尿。

[9] 谢过：认过错。

[10] 乃得如故：才和原来一样。

[11] 窃：私下里。

[12] 甦(sū)：苏醒。

[13] 任侠：见上篇注[26]。

[14] 尝：曾经。

[15] 致金：给予金钱。雠其弟：以弟为仇而请王来咸损伤之。

[16] 绝：绝交。

[17] 把总：总兵属下的低级武官。

[18] 钱肃乐（？——1648）：字希声。鄞县人，崇祯十年进士。清兵攻陷杭州，举兵起义。后失败，抑郁而死。

[19] 慕：倾慕。艺：技艺。

[20] 多通殷勤：多方恳切叮咛。

[21] 不顾：不理会，即不答应传授。

[22] 黄宗羲：见《内家拳传授源流》作者介绍。

[23] 天童：即天童寺，在浙江宁波市东天童山上，东晋时建，为浙东佛教名寺。

[24] 膂（lǚ）力：体力。在这句是说：僧人少焰力气很大。

[25] 掣其手：即扳动他的手。掣，牵引。

[26] 蹶然：颠仆的样子。负痛：受伤痛。

[27] 内家：即内家拳。

[28] 羼（chàn）：搀杂。

[29] 学行：学问品行。衰：衰微。

简评

中国武术源远流长，博大精深。明清两代集往古之大成，造诣更广。清代武坛上源流有序、自成体系的拳种有上百个。清代王来咸从同乡人单思南学习内家拳法，擅长点穴。在技击中用点穴术击人体的某些穴位，使被点中者立即失去活动能力。被点中者轻则暂时不能活动，重则会伤残或死亡。其为人机智灵敏，但不露锋芒，非不得已，不展露其技艺。又任侠重义，扶助弱小，可谓践行了武侠重德谦虚，不以武功绝技而自骄的传统美德。

曹竹斋《清史稿》

曹竹斋，以字行[1]，佚其名[2]，福建人。老而贫，卖卜扬州市[3]。江、淮间健者[4]，莫能当其一拳[5]，故称曹一拳。少年以重币请其术[6]，不可。或怪之[7]，则曰："此皆无赖子，岂当授艺以助虐哉[8]？拳棒[9]，古先舞蹈之遗也[10]，君子习之[11]，所以调血脉[12]，养寿命，其粗乃以御侮[13]。必彼侮而我御之[14]，若以之侮人，则反为人所御而自败矣。无赖子以血气事侵凌[15]，其气浮于上，而立脚虚，故因其奔赴之势[16]，略藉手而仆耳[17]。一身止两拳[18]，拳之大才数寸，焉足卫五尺之躯[19]，且以接四面乎[20]？惟养吾正气[21]，使周于吾身[22]，彼之手足近吾身，而吾之拳，即在其所近之处。以彼虚嚣之气[23]，与吾静定之气接，则自无幸矣[24]。故至精是术者[25]，其征有二[26]：一则精神贯注，而腹背皆干滑如腊肉[27]；一则气体健举[28]，而额颅皆肥泽如粉粢[29]。是皆血脉流行[30]，应乎自然[31]，内充实而外和平[32]，犯而不校者也[33]。"嘉庆末[34]，殁于扬州[35]，年八十馀。

题解

选自赵尔巽等编《清史稿·艺术列传四》。曹竹斋，福建人，乾隆、嘉庆时期名满大江南北的拳术大师。

注释

[1] 以字行：以字表行于世。
[2] 佚：失去。
[3] 卖卜：以占卜谋生。市：市井，街市。
[4] 江淮间：长江和淮河一带地方。健者：强有力的人。
[5] 当：抵挡。
[6] 重币：重金。请其术：即请求他教自己武艺。
[7] 或怪之：有人责怪他。
[8] 岂当：怎么能够。助虐：帮助其做坏事。
[9] 拳棒：泛指武术。
[10] 古先：古代先人。遗：遗留。
[11] 君子：指有德行的人。
[12] 所以：用来。调血脉：调节人体内血液运行的气息。
[13] 粗：粗野。乃以：才用来。御侮：抵御外侮。御，抵御。
[14] 必：一定。彼：别人。
[15] 以血气：仗着年轻气盛。事侵凌：做侵犯欺凌他人的事。
[16] 因：凭借。奔赴之势：急急忙忙奔来的气势。
[17] 略：稍微。藉手：借人之手以为己

助，此处为借力打力之意。仆：倒。

[18] 止：仅，只。

[19] 焉：疑问代词，怎么。卫：护卫。

[20] 且：并且。接四面：应付四面的围攻。

[21] 惟：只有。正气：浩然的气概，刚正的气节。

[22] 周：周遍。

[23] 以：用。彼：他的。虚嚣：空虚傲慢。

[24] 则自无幸矣：那当然没什么机会了。

[25] 至精：非常精通。是术：这种技艺。

[26] 征：表象，表征。

[27] 腹背皆干滑如腊肉：当指所练腹肌与背肌之强健而言。

[28] 气体：指人的气质和形貌。健举：健拔。

[29] 额颅：额头。肥泽：肌肉丰润。粉粢(zī)：一种以蒸熟的米饭捣碎做成的饼状食品。

[30] 流行：运行畅通。这句是说这些都是血脉运行畅通的表现。

[31] 应乎自然：顺应于自然之规律。

[32] 内：体内。外：外表。和平：即平和。

[33] 犯而不校：别人触犯自己也不计较。

[34] 嘉庆：清仁宗年号，1796—1820年。

[35] 殁(mò)：死，去世。

简评

本篇记述清代武术名家曹竹斋事迹。首先指出了他在武术传习上重品德作风，纵然因贫穷而卖卜于扬州，也不为金钱所动，不将技艺传授于无赖子。另外，通过曹竹斋之语指出，武术的主要作用在于健身："君子习之，所以调血脉，养寿命，其粗乃以御侮。"作为有武德之人，主要用武术强身健体、延年养生。说到其功用的"粗"的方面，是用来抵御侵略侮辱的，并且还要坚持人不犯我，我不犯人的原则。其次讲了要善于养自己的正气，这样，才能得心应手，应对来犯。最后指出了精于拳术者"血脉流行，应乎自然"的表现和"内充实而外和平"、"犯而不校"的境界，这更体现出中国武术的传统美德。

【阅读文章】

体育为修己之本 蔡元培

修己之道不一，而以康强其身为第一义[1]。身不康强，虽有美意，无自而达也[2]。康矣强矣，而不能启其知识[3]，练其技能，则奚择于牛马[4]？故又不可以不求知能[5]。知识富矣，技能精矣，而不率之以德性[6]，则适以长恶而遂非[7]，故又不可以不养德性。是故修己之道，体育、知育、德育三者，不可以偏废也。

凡德道以修己为本，而修己之道，又以体育为本。

忠孝，人伦之大道也，非康健之身，无以行之。人之事父母也，服劳奉养[8]，惟力是视[9]，羸弱而不能供职[10]，虽有孝思奚益？况其以疾病贻父母忧乎？其于国也亦然。国民之义务，莫大于兵役，非强有力者，应征而不及格，临阵而不能战，其何能忠？且非特忠孝也。一切道德，殆皆非羸弱之人所能实行者。苟欲实践道德，宣力国家[11]，以尽人生之天职，其必自体育始矣。

且体育与智育之关系，尤为密切，西哲有言："康强之精神，必寓于康强之身体。"不我欺也[12]。苟非狂易[13]，未有学焉而不能知，习焉而不能熟者。其能否成立[14]，视体魄如何耳。也尝有抱非常之才，且亦富于春秋，徒以体魄孱弱[15]，力不逮志[16]，奄然与凡庸伍者[17]，甚至或盛年废学，或中道夭逝，尤可悲焉。

夫人之一身，本不容以自私，盖人未有能遗世而独立者[18]。无父母则无我身，子女之天职，与生俱来。其他兄弟夫妇朋友之间，亦各以其相对之地位，而各有应尽之本务。而吾身之康强与否，即关于本务之尽否。故人之一身，对于家族若社会若国家[19]，皆有善自摄卫之责[20]。使傲然曰[21]：我身之不康强，我自受之，于人无与焉。斯则大谬不然者也。

人之幼也，卫生之道[22]，宜受命于父兄。及十三四岁，则当躬自注意矣[23]。请述其概：一曰节其饮食；二曰洁其体肤及衣服；三曰时其运动[24]；四曰时其寝息；五曰快其精神。

少壮之人，所以损其身体者，率由于饮食之无节[25]。虽当身体长育之时，饮食之量，本不能以老人为比例，然过量之忌则一也。使于饱食以后，尚歆于旨味而恣食之[26]，则其损于身体，所不待言。且既知饮食过量之为害，而一时为食欲所迫，不及自制，且致养成不能节欲之习惯，其害尤大，不可以不慎也。

少年每喜于闲暇之时，杂食果饵[27]，以致减损其定时之餐馆，是亦一弊习。医家谓成人之胃病，率基于是。是乌可以不戒欤[28]？

酒与烟，皆害多而利少。饮酒渐醉，则精神为之惑乱，而不能自节。能慎之于始而不饮，则无虑矣。吸烟多始于游戏，及其习惯，则成癖而不能废。故少年尤当戒之。烟含毒性，卷烟一枚，其所含毒分，足以毙雀二十尾。其毒性之剧如此，吸者之受害可知矣。

凡人之习惯，恒得以他习惯代之[29]。饮食之过量，亦一习惯耳。以节制食欲之法矫之[30]，而渐成习惯，则旧习不难尽去也。

清洁为卫生之第一义，而自清洁其体肤始。世未有体肤既洁，而甘服垢污之衣者。体肤衣服洁矣，则房室庭园，自不能任其芜秽，由是集清洁之家而为村落为市邑，则不徒足以保人身之康强，而一切传染病，亦以免焉。

且身体衣服之清洁，不徒益以卫生而已[31]，又足以优美其仪容，而养成善良之习惯，其裨益于精神者，亦复不浅。盖身体之不洁，如蒙秽然，以是接人[32]，亦不敬之一端。而好洁之人，动作率有秩序，用意亦复续密，习与性成，则有以助勤勉精明之美德。借形体以范精神[33]，亦缮性之良法也[34]。

运动亦卫生之要义也。所以助肠胃之消化，促血液之循环，而爽朗其精神者也。凡终日静坐偃卧而怠于运动者，身心辄为之不快，驯致食欲渐减[35]，血色渐衰，而元气亦因以消耗。是故终日劳心之人，尤不可以不运动。运动之时间，虽若靡费[36]，而转为勤勉者所不可吝，此亦犹劳作者之不能无休息也。

凡人精神抑郁之时，触物感事，无一当意[37]，大为学业进步之阻力。此虽半由于性癖，而身体机关之不调和，亦足以致之。时而游散山野，呼吸新空气，则身心忽为之一快，而精进之力顿增。当春夏假期，游历国中名胜之区，此最有益于精神者也。

是故运动者，所以助身体机关之作用，而为勉力学业之预备，非所以恣意而纵情也。故运动如饮食然，亦不可以无节。而学校青年，于蹴鞠竞渡之属，投其所好，则不惜注全力以赴之，因而毁伤身体，或酿成疾病者，盖亦有之，此则失运动之本意矣。

凡劳动者，皆不可以无休息。睡眠，休息之大者也，宜无失时，而少壮尤甚。世或有勤学太过，夜以继日者，是不可不戒也。睡眠不足，则身体为之衰弱，而驯致疾病，即幸免于是，而其事亦无足取。何则？睡眠不足者，精力既疲，即使终日研求，其所得或尚不及起居有时者之半，徒自苦耳。惟睡眠过度，则亦足以酿惰弱之习，是亦不可不知者。

精神者，人身之主动力也。精神不快，则眠食不适，而血气为之枯竭，形容为之憔悴，驯以成疾，是亦卫生之大忌也。夫顺逆无常，哀乐迭生，诚人生之常事，然吾人务当开豁其胸襟，清明其神志，即有不如意事，亦当随机顺应，而不使留滞于意识之中，则足以涵养精神，而使之无害于康强矣。

康强身体之道，大略如是。夫吾人之所以斤斤于是者[38]，岂欲私吾身哉[39]？诚以吾身者，因对于家族若社会若国家，而有当尽之义务者也。乃昧者[40]，或以情欲之感，睚眦之忿[41]，自杀其身，罪莫大焉。彼或以一切罪恶，得因自杀而消灭，是亦以私情没公义者。惟志士仁人，杀身成仁，则诚人生之本务，平日所以爱惜吾身者，正为此耳。彼或以衣食不给，且自问无益于世[42]，乃以一死自谢[43]，此则情有可悯，而其薄志弱行，亦可鄙也。人生至此，要当百折不挠，排艰阻而为之，精神一到，何事不成？见险而止者，非夫也。

题解

节选自《蔡元培全集》第 2 卷《中学修身教科书》第一、二节，题目据《中国近代体育文选·体育史料第 17 辑》所选该文而定。《中学修身教科书》为蔡元培在德国留学期间所编著，商务印书馆于 1912 年 5 月出版。第一章为“修己”，共分十节，第一节为总论，接下来分九节分别从九个方面谈修己之道，即“体育”、“习惯”、“勤勉”、“自制”、“勇敢”、“修学”、“修德”、“交友”、“从师”，“悉本中国古圣贤道德之原理，旁及东西伦理学大家之说，斟酌取舍，以求适合于今日之社会。立说务期可行，行文务期明亮”（《中学修身教科书·例言》）。

蔡元培（1868—1940），清末民国间民主革命家、教育家。字鹤卿，号孑民，浙江山阴（今浙江绍兴）人。清光绪十八年（1892）进士。授编修。后辞宦专办教育。入民国，为首任教育总长。1916 年至 1927 年任北京大学校长，革新北大，开“学术”与“自由”之风。1928 年辞去行政职务，专任国立中央研究院院长。又兼任多所高等学校校长、院长等。有《蔡元培全集》。

注释

[1] 康强：健康强壮。
[2] 无自而达：没有达到目的的基础。自，指缘由。
[3] 启其知识：扩展其知识。启，开启。
[4] 奚(xī)择于牛马：和牛马有什么分别。奚，疑问代词，何，什么。
[5] 知能：智慧才能。知，通“智”。
[6] 率：领。德性：指优良的品质与至诚的天性。
[7] 长(zhǎng)恶：助长坏品质。遂非：坚持错误。遂，相沿不改。
[8] 服劳：承担各种事物。
[9] 惟力是视：只看有没有能力。
[10] 羸(léi)弱：瘦弱。供职：承担职责。
[11] 宣力：尽力。《管子·四称》：“固其武力，宣用其力。”
[12] 不我欺：不欺我，不是假话。
[13] 狂易：轻狂率易。
[14] 成立：事业成功。
[15] 孱(chán)弱：瘦弱，衰弱。

[16] 力不逮志：体力、能力与志愿不适应，达不到完成志愿所要求的程度。

[17] 奄然：一致的样子。形容一模一样。与凡庸伍：指与平庸的人为伍，混同于平庸人之中。

[18] 遗世而独立：超然独立于世俗之外，这里指脱离社会独自生存。

[19] 若：或，或者。

[20] 善自摄卫：好好保养。

[21] 使：假使。

[22] 卫生之道：护卫、保养身体的作法。

[23] 躬自：自身，自己。

[24] 时：按时，定时。下句同。

[25] 率：大都。下文的"动作率有秩序"，用法同。

[26] 歆(xìn)：贪图。旨味：美味。恣食：恣意吃。

[27] 果饵：糖果饼饵等食品，零食。饵，米粉作的糕饼。

[28] 是乌可以不戒欤：这些哪里可以不戒除呢？是，指示代词，指以上所说"杂食果饵"、"减损其定时之餐馆"。乌，疑问副词。何，哪里。欤，语气词。表示反问。

[29] 恒：常常。

[30] 矫：矫正。

[31] 益以：同"益于"。

[32] 接人：接触人，交接人。

[33] 范：本意为范母，模型，这里引申用为显示。

[34] 缮性：修养品性。

[35] 驯致：也作"驯至"，逐渐达到，逐渐招致。

[36] 若：像。靡费：浪费。

[37] 当意：顺心意。

[38] 斤斤：谨慎，过分着意。

[39] 私吾身：偏爱自己的身体。私，偏爱。

[40] 昧者：指不明其理者。

[41] 睚(yá)眦(zì)之忿：同"睚眥之怨"。睚眦：瞋目怒视，瞪眼看人。借指微小的怨恨。

[42] 自问：自己衡量。

[43] 自谢：自惩。谢，谢罪。

体育之研究 毛泽东

国力苶弱[1]，武风不振，民族之体质日趋轻细，此甚可忧之现象也。提倡之者不得其本，久而无效，长是不改[2]，弱且加甚。夫命中致远[3]，外部之事，结果之事也；体力充实，内部之事，原因之事也。体不坚实，则见兵而畏之[4]，何有于命中，何有于致远？坚实在于锻炼，锻炼在于自觉。今之提倡者非不设种种之方法，然而无效者，外力不足以动其心，不知何为体育之真义。体育果有如何之价值，效果云何，著手何处，皆茫乎如在雾中，其无效亦宜。欲图体育之效，非动其主观，促其对体育之自觉不可。苟自觉矣，则体育之条目可不言而自知，命中致远之效，亦当不求而自至矣。不佞深感体育之要[5]，伤提倡者之不得其当[6]，知海内同志同此病而相怜者必多。不自惭赧[7]，贡其愚见，以资商榷。所言并非皆已实行，尚多空言理想之处，不敢为欺。倘辱不遗，赐之教诲，所虚心百拜者也。

第一　释体育

自有生民以来，智识有愚暗，无不知自卫其生者。是故西山之薇[8]，饥极必食，井上之李[9]，不容不咽，巢木以为居，皮兽以为衣，盖发乎天能，不知所以然也。然而未精也。有圣人者出，于是乎有礼，饮食起居皆有节度。故“子之燕居，申申如也，夭夭如也”[10]；“食饐而餲，鱼馁而肉败，不食”[11]；“射于矍相之圃，盖观者如堵墙焉”[12]。人体之组成与群动无不同，而群动不能及人之寿，所以制其生者无节度也。人则以节度制其生，愈降于后而愈明，于是乎有体育。体育者，养生之道也。东西之所明者不一：庄子效法于庖丁[13]，仲尼取资于射御[14]；现今文明诸国，德为最盛，其斗剑之风，播于全国；日本则有武士道，近且因吾国之绪馀，造成柔术，觥觥乎可观已[15]。而考其内容，皆先精究生理，详于官体之构造，脉络之运行，何方发达为早，何部较有偏缺，其体育即准此为程序，抑其过而救其所不及。故其结论，在使身体平均发达。由此言之，体育者，人类自其养生之道，使身体平均发达，而有规则次序之可言者也。

第二　体育在吾人之位置

体育一道，配德育与智育，而德智皆寄于体，无体是无德智也。顾知之者或寡矣，或以为重在智识，或曰道德也。夫知识则诚可贵矣，人之所以异于动物者此耳。顾徒知识之何载乎？道德亦诚可贵矣，所以立群道平人己者此耳。顾徒道德之何寓乎？体者，为知识之载而为道德之寓者也。其载知识也如车，其寓道德也如舍。体者，载知识之车而寓道德之舍也。儿童及年入小学，小学之时，宜专注重于身体之发育，而知识之增进、道德之养成次之。宜以养护为主，而以教授训练为辅。今盖多不知之，故儿童缘读书而得疾病或至夭殇者有之矣。中学及中学以上宜三育并重，今人则多偏于智。中学之年，身体之发育尚未完成，乃今培之者少而倾之者多，发育不将有中止之势乎？吾国学制，课程密如牛毛，虽成年之人，顽强之身，犹莫能举，况未成年者乎？况弱者乎？观其意，教者若特设此繁重之课以困学生，蹂躏其身而残贼其生，有不受者则罚之。智力过人者，则令加读某种某种之书，甘言以餂之[16]，厚赏以诱之。嗟乎，此所谓贼夫人之子欤！学者亦若恶此生之永年，必欲摧折之，以身为殉而不悔。何其梦梦如是也！人独患无身耳，他复何患？求所以善其身者，他事亦随之矣。善其身无过于体育。体育于吾人实占第一之位置，体强壮而后学问道德之进修勇而收效远。于吾人研究之中，宜视为重要之部。“学有本末，事有终始，知所先后，则近道矣。”此之谓也。

第三　前此体育之弊及吾人自处之道

三育并重，然昔之为学者详德智而略于体。及其弊也，偻身俯首，纤纤素手，登山则气迫，涉水则足痉。故有颜子而短命[17]，有贾生而早夭[18]，王勃[19]、卢照邻[20]，或幼伤或坐废。此皆有甚高之德与智也，一旦身不存，德智则从之而隳矣[21]。惟北方之强，任金革死而不厌[22]；燕赵多悲歌慷慨之士[23]；烈士武臣，多出凉州[24]。清之初世，颜习斋[25]、李刚主文而兼武[26]。习斋远跋千里之外，学击剑之术于塞北，与勇士角而胜焉[27]。故其言曰：“文武缺一岂道乎？”顾炎武[28]，南人也，好居于北，不喜乘船而喜乘马。此数古人者，皆可师者也。

学校既起，采各国之成法，风习稍稍改矣。然办学之人，犹未脱陈旧一流，囿于所习，不能骤变，或少注意及之[29]，亦惟是外面铺张，不揣其本而齐其末[30]。故愚观现今之体育，率多有形式而无实质。非不有体操课程也，非不有体操教员也，然而受体操之益者少，非徒无益，又有害焉。教者发令，学者强应，身顺而心违，精神受无量之痛苦，精神苦而身亦苦矣。盖一体操之终，未有不貌瘁神伤者也。饮食不求洁，无机之物、微生之菌入于体中，化为疾病；室内光线不足，则目力受害不小；桌椅长短不合，削趾适履，则躯干受亏；其馀类此者尚多，不能尽也。

然则为吾侪学者之计如之何[31]？学校之设备，教师之教训，乃外的客观的也。吾人盖尚有内的主观的。夫内断于心，百体从令。祸福无不自己求之者，我欲仁斯仁至，况于体育乎。苟自之不振，虽使外的客观的尽善尽美，亦犹之乎不能受意也。

故讲体育必自自动始。

第四　体育之效

人者，动物也，则动尚矣。人者，有理性的动物也，则动必有道。然何贵乎此动邪？何贵乎此有道之动邪？动以营生也，此浅言之也；动以卫国也，此大言之也。皆非本义。动也者，盖养乎吾生、乐乎吾心而已。朱子主敬[32]，陆子主静[33]。静，静也；敬，非动也，亦静而已。老子曰“无动为大”[34]，释氏务求寂静[35]。静坐之法，为朱陆之徒者咸尊之。近有因是子者[36]，言静坐法，自诩其法之神，而鄙运动者之自损其体。是或一道，然予未敢效之也。愚拙之见，天地盖惟有动而已。

动之属于人类而有规则之可言者曰体育。前既言之，体育之效则强筋骨也。愚昔尝闻，人之官骸肌络及时而定，不复再可改易，大抵二十五岁以后即一成无变，今乃知其不然。人之身盖日日变易者：新陈代谢之作用不绝行于各部组织之间，目不明可以明，耳不聪可以聪，虽六七十之人犹有改易官骸之效，事盖有必至者。又闻弱者难以转而为强，今亦知其非是。盖生而强者滥用其强，不戒于种种嗜欲，以渐戕贼其身[37]，自谓天生好身手，得此已足，尚待锻炼？故至强者或终转为至弱。至于弱者，则恒自悯其身之下全，而惧其生之不永，兢业自持：于消极方面则深戒嗜欲，不敢使有损失；于积极方面则勤自锻炼，增益其所不能。久之遂变而为强矣。故生而强者不必自喜也，生而弱者不必自悲也。吾生而弱乎，或者天之诱我以至于强，未可知也。东西著称之体育家，若美之罗斯福[38]、德之孙棠[39]、日本之嘉纳[40]，皆以至弱之身，而得至强之效。又尝闻之：精神身体不能并完。用思想之人每歉于体，而体魄蛮健者多缺于思。其说亦谬。此盖指薄志弱行之人，非所以概乎君子也。孔子七十二而死，未闻其身体不健；释迦往来传道，死年亦高；邪苏不幸以冤死[41]；至于摩诃末[42]，左持经典，右执利剑，征压一世；此皆古之所谓圣人，而最大之思想家也。今之伍秩庸先生[43]，七十有馀岁矣，自谓可至百馀岁，彼亦用思想之人也；王湘绮死年七十馀[44]，而康健矍铄。为是说者其何以解邪？总之，勤体育则强筋骨，强筋骨则体质可变，弱可转强，身心可以并完。此盖非天命而全乎人力也。

非第强筋骨也[45]，又足以增知识。近人有言曰：“文明其精神，野蛮其体魄[46]。”此言是也。欲文明其精神，先自野蛮其体魄；苟野蛮其体魄矣，则文明之精神随之。夫知识之事，认识世间之事物而判断其理也。于此有须于体者焉[47]。直观则赖乎耳目，思索则赖乎脑筋，耳目脑筋之谓体，体全而知识之事以全。故可谓间接从体育以得知识。今世百科之学，无论学校、独修，总须力能胜任。力能胜任者，体之强者也。不能胜任者，其弱者也。强弱分，而所任之区域以殊矣。

非第增知识也，又足以调感情。感情之于人，其力极大。古人以理性制之，故曰“主人翁常惺惺否”[48]，又曰“以理制心”[49]。然理性出于心，心存乎体。常观罢弱之人[50]，往往为感情所役，而无力以自拔；五官不全及肢体有缺者多困于一偏之情，而理性不足以救之。故身体健全，感情斯正，可谓不易之理。以例言之：吾人遇某种不快之事，受其刺激，心神震荡，难于制止，苟加以严急之运动，立可汰去陈旧之观念，而复使脑筋清明，效盖可立而待也。

非第调感情也，又足以强意志。体育之大效盖尤在此矣。夫体育之主旨，武勇也。武勇之目，若猛烈，若不畏，若敢为，若耐久，皆意志之事。取例明之，如冷水浴足以练习猛烈与不畏，又足以练习敢为。凡各种之运动，持续不改，皆有练习耐久之益。若长距离之赛跑，于耐久之练习尤著。夫"力拔山气盖世"[51]，猛烈而已；"不斩楼兰誓不还"[52]，不畏而已；"化家为国"[53]，敢为而已；八年于外，三过其门而不入[54]，耐久而已。要皆可于日常体育之小基之。意志也者，固人生事业之先驱也。

肢体纤小者举止轻浮，肤理缓弛者心意柔钝，身体之影响于心理也如是。体育之效，至于强筋骨，因而增知识，因而调感情，因而强意志。筋骨者，吾人之身；知识、感情、意志者，吾人之心。身心皆适，是谓俱泰[55]。故夫体育非他，养乎吾生、乐乎吾心而已。

第五　不好运动之原因

运动力，体育之最要者。今之学者多不好运动，其原因盖有四焉：一则无自觉心也。一事之见于行为也，必先动其喜为此事之情，尤必先有对于此事明白周详知其所以然之智。明白周详知所以然者，即自觉心也。人多不知运动对于自己有如何之关系，或知其大略，亦未至于亲切严密之度，无以发其智，因无以动其情。夫能研究各种科学孜孜不倦者，以其关系于己者切也，今日不为，他日将无以谋生，而运动则无此自觉。此其咎由于自己不能深省者半，而教师不知所以开之亦占其半也。一则积习难返也。中国历来重文，羞齿短后[56]，动有"好汉不当兵"之语。虽知运动当行之理与各国运动致强之效，然旧观念之力尚强，其于新观念之运动盖犹在迎拒参半之列，故不好运动，亦无怪其然。一则提倡不力也。此又有两种：其一，今之所称教育家多不谙体育[57]。自己不知体育，徒耳其名[58]，亦从而体育之，所以出之也不诚，所以行之也无术，遂减学者研究之心。夫荡子而言自立，沉湎而言节饮[59]，固无人信之矣。其次，教体操者多无学识，语言鄙俚，闻者塞耳，所知惟此一技，又未必精，日日相见者，惟此机械之动作而已。夫徒有形式而无精意以贯注之者，其事不可一日存，而今之体操实如是。一则学者以运动为可羞也。以愚所考察，此实为不运动之大原因矣。夫衣裳襜襜、行止于于、瞻视舒徐而夷犹者[60]，美好之态，而社会之所尚也。忽尔张臂露足，伸肢屈体，此何为者邪？宁非大可怪者邪？故有深知身体不可不运动，且甚思实行，竟不能实行者；有群行群止能运动，单独行动则不能者；有燕居私室能运动，稠人广众则不能者。一言蔽之，害羞之一念为之耳。四者皆不好运动之原因。第一与第四属于主观，改之在己；第二与第三属于客观，改之在人。君子求己，在人者听之可矣。

第六　运动之方法贵少

愚自伤体弱，因欲研究卫生之术。顾古人言者亦不少矣，近今学校有体操、坊间有书册，冥心务泛，终难得益[61]。盖此事不重言谈，重在实行，苟能实行，得一道半法已足。曾文正行临睡洗脚[62]、食后千步之法，得益不少。有老者年八十犹康健，问之，曰："吾惟不饱食耳。"今之体操，诸法樊陈[63]，更仆尽之[64]，宁止数十百种？巢林止于一枝，饮河止于满腹[65]。吾人惟此身耳，惟此官骸藏络耳[66]，虽百其法，不外欲使血脉流通。夫法之致其效者一，一法之效然，百法之效亦然，则余之九十九法可废也。目不两视而明，耳不两听而聪，筋骨之锻炼而百其方法，是扰之也，欲其有效，未见其能有效矣。夫应诸方之用，与锻一己之身者不同。浪桥所以适于航海，持竿所以适于逾高，游戏宜乎小学，兵式宜乎中学以上，此应诸方之用者也。运动筋骸使血脉流通，此锻一己之身者也。应诸方之用者其法宜多，锻一己之身者其法宜少。近之学者多误此意，故其失有二：一则好运动者以多为善，几欲一人之身，百般俱备，其至无一益身者；一则不好运动者，见人之技艺多，吾所知者少，则绝弃之而不为。其宜多者不必善，务广而荒，又何贵乎？少者不必不善，虽一手一足之屈伸，苟以为常，亦有益焉。明乎此，而后体育始有进步可言矣。

第七　运动应注意之项

凡事皆宜有恒，运动亦然。有两人于此，其于运动也，一人时作时辍，一人到底不懈，则效不效必有分矣。运动而有恒，第一能生兴味。凡静者不能自动，必有所以动之者，动之无过于兴味。凡科学皆宜引起多方之兴味，而于运动尤然。人静处则甚逸，发动则甚劳，人恒好逸而恶劳，使无物焉以促之，则不足以移其势而变其好恶之心。而此兴味之起，由于日日运动不辍。最好于才起临睡行两次运动，裸体最善，次则薄衣，多衣甚碍事。日以为常，使此运动之观念相连而不绝，今日之运动承乎昨日之运动，而又引起明日之运动。每次不必久，三十分钟已足。如此自生一种之兴味焉。第二能生快乐。运动既久，成效大著，发生自己价值之念。以之为学则胜任愉快，以之修德则日起有功，心中无限快乐，亦缘有恒而得也。快乐与兴味有辨：兴味者运动之始，快乐者运动之终；兴味生于进行，快乐生于结果。二者自异。

有恒矣，而不用心，亦难有效。走马观花，虽日日观，犹无观也。心在鸿鹄[67]，虽与俱学，勿若之矣。故运动有注全力之道焉。运动之时，心在运动，闲思杂虑，一切屏去[68]，运心于血脉如何流通，筋肉如何张弛，关节如何反复，呼吸如何出入，而运作按节，屈伸进退，皆一一踏实。朱子论主一无适[69]，谓吃饭则想着吃饭，穿衣则想着穿衣。注全力于运动之时者，亦若是则已耳。

文明柔顺[70]，君子之容。虽然，非所以语于运动也。运动宜蛮拙。骑突枪鸣，十荡十决[71]，喑噁颓山岳[72]，叱咤变风云，力拔项王之山，勇贯由基之札[73]，其道盖存乎蛮拙，而无与于纤巧之事。运动之进取宜蛮，蛮则气力雄，筋骨劲。运动之方法宜拙，拙则资守实，练习易。二者在初行运动之人为尤要。

运动所宜注意者三：有恒，一也；注全力，二也；蛮拙，三也。他所当注意者尚多，举其要者如此。

第八　运动一得之商榷

愚既粗涉各种运动，以其皆系外铄而无当于一己之心得[74]，乃提挈各种运动之长，自成一种运动，得此运动之益颇为不少。凡分六段：手部也，足部也，躯干部也，头部也，打击运动也，调和运动也。段之中有节，凡二十有七节。以其为六段，因名之曰“六段运动”。兹述于后，世之君子，幸教正焉。

一、手部运动，坐势。

1. 握拳向前屈伸，左右参，三次（左右参者，左动右息，右动左息，相参互也）。

2. 握拳屈肘前侧后半圆形运动，左右参，三次。

3. 握拳向前面下方屈伸，左右并，三次（左右并者，并动不相参互）。

4. 手仰向外拿，左右参，三次。

5. 手复向外拿，左右参，三次。

6. 伸指屈肘前刺，左右参，三次。

二、足部运动，坐势。

1. 手握拳左右垂。足就原位一前屈，一后斜伸，左右参，三次。

2. 手握拳前平。足一侧伸，一前屈。伸者可易位，屈者惟趾立，臀跟相接，左右参，三次。

3. 手握拳左右垂。足一支一揭，左右参，三次。

4. 手握拳左右垂。足一支一前踢，左右参，三次。

5. 手握拳左右垂。足一前屈，一后伸。屈者在原位，伸者易位，两足略在直线上，左右参，三次。

6. 手释拳。全身一起一蹲，蹲时臀跟略接，三次。

三、躯干部运动，立势。

1. 身向前后屈，三次（手握拳，下同）。

2. 手一上伸，一下垂。绷张左右胸肋，左右各一次。

3. 手一侧垂，一前斜垂。绷张左右背肋，左右各一次。

4. 足丁字势。手左右横荡，扭捩腰胁，左右各一次。

四、头部运动，坐势。

1. 头前后屈，三次。

2. 头左右转，三次。

3. 用手按摩额部、颊部、鼻部、唇部、喉部、耳部、后颈部。

4. 自由运动。头大体位置不动，用意使皮肤及下颚运动，五次。

五、打击运动，不定势（打击运动者，以拳遍击身体各处，使血液奔注，筋肉坚实，为此运动之主）。

1. 手部。右手击左手，左手击右手。

(1)前膊。上面、下面、左面、右面。

(2)后膊。上面、下面、左面、右面。

2. 肩部。

3. 胸部。

4. 胁部。

5. 背部。

6. 腹部。

7. 臀部。

8. 腿部。上腿、下腿。

六、调和运动，不定势。

1. 跳舞，十馀次。

2. 深呼吸，三次。

题解

本文据 1979 年人民体育出版社标点出版的《体育之研究》，注释也多用原注解。人民体育出版社原“出版说明”如下：“《体育之研究》是毛泽东同志青年时代的一篇著作，原载一九一七年四月一日《新青年》杂志，署名为‘二十八画生’。一九五八年三月，本社用原署名，作为内部读物发行了单行本。现在应读者要求，以单行本公开出版。毛泽东同志从青年时代起，就积极提倡体育，主张德智体三育并重。在这篇文章里，毛泽东同志就体育的意义，作用，体育与教育的关系等问题，发表了自己当时的见解，是中国现代体育事业初期发展中一篇有一定代表性的文献。文章发表于‘五四’运动前的一九一七年春，是用文言写的，为了便于广大读者阅读，我们加了新式标点，作了一些注释，并附有白话译文。标点、注释和译文，都请叶圣陶、叶至善等同志作了校正，特此致谢。人民体育出版社一九七九年八月。”

毛泽东（1893—1976），伟大的马克思列宁主义者，无产阶级革命家、战略家和理论家，中国共产党和中国人民解放军的创始人之一。字润之，湖南湘潭人。有《毛泽东全集》。

注释

[1] 苶（nié）：疲弱的样子。

[2] 长是不改：长期这样不加改变。是，这，这样。

[3] 命中致远：确定人生的目标，走很长的道路去完成。命中，投或射在目标的中心。致远，可以走到很远的地方，意谓能坚持承担重任。

[4] 兵：武器。

[5] 不佞：谦虚的自称。

[6] 伤：伤心，痛心。

[7] 不自惭赧（nǎn）：自己不感到惭愧，表示谦虚的意思。

[8] 西山之薇：古孤竹君二子伯夷、叔齐，在孤竹君去世后，不愿继承君位，逃出去隐居起来。周武王起兵讨伐殷纣王，他俩不以为然，曾拦马劝阻。周朝得了天下，伯夷、叔齐以吃周朝的粮食为耻，就在首阳山下采薇而食，后饿死。见《史记・伯夷叔齐列传》。

[9] 井上之李：见《孟子・滕文公上》。战国时人陈仲子的哥哥做了大官，他以为不义，不愿在哥哥家里做寄生虫，便同自己的妻子逃到楚国，织麻鞋为生。有一次，他三天没有吃饭，饿得受不住，看见井上有被虫子吃了大半的李子，就拿来吃。

[10] “子之燕居”三句：见《论语・述而》。子指孔丘。说孔子在闲居时是很整齐，很和乐而舒展的样子。燕居，闲居。申申，整饬的样子。夭夭，和适的样子。

[11] “食饐（yì）而餲（hé）”三句：见《论语・乡党》。说孔子讲卫生，不吃变味的饭和腐败的鱼肉。饐、餲，饮食经久而腐臭。馁，鱼腐烂。

[12] “射于矍相”二句：见《礼记・射义》。矍相在山东曲阜县城内阙里以西，孔子当日在这里射箭，来看的人很多，像墙一般围着他。

[13] 庄子效法于庖丁：见《庄子・养生主》。庄子就是庄周。他说有个炊事员宰了许多牛，刀子从来不会钝，因为他下刀的时候总是顺着牛的骨骼和肌肉的缝道。庄周于是悟出“依乎天理”、“因其固然”是养生之道。《养生主》大意是说养生有道，若不善养而伤生，不是养生之主。

[14] 仲尼取资于射御：是说孔子以射箭和驾马为养生之法。孔子把“礼、乐、射、御、书、数”六门技艺作教育内容，射与御属体育。

[15] 觥（gōng）觥：刚直、健壮的样子。《后汉书・方术传上・郭宪》：“帝曰：‘常闻“关东觥觥郭子横”，’信不虚也。”李贤注：“觥觥，刚直之貌。”唐张说《赠郭君碑》：“觥觥将军，雄略冠群。”

[16] 餂（tiǎn）：诱取。《孟子・尽心下》：“士未可以言而言，是以言餂之也。”赵岐注：“餂，取也。”

[17] 颜子而短命：见《论语・先进》。颜回，孔子最赞赏的学生，说他爱学习，有德行。但是他身体很弱，二十九岁头发都白了，三十二岁就死了，孔子很伤心。

[18] 贾生早夭：见《史记・屈原贾生列传》。贾生就是贾谊，西汉时人。他有才学，对国事多所建议，为权贵所忌，三十三岁抑郁早死。

[19] 王勃：初唐时四位著名诗人（后世称为“初唐四杰”）之一。他六岁就能

写文章，十四岁作《滕王阁序》，二十九岁，掉到水里淹死了。

[20] 卢照邻：也是初唐四杰之一，他得了手足痉挛病，成了残废，后自投水死。

[21] 隳(huī)：毁的意思。

[22] “北方之强”二句：见《中庸》。金是兵器，革是盔甲，任金革就是当兵。这两句是说北方的健儿为保卫国家当兵，不怕死。厌：厌弃，嫌。

[23] 燕赵多悲歌慷慨之士：是唐代韩愈的文句。燕指河北，赵指山西。“悲歌慷慨之士”指行刺秦始皇的荆轲和高渐离那样的勇士侠客。

[24] 凉州：指甘肃。

[25] 颜习斋：名元，清朝人。他研究学问主张实践，勤劳动，忍嗜欲，苦筋骨，习六艺，讲世务，以备天下国家之用。他兼长武术。

[26] 李刚主：名塨，清朝人。他和颜元是一派。通五经六艺，主张学问要结合实用。

[27] 角(jué)：较量。

[28] 顾炎武：明末清初江苏昆山人。他和同志者起兵反清复明，兵败后周游四方，心存光复；后来埋头读书，讲经世实用，有民主思想，年高望重，为清代学术大师。

[29] 少：稍稍。

[30] 齐其末：用力于细枝末节的问题。《孟子·滕文公上》载孟子驳许行时说：“夫物之不齐，物之情也。”使物情完全一致，是不切实际的想法。

[31] 吾侪(chái)：吾辈。

[32] 朱子：朱熹，宋朝的理学家。

[33] 陆子：陆九渊，宋朝的理学家。

[34] 老子：姓李名耳，又名老聃，周朝人，著《道德经》。

[35] 释氏：佛教创始人释迦牟尼。

[36] 因是子：名叫蒋维乔，习静坐数十年，著有《因是子静坐法》。

[37] 戕(qiāng)贼：暗暗破坏瓦解。

[38] 罗斯福：此为西奥多·罗斯福(1858—1919)，美国第二十六任总统，1901年当选，后连任。其人好胜，体格亦强，总统卸任后，到非洲东部探险，著述甚多。

[39] 孙棠：据日文《体育大字典》载Sanod是德国铁哑铃操的普及者，常作巡回演出。

[40] 嘉纳(1860—1938)：日本东京大学教授，讲道馆馆长，曾将日本“柔术”改良为“柔道”，后被选为国际奥林匹克委员会委员。

[41] 邪(yé)苏：即耶稣，基督教的创立者，因遭当权者嫉恨，被钉死于十字架上。

[42] 摩诃(hē)末：即伊斯兰教的创始人穆罕默德。此为早期音译。

[43] 伍秩庸：即伍廷芳，他留学美国较早，辛亥革命后，任外交、司法等部部长。

[44] 王湘绮：即王闿运。清朝末年，他曾在校经、船山几个大书院讲学；辛亥革命后，任国史馆馆长。

[45] 第：但，只是。

[46] 文明其精神，野蛮其体魄：见日本学者嘉纳治五郎的长篇演讲稿《支那之教育》。为迎接大批到日本留学的中国学生，1904年，日本柔道之父、远东的第一个国际奥委会委员嘉纳治五郎花了半年时间，到中国各地考察教育。回到日本后，1905年他在中国留日学生湖南同乡会上作了题为《支那之教育》的长篇演讲，在谈到体育时说了这两句话。这篇演讲后来发表在1906年湖南留日学生同乡会的刊物《湘报》上。毛泽东可能在离乡之前就已读到这篇文章。嘉纳治五郎此思想实来之日本明治维新时期最有影响和代表性的启蒙思想家福泽渝吉(1834—1901)，陈独秀在1915年的《今日之教育方针》(《新青年》卷2号，1915.10.15)中引述其意，但福泽渝吉提的是：“先成兽身，后养人心。”“强大之民族，人性兽性同时发展。”“兽性之特长谓何？曰意志顽狠，善斗

不屈也；曰体魄强健，力抗自然也；曰信赖本能，不依他为活也；曰顺性率真，不饰伪自文也。"1902年蔡锷以"奋翮生"的笔名在《新民丛报》(1902年2月)发表了《军国民篇》，其中说："然灵魂贵文明，则体魄贵野蛮。"意思大体相同。

[47] 须：等待。引申为依赖，依靠。

[48] 主人翁常惺惺否：这一句话，出于《朱子语类》，本意是问是否经常警惕自己，以理性克制感情。《朱子语类》卷十二："古人瞽史诵诗之类，是规诫警诲之意，无时不然。……大抵学问须是警省。且如瑞岩和尚，每日间常自问：'主人翁惺惺否？'又自答曰：'惺惺。'今时学者却不如此。"惺惺，清醒、聪明的样子。杜甫《喜观即到复题短篇》"应论十年事，愁绝始惺惺。"陆游《不寐》："困睫日中常欲闭，夜阑枕上却惺惺。"

[49] 以理制心：明高濂《遵生八笺》卷一《清修妙论笺》："人若不以理制心，其失无涯。"笼统言之，古代的"理"中也包含有圣人之言、国家之法、礼仪制度、习俗(皆理的依据)等。

[50] 罢：通"疲"。

[51] 力拔山气盖世：楚霸王项羽在垓下被围，曾作歌，有"力拔山兮气盖世"一句(见《史记·项羽本纪》)。

[52] 不斩楼兰誓不还："楼兰"是汉时西域国名，曾截杀汉使者，屡犯汉境。傅介子自请往击楼兰，说不斩楼兰王誓不回来，后来果然带了楼兰王的首级回到汉朝。

[53] 化家为国：以家族之力而取得天下。《资治通鉴》卷一百八十三载，隋末突厥侵犯马邑，李渊遣将力拒之而败。李世民劝李渊起兵自立以取天下，言："晋阳城外皆战场。大人若守小节，下有寇盗，上有严刑，命亡无日，不顺民心，若举义兵，转祸为福。"李渊开始不同意，李世民再次劝李渊说："今日破家亡躯亦由汝，化家为国亦由汝矣！"

[54] 八年于外，三过其门而不入：夏禹一心治水，在外八年，手足都生了老茧，三次路过自己家门都顾不得进去。

[55] 泰：善。《周易》六十四卦之一，乾下坤上，为上下交通之象，故引申为平安、善的意思。《抱朴子·外篇·疾缪》："以同此者为泰，以不尔为劣。"

[56] 羞齿短后：短后指后幅较短的便于劳作的外衣。军人的外衣也称为短后衣。"羞齿短后"是说重文轻武的人，和武人在一起感到羞愧。

[57] 谙(ān)：熟悉、知道或记得很清楚。

[58] 耳：用为动词，闻，听到。

[59] 沉湎：沉溺的意思。这里是说嗜好饮酒，像浸泡在酒里。

[60] "夫衣裳襜襜"三句：襜襜，形容衣裳宽大，于于，形容走路缓慢；"瞻视舒徐而夷犹"，瞻前顾后，慢条斯理，要走不走的样子。

[61] "冥心务泛"二句：说只潜心去空想，而不切实去做，是得不到益处的。

[62] 曾文正：即曾国藩。

[63] 樊陈：杂列。

[64] 更仆尽之：一个人数不完，换人去数完它。

[65] "巢林"、"饮河"两句：用《庄子·逍遥游》中"鹪鹩巢于深林，不过一枝，偃鼠饮河，不过满腹"句意。谓树林里枝丫虽多，鸟儿只巢宿一枝；河水虽多，饮者喝饱也就完了。不能把树枝和河水都占尽。体育运动也只要专精一种，长期坚持锻炼，自然得到效果。

[66] 藏(zàng)：就是五脏；络：就是经络——血脉神经。

[67] 心在鸿鹄：参《二子学弈》。

[68] 屏(bǐng)：除去。

[69] 主一无适：专一不移。

[70] 文明柔顺：古人称赞周文王"外文明而内柔顺"，外表有文化修养，而内心温柔和顺。

[71] 十荡十决：说的是项羽的故事。《史记》上说：项羽在垓下(在今安徽灵

璧县)被刘邦重重包围,只剩百十骑,他十次冲入汉军阵地,都突破缺口,冲了出来。

[72] 喑(yìn)噁(wù):双声连绵词,发怒声。《史记·淮阴侯列传》:"项羽喑噁叱咤,千人皆废。"

[73] 勇贯由基之札:养由基,春秋时楚国人,是个百发百中的射箭能手。札是盔甲上的铁片。《左传》上还说,养由基射力之强,能射穿七重甲。

[74] 外铄(shuò):由外渗透。铄,销熔。引申为抽象意义的溶化、渗透。《孟子·告子下》:"仁义礼智,非由外铄我也,我固有之也。"

《精武本纪》序 孙中山

自人类日进于文明，能以种种经验，资用器具，而抵抗自然[1]。至于今日人智所发明者，几为古人梦想拟议所不到[2]，盖云盛矣。然以利用种种器具之故，渐举其本体器官固有之作用，循用进废退之公例，而不免于淘汰，此近来有识者所深忧也。

慨自火器输入中国之后[3]，国人多弃体育之技击术而不讲，驯至社会、个人积弱愈甚[4]，不知最后五分钟之决胜，常在面前五尺地短兵相接之时，为今次欧战所屡见者[5]，则谓技击术与枪炮飞机有同等作用，亦奚不可？而中国人曩昔仅袭得他人物质文明之粗末[6]，遂自弃其本体固有之技能以为无用，岂非大失计耶？

中国民族，平和之民族也。吾人初不以黩武善战[7]，策我同胞[8]，然处竞争剧烈之时代，不知求自卫之道，则不适于生存。且吾观近代战争之起，恒以弱国为问题。倘以平和之民族，善于自卫，则斯世初无弱肉强食之说[9]；而自国之问题，不待他人之解决，因以促进世界人类之平和，我民族之责任不綦大哉[10]？《易》曰[11]：“慢藏诲盗[12]，冶容诲淫[13]。”《孟子》曰：“人必自侮，然后人侮之[14]；国必自伐，而后人伐之[15]。”此皆为不知自卫者警也。

精武体育会成立既十年，其成绩甚多，识者称为体魄修养术专门研究之学会，盖以振起从来体育之技击术为务，于强种保国有莫大之关系。推而言之，则吾民族所以致力于世界平和之一基础。会中诸子为《精武本纪》既成，索序于余，余嘉诸子之有先知毅力不同于流俗也，故书此与之。

注释

选自《孙中山全集》第五卷。在中华民族灾难深重的年代，为强身保国、振兴中华，著名武术家霍元甲于 1910 年在上海成立了“精武体操会”，后更名“精武体育会”。数年间，其分会发展到全国其他一些城市和南洋许多地方。孙中山先生在“精武体育会”成立十周年之际，受聘为该会名誉会长。1919 年 10 月 12 日，前往参观时先生亲笔题书“尚武精神”横匾。10 月 20 日又为该会所出版的《精武本纪》作序。

孙中山（1866—1925），名文，字载之。十八岁在香港受教会洗礼时署名日新，后改号为“逸仙”。三十二岁在日本投宿旅店时，为掩护行踪，署名中山。后常于函笺自署中山，国人于是称之为中山先生。广东省香山县（今名中山县）人。早年行医，1894 年创立兴中会决心从事革命运动。1905 年提出民族、民权、民生三大主义。1911 年武昌起义推翻帝制后，被推选为中华民国临时大总统，颁布临时约法。隔年被迫辞职，后改组同盟会为国民党，发动二次革命和护法战争。1924 年确立联俄、联共、扶助农工政策，发表新三民主义，创立黄埔军校，年底扶病到达北京共商国是。1925 年 3 月 12 日于北京病逝。

注释

[1] 资用：借用，凭借。

[2] 拟议：揣度议论。多指事前的考虑。

[3] 慨：慨叹。

[4] 驯至：渐渐至于。

[5] 今次欧战：指第一次世界大战（1914 年 8 月—1918 年 11 月），是欧洲历史上破坏性最强的战争之一。

[6] 曩（nǎng）昔：往日，从前。

[7] 初：本，本来。黩（dú）武：滥用武力，好战。

[8] 策：鞭策，督促。

[9] 弱肉强食：甲午战争之后，鉴于当时的形势，严复开始译述《天演论》，向中国输入西方的进化论，将生物进化原理引入社会领域，即“社会达尔文主义”，宣扬“物竞天择”、“弱肉强食”。在当时中国受列强奴役欺凌的背景下，唤起了国人的生存危机感，对思想界产生了巨大的冲击。孙中山深受其影响，并以此构建了自己的社会改造论。

[10] 綦（qí）：极，很。

[11]《易》：即《周易》。以下两句话出自《周易·系辞上》。

[12] 慢藏诲盗：此推论人致盗之由。慢藏，懒于收藏财物。诲盗，诱使偷盗者来。

[13] 冶容诲淫：此推论女子致淫之由。冶容，妖冶其容貌。诲淫，诱使男女关系上品性不良者来侵犯自己。

[14] 人必自侮，然后人侮之：人必先有自取侮辱的行为，别人才侮辱他。

[15] 国必自伐，而后人伐之：国家必有自取讨伐的原因，别人才讨伐它。

体育古文

宋代蹴鞠纹铜镜

图书在版编目(CIP)数据

体育古文/赵逵夫编. —上海:华东师范大学出版社,2014.6
ISBN 978-7-5675-2214-5

Ⅰ.①体… Ⅱ.①赵… Ⅲ.①中国文学—古典文学—作品综合集—高等学校—教材 Ⅳ.①I212.01

中国版本图书馆 CIP 数据核字(2014)第 141326 号

体育古文

编　　者　赵逵夫
项目编辑　庞　坚
文字编辑　陈　才
封面设计　卢晓红

出版发行　华东师范大学出版社
社　　址　上海市中山北路 3663 号　邮编 200062
网　　址　www.ecnupress.com.cn
电　　话　021-60821666　行政传真 021-62572105
客服电话　021-62865537　门市(邮购)电话 021-62869887
地　　址　上海市中山北路 3663 号华东师范大学校内先锋路口
网　　店　http://hdsdcbs.tmall.com

印 刷 者　浙江临安曙光印务有限公司
开　　本　787×1092　16 开
印　　张　22.25
字　　数　385 千字
版　　次　2014 年 9 月第 1 版
印　　次　2014 年 9 月第 1 次
书　　号　ISBN 978-7-5675-2214-5/H·702
定　　价　49.80 元

出 版 人　王　焰